藍小說 106

PS,我愛妳

西西莉雅・艾亨◎著　陳佳琳、宋瑛堂◎譯

謝謝你們，媽咪、爹地、Georgina、Nicky
還有我所有的親朋好友。

謝謝你，Marianne Gunn O'Connor

謝謝哈潑柯林斯的編輯群：
Lynne Drew和Maxine Hitchcock

謝謝你，Moria Reilly

獻給David

第一章

荷莉將藍色的罩衫靠著臉龐，熟悉的味道立即淹沒了她，排山倒海的悲傷讓她的胃打結，拉扯著她的心。針刺般的痛楚爬上她的頸後，喉頭湧上的哽咽幾乎使她窒息。她被驚慌征服了。屋內除了低吼的冰箱與呻吟的電熱器，一片死寂。她孤單一人，膽汁湧上她的喉嚨，她跑到浴室，在馬桶前頹然跪倒。

傑瑞走了，永遠不會回來了。這是現實。她再也無法用手指輕撫他柔軟的頭髮，在晚宴上隔著餐桌無聲地分享某個笑話，也不能在下班後哭著要他擁抱她。她再也不能與他同床共枕，每天早晨在他的鼾聲中醒來，或是與他一起大笑，或是爭論著誰該從被窩起來把浴室的燈關上。一切只剩許許多多的回憶，還有她心裡日漸模糊的他的面容。

他倆的計畫很簡單。一輩子廝守到老。在兩人的生活圈裡，人人都會同意這絕對做得到。大家都覺得他們是彼此最好的朋友、愛人與註定在一起的精神伴侶。但是誰料得到命運會在某一天自私地決定改變它的心意。

結局來得太快了。抱怨自己偏頭痛好幾天後，傑瑞接受荷莉的建議去看了醫生。那是個星期三，約在午休時間。他們認爲是因爲壓力或疲憊，覺得頂多他會需要配眼鏡罷了。傑瑞也不喜歡這樣。他對自己可能得戴眼鏡一直悶悶不樂。這點他倒無須擔心，因爲並不是他的眼睛出了毛病。是他腦裡的一顆腫瘤。

荷莉沖了馬桶，冰冷的瓷磚地板讓她顫抖不已，她搖搖晃晃地讓自己站穩腳跟。他才三十歲。雖然稱不上是地球上最健康的男人，但是至少他健康得足以……過著正常的生活。當他病重時，他仍勇敢地開著玩笑，說自己不應該過那麼安全無虞的生活。他該嗑藥、酗酒、四處旅行、邊刮腿毛邊從飛機上跳下來等等……他列了好長的清單。也許他眞的是在開玩笑，但是荷莉看得出他眼底的遺憾。遺憾他從沒時間做過的事、從來沒去過的地方，爲再也無法經歷的體驗而悲哀。他是否曾經遺憾與她共度一生？荷莉從未懷疑他對她的愛，但是卻害怕他覺得自己因此虛擲了一些時間。

瞬間變老成了他想要的事，而不再是讓人害怕又無法避免的宿命。他們眞是自以爲是，從未將年老視爲一項成就與挑戰。年老是兩人極力避免面對的事情。

荷莉在每個房間飄移，流著大顆帶著鹹味的淚珠。她的雙眼泛紅酸疼，這個夜晚似乎永無止境。屋子裡的房間都無法安慰她。當她瞪著家具時，只有不受歡迎的沉默。她有點希望沙發會對她伸開雙臂，但是沒有。

傑瑞對這一切一定會很不高興。她深吸一口氣，擦乾眼淚，試著讓自己恢復一點理智。不行，傑瑞絕對會不高興。

荷莉的雙眼因爲徹夜難眠而紅腫。就像過去幾星期來，她每兩天在清晨時分總是翻來覆去。醒來時她總發現自己蜷曲在某件家具上，今天是那張沙發。應該又是關心她的家人或朋友的電話把她驚醒。他們或許以爲她每天都在昏睡。當她像個殭屍在家中每個房間翻找時，他們都在哪裡？而她又在找什麼？又想找到什麼？

「喂？」她含糊地說。她的鼻子因爲淚水太多而塞住，但她早已放棄爲大家裝出勇敢的面容。她的摯友不在了，再多的化妝、新鮮空氣和逛街都無法塡補她心裡的那個大洞。

「對不起，寶貝，我把你吵醒了嗎？」荷莉母親關心的聲音從話筒那端傳來。每天早上她媽都會打電話來，看看她是否又獨力撐過了另一個夜晚。她總擔心把荷莉吵醒，卻又因爲聽見她的聲音而鬆了口氣；安心地知道女兒勇敢地擊退了黑夜的鬼魅。

「沒有，我在打瞌睡，沒關係。」總是同樣的答案。

「你爸和笛坎倫出去了，我想你，寶貝。」

爲何這個讓人安心又富含同情的聲音總讓她熱淚盈眶？她可以想像母親擔心的臉龐，眉毛皺起，前額滿是憂慮的皺紋。但荷莉卻沒有因此寬心，它只讓她想到父母的擔心，他們不應該這樣度日的。一切都該正常運作：傑瑞該在這裡陪著她，對著天花板轉著眼珠，在她媽嘮叨著沒完沒了時企圖讓她發笑。有許多次荷莉不得不將話筒轉給傑瑞，因爲她已經快要笑到不支。然後傑瑞會如無事人般繼續與岳母交談，無視荷莉正在床上跳躍，同時裝出自己最傻的笑臉，跳起最蠢的舞，想把他拉回來。不過很少奏效。

她嗯嗯啊啊地繼續著對話，但是一個字也沒聽進去。

「今天天氣很好，荷莉。妳如果能出門走走對妳很好。出門呼吸點新鮮空氣。」

「嗯，大概吧。」這大概是她所有問題的唯一答案了。

「不然我等會再打電話過來，我們可以聊聊天。」

「不用了，媽，我很好。」

一陣沉默。

「好吧……如果妳改變心意，打個電話給我，我今天都有空。」

「好。」

另一陣沉默。

「不過還是謝謝了。」

「好吧，妳多保重，親愛的。」

「我會的。」荷莉已經打算掛上電話，但又聽見她媽的聲音。

「呃，荷莉，我差點忘了。那個信封還在這裡，就放在廚房桌上。看妳要不要來拿，已經擺在這裡好幾個星期了，也許是什麼重要的東西。」

「我懷疑，可能只是卡片吧。」

「我覺得不是耶，親愛的。上面有你的地址與名字，還寫著……等等，我去桌子那邊拿……」

話筒被放了下來，傳來鞋跟在瓷磚地上走向廚房的聲音，椅子吱地滑過地板，腳步聲越來越近，話筒被拿起來……

「妳還在嗎？」

「嗯。」

「好，它上面寫著『清單』，或許是妳公司的東西，寶貝。應該過來……」

荷莉拋下話筒。

第二章

「傑瑞，把燈關掉！」荷莉咯咯笑著，看著丈夫在她面前寬衣。他在房內跳著脫衣舞，修長的手指慢慢解開白色襯衫上的鈕釦。他對荷莉抬起左眉，同時讓襯衫滑下他的肩膀，用右手抓住它，在自己頭上揮舞。

荷莉又笑了。

「關燈？讓妳錯過這些？」他露齒而笑，伸展自己的肌肉。他並不自滿，但是其實有許多值得驕傲的優點，荷莉想著。他的軀體強健，膚色完美。修長的雙腿因爲常在健身房運動而結實。他並不高，但五呎八吋的他卻足以提供五呎五吋的荷莉徹底的安全感。她最喜歡的就是當她抱著他時，她的頭可以穩當地靠在他的下巴下方，他的呼吸輕柔地吹動她的髮梢，讓她覺得癢癢的。

她的心怦然跳著，看著他脫下四角內褲，隨後他用腳趾將它拋向荷莉，結果它落在她的頭上。

「至少這樣就暗多了。」她大笑。他總是能給她歡笑。當她疲憊惱怒地下班時，他總能體諒她，讓她盡情發牢騷。他們很少吵架，如果吵架，爲的也是最愚蠢又微不足道的小事，兩人總在事後一笑置之，例如是誰把走廊的燈開了一整天，或是又有人忘了在睡前把鬧鐘調好。事實上，這些最小的爭執也可能是吵得最兇的。

傑瑞結束了脫衣舞，鑽入被窩。他蜷在她身旁，將他冰冷的赤腳伸到她腿下爲自己取暖。「啊!!傑瑞，你好冰喔！」荷莉知道他的姿勢代表他不肯再移動了。「傑瑞。」荷莉警告。

「荷莉。」他模仿她。

「你是不是忘了什麼事情？」

「沒有啊，哪有什麼事？」他厚臉皮地回答。

「燈呢？」

「喔，對了，燈。」他睡意滿滿地回答，假裝大聲打呼。

「傑瑞！」

「我記得昨天晚上是我下床去關的。」

「沒錯可是你剛剛就站在開關旁邊！」

「對了……是剛剛……」他又愛睏地回答。

荷莉嘆氣。她最不喜歡還得從床上爬出來了，還要踩上冰冷的木頭地板，然後踉蹌地在黑暗中爬回床上。她嘖了一聲。

「不能每次都我關啊，小荷。也許有天我不在了，那妳要怎麼辦？」

「要我的新老公關囉。」荷莉努力地把他的冰腳踢離她。

「哈！」

「或是我自己上床前就得關燈。」

傑瑞嘲笑道：「這不太可能發生吧，親愛的。我走之前會在開關上貼張字條妳才會記得。」

「你還眞體貼，但我寧可你把錢留給我。」

「還要貼在電熱器上。」他還在說。

「是嘛。」

「牛奶盒上。」

「很好笑，傑瑞。」

「喔，還有窗戶上，要妳別開窗，然後在早上別再把鬧鐘按掉了。」

「喂，如果你覺得沒有你我什麼事都做不成的話，你乾脆在遺囑裡列張清單，看要交代我什麼事吧！」

「這主意不錯喔。」他笑了。

「好啦，我去把那討厭的燈關掉。」荷莉勉強下床，踏上冰冷的地板時做了鬼臉，然後把燈關掉。她在黑暗中伸出雙臂，緩慢地尋找走回床鋪的路。

「喂？荷莉妳迷路了嗎？有沒有人在啊……？」傑瑞對著黑暗的房間大叫。

「我在……哎呦……好痛……!!」她的腳趾撞上床腳，痛得大叫。「討厭！討厭！他媽的！混蛋，幹！」

傑瑞在被窩裡大笑。「清單第二項：注意床腳……」

「傑瑞，你給我閉嘴，這樣很惹人討厭耶！」荷莉回嘴，單腳站著用手揉著她可憐的腳丫。

「親一親會不會好一點？」他問。

「不用了，我很好。」荷莉傷心地回答，「如果可以讓我把它們伸到你那裡取暖……」

「啊……老天……冰死人了啦！」

「嘻……嘻……嘻。」她邪惡地笑了。

以上的玩笑話就是那份清單的由來。他們馬上把這個愚蠢又簡單的主意與兩人的好友分享。珊倫與約翰．邁卡錫夫婦是他們最好的朋友。這兩個人也是唸書時就開始約會，事實上，當年大家十四歲時，就是約翰主動在學校走廊上靠近荷莉，囁嚅地說出那句有名的句子：「我死黨想知道妳肯不肯跟他約會。」

經過多日與朋友的緊急會議與無窮盡的討論後，荷莉終於同意了。「啊，妳去吧，荷莉，」珊倫督促她，「他應當蠻可笑的，至少他臉上沒有像約翰一樣那麼多痘痘。」

如果珊倫都稱讚他的話那就沒問題了。她現在眞恨珊倫。她與約翰和他們同一年結婚。他們三個人當時都二十四歲，荷莉是最小的，結婚時二十三歲。有人說她太年輕了，一逮到機會就訓話，說她這個年紀應當好好享受生活、環遊世界。結果她與傑瑞一起環遊了世界，也享受了兩人生活。他們兩人能在一起其實更有意義……因爲現在荷莉感覺好像自己失去了一個器官。

她結婚那天完全算不上是她人生中最美好的一天。和所有小女孩一樣，她也夢想著童話般的婚禮，穿著公主式禮服，在美麗而陽光燦爛的浪漫地點，被親友圍繞。她想像中的婚宴將是生命裡最美的一夜，她將與所有的好友跳舞，被大家羨慕，感覺與眾不同。但事實可完全不同。

她在家裡被尖叫聲吵醒：「我找不到領帶！」（她爸）或是「我的頭髮跟狗啃的一樣」（她媽），最經典的是「我看起來像一隻該死的鯨魚！我才不要打扮成這樣去參加那他媽的婚禮！我看起來像個蕩婦！媽，妳看我這樣！荷莉去找別人當伴娘啦，因爲我他媽的不去了。不要！噁！傑克你吹風機趕快還我，我還沒用完耶！」（這段令人難忘的告白是她小妹琦菈的傑作，她總會亂發脾氣，說什麼也不肯穿著蓬蓬的伴娘裙出門。她現在跟一群陌生人住在澳洲，與家人唯一的聯繫就是每隔幾週寄來的一封電子郵件。）那天早上剩下的時間都花在讓琦菈相信自己是最美麗的女人，同時荷莉則安靜地自己打扮，覺得糟透了。最後琦菈終於同意走出家門，因爲荷莉那一向極度冷靜的老爸讓眾人驚訝地大叫：「琦菈，今天可是荷莉的大日子，**不是妳的**!!妳**要**去給我參加這場婚禮，**而且**，荷莉走下樓梯時，妳**會**告訴她她看來很美，我不想再聽妳說那些廢話了！」

因此當荷莉走下階梯時，眾人讚嘆不已，而琦菈——看起來就像個剛被爸爸大聲斥責的十歲小女孩——則是淚眼朦朧又顫抖著說：「妳看來眞美，荷莉。」一家七口趕緊鑽進加長型豪華禮車，她的父母、三個兄弟與琦菈則一路在可怕的沉默中抵達教堂。

那一天現在她已經印象模糊了。她幾乎沒什麼時間與傑瑞交談，因爲兩人總是被親友東拉西扯，一下是與出生後只見過一面的貝蒂姨婆打招呼，不然就是第一次見面的美國姨父托比，她確定以前從來沒聽過這個人，但是當天卻突然成了家族的要角。

而且也沒有人告訴她會這麼累。到了那天晚上，荷莉的雙頰已經因爲照相微笑而酸疼不已，她的雙腿因爲一整天塞在那雙根本不適合步行的可笑高跟鞋幾乎要了她的命。她絕望地想加入好友那一桌，他們整晚大笑不止，顯然很痛快。至少有些人是如此吧，她想。但當她與傑瑞踏入蜜月套房的那一剎那，她一整天的擔憂都一掃而空，一切都值得了……

想到這裡，荷莉再度落淚，她知道自己已經做白日夢好幾個小時了。她呆坐在沙發上，話筒還在她手裡。這些日子，時間對她而言就這麼溜走，她也不知道現在幾點或是星期幾了。就好像她已經脫離了自己的軀殼，雖然全然麻木，但是又能感受她內心、骨骼與腦子裡那股疼痛。她眞的好疲累……她的胃咕嚕咕嚕叫著，她才意識到自己不記得上一餐是什麼時候吃的了。是昨天嗎？她眞的不記得了。

荷莉走進廚房，身上穿著傑瑞的睡袍與她最喜歡的「迪斯可女王」粉紅拖鞋。它是傑瑞在那年耶誕節送她的。他總是說她是他的迪斯可女王。第一個踏入舞池，最後一個離開。嗯，那個女孩上哪去了？她打開冰箱，瞪著空蕩蕩的架子。只有青菜與早已過期的優格，讓冰箱瀰漫著一股可怕的臭味。沒有東西可以吃。她邊搖著牛奶盒邊微笑。它是空的。清單上第三項……

兩年前的耶誕節荷莉與珊倫出門逛街，想買一件參加百靈譚酒店年度舞會的晚禮服。與珊倫逛街是一件危險的事情，約翰與傑瑞也曾開玩笑說如果這兩個女人出門血拼，結果一定是又沒錢買他們的耶誕禮物。可憐的耶誕節。他們說得沒錯。可憐又沒人理的老公們，她們總是這樣稱呼。

那年耶誕節荷莉在布朗．湯瑪士百貨公司花了大把鈔票，買下她所見過最美的一件白色晚禮服。「該死，珊倫，我皮夾大失血了。」荷莉充滿罪惡感地咬著下唇，手指撫過禮服柔軟的質料。

「哎呦，妳別擔心了，傑瑞會幫妳賺回來的。」珊倫回答，然後發出她著名的咯笑。「妳不要再叫我『該死珊倫』了，每次我們出門逛街妳就這樣叫我。妳再不注意點，我可是會不爽的。媽的，荷莉，今天可是耶誕節耶，喜樂與奉獻的節日喔。」

「老天妳可真可惡，珊倫，我不要再跟妳逛街了。這件衣服幾乎是我半個月的薪水。買了它我這個月要怎麼過啊？」

「荷莉，妳想餓肚子還是看來美麗絕倫？」這還用問嗎？

「我買了。」荷莉興奮地對店員說。

這件禮服是低胸剪裁，完美展露荷莉的酥胸，高叉的裙襬能讓人欣賞她苗條的小腿。傑瑞的眼光完全離不開她。但不是因爲她美，是因爲他完全不了解這塊小小的質料怎麼會這麼昂貴。但一到了舞會，迪斯可女王再度喝了太多酒，結果果然讓紅酒毀了她的禮服。荷莉設法克制眼淚，但還是不聽使喚，因爲她和珊倫的舞伴醉醺醺地告訴她們，清單上的第五十四項就是穿著昂貴的白色禮服時千萬不能喝紅酒。大家隨即決定牛奶是較佳選擇，因爲倒在白色禮服上也看不見。

稍後傑瑞打翻了他的啤酒，黃色液體就這麼滴在荷莉的衣服上，她淚眼漣漣又嚴肅地對同桌（與附近桌子）的人宣佈：「清單第五十五項：絕對絕對不要再買昂貴的白禮服。」就這麼說定了，珊倫也從桌底下甦醒，爲荷莉這個突破性的決定鼓掌叫好。因此一行人決定舉杯致意（在驚訝的侍者送來四杯牛奶之後）。

「荷莉妳那件高級白禮服眞是可惜。」約翰在計程車上打著酒嗝邊告訴她，然後拉著珊倫回兩人的家。

難道傑瑞信守承諾，眞的在離開人世前列出清單？在他死前她每分每秒都守在他身旁，他從來沒提過這件事，她也不曾注意他寫了什麼東西。不，荷莉，振作起來，別傻了。她絕望地想要他回來，所以才想像出這些瘋狂的事情。他沒有眞的寫下來，對吧？

第三章

荷莉漫步在美麗的金針花田上；微風輕拂，輕柔的花瓣在她踏上翠綠草地時撫觸她的指尖。她赤腳下的土地柔軟又有彈性，她覺得自己也輕巧了起來，像是飄浮在海綿般的土地上。鳥兒在她周圍自顧自地唱著快樂的曲調。陽光燦爛，萬里無雲，她得用手遮住雙眼；金針花的甜蜜香味滿盈著她。她覺得好……快樂，好自在。這些感覺對最近的她而言實在太陌生了。

突然間，天空暗了下來，加勒比海般的太陽消失在一片灰雲後方。風變大了，空氣也變得又冷又冰。金針花瓣在她四周飛舞，讓她幾乎看不清去路。而柔軟海綿般的土地也成了尖銳的圓石堆，她每走一步就被刮傷。鳥兒不再輕唱，反而站在枝頭上瞪著她。事情不太對勁，她覺得害怕起來。在她前方的長草叢裡有一塊灰色石頭。她想要跑回去，回到她美麗的花田裡，但是她也需要找出前方到底有些什麼。

在她蹣跚走近時，她聽見**砰**！**砰**！**砰**！她加快腳步，在尖銳的石堆上疾行，撥開那些割著她手臂與雙腿的銳利長草。她跪在灰色石板前，看清那是什麼後痛苦地大叫。傑瑞的墓碑。**砰**！**砰**！**砰**！他想要出來！他在叫她；她聽見了！

荷莉從沉睡中跳起來，聽見有人猛力敲門。「荷莉！荷莉！我知道你在家！拜託讓我進去！」珊倫聽來很無助。**砰**！**砰**！**砰**！荷莉頭昏腦脹地走向大門，讓狂亂的珊倫進門。

「老天！妳在幹嘛？我敲門敲好久了！」

荷莉還沒完全清醒，她環顧四周。天亮了，有點涼，也許是早上吧。

「妳為什麼不讓我進來？」

「唉，珊倫，對不起，我在沙發上睡著了。」

「天啊，妳看起來眞是糟透了，荷莉。」珊倫同情地端詳她的臉，然後給她一個大擁抱。

「謝了。」荷莉睜大雙眼，轉身把門關上。珊倫從來不拐彎抹角，所以她才這麼愛珊倫，愛她的坦率。這也是她為什麼已經好幾個月沒和珊倫見面的原因。她不想聽實話。她不想聽珊倫訓話，要她繼續把日子過下去；她只想要……唉，她也不知道自己想要什麼。她覺得這樣悲慘很好。不知怎麼的就覺得很好。

「老天，屋子裡眞悶，妳上次開窗是什麼時候了？」珊倫大步在屋裡走著，到處開窗，撿起地上的空杯，收拾桌上骯髒的碗盤。她把它們拿到廚房，放到洗碗機裡，然後又開始整理起來。

「唉，妳不用收了，珊倫。」荷莉微弱地抗議，「我來就好……」

「妳什麼時候收？明年嗎？我不要妳在這裡自暴自棄，然後其他人都假裝沒看見。妳為什麼不上樓沖個澡，等妳下來我們可以來喝個茶。」她的朋友對她微笑。

沖澡。她上次洗手是什麼時候了？珊倫說得沒錯，她看起來一定很噁心，油膩膩的頭髮，蓬頭垢面，穿著一件髒兮兮的睡袍。傑瑞的睡袍。但這是她最不肯清洗的一樣東西。她要它保持傑瑞留下它時的模樣。可惜他的味道已經慢慢消逝，現在越來越濃郁的則是一股臭酸味。

「好吧，但是沒有牛奶了。我還沒有去……」荷莉對自己疏於家務與打點自己覺得尷尬，她絕對不會讓珊倫打開冰箱，不然她一定會羞愧而死。

「妳看！」珊倫拿起一個袋子，荷莉根本沒注意到。「別擔心，我已經處理好了。我看妳一定好幾個星期沒吃了。」

「謝了，珊倫。」她喉頭哽咽，淚水盈滿眼眶。珊倫對她眞好。

「別哭！今天不要看到眼淚了！只有歡樂、笑話和愉快喔，我的好朋友。快去洗澡吧！」

洗完澡走下樓梯時，荷莉覺得又像個人了。她穿著藍色的毛巾布運動衫，金色長髮（髮根是棕色的）落在她的肩膀上。樓下的窗戶全開，涼爽的微風拂過荷莉的額頭，讓她所有的恐懼與低潮都消失了。她媽的話是對的，她不禁笑了。荷莉打斷自己的思緒，環顧屋子時驚訝地吸了口氣。她離開才不到半個鐘頭吧，珊倫已經整理乾淨，該擦的都擦了，該吸的也吸乾淨了，還用芳香劑把每個房間都噴過。她隨著聲響走進廚房，珊倫在刷瓦斯爐架。流理台閃閃發亮，銀白水龍頭與水槽的碗架光芒耀眼。

「珊倫妳眞是個天使！眞不敢相信妳一個人能完成！而且時間這麼短！」

「妳洗了一個多鐘頭，我正在想妳可能被沖進排水孔了。很有可能喔，看妳瘦成那樣。」她上下端詳荷莉。

一個鐘頭？她一定又恍神了。

「我只買了一些青菜水果，這裡還有乳酪、優格和牛奶。我不知道妳把麵條和罐頭食物收在哪裡，所以我就把它們放在那邊。喔，對了，冰箱還有些微波晚餐。這樣妳應該可以撐一陣子了，但是看妳這樣子，也許妳會吃上一年。妳到底瘦了多少？」

她驚喜地看著珊倫。她對她眞好，她覺得好感動，卻又不知道該說什麼。但是關於體重這件事？她往下看看自己，她的運動衫鬆垮地掛在臀部上，褲子的鬆緊帶已經拉到最緊，但是還是勉強掛在她腰際而已。她完全沒注意到自己變瘦了。珊倫的聲音又把她拉回現實，「喝茶時配點餅乾吧。是妳最喜歡的傑米．道奇士。」

眞的是夠了。荷莉眞是擔當不起了，傑米．道奇士就像是錦上添花。她覺得眼淚開始流下雙頰。「喔，珊倫，」她嗚咽，「眞的很感謝妳。妳對我一直都這麼好，我這個朋友不知道怎麼當的。」她坐在桌旁，抓住珊倫的手。「沒有妳我不知道該怎麼辦。」她不斷哭泣，珊倫就只是安靜地讓她哭完。這就是荷莉最害怕的事，在所有可能的場合突然在人前徹底崩潰。但她一點也不覺尷尬。珊倫耐心地喝著自己的茶，然後像平常一樣拉著她的手。最後眼淚終於不再流下。

「謝謝。」

「我是妳最好的朋友！小荷！如果我不幫妳，又有誰可以呢？」珊倫邊說邊捏捏她的手，笑著爲她打氣。

「我應該是要幫助自己才對。」

「哈！」珊倫鄙視地揮揮手。「等妳準備好再說吧。不要聽那些人說什麼妳應該一個月內就能恢復正常作息。悲傷也是幫助妳的一個方法。」

珊倫總能說出最正確的話。

「是啊，我最近倒是做了很多這種事。不斷悲傷。」

「不會吧！」珊倫裝作很受不了的模樣。「妳老公已經走了一個月了！」

「少來了啦！別人都會這麼說，對不對？」

「也許吧，但管他們的。世上還有其他更嚴重的罪行，學習重新快樂起來還算不了什麼呢。」

「大概吧。」

「答應我妳會吃點東西。」

「我答應。」

「謝謝妳來看我，珊倫，能跟妳聊聊眞的很高興。」荷莉說，感激地抱抱朋友。「我已經覺得好多了。」

「妳知道，走入人群會好一點，小荷。家人跟朋友能幫助妳。也許，妳家人是沒辦法啦，但至少我們其他人都可以的。」

「我知道，我現在了解了。我本來以爲自己能應付得來——但還是沒辦法。」

「答應我妳會再打給我。或至少偶爾離開妳家一兩次？」

「我答應妳。」荷莉轉轉眼珠。「妳聽來開始像我媽了。」

「我們只想好好照顧妳。好了，再聯絡。」珊倫親親她的臉頰。「記得吃東西！」邊說還邊戳荷莉的肋骨。

荷莉揮手送別開車離開的珊倫，臉上掛著微笑。又快要天黑了。她們一整天開心地聊著以前的事情，又笑又哭地。荷莉從沒想過，事實上約翰和珊倫也失去了他倆最好的朋友，而她的父母也失去了一個好女婿，她只是不斷地想著自己。對她來說，從不同角度看事情比較好一點，而且她也很高興有人能陪陪她。她喜歡能再度走入人群間，而不是在家裡讓過去的鬼魂圍繞著她。明天是新的一天，她想，就從去她媽家拿信封做爲開始吧。

第四章

週五荷莉起了個大早，感覺不錯。然而，即便她上床時樂觀滿滿，也對未來感到振奮，她仍被殘酷的現實狠狠地提醒每分每秒是多麼艱辛。她又一次地醒來面對著空無一人的房子，僅除了一個小小的突破：一個多月以來，這是第一次她不必藉由電話鈴聲而起床。她調整心態，就像她每天早上做的一樣，認清剛剛夢裡兩人仍然廝守的一切將永遠只是美夢一場。

她淋了浴，輕鬆套上自己最愛的一件牛仔褲、粉紅色T恤與運動外套。珊倫說對了她的體重，那件本來緊緊的牛仔褲如今得用皮帶才掛得上。她對鏡中的自己做了鬼臉。她看起來眞醜。眼睛下方的黑眼圈，龜裂的雙唇，頭髮早就需要挑染了。今天第一件事就是去她平常去的沙龍，看他們有沒有辦法爲她排出時間。

「我的老天爺啊荷莉！」她的設計師里歐大叫，「妳看妳自己成了什麼德性！大家讓開！讓開！這個二十多歲的女人情況危急！」他對她眨眼，「這哪是二十歲呀！」然後繼續推開擋路的人。他爲她拉出椅子，將她推上座位。

「謝了里歐。現在我可覺得自己很美了。」荷莉囁嚅著設法藏住自己漲紅的臉。

「不用了，因爲妳實在糟透了，好了，珊卓，幫我調以往的顏色，科林，去拿鋁箔紙。塔妮雅到樓上拿我的傢伙來，喔，告訴保羅別吃午餐了，他要來做我十二點約的那個客人。」里歐混亂地命令四周的人，手臂到處揮舞，像是馬上要動手術了。也許沒錯吧。

「喔，抱歉，里歐，我本來不想今天麻煩你的。」

「妳當然要啊，親愛的，不然妳在週五中午時急匆匆地進來幹嘛呢？拯救世界和平啊？」

荷莉內疚地咬著嘴唇。

「哎，別人我是不會這麼做的，只有妳，寶貝。」

「謝了。」

「妳都還好嗎？」他將瘦巴巴的臀部靠在桌上問荷莉。里歐一定已經五十好幾了，但是他的皮膚仍然無懈可擊，他的頭髮，當然也完美無瑕地看來絕對不超過三十五歲。蜂蜜色的頭髮與他經年保持的蜂蜜膚色相稱，他的打扮也總是考究無比。讓任何女人覺得自己怎麼樣都像個黃臉婆。

「糟透了。」

「是啊，看妳的樣子就知道了。」

「謝了。」

「至少妳走出這裡時有個部分是整齊的。我是做頭髮的，不是什麼心理醫生。」

荷莉感激地微笑，因為他用自己奇特的方式表達了他的體諒。

「可是我的老天啊，荷莉，妳進門時看到招牌上寫的是『魔術師』還是『美髮師』？妳應該看看今天那個女人進來時的模樣。辣妹打扮的老阿嬤。應該六十歲左右了。把那本封面是珍妮佛·安妮斯頓的雜誌給我拿來。『我要看起來跟她一樣，』她說。」

荷莉被他的模仿逗笑了。他的表情和手勢豐富得不得了。

「老天爺，我告訴她，我是美髮師，可不是整型大夫耶，妳唯一能看起來和珍妮佛一模一樣的方法就是把那本封面撕下來用釘書機釘在臉上。」

「不會吧！里歐，你沒眞的這麼說吧！」荷莉吃驚地嘴巴大開。

「我當然這麼說了！那女人本來就需要有人提醒，這樣可不是幫她一個大忙嗎？大搖大擺走進來穿得跟青少年一樣！」

「結果她怎麼說？」荷莉拭去因爲大笑而流下的淚水。她好幾個月沒這樣笑了。

「我翻翻雜誌，找到一張瓊．考琳絲蠻漂亮的照片。告訴她這才是她的風格。她好像也蠻高興的。」

「搞不好是不敢告訴你她很討厭那個造型吧！里歐！」

「哎，誰管她。我朋友已經夠多了。」

「眞不知道爲什麼！」荷莉大笑。

「別動。」里歐命令。突然間里歐變得非常嚴肅，雙唇抿緊，專心將荷莉的頭髮分邊，準備染色。這又開始讓荷莉笑得花枝亂顫。

「哎喲，荷莉，拜託一下啦。」里歐有點惱怒。

「沒辦法啦，里歐，是你先開始讓我笑的。現在我停不下來了啦！」

里歐放下手邊的事，充滿興味地看著她。「我一直覺得妳該去瘋人院，這裡根本沒人聽我說話。」她笑得更起勁了。「眞的很抱歉，里歐，我不知道自己是怎麼了，我就是停不下來。」荷莉的肚子笑得好痛，她也注意到周圍人們好奇的眼光，但是她就是忍不住。就好像過去好幾個月的笑聲如今終於找到機會一次釋放出來。

里歐停下來，又靠著剛才的鏡子看著她。「妳不需要道歉，荷莉，想笑就笑吧。妳知道大家都說笑有益心理健康。」

「喔，我真的好久沒這樣笑了。」她咯咯地說。

「唉，我想妳最近也沒什麼可以大笑的事情。」他悲傷地微笑。傑瑞和里歐很要好；每次一見面兩人就互相取笑，但是彼此都知道是在開玩笑，也很喜歡對方。里歐不再沉浸在自己的思緒裡，開始忙碌起來，在荷莉的頭頂上大大一吻。「不過妳會沒事的，荷莉．甘乃迪。」他對她保證。

「謝謝你，里歐。」她邊說邊讓自己平靜下來，被他的關懷感動。他回頭專注弄著她的頭髮，臉上再度出現專注好玩的神情。荷莉又笑了起來。

「好，妳現在笑吧，荷莉。等會頭髮染得像美國國旗就看誰還笑得出來。」

「傑米好嗎？」荷莉急著改變話題，免得她又讓自己成爲眾人焦點。

「他把我甩了。」里歐邊說邊狠狠地踩著椅子的踏腳，讓荷莉升得高高的，不過荷莉卻因此在椅子裡晃得東倒西歪。

「喔——里——歐，我——眞的很抱——歉。你——們——倆很配——耶——」

他停下腳，「也許我們現在不配了，小姐，我想他已經又找到人了。好，我現在用兩種色調：黃金色，還有妳過去用的白金色。不然就是只有妓女和脫衣舞孃專用的古銅色。」

「喔，里歐，眞的很可惜耶。如果他有頭腦就會知道自己錯過了什麼。」

「顯然他就是沒大腦，我們兩個月前分手，我想他還是沒搞懂吧。不然就是已經想清楚了，而且覺得很慶幸。反正我受夠了，我受夠男人了。我要轉性了。」

「喔，里歐，這眞是你說過的最愚蠢的事情了……」

荷莉幾乎是蹦蹦跳跳踏出沙龍。傑瑞不在身旁，有些男人看著她，這對她來說很陌生，讓她有點不安，因此她跑到自己的車子旁，準備出發前往她爸媽家。今天到目前爲止都還蠻順利，找里歐做頭髮是個很好的決定。即使他在療傷止痛也能努力使她發笑。荷莉注意到了。

她停在她爸媽位於波圖馬鬧克的房子前，深深吸了口氣。她今天早上撥了電話，嚇了她媽一跳，告訴她媽今天可約時間見面。現在是三點半，荷莉坐在車內，心情忐忑不安。過去一個月來除了她爸媽到家裡看她之外，她根本沒有與家人共度任何時光。她不想要大家都在關心她、注意她，也不想回答那種關於她好不好或接下來要怎麼辦之類的問題。但無論如何他們總是家人，她的父母仍然非常擔心也關心她。

她爸媽的家就在波圖馬鬧克海灘對面的馬路邊，藍色旗幟顯示這個社區的整齊與潔淨。她瞪著前往海灘的那條小路。從出生後她就住在這裡，直到她搬出去與傑瑞同住。她曾經熱愛醒來時聽見海浪輕拍岩石的聲音，還有海鷗高興的啼叫聲。有片海灘做爲自家的前院是一件很棒的事，特別是夏日時分。珊倫家就在街角，天氣炎熱時她倆總會穿著最絢麗的夏裝前往海灘，尋找最帥氣的男孩。荷莉與珊倫相當不同：珊倫棕髮藍眼、皮膚白皙，胸部豐滿，荷莉則是金髮藍眼，膚色古銅，胸部小巧玲瓏。珊倫會大聲呼朋引伴，要男孩們過來。荷莉則是靜靜端坐用眼神誘惑人，將視線凝駐在她最喜歡的男生身上，直到他回視才將眼神挪開。兩個女孩至今並沒改變多少。

她並不打算久待，就聊一聊，拿了信封就走。她已經不想再爲了信封裡有什麼而折磨自己，因此她決心不再瘋狂地以爲那是傑瑞留給她的訊息。她深呼吸，按了電鈴，臉上堆滿笑容迎接開門的人。

「嗨，寶貝！快進來！」她媽以慣常的寒暄歡迎她，那張慈愛的臉龐讓荷莉每次看到都想親吻。

「嗨，媽，妳好嗎？」荷莉走進屋內，因爲家裡熟悉的氣味而感到舒適。「妳一個人在家？」

「是啊，妳爸跟笛坎倫去買油漆了。」

「妳和爸不會還在幫他付生活費什麼的吧？」

「也許妳爸是這樣，我可沒有。他現在晚上有工作，所以至少自己還有點零用錢。雖然我們從沒看過他替我們出過家裡的什麼錢。」她輕笑，帶著荷莉走進廚房，開始燒水。

笛坎倫是荷莉最小的弟弟，也是家裡的寶貝，因此她爸媽總覺得能怎麼寵他就怎麼寵他。但是這個「寶貝」，現在已經是個二十二歲的成年人，在大學主修電影製作，手裡老拎著一架攝影機。

「他現在的工作是什麼？」

她媽翻了翻白眼。「他參加了某個樂團。我想叫什麼高潮魚之類的名字。聽到這個名字我差點沒暈過去，荷莉。如果再讓我聽到他說哪家公司打算把他們簽下來或他們會變得多有名，我會瘋掉。」

「可憐的小笛，別擔心，他總會找到自己的方向的。」

「我知道，很有趣，因爲你們的緣故，我反而最不擔心他。他會找到自己的。」

她倆把馬克杯拿到起居室，坐在電視前。「妳看起來很不錯，寶貝，髮型也很好看。妳想里歐肯不肯幫我設計？還是我太老了？」

「我想只要妳不是想變成珍妮佛．安妮斯頓，應該都沒問題吧。」荷莉對她媽解釋了今天沙龍裡那個女人的故事，兩人都捧腹大笑。

「可是我也不想變成瓊．考琳絲，所以我還是放過他吧。」

「這樣可能聰明點。」

「有看上什麼好工作嗎?」她媽的聲調雖然漫不經心，但荷莉知道她腦子裡正不知打著什麼主意。

「還沒有，媽。老實說，我還沒開始看呢，我根本不知道自己想做什麼。」

「這倒是。」她媽點點頭。「妳慢慢來，好好想想自己喜歡什麼，否則會像上次一樣衝動地選了不喜歡的工作。」荷莉很驚訝聽到她媽這麼說。事實上，這些日子來大家的表現都讓她吃驚。也許問題出在她身上，而不是其他人。這樣想就有道理了。

荷莉上一個工作是祕書，替一個狡猾無情的小律師工作。她是被迫離職的，因爲那個討厭的傢伙竟然無法體諒她需要請假陪伴她瀕死的丈夫。現在她得開始找個新的……她是說工作。就目前而言要她早上起床上班，實在無法想像。

荷莉與她媽輕鬆地坐在起居室好幾個小時，聊些有的沒的，直到荷莉終於鼓起勇氣問起那個信封。

「喔，是啊，寶貝，我都給忘了。希望不是什麼重要的東西，放了好久了。」

「沒關係，我們很快就會知道重不重要了。」

她們互相道別，但荷莉就是無法離去。

荷莉坐在草地上遠眺金色沙灘與大海，手輕拂過那個信封。她媽的形容不是很準確，這是個厚重的棕色包裹，不算是信封。地址是用打字機打在貼條上，因此她無法用筆跡猜出寄信者。地址上方是兩個粗體字：**清單**。

她的胃糾結了一會。如果不是傑瑞寄來的，那麼荷莉終究得接受他已經離開人世的事實，他已完全離開她的生命，她也得開始思考如何在沒有他的情況下活下去。如果是他寄來的，雖然仍得面對同樣的未來，但至少他每天都能回到她的生命中幾分鐘，讓她對他有全新的回憶，足以度過她的餘生。

她的手指發抖，輕輕撕開包裹。她上下搖了搖，把裡面的東西倒出來。十個小小的信封掉了出來，有點像是送花時附的小信封，每個上面都寫著不同的月份。她的心停止跳動好幾拍，因爲她看見信封下一張紙上熟悉的筆跡。

是傑瑞寄來的。

第五章

荷莉屏住呼吸，淚水又流下，她心跳加速地看著那熟悉的筆跡，知道寫信給她的這個人已經無法再寫了。她用手指摩挲他寫的一字一句，想到最後碰觸這張紙的人就是他。

我親愛的荷莉：

我不知道當妳看到這封信時，妳人會在哪裡，或什麼時候才會看到它。我只希望妳一切平安、健康、快樂。不久前妳曾經對我細語，說妳無法獨力走下去。妳可以的，荷莉。

妳堅強又勇敢，可以度過這一切。我們曾經共有許多美好的時光，妳成就了我的人生……妳成就了我的人生。我如今毫無遺憾。

但我僅是妳人生的一個章節，未來還有許多章節。別忘了我們美好的回憶，但是也不要害怕繼續往前走。

謝謝妳，讓我有榮幸，成為妳的另一半。對所有的一切，我永誌感激。

只要妳需要我的時候，妳知道我會與妳常相左右。

永遠愛妳

妳的摯友，妳的夫

傑瑞

PS.我答應要給妳擬一份清單，都在這裡了。這些信封得按照上面的月份才能打開，切勿違背。

記得，我看顧著妳，所以，我會知道的……

荷莉崩潰了，悲傷排山倒海而至。然而同時她也感覺解脫；知道她的傑瑞仍將陪伴她好一會兒。她整理那些白色小信封。現在是四月，但是因爲她前幾個月都錯過了，所以她緩緩打開三月的那一個信封，想要好好品味這個感覺。裡面是有著傑瑞筆跡的一張小卡片。上面寫著：

別再摔得鼻青臉腫了，該買盞床頭燈了！

PS.我愛妳。

她的淚水轉成笑聲，因爲那就是傑瑞的語氣！

荷莉看了他的信一次又一次，像是想讓他重獲新生。最後當她終於無法從淚水中看清文字時，她望向大海。她一直覺得大海很能撫慰人心，即使當她還是個小女孩時，如果心情不好需要思考，她就會走上小徑步往沙灘。她的父母知道當她人不在家裡時，總能在海邊找到她。

她閉上雙眼，隨著波浪的節奏輕輕擺動，跟著它柔柔地呼吸。大海就像在深呼吸，吸氣時將海水往後拉，吐氣時又將它送上沙灘。她繼續跟著它呼吸，感到自己的脈搏也穩定下來，心情也隨之平靜。她想到自己在傑瑞生命最後的時光躺在他身邊，傾聽他呼吸的景象。她不願離開他身邊去應門、爲他準備食物或上廁所，深怕那可能就是他離開她的時刻。當她回到他身旁時，她總是動也不動地靜坐，一面聽著他呼吸，一面觀察他胸膛的任何動作。

不過他總是一次次地撐過去。他求生的意志與力量讓醫生也百思不解；傑瑞不準備就這麼放手離去。直到最後一刻，他仍保持自己的幽默感；當時他已經非常衰弱，聲音幾乎聽不見，但荷莉就像個了解嬰兒牙牙學語的母親，她聽懂了他的新語言。兩人會在深夜咯咯笑著，而在其他夜裡，則是相擁而泣。荷莉爲了他而堅強，因爲她的新工作就是當他需要她時隨時在他身邊。現在回頭看。或許她需要他的程度還遠超過他之於她。她需要有那種被需要的感覺，這樣她才不會惶惶終日，全然無助。

二月第二天的凌晨四點，荷莉緊握傑瑞的手，對他微笑打氣，他嚥下了自己最後一口氣，閉上了雙眼。她不想要他害怕，也不想要他覺得她害怕，因爲她並沒有如此。她感到輕鬆，因爲他的痛苦終於結束，也因爲自己在場，看著他安詳地離世。她感到解脫，因爲自己曾經認識這個人、愛過這個人，也被他所愛，更知道他閉上雙眼前看見的是她微笑的臉，鼓勵著他，讓他知道放手離去是無需擔心的。

接下來的幾天如今對她是一片模糊。她讓自己忙碌，安排葬禮事宜，與他的親戚或十年沒見的老同學見面。她維持自己的冷靜與堅毅，因爲這樣她才能清楚地思考。她很感激經過幾個月之後，他的折磨終於結束。當時她沒法感受到此時這種憤怒或苦澀，沒法體認這個生命從她身邊被奪走的事實。直到她領取丈夫的死亡證明她才生出憤怒的感覺。

而且來得很強烈。

當她坐在人來人往的衛生所，等著自己的號碼被呼喚時，她開始想爲什麼傑瑞的號碼會在他這麼年輕的時候就被召喚。她擠在一對年輕夫婦和一對老夫妻中間；她和傑瑞曾經有的過去和未來的景象讓她覺得一切都太不公平了。孩子們的尖叫聲越來越大，過去和被剝奪的未來讓她無法呼吸，她才體認她不應該在這裡的。

她的朋友不該在此。

她的家人也不該在此。

事實上世界上多數人也不應面對她現在的情境。

實在太不公平了。

因爲眞的很不公平。

將丈夫正式的死亡證明提出給銀行主管與保險公司看之後——像是她臉上的表情還不夠證明這一切般——荷莉回到家裡，將自己與曾經有過她人生回憶的外界隔絕。那曾是她的快樂人生，再好也不過了。那麼爲什麼她眼前的新人生會糟成這樣呢？

那已經是兩個月前的事了。她直到今天才走出家門。而且得到這麼好的歡迎禮，她想道，低頭對那堆信封微笑。傑瑞回來了，事情開始看來比她原先想的好一點了。

荷莉無法克制自己的興奮，急忙用顫抖的雙手撥了珊倫家電話。打錯了幾次後，她終於冷靜下來，專心撥了正確的號碼。

「珊倫！」電話一被拿起來她就尖叫，「妳一定猜不到了！老天，我自己都不相信！」

「呃……不是，我是約翰，我叫她來聽。」約翰聽來非常擔心，急忙叫了珊倫。

「怎樣，怎樣了？」上氣不接下氣的珊倫說：「怎麼了？妳還好嗎？」

「我很好！」荷莉歇斯底里地笑起來，不知道該哭還是該笑，突然忘了該說什麼了。

約翰看著珊倫在廚房桌旁坐下，表情非常困惑，一面還得努力聽出話筒另一端激動的荷莉究竟在說什麼。似乎是甘乃迪太太給了荷莉什麼信封，裡面還有檯燈。眞是叫人擔心。

「好了！」珊倫大叫，讓荷莉和約翰都嚇了一跳。「妳的話我一個字也聽不懂，拜託，」珊倫慢慢地說，「妳慢慢講，深呼吸，從頭說起，最好用英文。」

突然間，話筒那端傳出啜泣。

「喔，珊倫，」荷莉的語氣破碎沉靜，「他寫了一份清單給我，傑瑞寫了一份清單給我。」

珊倫聽見這件事後完全無法動彈。

約翰看著自己妻子的眼睛睜大，他趕緊拉了一張椅子，坐在她身旁，將頭貼近話筒，才聽得見一切。

「好吧，荷莉，我要妳盡快但安全地抵達我家。」她又停了下來，將約翰的頭撥開，像是趕蒼蠅一樣。這樣她才能聽見荷莉剛說了什麼。「這是……好消息？」

約翰從桌旁沒好氣地站起來，開始在廚房踱步，猜想究竟是什麼事。

「眞的，珊倫，眞的是好消息。」荷莉哭著說。

「好吧，妳現在就過來，我們可以好好談談。」

「好。」

珊倫掛上電話，沉默地坐著。

「什麼事？怎麼了？」約翰完全無法忍受自己還在狀況外。

「喔，對不起，寶貝。荷莉要過來了。她，嗯，她說，嗯……」

「**怎麼了嘛**，老天？」

「她說傑瑞寫了一份清單給她。」

約翰瞪著她，端詳她的臉，分不清她是否說眞的。珊倫擔心的藍眼回瞪著他，他知道她是認眞的。他在桌旁坐下，兩人沉默不語地坐著，瞪著牆壁，迷失在思緒中。

第六章

「哇。」珊倫和約翰看著荷莉把牛皮紙袋的東西倒出來時只能這麼反應。他們三人一語不發地圍坐在餐桌旁。過去幾分鐘內他們幾乎沒怎麼交談，都在設法形容自己的感受。他們談話的內容差不多是這樣的：

「可是他是怎麼……」

「我們怎麼會沒注意到他……老天……」

「你們覺得他是什麼時候……好吧，有時的確是只有他一個人……」

荷莉與珊倫只能彼此對望，聽著約翰不斷喃喃自語，設法回想自己病重的好友在何時、何地，而且如何，實現這個對妻子的承諾，而完全沒有人發現。

「哇。」最後他終於不斷重複這個字，確定傑瑞眞的這麼做了。他的確獨力完成了。

「是啊。」荷莉同意。「你們兩個眞的一點也不知情？」

「我是不知道妳如何，荷莉。但是我想約翰是整件事的主腦的確是毋庸置疑。」珊倫揶揄。

「哈，哈。」約翰乾笑。「不過他眞的是說到做到了，對不對？」約翰微笑著看著兩個女人。

「的確如此。」荷莉靜靜地說。

「妳還好嗎，荷莉？我是說，妳有什麼感受？一定很……奇怪吧？」珊倫又問了一次，她的擔憂溢於言表。

「我覺得很好。」荷莉沉思。「老實說，我覺得這是眼前最好的一件事了！其實我們會這麼驚訝蠻可笑的，因爲我和傑瑞討論這份清單好久了。我的意思是，我本來就該收到它！」

「是沒錯，可是我們之間沒有人會眞的這麼做！」約翰說。

「爲什麼？」荷莉質問，「它的意義就是在這裡啊，讓你心愛的人能在你走後安心度過餘生！」

「我想傑瑞是唯一認眞看待這件事的人吧。」

「珊倫，傑瑞是唯一離開我們的人，他應該最清楚哪些事該認眞看待吧。」

一陣沉默。

「好了，我們來仔細研究研究吧。」約翰突然振作起來，開始自得其樂。「這裡有多少信封？」

「嗯……有十封。」珊倫數著，加入大家眼前的新任務。

「好，那麼有哪幾個月呢？」約翰問。荷莉一邊整理。

「這裡有三月，就是我已經打開，講檯燈的那一封，四月、五月、六月、七月、八月、九月、十月、十一月和十二月。」

「那麼一年的每個月都有一個訊息。」珊倫慢慢地說，沉思起來。他們默默地坐著，想著同一件事：傑瑞早就知道他活不過二月了。

荷莉愉快地看著她的朋友。傑瑞不管寫了什麼，應該都很有意思，但更重要的是，他成功地讓她自覺一切又已恢復正常。與約翰及珊倫同樂，一同猜測信件的內容。就好像他仍在他們身邊一樣。

「等等！」約翰嚴肅地喊道。

「怎麼了?」

約翰的藍眼閃爍，「現在是四月，妳還沒打開耶。」

「喔，我都忘了!喔，我現在該怎麼辦?」

「開啊，」珊倫慫恿，「我們可不希望傑瑞回來糾纏我們吧?」

荷莉拿起信封，慢慢地將它打開。她只能再開四封信，她希望珍惜每一秒鐘，再讓它變成回憶。她將裡面的小卡片抽出來。

迪斯可女王必須呈現自己最無懈可擊的外表。去買件好衣服吧，下個月用得到的!

PS.我愛妳。

「哇……」約翰和珊倫興奮地同聲唱和，「他越來越神祕兮兮囉!」

第七章

荷莉像個精神錯亂的女人一樣躺在床上，臉上掛著微笑，把燈開了又關，關了又開。她和珊倫到瑪菈海的「家居佳居」，兩人最後決定這盞雕工優雅精細、搭配奶油燈罩的檯燈，正合她家主臥室奶油色爲主的木頭家具（她倆選的當然是貴得離譜的那一盞，破壞傳統怎麼說都不對勁，是吧？）。雖然傑瑞沒有在場與她一起，但是她感覺就像它是他們一起決定買下來的。

她把臥室的窗簾拉上，試試她的新燈。這盞床頭燈讓房間變得柔和，室內看起來更溫暖了。有了它他們兩人每晚的爭執便輕易解決，但是他們也許不會想讓那些爭執結束吧。那些爭執已經成了例行公事，兩人皆習以爲常，爭執讓他倆感覺更親密。她現在寧可放棄一切，只願與他再度重溫那些小小的爭執。而且她會欣然地爲他離開舒服的被窩，走過那些冰冷的瓷磚，即使在黑暗中撞到床而因此瘀青也樂陶陶。但是一切都過去了。

葛羅莉亞·蓋娜的歌曲〈我會活下去〉將她拉回現實，她才聽見自己的手機響了。

「喂？」

「妳好啊，老姐，我回來囉!!」一個熟悉的聲音尖叫。

「喔，老天，琦菈！我不知道妳要回來！」

「這個嘛，其實我也不知道，不過我沒錢了，所以決定回來給大家一個驚喜！」

「哇，我敢說爸媽一定很驚訝。」

「是的，老爸走出淋浴間時，嚇得連毛巾都掉了。」

荷莉用雙手掩住臉，「拜託，琦菈，他不會吧？」

「所以我看到老爸時沒抱他！」琦菈大笑。

「噁心，噁心死了。改個話題好嗎？不然我腦海裡那景象揮之不去耶。」荷莉大笑。

「好吧，我是來打電話告訴妳我回家了，顯然老媽晚上要準備大餐叫大家回來慶祝。」

「慶祝什麼？」

「我還活著。」

「喔，好吧，我還以爲妳要宣佈什麼呢。」

「就是我還活著啊。」

「是——喔——那誰會來？」

「全家人啊。」

「我有告訴妳我要去看牙醫把我的牙齒拔光嗎？抱歉我不能去。」

「我知道，我知道，我自己也跟媽這麼反應，但是我們大家很久沒聚聚了。妳看妳上次見到理查和玫莉是什麼時候了？」

「喔，那個老大哥，他上次在葬禮時心情快活得不得了。還自以爲聰明地安慰我說什麼：『妳不考慮把他的大腦捐給醫學機構嗎？』沒錯，可眞是個了不起的大哥。」

「天啊，荷莉，對不起我忘了葬禮的事。」她妹的聲音變了。「對不起我沒趕上。」

「別傻了，琦菈，我們都覺得妳不用趕回來。」荷莉很快地說。「從澳洲來回一趟實在太貴了，所以別再提了，好不好？」

「好。」

荷莉很快改變話題，「所以妳說全家人是表示……？」

「沒錯，理查和玫莉要帶我們可愛的姪子姪女來，傑克和愛比也會回來，笛坎倫人會到但是可能心不在焉，老爸、老媽，當然，妳也會來。」

荷莉呻吟。雖然荷莉對家人實在不以為然，但是她與二哥傑克關係卻非常緊密。他只比她大兩歲，所以他們一直都很好，他也非常保護她。媽媽總是說他們兩個是她的「小精靈」，因為他們總是喜歡在家裡搞怪，對象通常是針對大哥理查。傑克的長相與個性都與荷莉相似，她也認為他是兄弟姊妹裡最正常的。兩人的親密也有助她與他交往七年的伴侶愛比相處愉快。當傑瑞還在世時，他們四個人經常碰面吃飯。當傑瑞在世時……天啊，感覺真怪。

然而琦菈卻是完全不同的類型。傑克和荷莉深信她來自琦菈星球，上面只有一個人口：琦菈自己。琦菈長得像他們的爸爸，黑髮長腿。她身上也佈滿了刺青與環扣，因為她的足跡踏遍全球。去一個國家，多一個刺青，他們的爸爸曾經這樣打趣。不過傑克與荷莉深信，是一個男人，一個刺青。

當然這一切看在家中老大哥理查（傑克與荷莉則叫他迪克）眼中只會讓他眉頭深皺。理查生來就有嚴重毛病：個性跟個老頭子沒兩樣。他的人生盡是規則、法理與服從。在他小時候曾經有個朋友，兩人在十歲吵了一架，從此之後，荷莉再也記不得他是否曾帶任何人回家、有任何女友或甚至曾出門社交。她和傑克都認為迪克能結識和他同樣無趣的妻子玫莉簡直堪稱奇蹟。也許是在一場反快樂大會上吧。

並不是說荷莉的家人是全世界最糟的，只是他們真的是截然不同個性的混合體。這些個性上的不合通常會讓大家在最不恰當的時候吵起來，荷莉的父母則稱之爲「沉重的討論」。他們其實合得來，不過得需要大家真的努力，而且拿出自己的最佳風度才行。

荷莉經常與傑克約了吃午餐或是喝個咖啡什麼的，只爲了看看彼此的生活好不好，兩人對彼此都很關心。她喜歡有他作伴，他不只是一個哥哥，還是一個真心的好友。然而最近他們不常見面，不過傑克了解荷莉，他知道她需要一點自己的空間。

荷莉唯一能見到小弟笛坎倫的時候就是回家找爸媽時，他來應門的時候。笛坎倫不太會跟人聊天，也是在一群大人之間會覺得渾身不對勁的那種小孩，所以荷莉一直不是很了解他。他是個好孩子沒錯，只是還需要找尋自己的方向。

她二十四歲的妹妹琦菈一整年都不在國內，荷莉真的蠻想念她。她們從來不是那種會交換衣服穿、咯咯笑著討論男生的姊妹；兩人的品味天差地別，不過由於是兄弟姊妹中唯一的兩個女生，她們對彼此很了解。琦菈跟笛坎倫很類似；兩個人都是夢想家。傑克和荷莉則是從小到大都是好朋友……至於理查……。他總是家中單槍匹馬的那一個，不過荷莉認爲他喜歡這種孤立的感覺，因爲他完全不了解自己的家人。荷莉最怕聽他滔滔不絕的無聊演說，對她人生冷酷的質問，以及晚餐桌上永無止盡的批評。不過今天是歡迎琦菈回家的場合，傑克也會回來；荷莉就靠他了。

所以，荷莉對今晚有何期盼？一點也沒有。

荷莉勉強敲敲家門，馬上聽見小腳丫快步走向大門的聲音，伴隨著一個不是小孩的嗓音。

「媽咪！爸比！是荷莉姑姑耶！荷莉姑姑來了！」

是姪兒提米，姪兒提米。

他的快樂馬上被一個嚴厲的聲音粉碎（不過姪兒通常不會因爲她的來訪而如此興奮，屋內的氣氛絕對是史無前例地無聊）。「提米！我不是說不可以在屋子裡跑來跑去！你會跌倒受傷的，去罰站，好好反省自己。聽懂了沒有？」

「懂了，媽咪。」

「拜託喔，玫莉，摔在地毯上或軟綿綿的沙發上，哪會受傷啊？」

荷莉笑了出來；琦菈絕對是回來了。當荷莉正認眞考慮逃跑時，大門打開，玫莉站在她眼前。她看起來比往常的臉更臭，一點也不熱忱。

「荷莉。」她點頭致意。

「玫莉。」荷莉學她。

進了客廳後，荷莉四處尋找傑克，但沒找到他人，讓她失望。理查就站在壁爐前面，竟穿著一件色彩繽紛的羊毛衫；也許他今天還會讓頭髮垂下來呢。他雙手插在口袋裡，前前後後地晃著，一副發表演講的模樣。他的演講應當是針對他們可憐的老爸法蘭克，他正不安地坐在自己最喜愛的沙發上，像個被責罵的學童。

理查完全沉浸在自己的演說中，根本沒看見荷莉已經走進客廳，她對可憐的爸爸送了個飛吻，一點也不想被扯進他們的對話中。她爸對她微笑，假裝接住了她的吻。

笛坎倫癱在沙發上，穿著破破爛爛的牛仔褲和「南方四賤客」的T恤，努力地抽著菸，玫莉不客氣地走上去，警告他抽菸的危險性。「眞的嗎？我倒不知道。」他用很擔憂的聲音回答她，然後將自己的菸捻熄。玫莉的臉看起來心滿意足，直到笛坎倫對荷莉眨眨眼，又伸手到菸盒裡抽出一根菸點燃。「拜託妳再多說一點，我想更瞭解一點，想得要死呢。」玫莉厭惡地瞪著他。

琦菈躲在沙發後面，對著可憐的提米背後丟爆米花；這孩子正在房間角落面壁思過，嚇得不敢回頭。愛比則端坐在地板上，被五歲的艾蜜莉與一個看來邪惡不已的娃娃使來喚去。她瞥見荷莉的視線，用嘴唇默默說出「救命啊」三個字。

「嗨，琦菈。」荷莉走近她妹妹，琦菈高高跳起給了她一個大擁抱，抱得比平常還要緊一點，「頭髮很好看喔。」

「妳喜歡嗎？」

「是啊，妳很適合粉紅色。」

琦菈看來很得意，「我就是一直這樣告訴他們啊。」她邊說邊擠眉弄眼，瞪著理查和玫莉。「我的姊姊如何呢？」琦菈柔柔地問，充滿情感地摸摸荷莉的手臂。

「喔，妳知道的。」荷莉虛弱地笑笑，「反正就是撐著。」

「如果妳要找傑克的話，荷莉，他在廚房幫忙準備晚餐。」愛比告訴她，一面睜大雙眼，再次無聲地說：「救救我吧。」

荷莉對愛比抬起眉毛，「眞的嗎？他眞好呢，幫忙準備晚餐。」

「哦，荷莉，妳不知道傑克有多愛煮飯，愛透了。怎麼幫忙都嫌不夠呢。」她嘲諷地說。

荷莉的爸爸咯咯地笑著，這讓理查停住。「父親，有什麼好笑的？」

法蘭克在椅子裡緊張地挪動，「我只是覺得這麼一根小小的試管能做出這麼神奇的事情眞的很了不起。」

理查對父親的愚昧發出不贊同的嘆氣聲。「沒錯，不過你得瞭解這些都很精巧，了不起還不足形容。裡面的有機物結合了……」他繼續滔滔不絕，他父親則往後坐，設法避免與荷莉有任何眼神接觸。

荷莉躡手躡腳地走進廚房，看到她哥正坐在某張椅子上蹺著二郎腿吃東西。「啊，原來在這裡，如假包換的大廚。」

傑克從椅子中站起身，微笑著。「這可是我最愛的妹妹。」他皺皺鼻子，「我看妳也被捲進這整件事了。」他走向她，對她伸出雙臂，給她一個大熊擁抱。「妳好嗎？」他在她耳邊低聲問。

「我還好，謝謝。」荷莉悲傷地對他微笑，在他雙頰親吻，然後轉向她媽。「親愛的媽媽，我在您人生中極度緊張又忙碌的此時，爲您提供服務。」荷莉在她媽泛紅的臉頰上親了親。

「喔，我眞是全世界最幸運的女人？有你們這麼體貼的小孩。」伊莉沙白諷刺地回答。「告訴你們，你們可以把那邊的馬鈴薯瀝乾。」

「媽，妳再說一次妳小時候飢荒然後沒東西吃的故事嘛。」傑克用誇張的愛爾蘭腔說道。

伊莉沙白玩笑地用抹布打他的頭，「啊，那是我出生之前了，兒子。」

「可不是嘛，媽。」傑克說。

「好了你們掃來了。」荷莉也加入了。

他們兩人停了下來看著她。『掃』來了？」她媽大笑。

「你們都給我閉嘴啦。」荷莉在她哥身旁坐下。

「我希望你們兩個今天晚上別惡作劇了，我希望至少這一次大家能夠不吵架。」

「媽，我很驚訝妳竟然認爲我們會吵架。」傑克對荷莉眨眼。

「好吧。」她回答，一點也不相信兒子的話。「好了，抱歉孩子們，不過這裡沒你們的事了，晚餐馬上就好了。」

「喔。」荷莉很失望。

伊莉沙白坐下來加入她的孩子們，他們三人就瞪著廚房門，想著同一件事。

「不行，愛比，」艾蜜莉大聲尖叫，「妳沒有照著做。」然後她哭了起來。接著則是理查大聲笑的聲音；他可能說了個冷笑話，因爲其他人都沒笑。

「所以我想我們最好待在這裡等晚餐就緒吧。」伊莉沙白又說。

「好了，大家，晚餐上桌囉。」伊莉沙白宣佈，人人都往餐廳走去。氣氛有點詭異，有點像是小孩的生日派對，大家爭先恐後地都要坐在壽星旁邊。最後荷莉對自己選的位置終於滿意了，她坐在桌子的最末端，左邊是她媽媽，右邊是傑克，愛比表情有點陰沉，因爲她坐在傑克和理查之間。等會回家時，傑克可能有好戲瞧了。笛坎倫就坐在荷莉對面，中間的位子則坐了提米、艾蜜莉、玫莉，然後琦菈。荷莉的爸爸則大事不妙地坐在餐桌的上位，就在理查和琦菈之間，但是他冷靜異常，所以，這個位子再適合他也不過了。

隨著伊莉沙白將食物端上桌，大家讚聲連連，香味溢滿整間餐廳。荷莉一直熱愛她媽的烹飪，她媽一向勇於嘗試新口味與新食譜，但這種特質並沒遺傳到女兒身上。

「嘿，可憐的小提米快餓死了。」琦菈對理查說：「那個可憐的小孩也罰站夠久了吧？」

她知道現場狀況一觸即發，但是她就是喜歡其間的危機感，更重要的是，她熱愛把理查惹毛。畢竟她得把自己錯過的補回來，她離家有一年了呢。

「琦菈，讓提莫西知道自己做錯事是很重要的。」理查解釋。

「沒錯，可是跟他說清楚就好了不是嗎？」

其他人努力地不笑出來。

「他需要知道他的行爲可能會有嚴重後果，這樣他以後就不會再犯了。」

「喔，好吧。」她的聲音提高了八度，「他會錯過這些好吃的食物。嗯……」她邊說邊舔嘴唇。

「不要這樣，琦菈。」伊莉沙白制止她。

「不然妳就得去罰站了。」傑克嚴厲地加油添醋。

餐桌上爆出笑聲，當然玫莉與理查例外。

「好了，琦菈，告訴我們妳在澳洲的冒險吧。」法蘭克迅速改變話題。

琦菈的眼睛發亮，「喔，眞的很棒，爸，我要向每個人推薦澳洲。」

「不過飛機得坐好久。」理查說。

「沒錯，不過很値得。」

「妳的刺青有沒有增加？」荷莉問。

「是啊，妳們看。」話說完，琦菈在餐桌旁站起來，將牛仔褲拉下，露出臀部上的一隻蝴蝶。

老媽、老爸、理查和玫莉全都出聲抗議，其他人則爆出笑聲，而且持續了許久。最後琦菈還得跟大家道歉，玫莉將遮住艾蜜莉雙眼的手挪開，餐桌上才平靜下來。

「眞是噁心。」理查厭惡地說。

「我覺得蝴蝶很漂亮啊，爸爸。」艾蜜莉睜著天真的大眼說道。

「是的，有些蝴蝶很美麗，艾蜜莉，不過我說的是刺青。它們會讓妳感染病菌什麼的。」艾蜜莉的微笑消逝了。

「嘿，我才不是在什麼陰暗的小地方跟毒販共用刺青的針頭喔。那個地方乾淨得不得了。」

「這可是我聽過最矛盾的說法了。」玫莉同樣厭惡地表示。

「喔，妳最近有去過什麼刺青店嗎？玫莉？」琦菈有點生氣了。

「是……沒有啦……，」她結結巴巴地說：「還好我從來沒去過這種地方，不過我肯定它們一定不乾淨。」然後她轉向艾蜜莉。「那裡很危險、很可怕，艾蜜莉。只有危險的人才會去那裡。」

「琦菈姑姑危險嗎，媽媽？」

「只有對紅頭髮的五歲小女孩是危險的喔。」琦菈故意板起臉。

艾蜜莉愣住了。

「理查，親愛的，提米要不要來吃點東西了？」伊莉沙白客氣地問。

「是提莫西。」玫莉打斷她。

「是的，母親，我想可以了。」

一個滿臉歉意的小提米——喔，對不起，是提莫西——慢慢地走進餐廳，頭垂得老低，安靜地在笛坎倫身旁坐下。荷莉覺得很是心疼，何必對一個小孩這麼殘忍，讓他們不做一些小孩做的事情……當她感到他的小腳丫在桌底下故意踢著她時，她的同情心消退了。這孩子應該繼續罰站的。

「琦菈，繼續說啊，那裡有什麼好玩又超酷的事情？」荷莉催促著。

「喔，對了，我還做了高空彈跳，不只一次。我這裡有照片。」她伸手到臀部口袋，大家都把視線挪開，以免她又來一次露臀秀。還好她只是把皮夾掏出來，在餐桌上傳著她的相片，繼續解釋。

「第一次我是從橋上跳下，下去時我的頭碰到水面………」

「喔，琦菈，聽起來眞是危險。」她媽用手遮住臉。

「不會的，一點也不危險。」她對媽媽保證。

最後相片傳到荷莉手上，她和傑克大笑不已。琦菈掛在一條纜繩上，她的臉因爲眞正的恐懼正尖叫扭曲。她的頭髮（那時是藍色的）像被電擊一樣呈放射狀。

「眞是吸引人的相片，琦菈。媽，妳找個相框框起來放在壁爐上。」荷莉開玩笑。

「對耶！」想到這件事就讓琦菈眼睛一亮，「眞是酷斃了！」

「當然好，親愛的，我會把妳領聖餐的照片拿下來，放這張上去。」伊莉沙白諷刺地說。

「我可不知道哪張比較嚇人。」笛坎倫說。

「荷莉，妳生日打算怎麼過？」愛比從對面問她。顯然她絕望地想從與理查的對話中脫身。

「喔，對了！」琦菈大叫，「妳再過幾星期就要三十歲了！」

「我什麼都不過。」她警告大家，「我不要什麼驚喜派對或禮物，**拜託**。」

「唉呦，一定要嘛……」琦菈說。

「不，如果她不想要就不勉強。」她爸爸打斷琦菈，對荷莉鼓勵地眨眨眼。

「謝謝，爸，我可能找些女性朋友去餐廳過吧。不會有什麼太瘋狂的事情。」

理查看到相片後嘖嘖表示不滿，然後把它傳給他爸爸。他看到琦菈的模樣咯咯笑個不停。

「是啊，我贊成荷莉的做法。」理查說：「這些生日慶祝會怎麼說都有點尷尬。大人跟小孩子一樣，在地板上玩『搖到外婆橋』，而且還喝得爛醉。妳這樣做很正確。」

「是嗎？我其實很喜歡那些派對耶，理查。」荷莉回嘴，「只是今年我實在沒什麼慶祝的心情罷了。」

餐桌上一陣沉寂，直到琦菈突然說：「那就僅限女士參加囉。」

「我可以帶照相機嗎？」笛坎倫問。

「幹嘛？」

「拍些派對的照片當作業。」

「好吧，如果你覺得合適的話……不過你要知道我是不會去什麼時尚夜店喔。」

「不會，我才不管妳們去哪裡……唉呦！」他大叫然後惡狠狠地瞪著提莫西。提米對他吐出舌頭，大家則繼續交談。吃完主菜後，琦菈失蹤了一會兒，回來時手裡拿著一個大包包，宣佈：「發禮物囉！」

提米和艾蜜莉歡呼。荷莉希望琦菈記得準備這兩個孩子的東西。

她們的爸爸收到了一個花花綠綠的飛鏢，他還假裝對著自己的太太投出去，理查則收到一件上面印有澳洲地圖的T恤，他馬上開始在餐桌上教起提米和艾蜜莉。可笑的是玫莉什麼都沒收到。傑克和笛坎倫的T恤則印有不雅的圖案，還寫著「我去澳洲草叢尋芳了。」荷莉的媽媽收到的則是古老的原住民食譜。而荷莉則感動地收下那個美麗的捕夢網。「這樣妳的夢都能成眞了。」琦菈在她耳畔低語，然後親親她臉頰。

還好琦菈有爲小朋友準備糖果，不過看來很可疑，似乎就是在附近的糖果店買的。它們馬上就被理查和玫莉沒收，說是會讓孩子們蛀牙。

「那把糖果還我讓我蛀牙。」琦菈要求。

提米和艾蜜莉傷心地看著其他人手上的禮物，卻又馬上被理查責怪沒有專心在澳洲地圖上。提米對荷莉做了個鬼臉，她心裡溫暖了起來，還好這兩個孩子沒忘記自己孩子的天性。

「好了，我們該出發了，不然理查跟小孩都要睡在餐桌上了。」玫莉宣佈。小孩現在正精神抖擻呢，不斷在桌底下踢著荷莉和笛坎倫。

「那麼在大家離開之前，」荷莉的爸爸大聲宣佈，餐桌上的交談安靜下來，「我想要敬我美麗的小女兒琦菈一杯酒，歡迎她回家。」他對女兒微笑，「我們都很想妳，寶貝，很高興妳平安返家。」法蘭克說完，大家也都乾了杯，「敬琦菈！」

理查和玫莉離開後，其他人也陸續回家了。荷莉走入外面冰冷的空氣，獨自上車。她爸媽站在門口向她揮手道別，但她還是覺得好孤單。通常她都是和傑瑞一同離開晚餐聚會，不然就是回家時他在家裡等著她。但今晚他不在家，明晚也不在，後晚也不在……

第八章

生日那天，荷莉站在落地鏡前審視自己。她已經聽從了傑瑞的命令，爲自己買了一套新衣。爲的是什麼，她自己也搞不清楚，不過她倒是每天都得不斷克制自己打開五月份信封的衝動。反正也只剩下兩天了，她眞是等不及了！

爲了符合她現在的情緒，她仍然選擇全身黑。她套上緊身牛仔褲，讓雙腿看來更修長，也與她黑色長靴相互襯托，而黑得發亮的緊身衣讓她的胸部看來更挺。里歐把她的髮型設計得無懈可擊，儘管把它往上紮起，仍有幾絡髮絲柔柔垂在她的肩頭。荷莉用手指梳頭髮，想到今天在美髮沙龍的情形便微笑起來。

她氣喘吁吁地走進沙龍，一面說：「眞對不起，里歐，我一直講電話，不知道時間已經到了。」

「別擔心親愛的，無論何時妳來，我的手下都能讓妳在半小時內開始做頭髮。**科林！**」他在空氣中卡噠卡噠弄著指頭。

科林馬上丟下手邊的工作跑過來。

「老天，妳是用馬兒的洗髮精洗頭嗎？妳的頭髮已經長這麼長了，我幾個禮拜前才剪的呢。」

他激動地把荷莉坐著的椅子踩得更高，「今天晚上有什麼特別的計畫嗎？」他邊問邊攻擊那張椅子。

荷莉深知這種情況下最好盡快回答他的問題，她可不想又像上次陷入狂笑。

「偉大的三跟零。」她邊說邊咬嘴唇。

「什麼東西啊，妳打算坐的公車路線嗎？」

「不是啦！我就是要三十歲了啦！」

「這我當然知道，**科林**！」他大叫，又將指頭弄得噠噠作響。接著，科林從荷莉後面的員工休息室裡端出一個蛋糕，後面則排著一隊美髮師，大家和聲唱著：「生日快樂。」荷莉目瞪口呆，只能說出「里歐！」兩個字。她奮力不讓自己哭，不過仍失敗了。此時屋內人人都加入祝福，荷莉為此感動不已。結束後，大家鼓掌，隨後回頭做自己手邊的事。

荷莉一句話也說不出來。

「我的上帝啊，荷莉，那個星期妳還在這裡笑得快從椅子上掉下來，現在妳又哭成這樣！」

「喔，那是因為這實在很貼心，里歐，謝謝你。」她邊說邊擦乾眼淚，給他一個大大的擁抱，並親親他。

「妳上次給我那個大驚喜後，我總得報仇吧。」他回答，聳聳肩試圖掩飾自己滿腔的感情。

荷莉笑著想起里歐的五十大壽驚喜派對。她記得主題是「羽毛與蕾絲」，那天荷莉穿了一件美麗的緊身蕾絲洋裝，而老是愛搞笑的傑瑞，則在脖子上圍了一條粉紅色的羽毛圍巾，以搭配他的粉紅襯衫與領帶。那晚結束前，他讓里歐驚訝地接受了第五十個吻，雖然里歐宣稱自己嚇壞了，大家也知道他其實因為自己受到眾人注目而竊喜。第二天，里歐瘋狂地打電話給前晚參加派對的每一個賓客，或是留言。荷莉好幾週都不敢打電話給他約時間做頭髮，怕他把她給殺了。聽說那一週里歐的生意差得不得了。

「不過你可是很喜歡那天晚上的脫衣猛男。」荷莉捉弄他。

「喜歡？我後來跟他約會一個月呢。那個混帳東西。」

每位客人面前都送上一片蛋糕，大家都轉過頭謝謝她。

「眞不知道謝妳幹嘛。」里歐咕噥道：「買這天殺蛋糕的可是我呢。」

「別擔心里歐，我會給你足夠小費的。」

「妳瘋了嗎？妳的小費連我搭公車的車票錢都不夠。」

「里歐，你就住在隔壁。」

「沒錯啊！」

荷莉嘟起嘴唇假裝快哭了。里歐笑了，「都三十歲了還跟小孩一樣，妳們今天晚上要去哪裡？」

「喔，不是什麼瘋狂的地方。我只想要安安靜靜地跟好朋友們過個晚上。」

「我五十歲那天也這麼說。誰會去？」

「珊倫、琦菈、愛比，和丹妮絲，好久沒看到她了。」

「琦菈回來了？」

「是啊，她和她的粉紅色頭髮。」

「我的老天上帝啊，她最好離我遠一點。好了，小姐，妳看起來美斃了，是大家注目的焦點——好好去玩吧！」

荷莉不再做白日夢，看著鏡中的自己。她一點也不覺得自己三十歲了。但三十歲又應該有什麼感覺呢？當她年輕一點時，三十歲似乎很遙遠，她當初以爲那個年紀的女人應該是睿智聰敏，家庭穩定，有夫有子，還有事業。她如今什麼都沒有。她現在仍與二十歲時一樣懵懂茫然，除了多幾根白頭髮，還有眼角的魚尾紋。她坐在床邊，繼續瞪視自己。三十歲實在沒什麼好慶祝的。

門鈴響了，荷莉可以聽見門外女孩們興奮的咯咯笑聲。她試著讓自己振作起來，深呼吸，然後在臉上擺出笑容。

「生日快樂！」她們齊聲大叫。

她看向她們快樂的臉龐，馬上被眾人的熱忱感染。她請大家進客廳，也對拿著攝影機的笛坎倫揮揮手。

「不行啦，荷莉，妳不能看鏡頭！」丹妮絲噓聲說道，把荷莉拉到沙發上，大家都坐在她身旁，開始把禮物塞在她眼前。

「先開我的！」琦菈尖聲大叫，把珊倫推開，差點害她跌下沙發。珊倫嚇得一開始不知怎麼反應，而後大笑。

「好了，大家冷靜點。」出現了理智的聲音（愛比），一面設法要將笑得歇斯底里的珊倫扶起來。「我想我們應該先開香檳，然後再拆禮物。」

「隨便啦，不過她得先開我的禮物。」琦菈嘟著嘴說。

「琦菈，我答應會先開妳的。」荷莉就像跟一個小孩解釋般回答琦菈。

愛比跑到廚房，然後端出擺著香檳高腳杯的托盤，「有沒有人要先喝一杯啊，親愛的小姐們？」那些高腳杯是結婚禮物，其中有個杯子還刻有傑瑞和荷莉的名字，愛比很有技巧地把它拿走了。「好的，荷莉，有榮幸請妳開酒嗎？」

在荷莉準備打開軟木塞時，人人就地掩護。「嘿，我沒那麼糟吧，妳們！」

「是啊，她可是老手呢。」珊倫頭上蓋著一個小墊子，從沙發後面說。

大家聽到瓶塞蹦開的聲音一陣歡呼，從掩護的地方現身。

「天堂傳來的聲音。」丹妮絲誇張地用手掩住胸口說。

「好了，可以開我的禮物了！」琦菈又尖叫。

「琦菈！」大家叫著。

「等敬完酒再說。」珊倫附和。

人人舉起酒杯。

「敬我在這世界上最好的朋友，過去一年來她受的折磨比我們其他人一輩子的多得多。她是我見過最有勇氣也最堅強的人，足以當所有人的表率。祝她在未來的三十年有用不盡的快樂！敬荷莉！」

「敬荷莉。」大家齊聲說道。每個人啜著香檳時，眼眶都泛著光，當然除了琦菈，她一口乾盡，並急著第一個把禮物塞給荷莉。

「好了，首先妳要先戴上這個皇冠，因爲妳是今天晚上的公主，接著妳得快點把我的禮物打開！」

女孩們幫荷莉戴上耀眼的皇冠，與她身上閃亮的緊身衣呼應，身邊圍繞著自己的好朋友，她覺得自己眞的好像公主。接著荷莉小心地打開包裝精美的禮物。

「喔，妳就用撕的吧！」愛比竟然會說出這種話。

荷莉狐疑地看著盒子裡的東西，「這是什麼啊？」

「妳看說明書啊！」琦菈興奮地說。

荷莉開始大聲讀出盒子上的文字，「裝上電池後……喔，我的天啊！琦菈！妳眞是調皮！」荷莉和其他女孩歇斯底里地大笑。

「好的。我肯定是需要這東西的。」荷莉邊笑邊對著鏡頭把盒子舉得老高。笛坎倫看起來快吐了。

「妳喜歡嗎？」琦菈問著，要求認同，「上次吃晚餐時我就想給妳了，但是我想不是很恰當……」

「老天！還好妳一直等到現在才拿出來！」荷莉笑著給妹妹一個擁抱。

「好了，該我了，」愛比把禮物放在荷莉腿上，「是我和傑克一起送的，所以不會像琦菈的那麼刺激！」

「如果傑克送我那種東西我才擔心哩。」她說完打開愛比的禮物。「喔，愛比，眞的好美！」荷莉把那個銀製相簿拿起來。

「讓妳存放妳的新回憶。」愛比溫柔地說。

「眞是好完美，」她用雙臂緊緊圈住愛比，「謝謝妳們。」

「好啦，我的是沒那麼情緒化，但做為女性，我想妳會喜歡的。」丹妮絲遞給她一個信封。

「喔，太棒了！我一直都很想去，」荷莉叫著，「海文健康美體中心享受悠閒週末！」

「媽啊，妳聽起來像是參加《來電五十》的參賽者。」珊倫開玩笑。

「妳如果要預約先讓我們知道，有效期是一年，我們其他人也可以同時預約。大家一起去度假！」

「這主意眞的不錯。丹妮絲，謝謝妳！」

「好了，最後壓軸了！」荷莉對珊倫眨眨眼。珊倫邊看著荷莉的臉，邊煩躁不安地搓著雙手。

那是一個大型的銀色相框，裡面是珊倫、丹妮絲和荷莉兩年前在聖誕舞會上的合影。「喔，我穿的是那件貴得不得了的白色禮服！」荷莉假裝啜泣。

「在它被毀了之前。」珊倫指出。

「老天，我根本不記得有這張相片！」

「我根本不記得自己有去呢！」丹妮絲結巴地說。

荷莉目不轉睛地看著那張相片，走到壁爐旁。那是她和傑瑞參加的最後一次舞會，去年傑瑞病得太重，他們什麼舞會也沒參加。

「好的，它將在這裡占有一席之地。」荷莉宣佈，將它放在她的結婚相片旁。

「好了，小姐們，大家來痛快地喝一場吧！」琦菈尖聲大叫，大家則在另一瓶香檳打開時尋求掩護。

兩瓶香檳與許多瓶紅酒後，女孩們踉蹌地走出屋子，擠進一輛計程車。在咯咯笑聲與大叫聲間，某人得以對司機說清楚她們的去處。荷莉堅持坐在乘客前座，跟那位計程車司機尼克交心聊天，此人也許恨不得把她的嘴縫上吧。

「再見囉，尼克！」她們跟新認識的好朋友道別，然後幾乎跌在都柏林的人行道上，計程車以高速駛離。她們已經決定（這是在喝下第三瓶紅酒的時候）到都柏林最時尚熱門的夜店「波度瓦」碰碰運氣。它只接受最富裕有名的客人，大家都知道如果你不是有錢或有名，那可得有會員卡才能進去。丹妮絲很酷地對門房閃了閃她錄影帶店會員卡，想也知道她被拒於門外了。

她們那晚唯一看到勝過她們、更爲有名有錢的幾張臉，就是電視台的幾位主播，丹妮絲不斷對人家微笑，還故意嚴肅地說：「晚安，您好。」不幸的是，在那之後，荷莉什麼也記不得了。

荷莉醒來時頭還因爲前晚而痛得不得了。她的嘴跟甘地的涼鞋一樣乾，她的眼睛根本看不清楚。她用一隻手肘撐起來，設法張開雙眼，它們都黏成一團了。她瞇眼環視房間。它很亮，非常明亮，而且轉個不停。有件事很不對勁。荷莉看到眼前鏡中的自己，簡直被嚇到了。她昨晚是不是出了什麼意外？她的氣力用盡，又往後癱在床上。突然間屋子警鈴大作，她把頭抬起來一點點，睜開一隻眼睛。喔，要偷什麼儘管拿吧，只要你離開前遞給我一杯水就好。過了一陣子她才知道那不是警鈴，而是她床邊的電話。

「喂？」她沙啞地說。

「喔，太好了，不是只有我而已。」那頭傳來一個病入膏肓的人的聲音。

「你是誰？」荷莉再度沙啞地問。

「我叫珊倫吧，我想，」對方回答：「不過可別問我珊倫是誰，因爲連我自己也不知道。我旁邊躺著的那個男人似乎覺得我認識他。」

荷莉聽見約翰大聲笑著。

「珊倫，昨晚發生什麼事了？請給我一點線索。」

「酒精，」珊倫睏倦地說：「很多很多酒精。」

「還有其他的資訊嗎？」

「沒。」

「知道現在幾點嗎？」

「兩點。」

「妳幹嘛在半夜這種時間打給我啊？」

「是下午兩點，荷莉。」

「喔，怎麼會這樣呢？」

「地心引力吧。老師教這一課的那天我沒去。」

「喔，老天，我想我要死了。」

「我也是。」

「我還是回頭睡覺吧，也許等我醒的時候，地板就不會再晃了。」

「好主意，喔，荷莉，歡迎加入三十而立俱樂部。」

荷莉哀號，「我還沒準備好要加入呢。」

「是啊，我之前也是這麼說的。晚安。」

「晚安。」幾秒鐘後荷莉又睡了。當天她醒過來好幾次接電話，之間的對談好像都在作夢一樣。而且她去了廚房好幾次補充水分。

最後，那晚九點時，荷莉終於屈服於自己肚子飢餓的叫聲。冰箱一如往常空無一物，因此她決定請自己一頓油膩膩的中國菜外賣。一小時後，她舒舒服服地穿著睡衣，窩在沙發上邊看週六晚上的電視，一邊把嘴塞得滿滿的。經過前一天沒有傑瑞的生日創傷後，荷莉驚訝地發現她覺得自己獨處也很讓人心滿意足。這是傑瑞死後，她第一次覺得自己一個人也很好。也許她真有薄弱的機會能在沒有他的世界裡生存下去。

那晚傑克打手機找她，「嘿，老妹，妳好嗎？」

「看電視，吃中國菜。」她學著廣告這麼回答。

「嗯，妳聽起來還可以，不像我可憐的女朋友，在我身邊受苦。」

「我再也不要和妳去玩了，荷莉。」她聽見愛比虛脫地在那端說著。

「妳和妳朋友讓她改頭換面了。」他開玩笑說。

「別怪我，就我記得，她一個人可玩得好得很。」

「她說她什麼也不記得了。」

「我也是。也許人一到三十歲就會這樣，我從來沒這樣過。」

「搞不好這是妳們早就計畫好的計策，這樣就不用告訴我們妳們到底做了什麼。」

「如果眞是這樣就好了……喔，謝謝那個禮物，很漂亮。」

「喜歡就好，我找了好久。」

「騙人。」

他大笑。「我是打電話問妳明天要不要去看笛坎倫的表演？」

「在哪裡？」

「賀根酒館。」

「不可能。我不可能再回到什麼酒館聽那些尖銳吵人的鼓聲和吉他表演。」荷莉告訴他。

「喔，又是『我不要再喝酒了』這種老藉口。那妳就別喝，拜託妳一定要去啦，荷莉，笛坎倫眞的很興奮，而且其他人也不會去。」

「哈!所以我是最後的選擇囉?這樣受尊重眞好。」

「妳不是啦。笛坎倫會很高興看到妳去，我們在那天晚餐時也沒聊什麼，我們好久沒一起出門了。」他懇求。

「我想，有『高潮魚』樂團在那裡吵吵鬧鬧，我們也很難聊什麼吧。」她諷刺地說。

「其實他們是叫做『黑草莓』啦，這樣聽起來還蠻順的。」他笑著說。

荷莉把頭埋在手裡，呻吟著說：「拜託別逼我了，傑克。」她抱怨。

「妳一定得去。」

「喔，好吧，但是我不要從頭待到尾。」

「這個等明天再說吧，如果我告訴小笛，他會樂壞了，家裡人從來沒參加過這種活動。」

「那大概約八點左右囉？」

「很好。」

荷莉把電話掛上，又在沙發上混了好幾小時。她覺得頭昏腦脹，根本無法動彈。也許決定吃中國菜是錯誤的。

第九章

荷莉到賀根酒館時感覺已經比前一天清爽許多了，但是反應還是比平常遲緩。年紀越大，她的宿醉似乎越來越嚴重，昨天可以說是宿醉中的終極冠軍。當天稍早她沿著瑪菈海的沿岸散步到波圖馬鬧克，清新的空氣讓她腦子清楚了一點，她星期天晚上曾到父母家與他們共進晚餐，他們送給她一只漂亮的窩特福水晶花瓶做爲生日禮物。與她父母相處既愜意又舒服，她幾乎得逼著自己離開那張舒服的沙發才有辦法前往賀根酒館。

賀根酒館是幢遠近馳名的三層樓建築，位處市中心，即使在星期假日，裡面也是人山人海。這裡的二樓是一間時尚夜店，播放的音樂全是目前排行榜上的熱門金曲。在這裡年輕的帥哥美女可以展示他們的最新行頭。一樓則是專爲年紀較長的同好設計的傳統愛爾蘭酒館（裡面總有老先生坐在吧台前的高腳凳上，一面喝著酒，一面緬懷自己的人生）。一星期有幾個晚上會有一個演奏傳統愛爾蘭音樂的樂團到此表演，非常受老少族群的喜愛。這裡的地下室陰暗破舊，年輕人的樂團都在此演奏，荷莉似乎是在場年紀最大的。狹長的大廳角落有個吧台，許多年輕學生都圍在它四周，身穿破爛的牛仔褲與上衣，粗魯地彼此推擠，想要先拿到飲料。吧台工作人員看起來也是學生模樣，以一百哩的時速急忙提供服務，臉上掛滿汗珠。

地下室煙味瀰漫，空氣悶熱，也沒有空調，荷莉覺得自己都快窒息了。她身邊幾乎人手一菸，她只覺得眼睛快受不了了。荷莉根本不敢想像待上一個鐘頭後會變成什麼樣子，不過顯然她是在場唯一擔心的人。

她向笛坎倫揮揮手，讓他知道她已經來了，也決定自己不需要走過去找他，因爲他身旁圍了一堆女孩子。她可不想毀了他的形象。年輕時的荷莉沒過過這種學生日子，當時高中畢業後她便決定不上大學，開始擔任一位律師的祕書，後來卻得離職陪伴生病的傑瑞。她也懷疑自己是否眞的適合這種生活。傑瑞在都柏林城市大學念行銷，但是他平素不太與大學同學來往，而是與荷莉、珊倫、約翰、丹妮絲以及她換來換去的男友們來往。現在看看身邊這些人，荷莉完全不覺得自己錯過了什麼。

最後笛坎倫從女性粉絲群中全身而退，走到荷莉身邊。

「你好啊，超人氣大哥，你來跟我說話眞是讓我受寵若驚。」所有的女孩都上下打量荷莉，懷疑笛坎倫不知看上這女人的哪點。笛坎倫笑了起來，眉開眼笑地搓搓手，「就是啊！樂團很不錯耶！看起來今天晚上我會很受歡迎喔！」他趾高氣揚地說。

「身爲你的老姐，知道這件事還蠻讓我高興的。」荷莉嘲弄地說。她發現要跟他繼續對話很困難，因爲他眼神游移，不斷地梭巡人群。

「好了，笛坎倫，你去忙吧，去跟那些女人調情，不用跟你老姐杵在這裡。」

「不是這樣啦。」他爲自己辯解。「有人告訴我們今天晚上可能會有唱片公司的人來聽歌。」

「喔，酷！」荷莉高興得雙眼放大。顯然這對她弟弟很重要，她爲自己剛剛的疏忽而有點內疚。她四處張望，設法找出某個看來像是唱片公司代表的人。這種人會是什麼樣子？應該不是那種會坐在角落，狂熱地做筆記的人吧？最後她的視線落在某個比人群年長些的男子身上，此人應該比她還大。他身穿黑皮衣、黑長褲、黑色襯衫，雙手放在身後注意著舞台。是的，這個人絕對是唱片公司派來的，因爲他的下顎滿是鬍渣，看起來也很多天沒睡覺了。也許他的味道也很糟糕。荷莉假裝自己對這種人瞭若指掌。不然他就是個怪胎，喜歡在學生之夜到這裡來看年輕女孩。很有可能。「就在那裡，小笛！」荷莉故意叫得很大聲，指向那個男人。笛坎倫很興奮，隨著她指的方向看去。他的微笑消逝了，顯然他認得對方。「不是啦，那只是丹尼爾啦！」他大聲回答，一面狼嗥般地要引起對方注意。

丹尼爾轉身要找叫他的人，然後點點頭，開始走過來。「嘿，老兄。」笛坎倫握住他的手。

「嗨，笛坎倫，怎麼樣啊？」這人看來很緊張。

「還好啦。」笛坎倫有一搭沒一搭的。一定有人告訴他表現得若無其事就是酷。

「音效後來怎麼樣？」對方要求更多的資訊。

「有點小問題啦，不過我們解決了。」

「所以都還好囉？」

「是啊。」

「很好。」他的臉放鬆了，轉頭看向荷莉，「抱歉沒注意到妳，我是丹尼爾。」

「幸會，我是荷莉。」

「喔，抱歉。」笛坎倫打斷，「荷莉，這是老闆，丹尼爾，這是我姐。」

「姐姐？哇，你們看起來一點也不像。」

「感謝天。」荷莉對丹尼爾唇語，這樣笛坎倫才看不到，丹尼爾大笑。

「嘿，小笛，該我們了！」一個藍頭髮的小鬼大叫。

「喔，好，等會見。」笛坎倫便跑開了。

「祝你好運喔！」荷莉在他身後大叫。「所以你姓賀根。」她轉頭對丹尼爾說。

「其實不是，我姓康納利。」他微笑，「我幾星期前才接手。」

「喔。」荷莉很訝異，「我不知道他們把這裡賣了。那你要把它改名做康納利酒館嗎？」

「字太多，換招牌又得花一筆錢。」

荷莉笑了。「大家現在都記得賀根酒館了，換名字可能太蠢了。」

丹尼爾點頭同意，「是啊，這是最主要的原因。」

突然間傑克從大門現身，荷莉揮手要他過來。「眞對不起遲到了，有沒有錯過什麼？」他給了她一個擁抱與親吻。

「沒，他才剛要上台而已。傑克，這是丹尼爾，他是老闆。」

「幸會。」丹尼爾握握傑克的手。

「他們表現得如何？」傑克對舞台上點著頭。

「老實說，我根本沒聽他們表演過。」丹尼爾憂心忡忡地說。

「那你還眞勇敢！」傑克大笑。

「希望別太勇敢了。」他邊說邊轉頭看向舞台上的男孩們。

「我認得幾張臉。」傑克瀏覽人群。「他們有很多人都不滿十八歲。」

一個身穿破爛牛仔褲與中空裝的女孩慢慢地走到傑克旁邊，臉上掛著不確定的微笑。她將手指放在唇上，像是要他安靜。傑克微笑點點頭。

荷莉狐疑地問傑克：「這是在幹嘛？」

「喔，我在學校教她英文。她大概只有十六或十七歲。不過是個好孩子。」傑克看著她走遠，然後又說：「可是她明天上學最好別給我遲到。」

荷莉看著女孩與朋友們喝酒，希望自己也曾有像傑克這種老師；所有的學生似乎都很愛他。這很容易，因爲他很容易受人愛戴。「好吧，你可別告訴他，他們都不滿十八歲。」荷莉輕聲細語地說，對老闆丹尼爾的方向點點頭，他就站在她身旁。

人群歡呼起來，笛坎倫換上他陰晴不定的那一面，邊揹上他的吉他。音樂隨即開始，因此也無法交談了。現場觀眾開始上下跳躍，荷莉的腳還不只一次被踩到。傑克只是看著她笑著，對她的不安覺得很有趣。

「**要不要拿飲料給你們兩個？**」丹尼爾叫著，一面用手做了個喝飲料的手勢。傑克要了一杯百威啤酒，荷莉則要了七喜。他們望著丹尼爾奮力通過混亂的人群，爬上吧台設法幫他們弄飲料。幾分鐘後他回到他們身邊，還幫荷莉拿了個長腳凳。接著三人將注意力移回舞台上，注意台上的小弟表演。這種音樂實在不是荷莉的調調，它又吵又大聲，她根本聽不出來到底表演得好不好。這跟她平常最喜歡聽的西城男孩眞是差太多了，也許她不是評斷「黑草莓」優劣與否的最佳人選。

聽了四首歌後，荷莉受夠了，她跟傑克吻別，抱了抱他，「**告訴笛坎倫我從頭聽到尾！**」她大叫。「**很高興認識你，丹尼爾！謝謝你的飲料！**」她對他尖聲叫道，然後回到文明世界的新鮮空氣中。回家路上，她的耳朵仍然嗡嗡響著。到家時已經十點了。離五月只剩兩小時。這表示她又可以打開另一封信了。

荷莉坐在廚房桌旁，緊張地用指頭敲擊著木頭桌面。她已經喝下了今天的第三杯咖啡，雙腿交叉地坐著。保持清醒兩小時比她想像中更爲困難；她顯然還因爲生日派對喝過頭而精神欠佳。她的腳在桌底下沒什麼節奏感地踏著，然後她又把雙腿交叉。現在是晚上十一點半。那個信封就在她眼前的桌上。她幾乎能看見它把舌頭伸出來，說道：「啦啦啦。妳看不見喔……」

她把它拿起來，用雙手輕撫。如果她提早打開來看，又有誰會知道呢？珊倫和約翰也許早就忘了五月有信封，而丹妮絲也許還在克服長達兩天的宿醉呢。如果他們有人問起她是否先開了，反正她撒個謊就是了，不過反正他們也不會在乎啦。根本沒人知道，也不會有人在乎。

但這不是事實。

傑瑞會知道的。

每次荷莉拿著那些信封，就覺得跟傑瑞有種聯繫。前兩次她開信封時，感覺就像是傑瑞就坐在她旁邊，笑著看她的反應。她覺得他們就好像在玩某種遊戲，雖然兩人陰陽相隔。但是她真的可以感覺到他，如果她真打開了，他也會知道，他會知道她違反了遊戲規則。

又一杯咖啡下肚後，荷莉開始坐立不安。時鐘的時針就像是在試鏡《海灘遊俠》的角色一樣，移動得非常緩慢，不過最後終於午夜了。她再一次緩緩地將信封翻過來，珍惜開信的每一個步驟。傑瑞就坐在對桌，「快啊，把它打開！」

她小心翼翼地打開信封，將手指滑過封口，知道上一個碰觸這裡的就是傑瑞的舌尖。她將卡片拿出來，打開它。

　　加油！迪斯可女王！這個月到女伶俱樂部的卡拉OK面對妳的恐懼，誰知道呢，也許會有所收穫

……

PS. 我愛妳……

她感覺傑瑞正看著她，她唇邊泛起一個微笑，然後開始大笑。荷莉在大笑間不斷重複：「**不可能！**」

最後她終於冷靜下來，對房間宣佈：「傑瑞！你這個混蛋！我是不可能去的！」

傑瑞笑得更大聲。

「這不好笑。你知道我對這種事有什麼感覺，我絕對不要去。不行，不可能，不要。」

「妳知道妳一定得去做的。」傑瑞笑著。

「我根本不需要！」

「爲了我嘛！」

「爲了你，爲了我，爲了世界和平，無論爲了什麼我都不會去。我最恨卡拉ＯＫ了！」

「爲了我嘛。」他又說。

電話鈴聲讓荷莉在椅子上跳起來。是珊倫。「好了，現在是十二點五分，怎麼樣？約翰和我急著要知道啦！」

「妳爲什麼會覺得我已經打開了？」

「哈！」珊倫嗤聲說：「認識妳二十年我已經是妳的專家了；好了，告訴我們上面寫什麼。」

「我才不要。」荷莉唐突地說。

「什麼，妳不肯告訴我們？」

「不是啦，我不要做他要我做的事情。」

「爲什麼？是什麼啦？」

「喔，他眞是可悲，還覺得自己很幽默。」她對天花板發脾氣。

「唉呦我快聽不懂了。」珊倫說：「告訴我們啦。」

「荷莉，別賣關子了，到底是什麼？」約翰從樓下的電話裡發聲。

「好吧……傑瑞要我……去……卡拉OK唱歌……」她急匆匆地講完。

「什麼？荷莉，妳說什麼我們根本沒聽懂。」珊倫脫口而出。

「我可聽懂了。」約翰插嘴，「我想我聽到卡拉OK，對吧？」

「是的。」荷莉回答。

「妳去了，然後得唱歌嗎？」珊倫問。

「沒……錯。」她慢慢地回答。也許如果她沒說出來，就不必進行這件事。電話那頭的兩人大聲狂笑，荷莉得趕緊把話筒從耳邊移開。「等你們閉上嘴了再打電話回來。」她生氣地說，然後把電話掛斷。

幾分鐘後他們就打來了。

「喂？」

她聽見珊倫的鼻息聲，然後是一連串的咯咯聲，接著電話就掛了。

十分鐘後她又打電話過去。

「喂？」

「好了。」珊倫現在的音調是種超冷靜嚴肅「咱們公事公辦」的語氣，「剛才對不起，我現在好多了。不要這樣看我，約翰。」珊倫對著話筒外說。「抱歉，荷莉，只是我不斷想到妳上一次……」

「是啊，是啊，是啊，」她打斷，「妳不用提醒我。那是我這輩子最尷尬的一天，所以我也記得很牢。因此我才說我不去啊。」

「喔，荷莉，妳不可以讓那件蠢事絆住妳啊！」

「如果有人沒有受到教訓，我想他一定有問題！」

「荷莉那只是小小的挫折……」

「沒錯，多謝！我記得很清楚！反正我也不能唱歌啦，珊倫，我想上次這個事實已經被證明了！」

珊倫沉默不語。

「珊倫？」

還是一片安靜。

「珊倫，妳還在嗎？」

沒人回答。

「珊倫，妳在笑嗎？」荷莉逼問。

她聽見小小的尖叫聲，電話又掛上了。

「我的朋友眞是很能激勵人心啊。」她咕噥地說。

「喔，傑瑞！」荷莉大叫，「我還以爲你應該會幫我呢，不是把我變成一個神經質的瘋子！」

那晚她幾乎一夜未眠。

第十章

「荷莉生日快樂！或者我應該說，這是我遲到的生日祝福呢？」理查緊張地笑著。荷莉的嘴則因爲看到大哥站在門前而驚訝地大張。眞是難得；事實上，可能還是第一次呢。她就像金魚般把嘴開了又闔，不知道自己該說什麼。

「我買了一小盆蝴蝶蘭給妳。」他遞給她一盆植物，「它們是剛送來的，準備開花了。」他說的話就像廣告旁白。荷莉更訝異了，她用手輕撫粉紅色的小花苞。「天啊，理查，我最愛蘭花了。」

「是啊，反正妳剛好有個大花園，很漂亮而且……」他清清喉嚨，「很綠。有點雜草了……」他開始不知所云，又用腳踏著讓人心煩的節拍。

「你要進來坐坐嗎？還是只是順路過來的？」拜託請說不用了。拜託拜託。雖然這個禮物很貼心，荷莉卻沒心情招待理查。

「喔，好啊，我就進來坐坐好了。」他在門墊上整整清了他的鞋兩分鐘，然後才踏進屋內。他讓荷莉想起她從前的數學老師，身穿赭紅針織羊毛衫與棕色長褲，褲腳剛剛好就落在他那雙咖啡色休閒鞋上，不長不短。他的頭髮梳得一絲不苟，指甲也修剪得整齊一致。荷莉可以想像他每天晚上用一把小尺測量它們的長度，以免它們超過歐洲指甲長度標準——如果有這種標準存在的話。

理查從來沒有自在過。他看起來像是快要被自己紮得緊緊的領帶（咖啡色的）噎死，走路時的他看起來也總像是背脊上附著一根杜子。當他罕見地微笑時，總是皮笑肉不笑的。他是自己軀體的教官，不斷地對它叫囂，一旦它落入人類正常的放鬆狀態就使勁懲罰它。悲哀的是，他還以為自己因此而更為優越。荷莉引他走進客廳，然後先暫時把那盆植物放在電視上面。

「不行，不行，荷莉。」他邊阻止她，邊用一隻手指對她搖動，猶如她是個頑皮的小孩，「妳不可以把它放在那裡，要把它放在乾燥涼爽的地方，不能有陽光直射或是熱氣散發到它上面。」

「喔，是啊。」荷莉又把那盆植物拿起來，急著在室內找到一個適合的地方。他說了什麼？乾燥涼爽的地方？為什麼他總是有辦法讓她自覺是個愚蠢的小女孩呢？

「客廳中間的小茶几好了，應該還可以。」

荷莉照著他的話做，將盆栽放在那張茶几上，有點期盼他會說：「乖孩子。」還好他沒說。

理查站在他最喜愛的地方——壁爐前面——而後審視屋內。「妳家很乾淨。」他評論。

「謝謝，我……嗯……才剛打掃的。」

他點點頭，像是他早就知道了。

「你要喝茶還是咖啡嗎？」她有點希望他會說不要。

「好啊。」他拍拍手。「來杯紅茶最好。我要加牛奶，不要糖。」

荷莉從廚房出來時手上拿著兩個馬克杯，她把它們放在茶几上。她希望杯子裡冒出來的蒸汽不會殺了那盆可憐的植物。因為它不能靠近熱氣什麼的。

「妳只需要每天澆水，然後隔幾天換換盆子裡的水。」他還在討論那盆植物，荷莉只是點點頭，知道自己可能兩件事都做不到。

「我不知道你還是個綠手指，理查。」她想讓氣氛活絡點。

「沒有啦，只有陪小孩畫畫時才會如此。」他大笑，「至少玫莉是這樣說的。」眞是難得的笑話。

「家裡的園藝工作都是你在做嗎？」荷莉忙著繼續他們的對話，因爲屋子裡安靜得如果稍微沉默下來都讓人受不了。

「喔，是啊，我很喜歡弄那些花花草草。」他的雙眼發亮，「星期六是我的園藝日。」他對著自己那杯茶微笑。

荷莉覺得自己對面像是坐著一個完全不認識的陌生人。她終於發現自己對這個大哥毫無認識，他對她也是如此。這就是理查的行事作風，他從年輕時就與家人若即若離，他從來沒與他們分享讓人興奮的事情，或甚至告訴他們自己過得如何。他的人生盡是道理、道理與更多的道理。她家人第一次知道有玫莉這個人就是他們兩人回家與他們共進晚餐，宣佈兩人已經訂婚的消息。可惜當時說服他別娶那頭火紅頭髮的綠眼母龍已經太遲了。不過反正他也聽不進去。

「那麼，」就這個已經有回聲的房間而言，她的聲音太大了，「最近有什麼新鮮事啊？」像是，你來這裡幹嘛啊？

「沒有，沒什麼新鮮的，一切都很正常運作。」他喝了一口茶，然後又說：「沒什麼特別的。我只是想說，既然人在附近，就過來看看妳。」

「喔，對耶，你平常很少跑到城裡的這一邊。」荷莉大笑，「怎麼會有機會跑來危險陰暗的北區呢？」

「你知道的，就是公事嘛。」他對自己嘀咕。「不過我的車倒眞的停在河的另一邊。」

荷莉逼自己擠出一個微笑。

「我是開玩笑的啦。」他說：「我就停在妳家外面……應該很安全對吧？」他這次是認眞的。

「我想應該沒事啦。」荷莉嘲弄他。「大白天應該不會有人在這條迴轉道晃來晃去。」她的幽默感在他身上完全不管用。「愛蜜莉、提米，對不起，我是說提莫西好嗎？」她這次可不是故意說錯的。

理查的眼睛又亮了起來，「喔，荷莉，他們很好。非常好，總是讓人操心。」他的眼神梭巡著客廳。

「什麼意思？」荷莉問，想著也許理查會跟她掏心掏肺的。

「喔，沒什麼大不了的，荷莉，孩子總是讓人擔心。」他扶了扶眼鏡框，然後直直看著她。「不過我想妳應該會很高興吧，這輩子都不用擔心小孩這種事了。」他大笑起來。

屋內一陣沉默。

荷莉覺得自己的胃像被揍了一拳。

「妳找到工作沒？」他繼續問。

荷莉震驚地坐在位子裡無法動彈，她不能相信他竟然敢這樣問她。她覺得備受屈辱，想要他馬上滾出去。她眞的再也無法對他保持禮貌，當然也不想浪費時間對他那短視的態度解釋她爲何還沒開始找工作，因爲她還在哀悼自己的丈夫。這當然是廢話，因爲他在五十年內也不會有她這種經歷。

「沒。」她脫口而出。

「那妳的錢哪來的？妳開始領失業救濟金了嗎？」

「沒有，理查。」她設法讓自己不要發脾氣，「我還沒開始領，我有喪偶津貼。」

「喔。那很不錯，很方便對吧？」

「『方便』不會是我用的字眼，絕望到崩潰比較接近。」

氣氛很緊繃。突然他用手拍了一下大腿，表示對話結束。「我該回去上班了。」他邊說邊誇張地伸懶腰，一副自己已經坐了好幾個小時的模樣。

「好啊。」荷莉鬆了一口氣。「最好在你車子還在時趕緊離開。」又一次，她的幽默感對他一點用也沒有，因爲他眞的在窗戶邊東張西望。「妳說得對，車子還在，感謝天。謝謝妳的茶。」

「不客氣，謝謝你送的蘭花。」荷莉咬牙切齒地說。他走上花園小徑，然後停下腳步四處審視花園。他不贊同地點點頭，對她叫道：「妳眞的應該找人好好整理一下。」然後開著他咖啡色的房車離去。

荷莉怒氣沖天地看著他離開，用力摔上大門。這個人讓她血脈賁張，眞想一拳把他敲昏。他根本就是……完全搞不清狀況。

第十一章

「喔，珊倫，我真是恨透他了。」那天稍晚荷莉在電話裡跟朋友抱怨。

「妳不要管他嘛，荷莉，他沒辦法嘛，他是白癡。」珊倫生氣地回答。

「可是這就是我最生氣的地方。每個人都說他沒辦法，或那不是他的錯，可是他是大人了，珊倫。他三十六歲了。他該死的也要知道什麼時候該閉嘴嘛，他一定是故意的。」她怒氣沖天。

「我真的不覺得他是故意的，荷莉。」珊倫安撫她，「我真的覺得他到妳家是要祝妳生日快樂……」

「對！那是在幹嘛？」荷莉狂叫，「他什麼時候來過我家送我生日禮物了？**根本沒有嘛**！所以我才覺得啊！」

「哎呦，三十歲比其他生日意義不同嘛……」

「在他眼裡根本不是嘛！他前幾個星期晚餐時就說過了。如果我記的沒錯的話。」她模仿他的語調，「我根本不贊同什麼愚蠢的慶生會之類的，無聊透頂什麼的。他真是個豬頭。」

珊倫笑了，覺得朋友跟個十歲小女孩沒兩樣，「好吧，就當他是該在地獄裡燒死的邪惡怪獸吧！」

荷莉頓住了，「我是不會這樣說啦，珊倫……」

珊倫大笑，「唉，妳還真難取悅呢。」

荷莉虛弱地微笑。傑瑞就會了解她的感受。他就會知道該怎麼說，該怎麼安撫她。他會用他那著名的方式擁抱她，她所有的問題便會煙消雲散。她從床上抓了一個枕頭，緊緊抱住它。她不記得自己上次這麼擁抱人是什麼時候了，真正的擁抱。讓人最沮喪的是，她更無法想像自己以後能再這麼擁抱誰了。

「喂……？地球呼叫荷莉？妳還在吧？還是我在自言自語？」

「抱歉，珊倫，妳說什麼？」

「我說關於卡拉OK這件事妳有什麼想法沒？」

「珊倫！」荷莉大喊，「這件事不用再討論了！」

「好啦，妳冷靜點嘛，小姐！我只是想說，也許我們可以租一台卡拉OK，放在妳家客廳。這樣，妳就可以做到他的要求，也不會把自己弄得很尷尬啦！怎麼樣？」

「我才不要，珊倫，妳的意見很不錯，但是行不通啦；他要我到女伶俱樂部表演，誰知道那是哪裡？」

「喔，好感人喔！因爲妳是他的迪斯可女王？」

「我想他可能覺得這樣很相稱吧，沒錯。」荷莉悲哀地說。

「哎！眞的很貼心耶，不過哪來的女伶俱樂部啊？沒聽過耶。」

「這樣最好啊，如果沒人知道在哪，我就沒辦法實現他的願望了，對吧？」荷莉邊說邊得意得很，找到解脫的方法了。

兩人彼此道別，但荷莉一掛上電話，它又響了。

「嗨，寶貝女兒。」

「媽！」荷莉充滿譴責意味地叫她。

「老天，我做了什麼事了嗎？」

「今天妳的魔鬼兒子來找我，讓我很不爽。」

「喔，眞是抱歉，寶貝，我本來要打電話給妳，告訴妳他已經出發了，但是接電話的是討厭的答錄機，妳到底有沒有把電話鈴聲打開啊？」

「這不是重點啦，媽。」

「知道了，對不起啦。他做了什麼？」

「他開金口了，這就是最大的問題。」

「眞糟耶，可是他很高興要送妳那個禮物耶。」

「我不否認那個禮物眞的很棒也很貼心，可是他眼也不眨地說了一些最沒禮貌的話。」

「妳要不要我幫妳出口氣？」

「不用了，沒關係；我們是大人了。不過還是謝謝啦。妳找我要做什麼？」荷莉急著改變話題。

「琦菈和我在看一部丹佐．華盛頓的電影。琦菈覺得自己有一天會嫁給他。」伊莉沙白大笑。

「我眞的會喔！」琦菈在後面大叫。

「眞抱歉得把她幻想的泡泡戳破，請告訴她他已經結婚了。」

「他結婚了，親愛的。」伊莉沙白傳話。

「好萊塢的婚姻喔……」琦菈還在碎碎念。

「只有妳們兩個在家嗎？」荷莉問。

「法蘭克到酒吧去了，笛坎倫去學校。」

「學校？可是現在是晚上十點耶！」荷莉大笑。也許笛坎倫是在外面做什麼壞事，拿學校當幌子。她才不認爲她媽這麼容易被騙，畢竟她生了五個小孩。

「喔，他認眞時可是很用功的呢，荷莉，他在進行什麼計畫，我也不懂，多半時間我都沒聽他講話。」

「是啊。」荷莉才不相信呢。

「好了，我未來的女婿又現身了，我要掛電話了。」伊莉沙白笑著說。「妳要不要過來陪我們？」

「不用了，我還好。」

「好吧，寶貝，如果妳改變主意，我們隨時在這裡的。再見囉。」

回到她空蕩寂靜的家。

荷莉第二天早上起來時仍然穿著整齊。她可以感覺自己又開始重回深淵。過去幾週來的正面思考每天都慢慢地流失，隨時隨地都要裝得快樂自若眞是該死的困難，她也沒有什麼氣力了。如果屋子一團亂又怎樣呢？除了她以外又沒人看得到，而且她再怎麼樣也不在乎了。如果她一個星期都不化妝或梳洗又怎麼樣呢？她也不想特別讓誰欣賞她嘛。她唯一固定見面的男人就是送披薩的小男生，她甚至還得付小費才能賺得他一個微笑。誰在乎嘛？

她旁邊的手機震動起來，有人傳簡訊給她。是珊倫。

女伶俱樂部　電話：36700700

再考慮一下，粉好玩ㄉ

為ㄉ傑瑞好ㄇ？

傑瑞已經死了好嗎？她眞想這麼傳回去。但自從她打開那些信之後，對她而言，他不像已經離開這個人世。他就好像只是去度假了，而且還會寫信給她，所以他不像真的離開了。好啦，至少她可以打電話給那個俱樂部了解了解狀況。不過這不表示她得去眞的實現這件事。

她撥了那個電話，接電話的是個男人。她一開始根本不知道該說什麼，所以趕緊把電話掛上。喔，少來了啦，荷莉，她告訴自己，眞的沒那麼困難啦，就說有個朋友想表演嘛。

荷莉鼓起勇氣，按了重撥鍵。

同一個聲音，「女伶俱樂部。」

「你好，請問你們有卡拉ＯＫ之夜嗎？」

「有的，是在……」她聽見他翻頁的聲音，「不好意思，是在星期四。」

「星期四？」

「喔，抱歉，抱歉，等一下……」他又在翻頁了，「不是，是在星期二晚上。」

「你確定嗎？」

「是的沒錯，就是星期二晚上。」

「喔，好吧，不知道可不可以……嗯。」荷莉深呼吸，把句子說完，「我有個朋友有興趣表演，不知道該怎麼安排？」

對方好一會兒沒說話。

「喂？」這個人是呆子嗎？

「喔，對不起，我不是負責卡拉ＯＫ的人，所以……」

「好吧。」荷莉快失去耐性了，她好不容易鼓起勇氣打這個電話，可不能讓這個沒經驗又幫不上忙的呆瓜毀了。「那有沒有人可以幫我呢？」

「嗯。沒有耶，俱樂部現在還沒開，現在還很早。」對方嘲諷地說。

「好吧謝了，你還眞幫了大忙。」她也不甘示弱。

「對不起，如果妳可以等我一下的話，我幫妳問問看。」荷莉接下來的五分鐘都在聽〈綠袖子〉。

「喂，妳還在嗎？」

「算在吧。」她生氣地說。

「眞的非常非常抱歉，我剛才打電話過去問清楚了，請問妳的朋友大名是？」

荷莉呆住了，她沒想到還要問這個。好吧，也許她就說自己的名字，然後再找「她的朋友」打回來取消說她改變心意了。

「嗯。她叫荷莉．甘乃迪。」

「好，事實上，每週二晚上那裡都有卡拉ＯＫ大賽。大概會持續一個月，每星期會從十位參賽者中選出前兩名，最後在月底每週的冠亞軍再參加決賽。」

荷莉吞了一口口水，覺得心裡七上八下。她不要去。

「可惜的是，這些比賽的名額都滿了，所以可能得請妳朋友聖誕節左右時再來試試。那時另一輪的比賽又開始了。」

「喔，好。」

「對了，荷莉．甘乃迪有點耳熟。是不是笛坎倫．甘乃迪的姊姊啊？」
「嗯。對，你怎麼知道？」荷莉很震驚。
「我不認識她啦，我前幾天晚上有遇到她跟她弟。」
笛坎倫到處介紹女生是他姊姊嗎？這個變態的小鬼………不會，應該不是。
「笛坎倫在女伶俱樂部表演嗎？」
「喔，沒有。」他大笑，「他跟他的樂團在樓下表演。」
荷莉想要迅速吸收這些訊息，終於恍然大悟。
「女伶俱樂部在賀根酒館裡？」
他又笑了，「對啦，就在樓上。也許我該多做點廣告！」
「你是丹尼爾嗎？」荷莉脫口而出，然後又猛踢自己，怪自己眞笨。
「是啊，我認識妳嗎？」
「沒有啦！你不認識啦！荷莉有提過你，就這樣而已。」然後她又意識到這樣聽來很奇怪，「很簡短地提過你。」她又說：「她說你給了她一張凳子。」荷莉開始輕輕地用頭撞牆。
丹尼爾又笑起來。「喔，好吧，請告訴她如果她要在聖誕節時參加卡拉ＯＫ表演，我現在就可以幫她登記。妳不會知道有多少人搶著要登記呢。」
「眞的喔。」荷莉虛弱地回答。她自覺像個笨蛋。
「喔，對了，請問妳貴姓大名呢？」
荷莉在臥室地板上踱步，「嗯，珊倫，我是珊倫。」

「好，珊倫，我的來電顯示上有妳的號碼，如果有人棄權我再打給妳。」

「好，謝了。」

然後他掛掉了。

荷莉跳回床上，用棉被蓋住自己的頭，覺得自己因爲尷尬而臉紅。她躲在被子下面，不斷咒罵自己是個白癡。無視電話聲再度響起，她試著說服自己其實沒有那麼笨。最後，當她終於告訴自己可以站在大庭廣眾下表演後（已經過了很久了），她才爬出床上，然後打開答錄機。

「嗨，珊倫，我想妳一定剛出門，我是女伶俱樂部的丹尼爾。」他停了一下然後笑著說：「賀根酒館那家。嗯，我剛剛看了名單，似乎好幾個月前已經有人幫荷莉報名了，而且還排得蠻前面的，除非另外有人同名同姓……」他繼續。「請妳回電給我，這樣我們可以搞清楚是怎麼回事。謝了。」

荷莉震驚地坐在床邊，無法動彈。

第十二章

珊倫、丹妮絲和荷莉坐在俯瞰克拉芙街的貝利小館窗戶旁。她們常在這裡聚會，看著樓下的熙來攘往，珊倫常說這是她最喜歡的「逛街」地點，這樣她可以遠眺所有自己最喜愛的商店。

「眞不敢相信傑瑞早就安排好了！」丹妮絲聽到整件事時不禁深吸了一口氣。

「會很好玩，對不對？」珊倫興奮地說。

「喔，老天爺。」想到這件事，荷莉又緊張起來，「我還是非常非常非常不想做這件事，但是我想自己總得完成傑瑞的心願。」

「抱持這種精神就對了！小荷！」丹妮絲歡呼，「我們都會到場幫妳加油的！」

「等一下，丹妮絲。」荷莉將歡樂的氣氛凝結住。「我只要妳和珊倫去，其他人就省了。我才不要勞師動眾。這件事就我們三個人知道就好。」

「可是，荷莉！」珊倫抗議，「這件事很了不起耶！在上次之後，大家都想不到妳會再唱卡拉ＯＫ……」

「珊倫！」荷莉警告，「別提那件事了，還有人因爲上次的經驗提心弔膽呢。」

「我是認爲喔，如果『有人』還無法克服上次的經驗，就是膽小鬼。」珊倫還在碎碎念。

「時間訂哪個晚上？」丹妮絲察覺狀況不妙，趕緊改變話題。

「下週二。」荷莉一邊呻吟，一邊調皮地故意不斷將頭捶著桌面。隔壁客人好奇地看著她。

「我們帶她出來散心啦。」珊倫對其他人表示，指指荷莉。

「別擔心，荷莉，這樣妳還有整整七天可以將自己完全變成瑪利亞．凱莉。沒問題的。」丹妮絲對珊倫微笑。

「喔，拜託喔，教拳王雷利．路易斯跳芭蕾舞還比較快。」珊倫說。

荷莉抬起頭，「謝謝妳的鼓勵，珊倫。」

「哇，可是想想看，雷利．路易斯穿緊身褲耶，那麼堅實的臀部跳著芭蕾舞……」丹妮絲陷入幻想。

荷莉和珊倫不再拌嘴，瞪著她們的朋友。

「妳扯遠了，丹妮絲。」

「什麼？」丹妮絲因爲白日夢被打斷，開始辯解，「想像一下嘛，肌肉結實的大腿……」

「這個人如果離他太近可是能把妳折成兩段的。」珊倫幫她把話說完。

「接近他，嗯……」丹妮絲雙眼睜大。

「我現在就看得到了。」荷莉開始學她做白日夢，「妳的訃文會寫：丹妮絲．韓尼士，不幸在短暫瞥視天堂一角後，被史上最霹靂巨大的大腿壓碎……」

「這樣很好。」她同意。「喔，能這樣死眞好！給我天堂的一角吧！」

「夠了妳們兩個。」珊倫指著丹妮絲，打斷兩人，「妳啊，把妳那可悲的小幻想留給自己吧。還有妳，」她指著荷莉，「別再改變話題了。」

「唉呦，妳不過是忌妒啦，珊倫，因爲妳老公瘦巴巴的大腿連根火柴都夾不斷呢。」丹妮絲嘲笑。

「約翰的大腿很完美，我只希望我的能比美他的。」珊倫回嘴。

「是喔！」丹妮絲指著珊倫，「把妳那可悲的小幻想留給自己吧。」

「小姐們，小姐們！」荷莉用手指示意，「拜託請把焦點放在我身上，我這裡，好嗎？」她優雅地做出手勢，將手放在胸前。

「好吧，自私小姐，請問妳準備唱什麼？」

「沒概念，所以我才召開這個緊急會議。」

「少來，妳告訴我妳要逛街的。」珊倫說。

「喔，是嗎？」丹妮絲看向珊倫，抬起一邊眉毛，「我還以爲妳們兩個特別找我吃午飯呢。」

「妳們兩個都對啦。」荷莉表示，「我是出門逛街找想法的，所以需要妳們兩個。」

「有了有了！」珊倫高興地大叫，「我想我有主意了。那首我們在西班牙時唱了兩個禮拜、在我們腦子裡縈繞不去的是哪首？快讓大家抓狂的那一首？」

荷莉聳聳肩。如果是曾讓大家快抓狂的歌，那也許不是個好選擇。

「我不知道，那次沒人找我去。」丹妮絲結巴說。

「哎，妳記得嘛，荷莉！」

「我不記得。」

「妳一定得記得啦。」

「珊倫，我想她是想不起來的。」丹妮絲喪氣地告訴珊倫。

「是怎麼唱的？」珊倫惱怒地把臉埋在掌心中，荷莉對丹妮絲聳聳肩。「有了，我想起來了！」她高興地宣佈，然後開始大聲地在餐館裡唱起來。「『陽光、大海、性愛、白沙，來吧男孩，把你的手給我！』」

荷莉的雙眼張大，臉色因尷尬漲紅，隔壁桌的人都轉過來看了。她轉向丹妮絲求她一起讓珊倫閉嘴。

「『ㄨ……………眞性感，性感！』」丹妮絲加入珊倫。有些人頗有興味地欣賞，不過多數人討厭地瞪著她們，此時丹妮絲和珊倫用高顫的音調唱出這首幾年前的夏天曾是暢銷金曲的歐洲舞曲。就當兩人要唱第四次的副歌時（她們其實都不記得歌詞了），荷莉讓她們閉嘴了。

「小姐們，我不會唱這首啦！而且歌詞是一個男人用rap唱出來的耶！」

「至少妳不用唱太多歌詞啊。」丹妮絲咯咯發笑。

「不要！我才不要在卡拉ＯＫ比賽唱rap！」

「好吧，那妳現在在聽什麼？」丹妮絲比較認眞了。

「西城男孩？」她充滿希望地看著她們。

「那妳就唱一首西城男孩的歌啊。」珊倫慫恿，「這樣至少妳會記得歌詞。」

珊倫和丹妮絲開始無法遏止地大笑。「不過妳還是可能會走音。」珊倫狂笑得無法說話。

「可是至少詞記得了！」丹妮絲幫珊倫把話說完，兩人在桌旁笑得東倒西歪。

一開始荷莉很生氣，但是看著她們趴在桌上，歇斯底里地捧腹大笑，她也忍俊不住。她們說得沒錯，荷莉完全沒有音感，可以說是音癡。找到她能唱的歌根本是不可能的任務。最後她們兩人冷靜下來後，丹妮絲看看手錶，唉聲嘆氣地說該回去上班了。她們離開貝利小館（讓其他客人鬆了口氣）。「這些悲慘的人也許現在準備開派對了。」珊倫經過他們桌子時還在喃喃說著。

三個人手挽著手走上克拉芙街，前往丹妮絲擔任經理的服飾店。今天陽光普照，只是有點寒意；克拉芙街跟以往一樣忙碌，有午休的上班族，也有慢慢散步、享受天氣的購物人群。每走幾步就有街頭藝人吸引路人的目光，丹妮絲和珊倫在經過一個提琴手前時，還讓人尷尬地跳了一段愛爾蘭舞。他對她們眨眨眼，她們也丟了一些錢到地上他的粗花呢帽裡。

「好了妳們去輕鬆吧，我要回去上班了。」丹妮絲邊說邊推開店門。她的員工一看到她走進去，還在櫃台邊閒扯的人趕緊一哄而散，回頭整理衣架上的衣服。荷莉和珊倫努力不讓自己笑出來，三人道別之後，荷莉她們就去停車場開車了。

「『陽光、大海、性愛、白沙。』」荷莉唱著。「該死，珊倫，妳又把那首歌塞到我腦子裡了。」她抱怨。

「妳看，妳又叫我該死珊倫了。眞難聽，荷莉。」珊倫開始哼起來。

「喔，妳閉嘴！」荷莉大笑著捶珊倫的臂膀。

第十三章

等到荷莉終於離開市區，啓程回到斯沃茲的家時已經是下午四點了。可惡的珊倫終究說服荷莉買了東西，結果她花了錢在一件對她來說可能太年輕的昂貴上衣。她眞的該好好量入爲出了，她的存款所剩不多，現在又沒有固定收入，眼前就快要入不敷出了。她得開始認眞考慮找工作，但是她早上都很難起得來，開始另一個讓人沮喪的朝九晚五工作也不會有太大幫助。不過至少能支付開銷。荷莉大聲嘆氣，這些事現在都得她一人面對了。光這樣想就足以讓她喪志，而且她也花了太多時間胡思亂想了。她需要類似珊倫與丹妮絲這樣的朋友，因爲她們總能成功地讓她把心思放到其他事物上。她打電話給她媽，看看現在過去是否恰當。

「當然可以，寶貝，歡迎。」接著她壓低聲音，「只是理查也在這裡。」老天！怎麼最近他老是不請自來啊。

荷莉認眞考慮直接回家，但是她又告訴自己這樣實在太蠢了。他是她哥，雖然煩人，但她總不能躲他一輩子。

她到達時，屋內又吵又鬧，感覺就像過去一樣，每個房間都有尖叫或大吼聲傳出。她一走進去，她媽正端著另一道菜上桌。「喔，媽，妳怎麼沒告訴我你們在吃晚餐了。」荷莉邊說邊抱她媽。

「怎麼了，妳吃了沒？」

「沒，我餓死了，但是別太麻煩了。」

「一點也不麻煩，只是可憐的笛坎倫又少一道菜了，就是這樣而已。」她對她正坐下來的兒子開玩笑。他對他媽做了個鬼臉。

氣氛比上次輕鬆多了，也許是因爲上次來時，荷莉太緊張了。

「認眞先生，你今天怎麼沒上學啊？」荷莉諷刺地問。

「我早上都在學校啊。」他回答，又做了個鬼臉，「晚上八點還要回去。」

「那很晚耶。」她爸開口，將盤子盛滿肉汁。他每次都是肉汁吃得比肉還多。

「是啊，可是只有那個時間剪接室才有空。」

「只有一間剪接室嗎？笛坎倫？」理查突然開口。

「對。」還眞簡潔。

「有幾個學生啊？」

「我們是小班制，所以十二個。」

「沒經費了嗎？」

「給誰？學生嗎？」笛坎倫揶揄。

「不是，蓋另一間剪接室。」

「沒有，我的學校比較小，理查。」

「我想比較有規模的大學才會有更好的設備吧，比較齊全。」

大家都在等笛坎倫爆發。

「我不認爲。我們的設備是數一數二的，只是學生不多，所以設備比較少。講師也不比大學裡的差，因爲他們有產業經驗，可以說更爲優秀，也就是說，教學與實務經驗兼備。而不是照本宣科。」

說得好，笛坎倫，荷莉想，一面隔著桌子對他眨眼。

「我想他們的工作薪水也不多，所以也不如邊教書吧。」

「理查，影視產業是很好的工作，你說的是在學校待了好幾年、讀學士和碩士的人……」

「喔，你會拿到學位？」理查還蠻訝異，「我還以爲只是修課呢。」

笛坎倫不吃東西了，震驚地望向荷莉，眞是的，理查的無知至今仍讓大家嘖嘖稱奇。

「不然你想你看的那些園藝節目是誰拍的呢？」荷莉插嘴。「它們不只是一群修課的學生拍的喔。」

他從未想過做這種事還要專業。

「那些節目很棒。」他同意。

「你的節目是什麼呢？笛坎倫。」法蘭克問。

笛坎倫把嘴裡的食物吃完，然後說：「喔，要解釋太複雜了，不過就是關於都柏林的夜店生活。」

「喔，我們也在裡面嗎？」琦菈終於打破難得的沉默，興奮地問。

「喔，有啊，有照到妳的後腦勺喔。」他開玩笑。

「哇，我眞等不及了。」荷莉鼓勵他。

「謝了。」笛坎倫放下刀叉。然後他突然笑起來，「嘿，我聽說妳下星期要參加卡拉ＯＫ大賽喔。」

「什麼？」琦菈大叫，她的雙眼幾乎要蹦出來了。

荷莉假裝不知道他在說什麼。

「喔，少來了啦，荷莉！」他堅持，「丹尼爾都告訴我了！」他轉頭向其他人解釋，「丹尼爾是我前幾天樂團表演地點的老闆，他告訴我荷莉要參加那裡樓上舉行的歌唱比賽。」

大家驚嘆不已，直說這樣很不錯。荷莉還是不肯讓步，「笛坎倫，丹尼爾只是開玩笑啦。大家都知道我根本不會唱歌！而且拜託喔，」她向其他人宣佈，「老實說如果我眞的要參加這種比賽，我想，我一定會告訴你們啊。」她邊說邊笑，彷彿這種想法很荒謬。事實上，的確如此。

「荷莉！」笛坎倫大笑，「我在名單上看見妳的名字了！別說謊！」

荷莉放下刀叉，她突然一點也不餓了。

「荷莉，妳爲什麼不告訴我們妳要比賽呢？」她媽問。

「因爲我不會唱歌啊！」

「那妳幹嘛去啊？」琦菈狂笑。

她最好還是告訴他們實話，否則可能會被笛坎倫識破，而且她不喜歡對她爸媽撒謊。

「好吧，很複雜啦，基本上就是，傑瑞幾個月前幫我報名，因爲他眞的很希望我能參加，所以雖然我實在很不想去，但我又覺得自己應該完成這件事。我知道很蠢。」

琦菈的笑聲突然停住了。

荷莉覺得家人這樣瞪著她，自己都快垮了，她緊張地將頭髮塞到耳後。

「我覺得這是個很棒的主意。」她爸突然說。

「是啊。」她媽附議，「我們都會去現場給妳加油的。」

「不用了，媽，眞的不用，沒什麼的。」

「我姐參加歌唱比賽，我怎麼可能不去呢？」琦菈宣稱。

「贊成贊成。」理查說：「我們大家都去。我從來沒去過卡拉ＯＫ，應該會……」他找著合適的字眼，「……很好玩的。」

荷莉哀號，閉上雙眼，早知道這樣，直接回家就好了。笛坎倫歇斯底里地大笑，「是啊，荷莉，應該會……」他邊說邊抓著下巴，「……很好玩的！」

「什麼時候？」理查拿出自己的行事曆。

「嗯……星期六。」荷莉撒謊，理查記下日期。

「才不是！」笛坎倫大叫，「是下星期二啦，大騙子！」

「幹！」理查讓大家驚訝地說粗話，「有沒有人有立可白？」

荷莉不斷地跑廁所。她很緊張，前一晚幾乎都沒睡。她看看自己的模樣。佈滿血絲的雙眼旁有腫大的眼袋，嘴唇也咬腫了。

就是今天了，她最糟的夢魇就要實現，在眾人面前開口唱歌。

荷莉甚至不是那種會在淋浴間唱歌的人，因爲她怕鏡子都會裂開。但是，天啊，她今天在馬桶上的時間可多了。恐懼是最好的瀉藥，荷莉覺得自己少了好幾公斤了。她的朋友和家人與往常一樣全力支持鼓勵她，寫幸運卡給她，珊倫和約翰甚至送了一束花，她就把它放在那個無溼氣、無熱氣的茶几上，陪伴那盆半死不活的蘭花。丹妮絲則是「玩笑地」送了她一張慰問卡。

荷莉穿上上個月傑瑞要她買的衣服，從頭到尾都在咒罵他。現在有比她的外表更值得擔心的事情。她把頭髮放下來，盡量遮住臉龐，並且塗上厚厚的防水睫毛膏，一副這樣就能讓她不哭的模樣。她可以預見今晚將在淚水中結束。她眞希望自己有靈媒的魔力，讓她面對人生中最討厭的時光。

約翰和珊倫坐計程車來接她，她不想跟他們講話，咒罵每個要她做這件事的人。她覺得自己身體很虛弱，也坐不直。每次計程車停下來等紅燈時，她就認眞考慮要拼了老命跳車，但每次當她準備就緒時，紅燈又變綠了。她煩躁得不知要把雙手放在哪裡，所以她不斷地打開、闔上自己的皮包，讓珊倫以爲她在找東西，而其實她只是讓自己有事情做。

「放輕鬆，荷莉。」珊倫安慰她，「會很順利的。」

「少管我。」她頂回去。

剩下的路程都沒人說話，連司機也沒開口。經過這趟緊繃的旅程後，她們終於抵達賀根酒館，約翰和珊倫得不斷阻止荷莉大聲責罵（像是跳到馬路上撞死還比較快這類的話），並說服她進去。荷莉最怕的事情發生了：俱樂部擠得滿滿的，她還得側身走近家人，他們早就訂了位子了（他們要求訂在廁所旁）。

理查彆扭地坐在一張凳子上，西裝筆挺的他顯得格格不入。「父親，你要解釋給我聽一下，荷莉等會會做些什麼？」

荷莉的爸爸解釋了卡拉OK的「規則」，她更緊張了。

「哇。眞的很特別耶，對不對？」理查敬畏地看看俱樂部。荷莉不認爲他來過這種地方。

看了舞台，更讓荷莉驚慌失措，比她預期的還要大，牆壁上有個巨大的螢幕，讓觀眾可以看見歌曲的歌詞。傑克坐在愛比身旁，手臂圈著她；他們兩人對她打氣微笑。荷莉對他們皺皺眉頭，眼神飄向別處。

「荷莉，剛剛有件好好笑的事情。」傑克笑著說：「妳記得上星期我們遇到的那個丹尼爾吧？」

荷莉只能瞪著他，看著他的嘴唇蠕動，但是一點也不想聽他要說什麼。「我剛和愛比先來占位子，我們親吻的時候，這個人走過來告訴我妳今天會來。他還以爲我那天跟妳在約會，然後我今天還劈腿！」傑克和愛比歐斯底里地大笑。

「眞是蠢極了。」荷莉回答，然後轉過頭去。

「不是。」傑克說：「他不知道我們是兄妹，我還得解釋……」他閉了嘴，因爲珊倫警告地看了他，要他住嘴。

「嗨，荷莉。」丹尼爾走過來，手裡拿著一個板子。「這是今天的順序。第一位是一個叫瑪格的女孩，然後是凱思，接下來就是妳。可以嗎？」

「我是第三個。」

「對，就在……」

「這樣我懂了。」荷莉無禮地回嘴。她只想要從這間愚蠢的俱樂部脫身，希望大家都不要再來煩她，讓她一個人獨處，其他人全都下地獄去吧。她也希望地板打開來吞噬她，此時出現天災什麼的，大家都得離開這棟建築物。事實上，這主意還不錯，她努力搜尋四周，看有沒有消防緊急鈕什麼的，但是丹尼爾還在跟她說話。

「荷莉，我眞的很抱歉，妳可以告訴我誰是珊倫嗎？」他看起來像是怕她把他的頭咬掉。他也眞該受到這種待遇，她想，一面瞇起雙眼。

「她在那裡。」荷莉指著她。「等一下，你找她幹嘛？」

「喔，我要跟她道歉，上次我們電話中一開始不是很愉快。」他開始走向珊倫。

「爲什麼？」荷莉聲音很著急，讓他又轉頭看她。

「上星期我們講電話時有點意見不合。」他狐疑地看著她。

「眞的不用這樣啦，她也許完全忘了。」她結巴地說。此時還這樣眞是太糟了。

「是啊，但是我想還是表示一下比較好。」他越過她。荷莉從凳子上跳起來。

「珊倫，妳好，我是丹尼爾，我要跟妳道歉，上次電話裡的誤會。」

珊倫看著他，像是他長了十個腦袋。「誤會？」

「上次那通電話？妳記得嗎？」

約翰把手保護式地放在她腰上。

「電話？」

「嗯。對，電話。」他點頭。

「請問你大名？」

「丹尼爾。」

「我有跟你講電話嗎？」珊倫臉上帶著微笑。

荷莉發狂般地在丹尼爾後面做手勢。

丹尼爾緊張地清清喉嚨，「是的，妳上週打電話到俱樂部來，是我接的，記得嗎？」

「沒有，親愛的，你記錯人了。」珊倫客氣地回答。

約翰瞪了珊倫一眼，因爲她竟叫丹尼爾親愛的，如果是他的話，他可能要開口趕人了。丹尼爾用手刷過頭髮，看起來比其他人更困惑，他要轉頭面向荷莉了。

荷莉不斷對珊倫點頭。

「喔……」珊倫看起來終於恍然大悟了，「喔，丹尼爾！」她有點叫得太熱絡了，「天啊我都給忘了，我的腦子不行了。」她像個瘋婆子般亂笑。「一定是喝太多了。」她邊笑邊拿起酒杯。

丹尼爾鬆了一口氣，「太好了，我還以為是我瘋了呢！那妳記得我們講電話囉？」

「喔，講電話，別擔心。」她大方地擺擺手。

「因為我幾個星期前才接手的，所以我不是很確定今天晚上的安排。」

「喔，沒關係……我們都需要時間……適應……這些嘛。對不對？」珊倫看著荷莉，要確定自己說對了話。

「那就好，很高興終於認識妳。」丹尼爾笑了，「我能幫妳搬張凳子嗎？」他想開玩笑。

珊倫和約翰坐在凳子上，沉默地望向他，不知道怎麼回答這個奇怪的男子。

約翰看著丹尼爾離去，滿腹懷疑。

「什麼啦？」丹尼爾走遠後，珊倫對荷莉尖聲大叫。

「唉，我再跟妳解釋啦。」荷莉說，她轉頭面對舞台，卡拉ＯＫ主持人走回台上了。

「各位先生女士，晚安！」他說。

「晚安！」理查興奮地大叫。荷莉翻翻白眼。

「今天晚上很好玩喔……」他嘰哩呱啦講個不停，荷莉的腳則緊張抖動。她又好想上廁所了。

「我們先歡迎塔拉特來的瑪格，她要唱的是由席琳．迪翁主唱的電影《鐵達尼號》主題曲〈我心將往前〉。請各位熱烈歡迎瑪格！」群眾大聲歡呼，荷莉心跳加速。這是全世界最難唱的歌了，大家都會選這首。

當瑪格開始唱時，屋內一片安靜，幾乎聽得見針掉在地上的聲音。荷莉四處張望，看著大家的臉，包括她家人，他們也都驚嘆著看著主唱人，這群叛徒。瑪格雙眼閉了起來，她充滿情感地唱著，就像是成爲歌詞裡敘說的女主角。荷莉眞是恨她，還想著等會她回座時要不要伸腳把她絆倒。

「眞的很棒對不對？」主持人說。群眾又大聲鼓掌，荷莉已經有心理準備，自己唱完才不會聽到這種聲音，「接下來是凱思，大家也許記得他是去年的冠軍，他今天要唱的是尼爾．戴蒙的〈來到美國〉。大家掌聲鼓勵！」荷莉不想再聽了，她衝到廁所。

她在廁所裡來回踱步讓自己冷靜，膝蓋不斷碰觸，她的胃打了好幾個結，她也覺得胃液已經開始湧上來要吐了。她看著鏡子裡的自己，設法深呼吸了好幾次。這根本沒用，只讓她頭更暈。外面掌聲響起，荷莉凍住了。該她了。

「凱思很不錯對不對？」

又響起更多掌聲。

「也許凱思會連莊拿到冠軍喔，這樣也很不賴呢！」

眞糟。

「接著我們有位新人，她叫荷莉，她要唱的是……」

荷莉跑回廁所把自己鎖上。全世界都沒人能讓她出來。

「各位先生女士，請熱烈歡迎荷莉出場！」

如雷的掌聲響起。

第十四章

荷莉第一次登台唱卡拉ＯＫ已經是三年前的事情了。

當然，之後三年內荷莉再也沒有去唱卡拉ＯＫ也絕非巧合。

她有一大群朋友到斯沃茲那裡的酒吧慶祝某人的三十歲生日。荷莉那天累得不得了，因爲她已經連續加班兩星期，眞的沒有心情出門參加聚會。她只想回家，洗個香香的泡泡浴，穿上最不性感的睡衣，吃一大堆巧克力，然後窩在沙發上跟傑瑞一起看電視。

一路從黑石站擠到蘇頓站之後，荷莉再也沒有心情整晚站在什麼悶熱擁擠的酒吧裡。在火車上，她有一半的臉擠在車窗上，另一半則是塞在某個非常不講究個人衛生的男人腋下。她身後的男人則不斷地吐出充滿酒精味的氣息。更糟的是，每次火車開動時，他的啤酒肚總是「不小心地」靠到她背上。過去兩星期來，她每天上下班都得忍受這種折磨，她再也受不了了。她要她的睡衣。

她終於抵達蘇頓站了，那裡的人很狡猾，大家都準備在所有乘客下車時同時擠上車。她花了好長的時間才有辦法穿出人群下車，終於站上月台後，她眼睜睜地看著她的公車開走，有幸搭上車的人還對著窗外的她微笑。因爲已經過了六點，她只得站在刺骨寒風中等三十分鐘，等待下一班公車。這一切的一切更加深了她想蜷縮在熊熊爐火前的渴望。

然而回家度過溫馨夜晚的夢想卻根本無法達成。她心愛的丈夫有其他計畫。她身心俱疲地回家，卻氣沖沖地發現滿屋子都是人，還有震耳欲聾的音樂。她根本不認識的人擠滿她家客廳，手裡拿著啤酒，還有人癱在她原本打算安坐的沙發上。傑瑞站在音響前當ＤＪ，還裝著一副很酷的樣子。她這輩子從來沒看過他這麼不酷的時候。

「妳是怎麼回事啊？」她衝進樓上臥室後傑瑞問她。

「傑瑞，我很累了，我也很火，我今天晚上根本沒心情出門，你甚至沒問我是不是可以請這麼多人過來。而且，**他們是誰啊**？」她大叫。

「他們是康納利的朋友，而且，**這裡也是我家耶**！」他吼回來。

荷莉將手指按在太陽穴上，開始輕輕按摩她的頭，她的頭眞痛，樓下音樂快把她逼瘋了。

「傑瑞，」她平靜地說，設法保持冷靜，「我不是說你不能請人過來。如果你有先計畫好，告訴我這件事，那我才不介意，但是今天我眞的非常非常累……」她越說越小聲，「我只是想在家裡放輕鬆。」

「是嘛？妳每天都是這樣。」他頂嘴。「妳什麼事都不肯做了。每天晚上妳回家時心情都差透了，我做什麼妳都看不順眼！」

荷莉張大嘴。「對不起！我工作很辛苦好嗎？」

「我也是啊。但是我可不會因爲不順心就找妳麻煩！」

「傑瑞，這不是我順不順心的問題，因爲你根本是請了一整條街的人來我們ㄐ——」

「**今天是星期五**，」他大吼，讓她住了嘴，「**週末了**！妳上次出門是什麼時候？別去想妳的工作，放開自己，改變一下好嗎？不要一副ＬＫＫ的樣子！」然後他衝出臥室，把門摔上。

經過在臥室很長一段時間痛恨傑瑞、夢想離婚後，她設法平靜下來，理智地思考他剛剛說的事。他說得沒錯。好啦，也許用字遣詞並不正確，不過她眞的一整個月來都很煩躁易怒，她自己也很清楚。

荷莉原本是那種五點鐘準時下班、關上電腦、檯燈，辦公桌收拾乾淨，在五點零一分準時到車站等車的人，管她老闆喜不喜歡都是如此。她從未把工作帶回家，也未曾替公司產業的未來感到憂心，因爲老實說，她才不在乎；除此之外，如果可能的話，她也經常在週一請假，也不管自己是否可能因爲這樣被炒魷魚。但是，某次在找新工作時由於一時不留心，結果她找到一個得經常把工作帶回家的工作。還得加班、擔心公司前途，這讓她一點也不快樂。大家都想不透她怎麼可能到目前爲止已經待上一整個月了。不過呢，傑瑞說得對。現在想到還是覺得心好痛。她眞的好幾個星期沒有跟他和朋友出門了，每天晚上她都是倒頭就睡。現在回想起來，搞不好傑瑞的問題還比較嚴重——對她的煩躁易怒視而不見。

可是今晚將截然不同。她打算讓她那群長期被忽視的朋友與老公看到，她還是有趣又好玩的。她準備千杯不醉，讓其他人全都倒地不起。這齣鬧劇從準備自製雞尾酒開始，只有上帝知道裡面有什麼，不過的確很有用，十一點時，大家一路又唱又跳地走向有卡拉ＯＫ的那家小酒館。荷莉自告奮勇第一個上台，還刁難主持人，讓自己爲所欲爲。酒館擠滿了人，全都是爲準新郎舉辦單身派對的粗魯男士。就好像幾小時前曾經有電影劇組來佈置準備拍攝一場災難般，他們眞是做得太好了。

ＤＪ相信荷莉撒的謊說自己是職業歌手，滔滔不絕地介紹她。傑瑞大笑不已，笑到說不出話來，荷莉決心讓他看到她還是可以放開自己。他還不需要準備離婚。荷莉決定唱〈宛如處女〉，將它獻給第二天就要結婚的那位準新郎。她一開口唱歌後，她這輩子聽過最多也最大聲的噓聲出現了，但是她醉得不在乎，繼續唱給她先生聽，他似乎也是現場唯一沒被其他人情緒感染的人。

最後當人們開始往舞台上丟東西、主持人甚至鼓勵大家噓得更大聲時，荷莉才覺得自己的工作完成了。當她交回麥克風時，台下的喝采聲似乎變得更大，連隔壁酒館的人也跑進來。這一大群人都是跑來看荷莉摔得四腳朝天的。他們眼睜睜地看著她的裙子掀過她的頭，露出舊內褲，她剛回家時根本懶得換。

荷莉被送到醫院檢查她摔斷的鼻子。

傑瑞因爲笑得太大聲已經失聲了，丹妮絲和珊倫還在現場幫忙拍照，荷莉的遭遇還讓丹妮絲決定聖誕節派對的邀請函要寫：「大家來個四腳朝天吧！」

荷莉發誓再也不唱卡拉ＯＫ了。

第十五章

「荷莉．甘乃迪？妳在嗎？」主持人聲音越來越大。群眾的拍掌聲漸漸轉爲私語，因爲大家都在找荷莉。很好，就讓他們慢慢找吧，荷莉邊想邊把馬桶蓋放下，坐在上面等待外頭的亢奮退去，再等下一個受害者上場。她閉上雙眼，將頭放在手掌間，期待時間快快過去。她想要張開雙眼時就已經回到家了，而且時間已經過了一星期……她數到十，祈禱著奇蹟出現，然後慢慢張開雙眼。

她還在馬桶上。

就這麼一次吧，爲什麼她不能瞬間擁有神奇魔力呢？

荷莉知道會有這種下場。從她打開傑瑞的第三封信後，她就預見了淚水與羞辱。她的惡夢成眞了。

聽起來外面非常安靜，一股平靜感慢慢將她淹沒，他們應該是打算讓下一個參賽者上場了。她的肩膀放鬆，握緊的拳頭打開，她的下巴也放鬆了，送進肺裡的空氣也比較順暢了。慌亂已經結束，不過她仍然打算等下一個參賽者開口後再逃走。她根本爬不出窗外——這簡直是自找死路嘛。

她聽見有人打開廁所門又關上的聲音。完了，有人來找她了，不知道是誰。

「荷莉？」

是珊倫。

「荷莉，我知道妳人在這裡，妳聽清楚了，好嗎？」

荷莉忍住快要奪眶而出的淚水。

「我知道這對妳眞的是可怕的惡夢，我也知道妳對這件事有很大的恐懼感，但是妳得放鬆，好嗎？」

珊倫的聲音充滿撫慰，荷莉的肩頭放鬆了。

「荷莉，我最怕老鼠。妳知道的。」

荷莉皺眉頭，不知道這女人現在在講什麼。

「我最怕的惡夢就是走出這裡，走進一個滿是老鼠的房間，妳能想像嗎？」

荷莉想到這裡就笑了，回憶起上次珊倫搬進傑瑞和荷莉家兩星期，因爲她在自己家裡看到老鼠。當然約翰偶爾有探視權。

「好了，我人就在這裡，世界上沒有任何事可以讓我離開這裡。」珊倫停住。

「什麼？」主持人的聲音從麥克風傳來，然後他開始大笑，「各位先生女士。顯然我們的歌手現在在洗手間。」此時全場都大笑起來。

「珊倫！」荷莉的聲音因爲恐懼而顫抖。她的感覺就像是有一大群生氣的人要衝破廁所門，將她的衣服撕碎，把她高舉過頭，準備送她上斷頭台。狂亂第三度攫住了她。

珊倫趕緊說：「不管怎麼樣，荷莉，我只是說，如果妳不想做這件事的話，就算了，這裡沒人逼妳……」

「各位先生女士，讓我們再一次讓荷莉知道她該上場了！」主持人大叫。「大家一起來！」

每個人開始踏步，叫著她的名字。

「好吧，至少關心妳的人沒有人逼妳。」珊倫結結巴巴地說，她現在也因爲外面那群人而越來越有壓力了。「可是如果妳不做這件事，我知道妳也許永遠不可能原諒自己。傑瑞要妳做這件事，一定有他的理由。」

「荷莉！荷莉！荷莉！」

「喔，珊倫。」荷莉又叫了她的名字。越來越驚慌。突然間，她覺得牆壁像是要往她壓下來，豆大的汗珠從她前額滴下去。她得趕緊出去。她衝出廁所。珊倫雙眼大睜，看著她心緒不寧的好友，荷莉看起來像是見鬼了。她的眼睛又紅又腫，睫毛膏還從她臉上流下來（還說這東西防水），而且她的淚水把她的妝都弄糊了。

「別管他們，荷莉。」珊倫酷酷地說。「妳不想做的話，他們也逼不了妳。」

荷莉的下唇開始顫抖。

「妳別這樣嘛！」珊倫說，她用力握住荷莉的肩膀，看著她的雙眼。「妳別去想了！」她的嘴唇不再顫抖，但是其他地方可不是如此。最後，荷莉打破沉默。「我不能唱，珊倫。」她低語，雙眼盡是恐懼。

「我知道。」珊倫笑著說：「妳家人也知道！去他們其他人！妳**再也**看不到他們的醜臉了！誰管他們想什麼？我才不呢，妳呢？」

荷莉想了一分鐘。「我也不。」她低聲說。

「我聽不見——妳說什麼？妳在乎他們怎麼想嗎？」

「不。」荷莉回答，又大聲了一點。

「再大聲點！」珊倫搖著她的肩膀。

「不！」荷莉大叫。

「大聲點！」

「不！！！！！！！！！**我才不管他們怎麼想！**」荷莉聲音大得外面的人開始安靜下來，她們兩人相視而笑，開始咯咯笑著自己的愚蠢。

「就說今天是另一個傻荷莉日，以後還可以笑上好幾個月。」珊倫逗她。

荷莉看了一眼鏡子裡的自己，深深吸一口氣，然後像一個身負重任的女人般走出去。她打開門迎接外面的粉絲，這些人還叫著她的名字。他們看見她後開始歡呼，她也很誇張地行了一個鞠躬禮，然後走向舞台，台下歡聲雷動，還有掌聲，珊倫還在那裡大叫，「去他們的吧！」

現在大家都注意著荷莉了，無論她喜歡與否。如果她沒躲到廁所裡，在俱樂部後面聊天的人根本不會注意她唱歌，結果她現在吸引更多注意力了。

她雙臂交叉胸前，驚訝地瞪著觀眾，音樂已經不知不覺開始了，她也錯過了一開始的幾句歌詞。DJ把音樂停住，重新開始。

場中一片靜默。荷莉清清喉嚨，這個聲音也在屋內回響。荷莉看到丹妮絲和珊倫，想尋求她們協助，她那一桌的親朋好友全對她豎起大拇指。平常荷莉可能會因為這個俗氣的手勢大笑，不過今天它卻奇特地讓她安心。音樂終於又開始了，荷莉兩手緊緊抓住麥克風準備開口。她膽怯又抖得厲害的聲音開始了：

「如果我走音怎麼辦？你會站起身棄我而去嗎？」

丹妮絲和珊倫狂笑著，因為她這首歌選得很好，並且為她大聲鼓掌。荷莉努力唱下去，看起來好像馬上要哭出來了。就在她認為自己大概又要聽到噓聲時。她的家人和朋友開始齊聲唱道：「喔，我會因為有朋友幫忙過得很好的；是的我會因爲有朋友幫忙而過得很好。」

觀眾轉向她的親友團並笑了起來，氣氛開始熱絡了。荷莉準備著即將來的高音，用盡肺活量，「你需——要什麼人嗎？」她甚至還被自己的高音嚇到了，場內也有一些人幫著她唱出，「我需要有人愛我。」

「你需——要什麼人嗎？」她又重複，並將麥克風伸出去，讓現場觀眾也能一起唱，大家都唱出：「我需要有人愛我。」並且爲自己鼓掌。荷莉現在覺得不那麼緊張了，努力把剩下的部分唱完。後方的人們又聊了起來，酒保們繼續調酒、整理玻璃杯，直到荷莉覺得自己是唯一聽見自己歌聲的人。

當她終於唱完時，幾群有禮貌的客人和她右手邊的親友團是唯一知道的人。ＤＪ從她手中接過麥克風，設法在笑聲中說出：「請大家爲這位勇氣十足的荷莉．甘乃迪鼓鼓掌！」

這次只有她的親友團拍手。丹妮絲和珊倫上前迎接她，臉上還有因爲笑過頭而流出來的淚水。

「我眞的很以妳爲榮！」珊倫說。用手臂緊緊圈住荷莉的脖子。「眞的很可怕呢！」

「謝謝妳幫我，珊倫。」荷莉抱抱她的朋友。

傑克和愛比也笑了，傑克還大叫：「可怕，眞是太可怕了！」

荷莉的媽媽笑著爲她打氣，知道她女兒遺傳了她「獨特」的歌唱天賦，荷莉的爸爸因爲笑得太厲害都無法看她了。琦菈只是不斷地說著：「我從來沒認識可以唱成這麼糟的人。」

笛坎倫在場內的另一端對她揮手，另一隻手還拿著攝影機，對她倒著大拇指。荷莉躲在桌子的一角，邊喝著白開水，邊聽大家恭喜她，說她唱得有多糟。荷莉完全記不起來自己上次這麼自豪是什麼時候了。

約翰擠到荷莉身邊，靠著牆邊，一面靜靜看著台上人們的表演。最後他終於鼓起勇氣說：「傑瑞也許在這裡，妳知道的。」然後眼裡泛著淚光看著她。

可憐的約翰，他也想念他最好的朋友。她鼓勵地對他微笑，然後環視屋內。他說得沒錯。荷莉可以感覺到傑瑞的存在。她可以感覺到他用手臂圈住她。給她一個她思念許久的擁抱。

經過一小時後，參賽者終於全部唱完，丹尼爾和DJ開始收集大家的選票。剛剛進門時，每個人都被遞上一張選票，荷莉根本沒想要投給自己，所以她把自己的票給了珊倫。很明顯地荷莉絕對不會贏，而且這也不是她的本意。如果眞有那渺茫的機會讓她贏了，她想到還不禁會發抖，因爲這表示兩個星期後她又得重新體驗一次今天的遭遇。她其實什麼心得也沒有，除了她更痛恨卡拉OK了。去年的冠軍凱思帶了至少三十個朋友來，這表示他贏定了，荷莉也很懷疑觀眾中那群「忠實粉絲」會投票給她。

DJ播了一張聽來蠻悲哀的鼓樂CD，接著就準備宣佈入選者了。丹尼爾又一次走上舞台，身穿黑色皮夾克與黑色長褲，下面的女孩開始咆哮，又吹口哨又尖叫。讓人擔心的是，叫得最大聲的就是琦菈。理查看起來也很興奮，還對著荷莉指頭交叉……眞的是很貼心，不過實在是有點太無知的手勢了，荷莉想。他顯然還不太了解一般的「規矩」。

鼓樂CD開始跳針後，現場有點尷尬，DJ趕緊走到機器旁把它關上。前幾名宣佈得蠻不戲劇化的，而且是在一陣死寂中。「好的。我要謝謝大家參加今天的比賽。你們提供了很棒的娛樂節目。」最後這句話該是針對荷莉的吧，她羞愧地滑下座位。「今天的比賽選出兩名優勝者——」丹尼爾還誇張地暫停下來——「凱思與姍蔓莎！」

荷莉樂得跳起來，與丹妮絲和珊倫相擁而舞。她這輩子從來沒有這種解脫的感覺。理查看起來還搞不清楚狀況，因爲荷莉的其他親友竟然在恭喜她「勝利地輸了」。

「我選那個金髮美眉。」笛坎倫失望地表示。

「還不是因爲她胸部大。」荷莉大笑。

「本來就是，各人有各人天賦囉。」笛坎倫說。

荷莉坐回位子時，不禁想著自己的天賦到底是什麼。贏得某種事物絕對是很好的感覺，知道自己有某些優點。荷莉這輩子從來沒贏過什麼。她既不運動，也不會演奏什麼樂器——現在回想起來，她根本沒什麼嗜好或是興趣。如果她眞的打算找工作，又該在履歷表上寫什麼呢？「我喜歡飲酒作樂、逛街血拼，」看起來可不太好吧。她心事重重地喝著自己的飲料。荷莉這一生的興趣都在傑瑞身上——事實上，她所做的每一件事都以他爲重心。就某方面而言，當他的妻子是她唯一做得成功的事情；當他的人生伴侶是她所知自己做得最好的。現在的她有什麼呢？沒工作，沒丈夫，連個卡拉ＯＫ比賽都唱不好，更別說獲勝了。

珊倫和約翰似乎正在熱烈爭執什麼，愛比和傑克像熱戀中的青少年般望著彼此，琦菈打算更認識丹尼爾，丹妮絲則……她人呢？

荷莉環視俱樂部，看見她坐在舞台上，晃著雙腿，對剛剛的主持人示好。荷莉的爸媽知道她沒獲勝後，已經手牽著手離開了……只剩下理查。

理查硬邦邦地坐在琦菈和丹尼爾之間，看著屋內的他感覺就像隻迷路的小狗，每過幾秒他就有點歇斯底里地喝著他的飲料。荷莉這才知道自己也許看起來就跟他一樣——徹底的輸家。但至少這個輸家有老婆和兩個小孩在家裡等他，不像荷莉，她只跟微波晚餐有約會。

荷莉挪身坐到理查對面的高腳椅，開始想跟他聊天。

「你還好嗎？」

他抬起頭，很驚訝有人找他聊天。「很好，謝謝，這裡很不錯，荷莉。」

如果覺得不錯讓他看起來還是這副模樣，荷莉不敢想像如果他不高興會是什麼樣子。

「我很訝異你竟然來了，老實說，我覺得這裡和你格格不入呢。」

「喔，妳知道的……有家人上台表演……」他攪動自己的飲料。

「玫莉在哪裡？」

「陪艾蜜莉跟提莫西。」他說，一副這樣就解釋清楚的模樣。

「你明天要上班嗎？」

「是啊。」他說，突然一口把飲料喝完。「所以我該走了。妳今天表現得眞好，荷莉。」他奇特地環顧他的家人，還在決定該不該打斷他們，跟他們道別，但最後決定還是算了。他對荷莉點點頭後就離開了，設法在擁擠的人群間找出出路。

荷莉又獨自一人了。雖然她非常想抓了包包就衝回家，但她知道自己應該從頭待到尾。未來將有很多時候她都會跟現在一樣獨自一個人，成爲許多伴侶間唯一的單身者，她也需要適應。不過她仍然覺得很糟，也氣其他人沒注意她的存在。然後她又咒罵自己的幼稚。她的親友團已經非常支持她了。荷莉不禁懷疑這是否就是傑瑞的意思。他是否認爲這就是她需要的？他是否認爲這件事會對她有益？也許他是對的，因爲今天她眞的接受考驗了。他用不只一種方式逼著她變得更勇敢。她站在舞台上，對著幾百個觀眾唱歌，現在則身邊盡是情侶夫妻檔。無論他的計畫是什麼，她都因此被迫學著沒有他在身邊時變得更勇敢，就撐下去吧，她告訴自己。

荷莉微笑看著妹妹跟丹尼爾閒扯。琦菈跟她完全不同；琦菈隨性又信心十足，而且似乎什麼也不擔心。從荷莉有印象起，琦菈就從來沒有固定的工作或男友。她的腦子總是在其他地方，迷失在拜訪某個遙遠國家的美夢中。荷莉眞希望自己能跟她一樣。她也去過遙遠的地方，但總有傑瑞陪在身邊，而且從沒離開超過幾個星期。不像琦菈，荷莉比較戀家，也無法想像自己遠離家人朋友，拋開自己已經在這裡建立的生活。至少她永遠不可能離棄她曾經有的人生。

她將注意力轉向傑克，他還跟愛比沉浸在兩人世界裡。她甚至希望自己能更像他一點；他熱愛自己的教職工作。他是青年學子尊重的英文老師，無論何時荷莉與傑克走在路上遇見學生時，他們總會對他大大的微笑，說聲：「老師好！」女孩們幻想他，男孩們也想要長大變得跟他一樣。荷莉大聲的嘆息，把飲料喝光。她開始無聊起來。

丹尼爾看著她。「荷莉，妳要喝點什麼嗎？」

「不用了，沒關係，謝了，丹尼爾，我馬上就要回家了。」

「唉呦，荷莉！」琦菈抗議。「這麼早不要回家啦！今天是妳的夜晚耶！」

荷莉一點也不這麼覺得。她反而覺得自己誤闖到一個派對，而她一個人也不認識。

「沒關係啦，眞的。」她再度向丹尼爾保證。

「不可以，妳不能走。」琦菈堅持。「給她一杯伏特加摻可樂，我也要一杯。」她命令丹尼爾。

「琦菈！」荷莉大叫，覺得自己妹妹這樣無禮實在很尷尬。

「不會的，沒關係！」丹尼爾說。「是我先問的。」然後他走向吧台。

「琦菈，這樣很粗魯耶。」荷莉譴責妹妹。

「什麼？又不用他付錢，這裡可是他的耶。」她爲自己辯解。

「這也不表示妳可以要喝什麼就喝什麼——」

「理查呢？」琦菈打斷她。

「回家了。」

「媽的！什麼時候啊？」琦菈急忙從椅子跳下。

「不知，走了五到十分鐘了吧。怎麼了？」

「他應該要載我回家啊！」她把大家的外套丟在地上，想在裡面挖出她的包包。

「琦菈，妳追不上他的，他已經離開太久了。」

「才不要，我一定追得上。他車子停得很遠，他還得開回這條路才回得了家。我會在他經過時把他攔下。」她最後終於找到她的包包，衝出大門時還在喊：「再見囉，荷莉！幹得好！妳棒極了！」然後消失不見。

荷莉又一個人了。太好了，她想，看著丹尼爾把酒端過來。現在她得一直跟他聊天了。

「琦菈上哪去了？」丹尼爾問。把酒放在桌上，然後坐在荷莉對面。

「喔，她說她很抱歉，可是她得去追哥哥，搭他的便車。」荷莉內疚地咬著嘴唇，非常清楚琦菈在衝出門之前完全沒想到丹尼爾。「抱歉剛剛那麼粗魯。」然後她開始大笑，「老天，你一定覺得我們是全世界最粗魯的一家人了。琦菈那張嘴跟機關槍一樣快，她大半時間不知道自己在說什麼。」

「妳自己呢？」他微笑。

「我現在知道，沒錯。」她又笑了。

「嘿，沒關係，不過這表示妳得喝更多酒了。」他把一個酒杯推到她面前。

「噁心，這是什麼？」荷莉聞到味道不禁皺眉。

丹尼爾怪異地轉過頭去，然後清清喉嚨。「我不記得了。」

「喔，你少來了！」荷莉大笑。「你自己點的，一個女人有權利知道自己要喝什麼，你知道的！」

丹尼爾微笑著看她。「這叫ＢＪ。妳該看看我點這杯酒時，酒保臉上的表情。我想他根本不知道這是什麼！」

「喔，天啊！」荷莉大笑，「琦菈喝這個幹嘛？聞起來眞可怕！」

「她說過她覺得這很好下肚。」他又笑了起來。

「眞的很抱歉，丹尼爾，她有時候眞的很荒唐。」想到自己的妹妹，荷莉不禁搖頭。

丹尼爾揶揄地看著她身後。「嗯，看來妳朋友今天晚上很開心。」

荷莉轉頭看到丹妮絲和ＤＪ兩人相擁坐在舞台邊。她挑逗的姿勢顯然生效了。

「喔，不要吧，不會是那個逼我走出廁所的可怕ＤＪ吧。」荷莉低語。

「那是湯姆·歐康納，都柏林電台的。」丹尼爾笑了。「他是我朋友。」

荷莉尷尬地摀著臉。

「他今天晚上在這裡，是因爲卡拉ＯＫ之夜是現場轉播的。」

「**什麼**？」現在大概是荷莉今晚第二十次心臟病發了。

丹尼爾的臉綻放微笑，「開玩笑的啦，只想看看妳臉上的表情。」

「我的天，別再這樣對我了。」荷莉說，用手撫著心臟。「有人在這裡聽我唱歌已經夠糟了，更別說整個城市了。」她等心跳緩和下來，丹尼爾則逗趣地看著她。

「如果妳不介意的話，我想知道妳這麼討厭唱歌，爲什麼還參加呢？」他謹愼地問。

「呵，我那愛開玩笑的老公覺得讓他近乎音癡的老婆參加歌唱比賽會很好玩。」

丹尼爾大笑。「沒那麼糟啦！妳先生在嗎？」他問。「我可不想讓他誤以爲我在用這可怕的酒毒死他老婆。」他指指那杯酒。

荷莉看了看俱樂部，然後微笑了。「在啊，他一定在的……在某個角落吧。」

第十六章

荷莉將床單用衣夾固定在曬衣繩上，想著接下來的五月她該怎麼過，才能讓生活步入某種正軌。她本來覺得快樂又滿足的，也對自己應該能過好日子感到信心十足，可是這種感覺稍縱即逝，馬上全然的悲傷又淹沒了她。她設法爲自己找出固定的規律，與其每天如殭屍般地遊蕩，看著其他人忙碌度日，她卻猶如等待生命終點，不如好好感受自己的靈魂，實際地生活。

很不幸的，她想恢復規律似乎不容易。她發現自己會坐在客廳好幾個小時，重溫她與傑瑞共有的所有回憶。她多數的時間都在回憶他們曾有的各種爭執，希望自己當初沒對他說過那些可怕的話。她祈禱傑瑞能了解當初那些都是氣話，完全不是她眞正的意思。她自責自己的自私，許多時候都在晚上跟朋友出去，只因爲氣他，而不肯待在家裡陪他。她更氣自己該擁抱他的時候卻轉頭離去，該原諒他的時候卻埋怨他好幾天，許多夜裡她該與他做愛卻倒頭就睡。她眞想收回那些她知道他氣她恨她的時刻。她希望自己的記憶都是好的，但是那些不好的記憶卻總是纏繞不去。眞是虛擲時光。

而且沒有人告訴他們時間已經快用完了。

她曾經有快樂的時候，她會猶如作白日夢般走在路上，臉上還掛著一抹微笑，有時還能看見她在街上咯咯發笑，只因爲兩人間的一個笑話突然躍入她腦海。

她也有陷入黑暗的沮喪深淵時；不過她總會拾起力量，讓自己振作起來，有好幾天將不快拋在腦後。

然而最微妙簡單的事情總會觸發她的淚水。這已經變成家常便飯了，那實在非常累人，多半時間她都已經不想再與她的心智奮戰了。它比她的身體還要強壯。

家人朋友來來去去；有時候讓她不再哭泣，有時候則讓她發笑。但即使在笑聲中，總覺得失落了什麼。她似乎從來不覺得快樂；她似乎只是等著時間趕緊過去，等著某件事的到來。她厭倦了就這麼存在著；她想要眞正的生存。但是如果沒有了靈魂，生存又有什麼意義呢？這些問題在她腦海裡不斷重複，直到她一點也不想從顯然比較眞實的夢裡醒過來爲止。

在內心深處，她知道有這種感覺是正常的。她並不特別覺得自己失常。她知道人們說的，總有一天她會快樂起來，現在這種感覺會變得很遙遠。但是，這種感受眞是難熬啊。

她把傑瑞的信一遍又一遍地讀過，分析裡面的字句，每天都會出現全新的詮釋。但她總會坐到傍晚，設法揣摩字裡行間的意思，猜猜裡面是否有什麼訊息。事實是，她將永遠不會知道他話裡有什麼意思，因爲她再也無法跟他交談。這是她最難以釋懷的。

如今五月過去，六月已到來，隨之而到的是漫長清亮的夜晚，以及美麗的早晨。六月除了帶來晴朗的天氣，也帶來更明澈的心靈。天黑之後也沒人躲在家裡了，大家也不會一路睡到正午了，就好像整個愛爾蘭已經從冬眠甦醒，伸了一個大懶腰，打了個大哈欠，突然間生氣蓬勃了起來。該是打開所有窗戶，讓室內通通氣的時候了，藉此釋放所有冬日的幽靈與陰沉，該早起聽聽鳥兒歌唱、微笑地與路人打招呼的時候了，而不是蜷縮在層層的厚重冬衣下，眼睛看著地上，忙碌穿梭城中，忽視周遭的世界。是該從自己的黑暗抬起頭來，面對事實的時候了。

六月也帶來了傑瑞的另一封信。

荷莉坐在陽光下，沉醉在全新的光明人生，又緊張又興奮地讀著第四封信。她喜歡卡片的觸感，以及手摸傑瑞的筆跡的感受，卡片裡，他簡潔的筆觸寫下屬於他的所有物品，在它們旁邊他解釋了他希望荷莉要如何處理它們，以及要把它們送到哪裡。卡片最底下寫著：

PS.我愛妳，荷莉，我知道妳也愛我。妳不需要留著我的東西來懷念我，妳也不需要留著它們來證明我曾經存在或仍然在妳心底。妳不需要穿著我的毛衣來感覺我仍在妳身邊；我已經在這裡了……永遠用我的雙臂擁抱妳。

這實在讓荷莉很難接受。她幾乎希望他是要她再去唱一次卡拉ＯＫ。她會爲他從飛機上跳下，跑上一千哩，所有的一切，但不是清空他的衣櫃，讓她不再感覺他的存在。可是他是對的，她心裡很清楚。她不能永遠保有他的東西。她也不能欺騙自己，假裝是他回來把它們拿走了。實體的傑瑞已經不在了；他不需要那些衣服了。

那實在是讓人情緒潰堤的體驗。她花了好幾天才完成。每件衣服、每張文件都讓她重溫了上百萬次的回憶。每件物品與她說再見前，她都會緊緊地讓它靠著自己。每次它離開她的手，就像是在跟傑瑞的某個部分說再見。眞是難，眞的很難——有時候實在是太難了。

她通知親朋好友她打算做的事情，雖然大家都說要幫忙，也都撥出時間了，但再一次地，荷莉知道自己得獨力完成這件事。她需要時間；跟所有的一切好好道別，因爲它們一去就不復返了。就像傑瑞，他的東西也回不來了。

雖然荷莉希望能一個人獨處，傑克卻來了好幾趟，看他這個做哥哥的能幫上什麼忙，荷莉眞的很感激。每件東西都有它的歷史，他們還會討論它的回憶，並會心一笑。她哭的時候他陪著她，當她終於收拾乾淨、拍拍身上灰塵時，他也在她身旁。即使很困難，但總需要把它完成。而這工作因爲有了傑瑞更爲輕鬆。荷莉不需要下什麼重大決定，傑瑞已經幫她決定了。傑瑞幫了大忙，而這一次，荷莉也覺得自己幫了傑瑞。

打包他那堆學校搖滾樂團的卡帶時，她不禁笑了起來。每年至少有一次，傑瑞都會在設法控制自己衣櫥的混亂時，再度重溫這些回憶。他會讓家裡所有的喇叭播放震耳欲聾的重金屬音樂，只爲了要用刺耳的吉他聲與糟糕的音效折磨荷莉。她總是告訴他她等不及要看這些卡帶的下場，現在她終於知道了，卻一點也沒有如釋重負的感覺。

衣櫃後面角落一個洩氣足球旁，荷莉注意到傑瑞的幸運足球衫。上面還沾著青草與泥巴，就是從它上一場勝利比賽下來的模樣。她將它緊緊靠著自己，深吸了一口氣，啤酒和汗水的味道已經消散，不過還隱約聞得到。她把它放在一旁，準備洗乾淨後交給約翰。

這麼多東西、這麼多回憶，每一樣都將貼上標籤後，裝箱打包，正如它們在她心中的地位一樣。它們將被保存在某個角落，未來某個時空中才會再被拿出來。曾經充滿意義與生命的物品如今死氣沉沉地躺在地板上。沒有了他，它們就只是東西而已。

傑瑞結婚穿的燕尾服，他的西裝、襯衫，還有每天早上上班前邊抱怨邊繫上的領帶。各個年代的潮流盡在眼前，八〇年代的閃亮西裝與尼龍運動衣都打包了。他們第一次水肺潛水的呼吸管，十年前他從海床上撿起來的一個貝殼，他從兩人曾經造訪的各個國家蒐集來的啤酒杯墊。親朋好友給他的生日卡與信件。

荷莉給他的情人節卡片。他幼年時的泰迪熊與娃娃則準備寄回給他的父母。帳單、要給約翰的高爾夫球袋、給珊倫的書，以及留給荷莉的回憶、淚水與歡笑。

他的一生已經打包成二十個紙箱。

他和她的回憶則打包進荷莉的心裡。

每件物品都帶來了灰塵、淚水、笑聲與回憶。她把物品打包，清理灰塵，擦乾淚水，然後將回憶存檔，好好保管。

荷莉的手機響起，打斷她的思緒，她把洗衣籃扔在草地上，從陽台門跑進廚房接電話。

「喂？」

「我要讓妳變成大明星！」笛坎倫的聲音歇斯底里地從電話另一端傳過來，然後無法遏抑地發出一串笑聲。

荷莉等著他冷靜下來，設法了解他在說什麼。「笛坎倫，你喝醉了嗎？」

「也許只有一點點吧，不過那跟整件事一點關係也沒有。」他打嗝。

「笛坎倫，現在是早上十點耶！」荷莉大笑。「你昨晚到底有沒有睡？」

「沒。」他又打了嗝。「我現在在回家的火車上，大概三小時後會上床睡覺。」

「三小時！你去哪了？」荷莉笑著問。她覺得很有意思，因爲這讓她想起自己也曾經在一晚上恣意狂歡後，第二天早上每隔一會就從各個不一樣的地點打電話給傑克。

「我在哥耳威。昨天晚上在那裡頒獎。」他說，一副她早該知道的樣子。

「喔，抱歉我完全沒概念，什麼頒獎典禮？」

「我有告訴妳啊！」

「沒有，你沒有。」

「我告訴傑克要告訴妳，那個白癡……」接下來不知道在說什麼了。

「沒有，他沒有。」她打斷，「現在你可以告訴我了。」

「昨天那個是學生媒體頒獎典禮，而且我贏了！」他大叫，荷莉聽起來像是整座車廂都在恭喜他。她也很高興。

「大獎就是我的影片下星期會在第四頻道播放！妳相信嗎?!」這次聽來恭喜聲更多了，荷莉根本聽不見他在說什麼。「妳要出名了，老姐！」他掛上電話前，這是她唯一聽到的一句。

她打電話給她的家人，與他們分享這個好消息，才知道原來他們也都接到電話了。琦菈嘰哩呱啦講個不停，像個興奮的女學生般討論上電視的事情，最後的結論就是她會嫁給丹佐．華盛頓。

大家決定下星期三在賀根酒館碰面，一起看笛坎倫的紀錄片。丹尼爾好心出借女伶俱樂部給笛坎倫，讓他們可以從牆上的大電視欣賞。荷莉很為自己的弟弟高興，還打電話給珊倫與丹妮絲告訴她們這個好消息。

「喔，眞是太棒了，荷莉！」珊倫興奮地低語。

「妳幹嘛這樣說話？」荷莉也對著話筒低語。

「喔，這個老處女決定我們不准接私人電話了。」珊倫暗示自己的老闆，並且呻吟。「她說我們說私人電話的時間比專心工作的時間多得多，所以她一整個早上都在我們的辦公桌間巡邏。我發誓這就好像以前我們在學校一樣，那個老太婆監視我們的感覺。」突然間她聲音大了起來，變得公事公辦。「您可以給我細節嗎？」

荷莉大笑。「她來了嗎？」

「是的，那當然。」珊倫繼續。

「喔，好吧，我就長話短說。細節就是我們星期三晚上在賀根酒館碰面，歡迎妳來參加。」

「太好了……好的。」珊倫假裝記下「細節」。

「很好，會很有趣的，我該穿什麼，珊倫？」

「呃……全新或二手的？」

「不行，我沒錢買新衣服了。雖然妳前幾個星期逼我買下那件上衣，我不會穿它的，因為我已經不再是十八歲了。大概穿舊的衣服吧。」

「好……紅色。」

「妳生日那天我穿的紅色上衣？」

「是的，您說的沒錯。」

「好吧，也許吧。」

「您目前的就業狀態是？」

「老實說，我還沒開始找。」荷莉咬著臉頰內側，皺著眉頭。

「生日呢？」

「哈哈，好了啦，妳閉嘴了啦。」荷莉大笑。

「真抱歉，我們只提供二十四歲以上的駕駛汽車保險。您恐怕太年輕了。」

「如果眞這樣就好了。好了晚點再聊。」

「謝謝您來電。」

荷莉坐在廚房桌子旁考慮自己下星期該穿什麼；她想要穿新的。她想要看來性感耀眼，有點改變，而且她厭倦了她那些衣服。也許丹妮絲店裡有什麼新貨吧，當她打算撥電話時，收到珊倫的簡訊。

巫婆我後面
晚上六點聊　×××

荷莉拿起電話，打給上班的丹妮絲。

「您好，凱秀兒服飾。」丹妮絲有禮地說。

「您好，凱秀兒服飾，是荷莉啦，我知道不應該在上班時打擾妳，可是我想告訴妳笛坎倫的紀錄片贏了某個學生大獎，下星期三晚上會播出。」

「喔，眞是太酷了，荷莉！我們會在裡面嗎？」她興奮地問。

「應該是吧，那我們那天晚上就約在賀根酒館看電視囉。妳行嗎？」

「那當然！我還可以帶我的新男朋友。」她咯咯地笑。

「什麼新男朋友？」

「湯姆啊！」

「卡拉ＯＫ那個人？」荷莉震驚地問。

「是啊，那當然！喔，荷莉，我真的戀愛了！」她又幼稚地笑起來。

「戀愛？可是妳才認識他幾個星期而已！」

「我才不管，只需要一分鐘就好……人家不都這樣說。」

「哇……丹妮絲……我不知道該說什麼耶！」

「告訴我這樣很棒就好了！」

「是啊，真的……哇……那是當然了……真的是很棒。」

「喔，妳別太熱絡了，荷莉。」她諷刺地說。「反正我等不及要妳認識他了。妳絕對會很愛他的。大概沒有我那麼愛啦，但是妳肯定會很喜歡很喜歡他的……」她滔滔不絕說他有多棒多棒。

「丹妮絲，妳忘記我已經見過他了？」荷莉打斷丹妮絲講的關於湯姆捨身救一個溺水小孩的故事。

「是啊，我知道，但是我寧可妳這次見他的時候，不是躲在廁所的一個精神錯亂的女人，還對著麥克風大叫。」

「我很期待……」

「太好了，一定很棒的，我從來沒參加過自己的首映會!!」她興奮地說。

荷莉轉轉眼珠子，這樣說實在太誇張了，兩人隨即道別掛上電話。

那天早上荷莉幾乎什麼家事也沒做，大半時間她都在講電話。她的手機已經發燙，她也開始頭痛了。想到這裡她不禁顫抖。每次頭痛，她就會想到傑瑞。她痛恨聽到自己的親朋好友說自己頭痛或偏頭痛，這會馬上讓她跳起來，告訴對方應該嚴肅看待、該去看醫生等等。最後她總是把對方嚇壞，大家不舒服時也不再告訴她了。

她重重地嘆氣。她已經變成這種憂鬱症病患，連醫生都不想看她了。她會爲了最小的毛病跑去找醫生：腳痛或是胃痙攣。上星期她深信自己的雙腳有問題；腳趾看起來就是不對勁，她的醫生認眞檢查後，馬上在處方籤上寫字，荷莉則慌張地在旁邊看她。最後醫生把處方籤遞給她。上面是只有醫生才寫得出來的潦草字跡：「買更大的鞋子。」

說來其實很好笑，不過看醫生花了她四十歐元。

荷莉剛聽著傑克大肆讚揚理查。理查也去看了他。荷莉懷疑他是否開始想要在多年躲藏後，與自己的手足多親近。實在是有點晚了。要跟不注重禮貌的人對談實在還是有點困難。

喔，停，停，停！她噤聲對自己叫道。她需要的是不再擔憂、不再思考，別再天馬行空地亂想，需要停止自言自語。她會把自己逼瘋。

她最後終於在兩個多小時後把衣物曬完，再將另一籃丟進洗衣機裡。她把廚房裡的收音機打開，讓客廳的電視大聲喧鬧，開始做家事。也許這樣才能讓她腦子裡的聲音停下來吧。

第十七章

荷莉到了賀根酒館，一路撥開酒館裡的老人家，才能走上通往女伶俱樂部的樓梯。演奏傳統音樂的樂團正表演得起勁，群眾也高聲唱著愛爾蘭曲調。現在才七點半，所以女伶俱樂部還沒正式營業，空蕩蕩的室內看起來跟她幾星期前嚇壞的那天完全不一樣。她是第一個到的，所以她幫自己在螢幕右方找了張桌子坐下，這樣才能好好欣賞她弟弟的紀錄片。

酒吧後方玻璃杯打破的聲音讓她跳了起來，她回頭看看屋內是誰加入了她。丹尼爾的頭從酒吧後面探出來，手裡拿著掃帚與畚箕。

「喔，妳好啊，荷莉，我沒注意有人進來了。」

「我早到了，跟上次不一樣吧。」她走向吧台旁與他打招呼。他今晚看起來不一樣，她想著，一面打量他。

「老天，妳眞的很早耶。」他說：「其他人也許還要等一個鐘頭才會到。」

荷莉被搞糊塗了，她瞄瞄手錶。「可是現在七點半——節目八點開始，不是嗎？」

現在是丹尼爾搞不懂了。「不對，我以爲是九點，但我可能是錯的……」他拿起當天報紙，看看電視節目表。「沒錯，九點，第四頻道。」

荷莉轉轉眼珠子。「喔，不，眞抱歉，我出去晃晃好了，晚一點再回來。」她邊說邊跳下凳子。

「嘿，妳別傻了。」丹尼爾閃閃他珍珠白的牙齒。「外面的店都關了，妳可以陪我——如果妳不介意的話……」

「如果你不介意，我就不介意。」

「我不介意。」他堅定地說。

「那我就待著囉。」她快活地說，又跳回她的凳子上。

丹尼爾將雙手靠在吧台上，用老練的酒保口氣問道：「這樣一來，小姐請問要點什麼？」他微笑地問。

「這樣眞好，不用大排長龍，也不用在吧台前大喊我點的酒。」她開玩笑。「我就來一份氣泡礦泉水吧，謝謝。」

「就好了？」他揚眉。他的微笑會傳染；他笑得嘴都咧開了。

「最好這樣，不然大家來之前我就醉倒了。」

「說得對。」他同意，然後從身後的冰箱拿出氣泡礦泉水。

荷莉這才看出爲什麼他今天看起來不太一樣：他沒穿自己的招牌黑。他穿一條泛白牛仔褲以及一件亮藍色襯衫，襯衫下則是白色T恤，這樣正好更襯托他的藍眼，讓它們看來比平常更閃亮了。他的襯衫袖子都捲在他的手肘下方，透過輕薄的質料荷莉能看到他的肌肉。當他把玻璃杯遞給她時，她很快把視線移開。

「需要幫忙嗎？」她問他。

「不用，謝了，我自己來。」

「拜託啦。」荷莉堅持，「你請我喝那麼多次飲料了，該我回報一下。」

「好吧，那我來杯百威，謝了。」

「好，那我就自己來囉。」荷莉笑著從凳子上跳下來，走到吧台後面。丹尼爾往後站，頗有興味地看著她。

「我小時候超想在吧台後面工作的。」她邊說邊抓了一個啤酒杯，按下給酒器。她很自得其樂。

「如果妳在找工作的話，我這裡有缺。」丹尼爾說，仔細地看她工作。

「不用，謝了，我想我在吧台的另一端表現會比較好。」她大笑，把酒杯裝滿。

「嗯……好吧，如果妳眞的要找工作，妳知道往哪找了。」丹尼爾喝了一口啤酒後說：「妳不錯喔。」

「這可不是腦科手術。」她微笑，然後又跳回吧台的另一邊。她拿出皮夾，遞給他錢。「別找了。」

「謝了。」他微笑，轉身打開收銀機，她譴責自己審視他的臀部。眞的很不錯，很結實，不過沒有傑瑞的好看。

「妳老公今天晚上又拋棄妳了嗎？」他捉弄她，走過吧台加入她。

荷莉咬著下唇，考慮該怎麼回答他。現在實在不是跟一個只想閒聊的人討論那麼傷心的事情的時候，但是她也不想要讓這個可憐的男人每次看到她都問類似的問題。他很快就會了解事實的，到時他可能會覺得更尷尬。

「丹尼爾，」她輕輕地說：「我不想讓你覺得不舒服，不過我先生已經過世了。」

丹尼爾停下腳步，雙頰微微泛紅。「喔，荷莉。眞的很抱歉，我不知道。」他誠懇地說。

「沒關係的，我知道。」她對他微笑，讓他知道她不會因爲他這樣而怪他。

「我那天晚上沒看到他，如果有人先告訴我……我就會去參加葬禮，表示哀悼。」他坐在她身旁。

「喔。不是的，傑瑞二月就走了，丹尼爾。那天晚上他也不在的。」

丹尼爾看起來很困惑。「我還以為妳說他在場……」他回想那天，以為自己聽錯了。

「喔，是啊。」荷莉困窘地看著自己的雙腳。「他不在場。」她看著俱樂部，「可是他在這裡。」她用手按在心上。

「原來如此。」他終於了解了，「那麼妳那天晚上比我想的還要勇敢，因為妳的狀況……」他溫柔地說。

荷莉很驚訝他表現得如此自在。

通常人們總會結結巴巴地講完句子，不然就是改變話題或是晃到別的地方去。他讓她覺得很放鬆，眞的，像是她可以不怕自己哭出來那樣地開誠佈公。荷莉微笑並且簡短解釋了傑瑞清單的故事。

「所以我那時才從笛坎倫的演唱會逃跑。」荷莉大笑。

「不是剛好因為他們太糟嗎？」丹尼爾開玩笑，然後看起來若有所思。「喔，對了，沒錯，那天是四月三十日。」

「是啊，我等不及要看他的信了。」荷莉解釋。

「嗯……下一封是……？」

「七月。」她興奮地說。

「那麼也許我六月三十號那天就看不到妳囉？」他平靜地說。

「很好，你很進入狀況了。」她大笑。

「我來了!!」丹妮絲對空盪盪的俱樂部宣佈，濃妝豔抹的她穿著去年舞會的洋裝。湯姆在她後面慢慢踱步進來，眼睛卻離不開丹妮絲。

「老天，妳還眞能打扮。」荷莉評論，上下打量她的朋友。最後荷莉決定穿一條牛仔褲、黑色長靴，以及很簡單的黑色上衣。她沒什麼心情打扮，特別因爲今天俱樂部除了他們又沒別人，不過丹妮絲倒不這麼想。

湯姆與丹尼爾擁抱彼此。「寶貝，這是丹尼爾，我最好的朋友。」湯姆對丹妮絲介紹丹尼爾。丹尼爾和荷莉對彼此抬起眉毛，兩人對那聲「寶貝」發出會心一笑。

「你好，湯姆。」荷莉在丹妮絲介紹過後與他握握手，他則在她臉頰上輕啄一下。「上次見面眞對不起。我那天腦子不太清楚。」荷莉想到那天就臉紅。

「沒問題。」湯姆和善地笑著。「如果妳沒參加，我就不會認識丹妮絲，我很高興妳參加了。」

過了一會兒，荷莉發現自己還蠻快樂的；她沒有假裝在笑，或是覺得周遭的事有點逗趣，她是眞的心情很好。想到這裡，她覺得更快樂了，因爲她知道丹妮絲找到一個她眞心相愛的人。

過了幾分鐘後，甘乃迪家其他人都來了，還有珊倫和約翰。荷莉跑過去迎接。

「嘿，親愛的。」珊倫說，給她一個擁抱。「妳來很久了嗎？」

荷莉開始笑起來。「我還以爲是八點上演，七點半就來了。」

「喔，眞糟。」珊倫看來有點擔心。

「別擔心，還好啦。丹尼爾在這裡陪我。」荷莉指往丹尼爾的方向。

「他？」約翰生氣地說。「妳當心點，荷莉，他是個怪胎。妳該聽聽那天晚上他跟珊倫說了什麼。」

荷莉猜想是她造成了誤會，很快地閃身加入家人。

「玫莉沒跟你來嗎？」她問理查。

「沒，她沒來。」他很快地回嘴，有點粗魯。然後往吧台走去。

「他幹嘛要來這種場合啊？」她對傑克抱怨，他則把她的頭埋向他胸膛，摸摸她的頭髮，調皮地邊安慰她。

「好，各位先生女士！」笛坎倫站在凳子上對大家宣佈。「因爲琦菈無法決定晚上要穿什麼，所以我們晚到了，我的紀錄片隨時就要開始了。」他驕傲地說：「如果可以的話，請大家閉嘴，找位子坐。」

「喔，笛坎倫……」他媽因爲他的用字不雅叼唸一陣。

荷莉四處尋找琦菈，看到她就黏在吧台旁的丹尼爾身邊。她對自己笑笑，然後坐下來看紀錄片。主持人開場後，大家歡呼起來，不過很快就被生氣的笛坎倫噤聲，因爲他不想要他們錯過任何鏡頭。

標題《大城女人幫》出現在美麗的都柏林夜景上，荷莉緊張起來。「女人幫」三字出現在黑色螢幕上，接著是珊倫、丹妮絲、愛比與琦菈擠在計程車後座。

珊倫說話了：「大家好，我是珊倫，這是愛比、丹妮絲和琦菈。」

介紹到自己時，每個女孩都做出自己的特寫鏡頭。

「我們要去好朋友荷莉家，因爲今天是她生日……」

鏡頭轉到女孩們站在荷莉家門口，對她大叫「生日快樂」。接下來是珊倫在計程車裡說：「今天晚上只有我們，**沒有**男人……」

下一個畫面是荷莉打開禮物，拿起電動按摩棒對著鏡頭說：「很好，我最需要這個了。」然後又是珊倫在計程車裡說話：「我們要喝很多很多酒……」

隨後荷莉打開香檳，然後出現女孩們在波度瓦喝酒狂歡的畫面，最後是荷莉戴著她歪掉的皇冠，用吸管吸香檳酒瓶裡的液體。

「我們要去夜店……」

現在則是女孩們在波度瓦的舞池做一些非常難以入目的動作。

「但不會很瘋狂！我們今天晚上都會是好女孩！」珊倫誠懇地說。

下一段是她們激烈地抗爭，一面被三名壯漢請出夜店。

荷莉的下巴垂下，震驚地瞪著珊倫，她看來也一樣驚訝。男人們則大笑著拍著笛坎倫的背，恭喜他把他們伴侶的另一面揭露出來。荷莉、珊倫、丹妮絲、愛比，甚至琦菈都羞愧地從座位滑下身軀。

笛坎倫到底做了什麼啊？

第十八章

俱樂部裡一片靜默，大家充滿期待地瞪著螢幕。荷莉深吸一口氣。她很緊張接下來會出現什麼畫面。也許如果這些女孩眞記得發生什麼事情的話，她們絕對會把那一切忘得一乾二淨。想到這點她眞的嚇到了，因爲她們一定醉到那晚發生什麼事全都忘了，除非有人說謊。無論如何，她們現在可是更緊張了。荷莉看看周圍的女孩，她們都在咬指甲。荷莉默默祈禱。

新的標題出現在螢幕上，「禮物」。

「先開我的。」電視上的琦菈尖叫，一面把禮物塞給荷莉，珊倫還被她推下沙發跌到地上。俱樂部裡大家捧腹大笑，看著愛比把花容失色的珊倫拉起來。琦菈溜開丹尼爾身邊，踮著腳趾走到女孩旁尋求庇護。隨著荷莉的生日禮物一個個打開，眾人驚嘆歡呼。荷莉喉頭湧起一個硬塊，因爲笛坎倫在珊倫舉杯祝福時將鏡頭聚焦在壁爐上的兩張相片。

螢幕上又出現另一個新標題，「進攻大城市」，接著是女孩們踉蹌地一前一後鑽進計程車。顯然大家現在都已經醉了。荷莉很驚訝，她還以爲她那時很清醒呢。「喔，尼克。」坐在前座的荷莉醉醺醺地對著計程車司機呻吟，「我今天三十了，你相信嗎？」

計程車司機尼克完全猜不出她幾歲，他瞥向她笑著說：「妳看起來還是個小女娃呢，荷莉。」他的聲音低沉又沙啞。鏡頭給了荷莉臉龐一個特寫，她看到自己不禁瑟縮。她看起來眞是醉極了；顯然她從來沒看過自己這個模樣，除此之外，她看起來眞的非常悲傷。

「可是我該怎麼辦呢？尼克？」她哀號，「我三十歲了！我沒工作，沒丈夫，沒小孩，就這樣三十歲了！你懂嗎？」她整個人靠到他身上了。在她身邊的珊倫咯咯笑了。荷莉戳了戳她。

觀眾可以聽到背景的女孩們嘰哩呱啦地討論。事實上聽起來像是各說各話，很難聽懂到底談話內容是什麼。

「今天晚上好好享受吧，荷莉，不要在生日時還唉聲嘆氣的。一切等明天再去煩惱，親愛的。」尼克聽起來是眞心關心她，荷莉提醒自己得打電話謝謝他。

鏡頭跟著荷莉，她將頭靠在車窗上，還是非常安靜，一路上心事重重。荷莉無法釋懷自己看起來竟然是如此寂寞與悲傷。她不喜歡這樣。她尷尬地望望四周，正好看到丹尼爾。他對她眨眼打氣。如果她需要這種打氣的話，她想屋內每個人都在想同樣的事情。她微弱地回他一笑，然後轉身面對螢幕，正好看到自己在歐康諾街上對女伴們尖叫。

「好了，姊妹們，我們今天晚上就是要到波度瓦狂歡，沒有人可以阻擋我們，特別是那群白癡壯漢警衛，還以為自己是老闆呢！」然後她大步走路，當時她還以爲自己在走直線呢，女孩們歡呼著跟著她。鏡頭馬上跳往波度瓦大門的兩位壯漢，他們搖著頭，「今晚不行，抱歉，小姐們。」

荷莉家人大聲狂笑。

「這你就不懂了。」丹妮絲冷靜地對兩位大哥說：「你們不知道我們是誰嗎？」

「不知道。」兩人齊聲回答，眼睛瞪往遠處忽略她們。

「哼！」丹妮絲將雙手放在臀部上，指向荷莉，「這位可是非常非常非常非常出了名的……嗯……荷莉公主，來自……芬蘭的皇室。」

畫面中的荷莉對丹妮絲皺眉。

她家人再度狂笑。「用寫的劇本不會這麼好。」笛坎倫大笑。

「哦，她是皇室來的是嗎？」蓄著鬍鬚的保鏢竊笑。

「她真的是。」丹妮絲認真地說。

「保羅，芬蘭有皇室嗎？」鬍鬚男問保羅。

「我想沒有，老大。」

荷莉將撞歪的皇冠扶好，給了他們一個皇室手勢。

「你看吧？」丹妮絲滿意地說：「如果你們不讓她進去，你們就有好戲看了。」

「假使我們讓她進去，妳們也是得待在外面。」鬍鬚男這麼說，然後示意讓排在她們後面的人往前走，進入夜店。

荷莉在這些人經過時再度用皇家手勢揮手。

「喔，不，不，不。」丹妮絲笑著說：「這你們就不懂了。我是她的……侍女，所以我得無時無刻地跟著她。」

「那好，這樣妳就不會介意在門口隨侍著吧。」保羅暗自笑著。湯姆、傑克與約翰全都開始大笑，坐著的丹妮絲更往下滑了。

最後荷莉開口說：「喔，本公主該喝點什麼了。本公主渴得嚴重了。」

保羅與鬍鬚男嗤之以鼻，設法不笑出來。

「好了，說眞的，小姐們，今天不行，妳們要是會員才可以。」

「但我可是皇家成員！」荷莉嚴厲地說：「你們兩個人閃邊！」她命令，用手指著保鏢。丹妮絲很快地把荷莉的手按下，「老實說，如果可以讓我們進去喝點東西，公主和我就不刁難了。」她請求。

鬍髭男低頭看著她們兩個，然後抬頭看向夜空，「好吧，都給我進去吧。」他往旁一站。

「上帝保佑你。」荷莉經過他們時還在胸前畫十字架。

「她到底是啥東西？公主還是修女？」她進去時保羅笑著說。

「她已經不知道自己在做什麼了。」鬍髭男大笑，「不過這可是我聽過最特別的藉口。」兩個男人暗笑不已。他們在琦菈帶著其他人走到面前時恢復原本面目。

「我的劇組能跟我進去嗎？」琦菈用俐落的澳洲腔自信滿滿地問著。

「等一下我問主管。」保羅轉身用無線電對談，「好，沒問題。」他還幫她把門打開。

「那是那個澳洲歌手不是嗎？」鬍髭男問保羅。

「對啊，那歌還蠻好聽的。」

「跟裡面的小鬼們說注意那公主和她的侍女，」鬍髭男說：「可別讓她們打擾那個粉紅頭髮的歌手。」

荷莉的爸爸因爲邊笑邊喝飲料給嗆到了，伊莉沙白則咯咯笑著，一面拍拍他的背。

荷莉看著螢光幕上波度瓦的內部裝潢時，回想起自己當時非常失望。過去大家對它的模樣總是保持神祕的幻想，她的姊妹們曾在某本雜誌上讀過裡面有水景佈置，瑪丹娜還曾經跳進去。荷莉想像它是一個大瀑布，從俱樂部的天花板上流瀉而下，水流還潺潺經過俱樂部的各個角落，衣香鬢影的人士就坐在水中央，偶爾還將香檳杯放到水間加滿。其實，荷莉想像的是一個香檳瀑布。結果她看到的只是圓形酒吧中間的一個超大型魚缸。魚缸跟這個夜店有何關連她一點也想不透。她的美夢破碎了。室內也不如荷莉所想的那麼廣闊，裝飾則以金紅色調為主。遠遠的，荷莉看見有片巨大的金色簾幕當做隔間，旁邊站著一個看來也兇巴巴的保鏢。

夜店上方最主要的焦點是一張超大雙人床。它被放在一個平台上，在金黃絲綢床單上則是兩個瘦巴巴的模特兒，身上塗滿金漆以及非常貼身迷你的小可愛。這眞是有點太俗麗了。

「妳看那小可愛！」丹妮絲噁心驚嘆，「我小指上的OK繃都比她們身上的布料多。」在她身邊的湯姆開始啃起丹妮絲的小指頭。荷莉把眼光別開，繼續看著螢幕。

「各位晚安，歡迎觀賞十二點新聞，我是珊倫・邁卡錫。」珊倫站在鏡頭前，手裡拿著一個酒瓶當麥克風，笛坎倫還把鏡頭調整角度，讓她能拍到愛爾蘭最著名的主播。

「今天是芬蘭荷莉公主的三十歲生日，她本人與她的侍女成功地獲准進入上流社會人士經常聚集的『波度瓦』。現場還有澳洲搖滾甜心琦菈與她的劇組……」她把手指按在耳朵上，似乎想從耳機接收更多訊息。「現場的最新消息是，愛爾蘭最受歡迎的主播湯尼・華許剛剛竟然微笑了。我身邊有位目擊者，您好，丹妮絲。」丹妮絲對鏡頭挑逗地笑著。「丹妮絲，請問剛剛您在哪裡？」

「我正好就在他桌子旁，就目擊了整件事。」丹妮絲嘛起嘴對著鏡頭微笑。

「您可以解釋事情發生的經過嗎？」

「我就站在那裡自顧自地，華許先生喝了一口飲料後，不久就微笑了。」

「老天，眞的是很不得了，丹妮絲。你確定那是微笑嗎？」

「是這樣，也許是因為脹氣，他做了鬼臉，不過我身邊的人都覺得那是微笑。」

「所以還有其他人也目擊了嗎？」

「是的，我身邊的荷莉公主。她也全程目擊了。」

鏡頭平移到荷莉身上，她正用吸管在吸香檳酒瓶裡的液體。「那麼荷莉，您認爲是因爲脹氣還是微笑？」

荷莉看來有點搞不清楚狀況，然後她轉轉雙眼。「喔，抱歉，脹氣吧，我覺得是香檳才讓我這樣。」

女伶俱樂部爆出笑聲，傑克笑得最大聲。荷莉羞愧地摀著臉龐。

「好吧，那麼……」珊倫設法不讓自己大笑，「各位得到的是獨家消息。今晚愛爾蘭最嚴肅的主播被人目擊微笑。現在將現場交回棚內。」珊倫的微笑消逝了，因爲湯尼．華許正站在她身旁，臉上不出眾人所料一絲微笑也沒有。

珊倫吞了一口口水，說道：「您好。」然後攝影機就關掉了。

此時女伶俱樂部的人莫不笑得東倒西歪，連女孩們也不例外。荷莉覺得整件事荒唐得她不笑也不行。攝影機再度打開，此時是對著女廁的鏡子，笛坎倫是從門廊上的一個角落取景的，很明顯能看到丹妮絲與珊倫。

「我只是想讓大家笑笑。」珊倫惱怒，邊補口紅。

「別管那可悲的傢伙，珊倫，他只是不想讓鏡頭一整晚對著他，特別是他今天休假。我了解啦。」

「喔，妳現在是在幫他說話嗎？」珊倫不爽了。

「好了閉嘴，妳這個愛發牢騷的怨婦。」丹妮絲回嘴。

「荷莉呢？」珊倫改變話題。

「不知道，我最後看到她時，她在舞池上做著很古怪的動作。」丹妮絲說。兩人相視而笑。

「唉……可憐的迪斯可女王。」珊倫悲傷地說：「眞希望今天晚上她能找到一個帥哥，親到他臉發紅。」

「是啊。」丹妮絲同意，「走吧，我們去幫她找男人。」一面將化妝品放回袋子裡。

丹妮絲和珊倫內疚地互看，她們私底下討論荷莉的事情全被拍下來了。珊倫碰碰荷莉的手臂，像是在道歉，但荷莉開心地對她微笑，指指螢幕。

就在女孩們離開廁所後，廁所傳出沖水聲。小門打開了，荷莉走了出來。荷莉看到螢光幕上的自己，臉上的微笑馬上消失了。從門縫中，觀眾可以看到鏡中的荷莉，她的雙眼因爲哭泣而紅腫。她擤擤鼻子，哀傷地看著鏡子中的自己，她深吸一口氣，然後打開廁所門，下樓回到朋友身旁。荷莉不記得自己那晚有哭，事實上，她還以爲自己順利過關了。她摸摸自己的臉頰，擔心接下來還會出現什麼她完全不記得的情節。

最後場景終於變了。螢幕出現「金簾幕行動」五個字。丹妮絲大聲尖叫：「喔，老天，笛坎倫你這個小混蛋！」然後衝到廁所躲起來。

她顯然想起什麼事情了。

笛坎倫咯咯地笑，點了一根菸。

「好，姊妹們。」丹妮絲宣佈，「現在是金簾幕行動的時候了。」

「什麼？」珊倫和荷莉含含糊糊地問，她們癱在沙發上，已經醉醺醺了。

「金簾幕行動。」丹妮絲興奮宣佈，努力想讓她們兩個站起來。「現在是滲透ＶＩＰ酒吧的時候了！」

「妳是說，這裡不是嗎？」珊倫諷刺地笑著，環顧四周。

「才不是！那才是名人真正會去的地方！」丹妮絲興奮地指著簾幕，它的入口站著也許是地球上最高最壯的保鏢。

「我才不管名流是不是都在那裡哩，丹妮絲。」荷莉尖聲回嘴，「我在這裡，覺得很好。」她又往舒服的沙發鑽了。

丹妮絲呻吟，翻翻白眼，「姊妹們！愛比和琦菈都在那裡，我們怎麼不去呢？」

傑克好奇地看著女友，愛比虛弱地聳聳肩，然後用手遮住臉龐。這一切都喚不起女孩們的回憶，當然除了丹妮絲，不過她已經逃走了。傑克的微笑突然消逝，他滑下座位，雙臂交叉在胸前。顯然自己的妹妹表現愚蠢就無所謂，但如果是女友的話就另當別論了。傑克將雙腿高放在前面的椅背上，安靜地看著接下來會出現什麼。

珊倫與荷莉一聽到愛比與琦菈都在那裡後，馬上站起身，專心聽著丹妮絲的計畫，「好，姊妹們，我們就這麼做！」

荷莉從螢幕前轉身，用手肘輕推珊倫。她完全不記得自己說了或做了什麼事，她開始在想笛坎倫是否請了跟她們長得很像的演員，這一切則都是惡作劇。珊倫轉頭看她，雙眼都是焦慮，也聳聳肩。沒錯，那晚她不覺得自己在現場。

笛坎倫顯然是躲在室內的某個角落，他的鏡頭跟著三個女孩，她們躡手躡腳地接近那塊金色簾幕，然後像白癡一樣在旁邊閒晃。珊倫最後終於鼓起勇氣拍拍那個巨人的肩膀，他回過頭的時候，剛好讓丹妮絲有機會鑽進簾幕。她趴下雙手跟頭都鑽了進去，臀部與雙腿則仍留在簾幕的這一邊。

荷莉踢踢她的屁股，要她快一點。

「我看見了！」丹妮絲大聲叫著。「喔，老天，她們在跟那個好萊塢的男演員聊天！」她把頭伸回來，高興地看著荷莉。不妙的是此時珊倫跟那個巨人保鏢已經無話可聊，他轉頭剛好逮到丹妮絲。

「不，不，不，不，不！」丹妮絲恢復平靜地說：「你不懂，這位是瑞典的荷莉公主！」

「芬蘭啦。」珊倫糾正她。

「抱歉，芬蘭。」丹妮絲還跪在地上，「我在跟她磕頭，快點，一起來！」珊倫很快地跪下來，兩個人開始跪拜荷莉。荷莉看著四周，夜店裡每個人都瞪著她，她只好像皇室的人那樣再度揮手。沒人覺得特別。

「喔，荷莉！」她媽笑得都快喘不過氣了。

超級壯漢轉身對著無線電說：「大夥兒，這裡公主跟侍女有小狀況。」

丹妮絲驚慌地看著其他兩人，嘴形說著：「快閃！」女孩們跳起身就逃，找地方快躲起來。鏡頭在人群間不斷搜尋她們的身影，卻怎麼也找不到。

在女伶俱樂部的荷莉坐在位子上大聲呻吟，將頭埋在手裡，接下來到底還有什麼……

第十九章

保羅和鬍鬚男跑上樓梯，趕到夜店，與金色簾幕前的巨人保鏢碰頭。

「發生什麼事了?」鬍鬚男問。

「你要我注意的那群女孩打算爬到另一邊去。」巨人認真地回答。你可以從他的表情看出他過去的工作內容一定包括幹掉打算爬到簾幕中的人。他很嚴肅地看待這次的安全漏洞。

「現在人呢?」鬍鬚男問。

巨人清清喉嚨，看往別的地方，「她們躲起來了，老大。」

鬍鬚男眼珠子轉了轉，「躲起來了?」

「沒錯，老大。」

「躲哪了?在店裡嗎?」

「我想大概吧，老大。」

「你想?」

「我們上來時沒見到人，所以一定還在店裡。」保羅尖聲道。

「很好。」鬍鬚男嘆氣，「那我們就開始找人吧，叫個人來簾幕這裡看著。」

鏡頭跟著三名保鏢，他們四處梭巡夜店，沙發後面、桌子底下、窗簾後頭，甚至找人檢查廁所。荷莉的家人邊看邊歇斯底里地大笑。

俱樂部上方有點騷動，保鏢循著吵鬧聲前往了解狀況，人群開始聚集，兩位身著金漆的瘦舞者已經不再跳舞，反而是有點驚慌地看著。鏡頭接著平移到那張斜放在平台上的雙人床，在那金黃絲綢床單下，看起來像是有三隻小豬在裡面打架。珊倫、丹妮絲與荷莉在裡面一面尖叫一面滾來滾去，卻又試著躺平，讓自己不會被發現。人越來越多，很快地，音樂也停了下來，床單下那三團東西不再尖叫移動，突然停住，因爲不知道外面發生什麼事。

保鏢們數到三，把床單掀開，三個嚇到的女孩看起來就像是夜裡被車燈突然照到的小鹿一樣，她們盡可能地仰躺在床上，手臂僵硬地伸向兩旁。

「本公主在離開前就是得打個小盹。」荷莉還在用她的皇室口音說話，其他女孩爆笑出聲。

「夠了公主，玩夠了吧？」保羅說。三個男人陪著女孩們走出大門，確保她們不會又跑回店裡。

「我可以告訴我朋友我要離開了嗎？」珊倫問。

男人們發出不贊同的聲音，看往別處。

「抱歉？難道我是在自言自語嗎？我問你我是不是可以回去告訴朋友我要走了？」

「好了，別再玩把戲了，小姐們。」鬍髭男生氣地說：「妳的朋友根本不在裡面，妳們快走吧，回到自己的床上去。」

「對不起。」珊倫火大了，「我有兩個朋友在ＶＩＰ酒吧裡，其中一個有粉紅色的頭髮，另外一個……」

「女士們！」他提高音量，「她不想要有人打擾她，她跟月球上的人一樣都不是妳們的朋友。現在趕快消失，免得妳們又惹出什麼麻煩來！」

女伶俱樂部每個人都狂笑不已。

接下來是「回家的漫長旅程」。女孩們都在計程車裡了。愛比跟一條狗一樣，頭在車窗外面，因爲計程車司機命令：「妳不准吐在我車裡，妳把頭伸出去，不然就自己走路回家。」愛比的臉都紫了，牙齒格格作響，但是她可不打算這樣走回家。傑克看到自己女友的模樣笑得不能自已，琦菈雙臂交叉，臉上滿是惱怒，因爲她氣朋友們害她提前離開夜店，更丟臉的是，還戳破了她是澳洲知名搖滾歌手的謊話。琦菈的爸媽看到她這模樣不禁開心大笑。珊倫和丹妮絲已經睡在彼此的懷抱裡。約翰看到自己妻子在電視上熟睡的模樣，微笑著伸手過去撫摸她的手。

鏡頭轉到前座的荷莉，這次她不再纏著司機閒聊個不停；她將頭靠在椅背上，直直看著眼前的黑夜。荷莉看著自己時，知道當時自己在想著什麼，又是回到那個偌大空蕩房子的時候了。

「生日快樂。」冷得受不了的愛比說，聲音還在顫抖。

荷莉回頭對她微笑，然後對著鏡頭說：「你還在拍啊？把它關掉！」然後她把攝影機從笛坎倫手中拍掉。

結束了。

丹尼爾起身打開女伶俱樂部的燈時，荷莉很快溜開，逃進離她最近的房間裡。她需要在大家開始談論之前重新整理自己的思緒。她發現自己身處一個迷你儲藏間，旁邊都是拖把、水桶和空的小水桶。眞是一個愚蠢的藏身處，她想。她坐在一個水桶上，回憶自己剛剛看的影片。她眞的很震驚。對於笛坎倫，她眞是又氣又不懂；他有告訴她，他打算拍的是一部關於夜店生活的紀錄片。她清楚記得有提醒他別把她和姊妹們當成主角。結果他還眞的這麼做了。如果他有先客氣地問過她可以這樣做的話，也許就不同了。雖然她還是絕對不會同意。

她現在最不會做的就是在眾人面前對笛坎倫生氣尖叫。雖然這部影片徹底羞辱了她，笛坎倫的拍攝手法和剪輯技巧眞的很好。如果主角不是她的話，荷莉覺得獲獎絕對實至名歸。可是主角是她，所以它不配……其實她也覺得裡面有些片段很好笑，她也不介意她和朋友那麼愚蠢的一面被拍下來，她耿耿於懷的是那些透露她不快樂的幾個鏡頭。

大滴鹹鹹的淚水滾下她臉頰，她用雙臂將自己緊緊裹住，安慰著自己。她終於從電視上看到自己眞實的感受。既迷失又孤單。她爲傑瑞而哭，爲自己而哭，她用力地嗚咽啜泣，每次她努力要吸氣時，肋骨都因此疼痛不已。她再也不想如此孤單，然而她也不想要她家人看出她這麼努力掩飾的孤獨。她只想要傑瑞回來，其他都不在乎。她不在乎是否他回來後他們每天都吵架，她也不在乎他們會不會破產，沒有房子又沒錢。她只要他。她聽見有人打開她身後的門，一雙強壯的手臂包住她脆弱的身軀。她哭得厲害，像是要把幾個月積壓的忿恨怨懟全部傾瀉出來那樣。

「她是怎麼了？她不喜歡嗎？」她聽見笛坎倫擔心地問。

「就讓她哭吧，兒子。」她媽媽溫柔地說，門關上了，丹尼爾輕輕撫摸她的頭髮，靜靜地搖著她。最後像是把全世界的眼淚都哭完後，荷莉停了下來，站離丹尼爾。「抱歉。」她吸著鼻涕，用上衣袖子把臉擦乾。

「不需要抱歉。」他輕輕地將她的手從臉上拿下來，遞給她一張面紙。

她安靜坐著，努力恢復自己。

「如果妳是因為那部紀錄片心情不好，眞的沒必要。」他坐在她對面的一個裝玻璃杯的塑膠箱上。

「是喔。」她嘲弄回他，還在擦眼淚。

「我是說眞的。」他誠懇地說：「眞的很好玩。妳們大家看起來玩得都很盡興。」他對她微笑。

「可惜我不覺得。」她悲傷地說。

「也許妳的感覺不是如此，但是攝影機是不會拍到感覺的，荷莉。」

「你不用特別想讓我高興。」荷莉覺得有點尷尬，因為安慰她的是個陌生人。

「我沒有特別要讓妳高興，我是實話實說。只有妳注意到讓妳煩心沮喪的事情。我什麼也沒看出來，別人一定也是如此。」

荷莉覺得好過一點了。「你確定嗎？」

「我眞的確定。」他微笑說：「妳別在我俱樂部的各個房間裡躲來躲去了，我可是會眞的生氣的喔。」他笑了。

「姊妹們都還好嗎？」荷莉希望只有她一個人表現得這麼愚蠢。

外面傳來大笑聲。

「妳聽見了吧，她們好得很。」他對著門點點頭。「琦菈樂得說現在大家都會覺得她是大明星了，丹妮絲終於離開廁所了，珊倫笑個不停。不過傑克倒是嘮叨愛比竟然一路吐回家。」

荷莉咯咯笑了。

「所以妳看吧，根本沒人注意妳看到的事情。」

「謝了，丹尼爾。」她深呼吸，然後對他微笑。

「妳準備好面對觀眾了嗎?」他笑著問。

「我想可以吧。」荷莉踏入外面的談笑聲中。室內燈光全亮，大家坐在桌旁，快樂地分享笑話與故事。荷莉加入他們，坐在她媽旁邊。伊莉沙白用手圈住她女兒，在她臉上吻了一下。

「我覺得眞的很棒。」傑克情緒高昂地說著:「如果我們每次都在她們出門時派笛坎倫跟著去，就會知道她們在搞什麼了，對吧，約翰?」他對珊倫的丈夫眨眼。

「那我可保證。」愛比大聲說道:「你們看到的不是平常我們出門會做的事。」

男士們可完全不相信。

「還可以吧?」笛坎倫問荷莉，害怕自己惹毛老姐了。

荷莉白了他一眼。

「我還以爲妳會喜歡哩，荷莉。」他擔憂地說。

「如果我知道你在做什麼，我可能會喜歡吧。」她回嘴。

「可是我要給妳一個驚喜嘛，荷莉。」他眞誠地表示。

「我最恨驚喜了。」她邊說邊揉揉刺痛的雙眼。

「這樣你就學到教訓了，兒子。」法蘭克警告他兒子，「你不可以在別人不知情時，拿著攝影機到處亂拍。這是違法的。」

「我猜他們選出他的作品時絕對不知道這一點。」伊莉沙白同意。

「妳不會告訴他們吧?荷莉?」笛坎倫雙眼大睜。

「如果你接下來幾個月對我好一點的話，就不會。」荷莉狡猾地說，一邊用手指纏著頭髮。

笛坎倫做了個鬼臉，他知道自己躲不過了。「好啦。」他邊說邊揮揮手打發她。

「說真的荷莉，我得承認真的是蠻好玩的。」珊倫咯咯發笑。「還有妳和妳的什麼金色簾幕行動。」她開玩笑地用手戳戳丹妮絲的大腿。

丹妮絲轉了轉眼珠，「我可以告訴你們——我再也不喝酒了。」大家都笑了起來，湯姆用手臂環住她的肩膀。

「什麼嘛？」她無辜地說：「我是說真的。」

「說到酒，有沒有人要來一點啊？」丹尼爾從椅子站起身。「傑克？」

「好，來瓶百威。」

「愛比？」

「嗯……一杯白酒就好，謝謝。」她客氣地說。

「法蘭克？」

「健力士，謝謝，丹尼爾。」

「我也要一瓶。」約翰說。

「珊倫？」

「伏特加跟可樂，荷莉，妳也要嗎？」荷莉點點頭。

「湯姆？」

「謝了，我要威士忌加可樂。」

「我也是。」笛坎倫說。

「丹妮絲？」丹尼爾忍著不敢笑。

「嗯……我要，琴湯尼，謝了。」

「哈！」大家都笑她。

「什麼？」她聳聳肩，一副不在乎的模樣，「一杯酒不會殺了我的啦……」

荷莉站在水槽前，袖子捲在手肘上刷著鍋子時，聽見了熟悉的聲音。

「嗨，寶貝。」

她抬頭看見他站在打開的陽台門旁。「嗨，你好啊。」她微笑。

「想我嗎？」

「那當然。」

「妳找到新丈夫了嗎？」

「當然囉，他在樓上睡覺。」她邊笑著邊把手擦乾。

傑瑞搖搖頭，不贊同地發出嘖嘖聲。「我該上樓把他悶死嗎？因爲他就睡在我們床上？」

「再給他一個小時好了。」她開玩笑地看著錶，「他需要休息。」

他看起來眞高興，她想，神清氣爽，跟她印象中一樣帥氣。他穿著那件她最喜歡的藍色上衣，是她送他的聖誕節禮物。他從他長長的睫毛下盯著她，還有那雙如狗兒般的棕色大眼。

「你要進來嗎？」她微笑地問。

「不用了，我只是現身看看妳好不好。一切都好嗎？」他靠著門框，手放在口袋裡。

「普通啦。」她做做手勢，「可以更好一點。」

「聽說妳是電視明星了。」他露齒而笑。

「眞是很不情願呢。」她笑了。

「男生會拜倒在妳裙下的。」他安慰她。

「拜倒我裙下是可以啦。」她同意，「問題是，我這個目標大概不太對吧。」她指著自己。

他大笑。

「我想你，傑瑞。」

「我沒走遠。」他溫柔地說。

「你又要離開我了嗎？」

「現在是的。」

「再見了。」她微笑。

他對她眨眼，然後消失了。

荷莉醒來時臉上帶著微笑，覺得自己好像睡了好幾天了。「早安，傑瑞。」她高興地看著天花板說。

她身旁的電話響了，「喂？」

「喔，老天爺，荷莉，妳快去看看今天週末的報紙寫了什麼。」珊倫驚慌地說。

第二十章

荷莉很快跳出床，隨便套上一件運動外套，開車到最近的報攤。她走到報架前，開始翻找珊倫在電話中緊張說的報導。櫃台後方的男人大聲咳嗽，荷莉抬頭看他。

「這裡不是圖書館，小姐，妳要花錢買。」他點頭示意她手裡的報紙。

「我知道。」她不爽地回嘴，這人眞是沒禮貌。老實說，她怎麼會知道該買哪份報紙呢？她根本不知道自己在找什麼？最後她每一種報紙都拿一份，然後把它們丟在櫃台上，對他甜甜地微笑。

那男人有點被嚇到了，開始一份份地算錢，後面開始排隊了。

她饑渴地望著她前面的巧克力區，四處張望看有沒有人在看她。大家都在瞪她。她很快地轉身面對櫃台。「來吃我啊！來吃我啊！」巧克力不斷對她大叫。最後她的手終於抬起來，從巧克力區的最下方拿了兩個離她最近的大巧克力條。結果其他的巧克力一個接著一個掉到地板上。她後面的小鬼哼了一聲，在荷莉彎腰撿巧克力撿得面紅耳赤時轉頭笑她。掉下來的巧克力實在多得讓她得來回撿好幾趟。店裡一片沉默，除了幾個人不耐地咳嗽。她又在結帳物品中偷放了幾包糖果，「給小孩吃的。」她大聲地對老闆說，希望後面的人也聽得到。他只對她哼了一聲，繼續算錢。接著她想起來自己得買牛奶了，所以她又從隊伍跑到店後面抓了一罐牛奶。當她走回隊伍時，一些女人開始嘖嘖作聲。老闆停下手邊的工作瞪她，她也不客氣地瞪回去。

「馬克！」他大叫。

一個滿臉痘子的少年從購物架間現身，手裡還拿著標價機，「怎樣？」他挑釁地問。

「你來開另一臺收銀機，我這裡還要一會兒。」他瞄瞄她。

荷莉做了個鬼臉。

馬克拖著腳步走向第二個櫃台，一路瞪著荷莉。怎樣？她不高興地想，做你該做的工作還要怪我嗎？

他開始替其他人結帳，她後面的隊伍移了過去。荷莉很滿意現在終於沒人瞪她了，她順手又抓了幾盒洋芋片，「生日派對。」她結巴地說。

隔壁排隊的那個少年小聲說要買一包菸。

「有身分證明嗎？」馬克大聲問。

少年尷尬地四處張望，臉都紅了。荷莉哼了他一聲，眼睛看往別處。

「還有嗎？」老闆嘲弄她。

「不用，謝了，這樣就夠了。」她咬牙切齒地回答。付了錢後，開始收拾零錢，把它們都塞到皮包裡。

「下一位。」老闆要下一個人往前。

「我要一包班森菸……」

「抱歉。」荷莉打斷對方，「可以給我一個塑膠袋嗎？」她客氣地問，指著自己前方一堆雜貨。

「等一下。」老闆無禮地回嘴，「我先幫這位先生結帳，是的，你要菸跟……？」

「謝謝。」那位客人抱歉地看著荷莉。

「好了。」老闆轉向她，「妳還要什麼？」

「塑膠袋。」她咬緊牙根。

「還要二十分錢。」

荷莉大嘆一聲，伸手到包包裡找自己的零錢袋。後面又開始排隊了。

「馬克，你再過來幫客人結帳。」他高傲地說。

荷莉把銅板從皮包拿出來，將它丟在櫃台上，開始裝東西。

「下一位。」那老闆開始瞥向她身後的顧客。荷莉覺得很有壓力，開始慌張地亂塞。

「我等這個小姐好了沒關係。」那名顧客客氣地說。

荷莉對他感激地微笑，轉身要離開商店。她邊走邊埋怨，直到那個櫃台後面的小鬼馬克大叫，把她嚇了一大跳。「嘿，我知道妳！妳就是電視上那個女孩！」

荷莉驚訝地轉過身，提袋的塑膠把手因爲報紙太重瞬間斷裂。東西全都掉到地上，她的巧克力、糖果、餅乾往四面八方滾開。

那名友善的顧客跪在地上幫她把東西收拾好，店裡其他人則好笑又好奇地看著這個電視上的女孩長什麼模樣。

「就是妳不是嗎？」那個男孩大笑。

荷莉從地上抬頭，虛弱地對他微笑。

「我就知道！」他雙手興奮地拍起來，「妳眞酷！」

沒錯，她覺得很酷，跪在地上找著巧克力這模樣……荷莉的臉漲紅，緊張地清清喉嚨，「嗯……抱歉，我可以再要一個袋子嗎？」

「好，那要二十……」

「給你。」那位好心的顧客打斷馬克，把一個二十分錢的銅板放在櫃台上。老闆看起來有點搞不懂了，不過還是繼續招呼其他人。

「我是羅柏。」那人邊說邊幫她把巧克力放進袋子裡，然後伸出他的手。

「我是荷莉。」她有點不好意思，因爲他實在有點對她太友善了，她伸出她的手，「我是巧克力狂。」

他大笑。

「謝謝你的幫忙。」她邊站起身，邊感激地對他說。

「沒問題。」他幫她打開門。她想，他還蠻帥的，不過比她小了幾歲，而且眼睛的顏色是她看過最怪異的一種灰綠色。她對他瞇起眼睛，想看得更仔細。

他清清喉嚨。

她馬上紅了臉，知道自己跟個白癡一樣在打量對方。她出門走近她的車，把那個龐大的袋子塞到後座。羅柏跟著她。她的心跳快了一拍。

「嗨。」他笑了，「嗯……不知道妳要不要去跟我喝一杯呢？」然後他瞄了一下手錶，「事實上現在有點早，喝杯咖啡怎麼樣？」

他眞是個自信的男人，很自得地靠在荷莉對面的車上，手插在牛仔褲口袋，拇指伸出來，那雙奇特的雙眼就這麼看著她。不過他並沒有讓她覺得不舒服，他顯得很輕鬆，好像邀請陌生女子喝咖啡是世上最平常的事情。這年頭大家都這樣嗎？

「嗯……」荷莉想了一下。去跟一個對她這麼友善的男人喝咖啡有什麼關係？而且他長這麼帥更是得爲他加分。但除了他的帥氣，荷莉其實需要的是同伴，他看起來應該是個好人，可以聽她說話。珊倫和丹妮絲在上班，荷莉總不能不斷打電話找她媽，她媽也有家事要忙。荷莉眞的需要認識新朋友了。她和傑瑞的許多朋友多是傑瑞的同事，還有其他來自各階層的朋友，但自從他去世後，那些朋友也不常來往了。至少她知道自己眞正的朋友是誰。

她才剛開口要答應羅柏，他往下瞄到她的手，微笑馬上消逝，「喔，抱歉，我不知道……」他奇特地後退兩步，把她當做什麼傳染病一樣。「我得出發了。」他很快地對她笑笑，然後走開去。

荷莉瞪著他的背，完全不清楚發生什麼事。她說錯了什麼嗎？還是決定的時間太久？她是否打破了什麼新認識男女的祕密約會守則？她往下看到自己那隻讓他看了就逃的手，這才看見她的結婚戒指正對著她閃閃發亮。她大聲嘆息，疲憊地揉揉她的臉。此時剛才店裡那個少年顧客抽著菸跟他的同伴走出來，對她哼了一聲。

她眞的是被打敗了。

荷莉將車門用力摔上，四處張望。她沒心情回家，她厭倦一天到晚瞪著牆壁自言自語。現在才早上十點，天氣晴朗暖和，非常美麗。她對面的「粗食館」餐廳正在外面擺設桌椅。她的胃咕嚕作響。她現在需要的就是一頓豐盛的愛爾蘭早餐。她從車子前座的置物箱拿了太陽眼鏡，兩手捧了那堆報紙，慢慢地踱過馬路。有位胖太太正在擦桌子，她的頭髮在腦後緊緊紮成一個髮髻，身上花稍的洋裝被紅白相間的格子圍裙擋住了。荷莉覺得自己好像走進了某個鄉下人家的廚房。「等一下讓桌子曬曬太陽。」當荷莉走近餐館時，那位太太快活地說。

「好，今天天氣眞好對吧？」荷莉回答，兩人抬頭看著晴朗的藍空。好天氣在愛爾蘭總能當做一段對話的開始。因爲這種天氣實在太罕見了，當它出現時，大家總覺得猶如天賜般可貴。

「妳想坐在外面嗎？親愛的？」

「好，我會的，我決定要好好享受，免得過了一小時後太陽又不見了。」荷莉笑著坐下來。

「妳得正面思考，親愛的。」胖太太在荷莉身旁忙來忙去。「我馬上給妳拿菜單來。」她轉身離開。

「沒關係的。」荷莉叫住她，「我知道我要吃什麼了。我要愛爾蘭早餐。」

「沒問題親愛的。」胖太太對她微笑，眼睛看到那堆報紙時突然發亮。「妳打算開報攤嗎？」她咯咯笑了。

荷莉低頭看著那堆報紙，看到《阿拉伯領袖報》時笑了出來。她每份報紙都拿，根本沒注意到底拿了些什麼。她很懷疑《阿拉伯領袖報》會有跟那部紀錄片相關的任何文章。

「老實告訴妳，親愛的。」胖太太在她身旁擦桌子，「如果妳可以把那討厭的混帳東西趕走，我們大家會很感激妳的。」她瞄向對街的報攤。她走進餐館時，荷莉不僅莞爾一笑。

荷莉就這麼坐著看著外面的世界。她喜歡這樣偶爾聽見走過人群的交談內容；這樣讓她可以一瞥其他人的生活。她喜歡猜測人們的工作，到底他們匆忙地要去哪裡、住在哪裡、結婚了沒有……珊倫和荷莉本來就最喜歡坐在克拉芙街的貝利小館看人。

她們會在腦海裡幫這些人編小故事，不過荷莉最近越來越常做這種事了。這更彰顯了她的心思總是專注在別人上面，而非自己。比方說，眼前走過來這個牽著太太小手的男人，荷莉覺得他可能從未出櫃，然後迎著他們走來的男人就是那個丈夫的祕密情人。荷莉看著他們的臉，不禁猜想等會是否兩人會有眼神交會，結果更棒的是，三個人竟然在荷莉桌前停了下來，荷莉設法不笑出聲。

「抱歉，請問現在幾點了？」情人問那位同志丈夫與妻子。

「現在十點十五分。」同志丈夫邊看錶邊回答。

「謝謝了。」情人輕觸同志丈夫的手臂然後離開了。

荷莉現在相當肯定這絕對是不久後祕密約會的信號。她繼續看著人群，最後終於無聊了，決定開始注意自己的人生，改變一下。

荷莉翻著八卦報紙，一篇小小的文章讓她停下來。

《大城女人幫》，熱門的收視冠軍

作者／崔西．科曼

如果有人不巧錯過了上週三樂趣無比超級好笑的電視紀錄片《大城女人幫》，請別難過，因為它很快即將重現螢光幕前。

這部荒誕有趣的紀錄片由愛爾蘭來的笛坎倫．甘乃迪執導，記錄五位都柏林女性某夜進城狂歡的經歷。她們為我們揭開了時尚夜店「波度瓦」內名人雅士的神祕面紗，三十分鐘的影片能讓我們捧腹大笑，忘卻煩惱。

本節目上週三在第四頻道上映時為該時段的收視冠軍，收視率調查顯示英國有四百萬人收看。本週日晚上十一點第四頻道即將再度重播，請千萬不要錯過！

荷莉一面看著文章，一面設法保持自己的冷靜，這顯然對笛坎倫是很棒的消息，但對她卻是個大災難。紀錄片演一次已經夠糟了，更別說還要重播。她眞的得嚴肅地跟笛坎倫好好談談。那天晚上她太輕易放過他了，因爲他情緒高昂，她也不想當著大家的面讓他丟臉，不過眼前她問題已經夠多了，她不想再爲這件事煩心。

她迅速地翻閱其他報紙，看到了珊倫爲什麼抓狂的原因。每份八卦報紙都有關於那部紀錄片的評論，甚至有一份報紙還刊出了多年前丹妮絲、荷莉和珊倫的合照。報社到底是從哪裡拿到這張照片她也不想追究了。還好報紙上還刊了其他眞正的新聞，不然荷莉眞的要擔心這個世界究竟是怎麼了。但是她還是對「瘋女孩」、「醉女郎」這類用語非常不高興，其中還有一份報紙說她們：「眞是享受不過。」這句話到底是什麼意思啊？

荷莉的食物終於送來，她驚奇地看著那堆東西，不知道自己該怎麼把它們吃完。「這樣可以讓妳胖一點，寶貝。」胖太太說，一面把食物放好，「妳得再多長一點肉，妳實在太瘦了。」她念著荷莉，然後走開。荷莉覺得有點高興。

盤子裡高高堆著臘腸、培根、荷包蛋、薯餅、香腸、煮豆子、炸薯片、洋菇、番茄和五片土司。荷莉有點不好意思地四處張望，希望沒有人覺得她是隻只會大吃大喝的豬。她看到那個討厭的少年又跟他的夥伴走近她，她趕緊端了盤子走進店裡。她最近沒什麼胃口；可是她終於準備好要大吃一頓，她也不打算讓什麼長滿青春痘的小鬼毀了她這一餐。

荷莉待在「粗食館」的時間一定過久了，因爲等她抵達她爸媽在波圖馬鬧克的房子時已經快下午兩點了。與荷莉預期中不同的是，天氣並沒有越來越糟，太陽仍高掛在晴空無雲的藍天上。荷莉看著房子對面擁擠的海灘，遠眺眞的是海天一色。一班班公車把人群載到海邊，空氣中瀰漫一股防曬油的香味。草地上聚集著幾群青少年，他們帶來的CD正放著時下最熱門的音樂。這些聲音與氣味都讓荷莉回想起童年時的快樂回憶。

荷莉按了第四次門鈴，還是沒人開門。她知道一定有人在家，因爲樓上臥室的窗戶大開。她父母如果不在家的話，絕對不會把窗戶打開，特別是這附近的觀光人潮這麼多的時候。她走過草坪，將臉貼在客廳窗戶上，看裡面有沒有生人的跡象。她才剛準備放棄，打算走到沙灘上時，正好聽見笛坎倫與琦菈兩人互吼。

「琦菈去開門啦！」

「不要，我說了，我……很……忙!!」她吼回去。

「我也是好嗎!!」

荷莉又按了一次門鈴，火上加油。

「笛坎倫！」哇，這尖叫聲能殺人了。

「妳自己去開啦，妳這頭懶母牛！」

「哈！我懶？」

荷莉掏出手機打回家。

「琦菈接電話啦！」

「不要！」

「喔，我的老天爺！」荷莉大聲地說，把電話掛斷。她又撥了笛坎倫的手機。

「喂？」

「笛坎倫你現在去你的把大門打開，不然我就把它踢破！」荷莉咆哮。

「喔，抱歉，荷莉。我以爲琦菈已經開門了。」他撒謊。

他身穿四角內褲來幫她開門。「老天爺！你們兩個最好不要每次門鈴響時都這樣大叫！」

他不負責任地聳聳肩，「爸媽出門了。」他懶洋洋地回答，轉身上樓。

「嘿，你要去哪？」

「回床上。」

「不行。」荷莉冷靜地說：「你回來這裡坐好陪我。」她拍拍沙發，「我們來好好討論一下《大城女人幫》。」

「我不要。」笛坎倫哀號，「一定要現在嗎？我眞的眞的很累耶。」他用拳頭揉揉雙眼。

荷莉一點也不同情他，「笛坎倫，現在是下午兩點，你怎麼可能還累呢？」

「因爲我幾小時前才回家。」他快活地對她眨眼。現在她可眞的完全不可憐他了，她忌妒極了。

「坐下來！」她命令他坐在沙發上。

他一邊呻吟，一邊將疲憊的身軀癱在沙發上，擠得荷莉都沒位子坐了。她轉轉眼珠，把她爸的扶手椅拖近他。

「我覺得我好像在看心理醫生。」他大笑著把雙臂交叉在腦後，從沙發上盯著她。

「很好，因爲我眞的要挑你毛病。」

笛坎倫又哀號起來。「喔，荷莉，一定要這樣嗎？我們那天晚上不是談過了？」

「你眞的認爲我那天已經把話講完了嗎？喔，眞抱歉，笛坎倫，但是我眞的很不喜歡你這樣公開羞辱我和我的朋友，下週見？」

「顯然沒說完。」

「拜託啦，笛坎倫。」她把口氣放軟。「我是你姐，我不是來煩你的。我只想知道你爲什麼會拍我和我朋友，卻沒告訴我們。」

「妳們知道我在拍啊。」他辯解。

「拍夜店生活不是嗎?!」荷莉提高音量，對她弟越來越不爽。

「是關於夜店沒錯啊。」笛坎倫大笑。

「喔，你眞覺得自己很聰明對吧。」她教訓他，他笑不出來了。她數到十免得自己又開始攻訐他。

「你看，笛坎倫。」她平和地說：「你不覺得我現在經歷的事情已經夠多，不應該再面對那些？而且你連問都沒問，我眞的搞不懂你爲什麼連這最基本的都做不到！」

笛坎倫坐起身變得很嚴肅，聽起來像是個要有所改變的大男孩，「我知道，荷莉，我知道妳最近很不好過，但我還以爲這部片可以讓妳開心點。我說要拍夜店生活時也不是在說謊，因爲我本來就有這個計畫。但是等我帶回學校開始剪輯時，大家都覺得內容很有趣，不讓外界也看一看眞的太可惜了。荷莉，妳們大家眞的很好玩耶！」他笑了。

「沒錯，但是你讓我們都上電視了，笛坎倫。」

「我不知道獎品會是那個，眞的。」他雙眼大睜，「沒人知道，連我的老師也不知道！難道我要拒絕這個獎嗎？」

荷莉放棄了，用手指梳過頭髮。

「我眞的以爲妳會喜歡它。」他微笑，「我甚至問過琦菈，連她也說妳會喜歡的。眞抱歉讓妳生氣了。」他最後是結巴說完的。

荷莉不斷點頭聽他解釋，知道他是好意的，可是她突然停住了。他剛說什麼？她警覺地挺起身，「笛坎倫，你說琦菈早就知道了？」

笛坎倫僵在座位上，設法回想自己說了什麼。最後他躺回沙發，把一個抱枕按在臉上，知道他開始第三次世界大戰了。

「喔，荷莉，妳不要告訴她，她會把我殺了！」他悶在抱枕後面說。

荷莉跳出椅子衝上樓；每一步都用力踩著樓梯，讓琦菈知道她有多生氣。她一路大叫威脅著琦菈，用力拍著她的臥室門。

「別進來！」琦菈在裡面大喊。

「妳麻煩大了琦菈！」荷莉尖叫。她試著轉開門把，衝進房內，擺上自己最可怕的臉，「我說妳別進來的！」琦菈哀號。荷莉才剛開始要大罵她妹，這才發現琦菈坐在地板上，腿上放著一本像相簿的東西，滿臉盡是淚水。

第二十一章

「喔，琦菈，妳怎麼了？」荷莉安慰著妹妹。荷莉很擔心；她想不起來上回琦菈哭是什麼時候，老實說，她甚至不知道琦菈是否知道哭這個字。她只知道能讓她這個個性強韌的妹妹流淚的事情絕對很嚴重。

「沒什麼。」琦菈回答，她猛地把相簿闔上，然後把它塞進床底下。被人看到自己在哭似乎讓她很尷尬，她隨意地擦擦臉上的眼淚，裝出不那麼在乎的模樣。

笛坎倫還在樓下的沙發上，不過他把臉探出抱枕外偷看。屋內安靜得詭異；他希望她們倆別對彼此做出什麼蠢事。他開始有點慌張，畢竟荷莉剛剛簡直是火冒三丈。他躡手躡腳上樓在門外偷聽。

「一定有問題。」荷莉走過房間坐在她妹妹身旁。她不知道該怎麼應付這個樣子的琦菈。這簡直是角色對換，從她們小時候起，愛哭愛鬧的總是荷莉，出面安慰的則總是琦菈。琦菈總是堅強的那一個。

「我很好。」琦菈回嘴。

「好吧。」荷莉四處看看，「但是如果有什麼事情讓妳不高興，妳知道妳可以找我談的，對吧？」

琦菈不肯看她，只是點頭。荷莉準備站起身讓她妹妹靜一靜，但突然間琦菈大聲哭了起來。荷莉很快坐回她身邊，用手臂圈住妹妹，保護著她。

琦菈將頭靠在荷莉胸前，荷莉在她啜泣時，撫摸著她的粉紅髮絲。

「妳要不要告訴我出了什麼事？」她溫柔地問。

琦菈不知回答了什麼，然後坐起來把相簿拿出來。她雙手顫抖，打開相簿翻了幾頁。

「他。」她傷心地指著自己和某個荷莉不認識的男人的合照。荷莉也幾乎認不出相片中的琦菈。她看起來完全不同，而且年輕多了。兩人是在能遠眺雪梨歌劇院的一艘遊艇上合照的，當天晴空萬里。琦菈開心地坐在男人的膝蓋上，手臂還圈著他的脖子，他看著她，臉上掛著大大的微笑。荷莉不斷盯著相片中的琦菈。她當時是金髮，這可是荷莉前所未見，而且臉上笑容洋溢。她的臉部線條看起來柔和許多，根本跟現在想把對方一頭扯下的形象差了十萬八千里。

「那是妳男朋友嗎？」荷莉小心地問。

「曾經是。」琦菈吸吸鼻子，一滴眼淚掉在相簿上。

「所以妳才回家嗎？」荷莉溫柔地問她，擦擦她的眼淚。

琦菈點頭。

「妳想告訴我事情的經過嗎？」

琦菈深深吸了口氣，「我們吵架了。」

「他有沒有……」荷莉尋找適當的話語，「他沒有傷害妳什麼的吧？」琦菈搖頭。「沒有。」她急忙地說：「只是為了很蠢的事情，然後我說我要回家了，他說那最好……」她說不下去，又哭了起來。

荷莉抱著她直到她準備好再開口。

「他連到機場送我都沒有。」

荷莉安慰地撫摸琦菈的背，把她當做剛喝完奶的嬰兒。她希望琦菈別吐在她身上。「後來他有沒有打電話給妳？」

「沒有，而且我已經回來兩個月了，荷莉。」她嗚咽。她抬頭看著姊姊，眼裡盡是哀傷，這下連荷莉也想哭了。她一點也不喜歡這個傢伙，他讓妹妹這麼傷心，可是她不了解細節。荷莉對琦菈微笑，幫她打氣。「那妳想他到底適不適合妳呢？」

琦菈又哭了起來，「但是我愛馬修，荷莉，而且那次吵架真的很蠢，我訂機票只是因爲我很生氣，我沒想到他眞的會讓我走……」

她盯著那張照片許久。

琦菈臥室的窗戶大開，荷莉傾聽外面的海浪聲以及沙灘上傳來的嬉鬧聲。荷莉和琦菈從小就一起睡這個房間，她現在全身湧起一股奇特的安心感，因爲四周盡是熟悉的氣味與聲音。

她身邊的琦菈冷靜多了。「抱歉，荷莉。」

「妳幹嘛這樣？不用說抱歉啦。」荷莉掐掐她的手，「妳早就應該告訴我，而不是把這些都埋在心底。」

「可是這比起妳面對的一切根本不算什麼。我這樣哭顯得更笨。」她把眼淚擦乾，生起自己的氣。

荷莉很驚訝。「琦菈。這本來就算什麼。失去自己心愛的人眞的很難熬，無論他們是生或……」她無法完成這個句子。「當然妳什麼事都可以告訴我。」

「因爲妳表現得實在很有勇氣，荷莉。我不知道妳怎麼做到的。而我竟然還在這裡爲了一個才認識幾個月的男人哭得跟白癡一樣。」

「我？有勇氣？」荷莉大笑。「才怪呢。」

「眞的啊。」琦菈堅持，「大家都這麼說。妳很堅強，就這麼熬過來了，如果是我，可能就什麼事也提不起勁，找個地洞躲起來。」

「這個建議不錯喔，琦菈。」荷莉對她微笑，不禁懷疑到底是什麼人說她有勇氣。

「妳還好對吧？」琦菈擔心地看著她的臉。

荷莉低頭看著手，將結婚戒指上下挪動，她想了想這個問題，兩人各自沉思。琦菈突然變得冷靜無比，坐在她身旁耐心地等待荷莉回答。

「我還好嗎？」荷莉對自己重複這個問題。她抬頭看著她們兩人的泰迪熊與洋娃娃收藏，她們的父母拒絕把它們丟掉。「我問題多了，琦菈。」荷莉解釋，繼續玩弄著婚戒。「我孤單，我疲憊，我悲傷，我快樂，我幸運，我不幸，每天每個時刻我都有這些不同的問題纏繞著我。但是我想我還好也是其中之一吧。」

她望著妹妹，悲傷地微笑。

「可是妳很勇敢。」琦菈鼓勵她，「而且冷靜，又能控制自己，很有條理。」

荷莉慢慢搖頭。「不，琦菈，我不勇敢，妳才勇敢。妳都是最勇敢的那個人。至於控制自己，我不知道我一天天是怎麼做的。」

琦菈皺起眉頭，猛搖頭，「沒有，我才不勇敢，荷莉。」

「妳有啊。」荷莉堅持。「像是從飛機上跳下來，或是在懸崖滑雪……」荷莉還在努力想著自己妹妹做了什麼瘋狂的事情。

琦菈抗議了，「喔，親愛的老姐，那些才不叫勇敢，那叫蠢。大家都可以從橋上高空彈跳。妳也做得到。」琦菈挑釁。

荷莉的眼睛大睜，光想到那個景象就讓她腿軟，她搖頭。

琦菈的聲音柔和了，「如果妳想的話，一定做得到，荷莉。相信我，那沒什麼勇敢的。」

荷莉看著妹妹，學著她說話。「是啊，如果自己老公走了，如果我可以接受的話，一定做得到。沒什麼好勇敢的。也沒什麼其他選擇。」

琦菈和荷莉看著彼此，又沉思了好一會兒。

琦菈首先開口，「我想妳和我比我們彼此以爲的還要相像。」她對姊姊微笑，荷莉用手臂圈住她小小的身軀，緊緊擁住她。「是啊，誰想得到呢？」

荷莉覺得，妹妹一雙天眞的藍眼珠宛如小女孩。她覺得兩姐妹彷彿回到童年，坐在兩人時常坐的地板上玩耍，而當她們進入青春期之後則坐在地板上聊八卦。

兩人默默坐著，聆聽屋外的聲響。

「妳剛才不是想罵我嗎？是什麼事？」琦菈以幼稚的嗓音輕聲問。荷莉見到妹妹趁機占便宜，忍不住笑了。

「唉，算了，沒什麼大不了啦。」荷莉凝望著藍天說。

笛坎倫在房門外擦擦額頭，鬆了一口氣；好險，沒事。他踮腳尖悄悄走回臥房，跳回床上。這個馬修無論是何方神聖，笛坎倫覺得欠他一個大人情。笛坎倫的電話嗶了幾聲，表示有人傳簡訊，他皺著眉查看。我哪認識什麼蘇珊？緊接著，他記起了昨晚的事，臉皮泛起一彎奸笑。

第二十二章

荷莉終於開回自家的車道時已經八點，不過天色還亮。她微笑了，只要天色還亮，這世界就絕對不會讓人太沮喪。今天她聽了妹妹聊她在澳洲碰到的新鮮事。琦菈考慮打電話給遠在澳洲的馬修。短短幾小時之內，她在打與不打之間猶豫了至少二十次。在荷莉離開之前，琦菈鐵了心，發誓再也不跟馬修講話，換言之，琦菈現在可能已經跟他通過電話了。

荷莉踏上通往前門的步道，看著院子，一臉狐疑。是想像力太豐富了，還是院子變得稍微整齊一點？雖然院子還是凌亂不堪，長滿了雜草，樹叢也有待修剪，不過怎麼看就覺得不一樣。

隔壁傳來發動割草機的聲音，荷莉轉身看見鄰居正在整理他們家的花園。她直覺認爲好心幫她整頓院子的就是這位鄰居，所以揮手致謝，鄰居也舉手回禮。

園藝的事情一向由傑瑞負責。其實傑瑞不見得熱衷於種花蒔草，只不過苦工總要有人去做，而荷莉實在對園藝提不出一丁點興趣。小倆口達成的共識是，即使天塌下來了，荷莉也不願下田賣命。因此這家子的院子很簡單，只有一小片青草，周圍種了幾棵樹叢和開花植物。由於傑瑞對園藝的知識少得可憐，花卉經常被種錯季節，不然就是種錯地方，所以種一棵死一棵。如今院子的植物隨便亂長，變得跟原野沒有兩樣。傑瑞死了以後，花園也跟著他死去。

想到這裡，她回想起家裡的蘭花，趕緊衝進門，裝滿一壺水澆下去，蘭花是一副渴慘了的模樣，一點也不健康。她發誓絕不能讓這一棵死在她手上。她把咖哩雞扔進微波爐，在廚房桌前坐下來等。屋外傳來兒童在馬路上嬉戲的聲音。她以前總喜歡入夜延後的季節來臨，因爲爸媽會允許他們在外面多玩一陣子，上床時間也可以向後推延，他們會覺得賺到了。荷莉回想今天的點點滴滴，認定今天除了一件事之外，過得還不錯。

她低頭看著無名指上的幾枚戒指，立刻心生罪惡感。那個叫做羅柏的男人掉頭就走的時候，荷莉糗到了極點。羅柏看了她一眼，好像以爲她想談一段不倫之戀，而她一輩子萬萬不想做的事情就是婚外情。單單是考慮接受喝咖啡的邀約，一股罪惡感就油然而生。

假如荷莉再也受不了丈夫，夫妻因而分手，她還能瞭解離婚後受別人吸引的情境。然而，她的丈夫過世時，兩人仍然恩恩愛愛，總不能因爲他不在人間，這份情突然說散就散。她依舊覺得自己是個已婚婦女，今天假如跟男人去喝了咖啡，感覺一定像是她辜負了傑瑞。一想到這裡，她就覺得一陣反胃。她的心、她的靈魂和理智，仍然和傑瑞緊緊相扣。

荷莉轉動著手指上的戒指，越想越出神。到了哪個階段，她才該摘下結婚戒指？傑瑞已經走了將近六個月。寡婦指南裡面該不會解說脫掉戒指的時機吧？戒指最後摘了下來，能往哪裡擺？她應該收到哪裡去放？丟進垃圾桶嗎？還是放在床邊，以便日復一日聯想到亡夫？她繼續扭轉著套住手指的戒指，以層出不窮的問題煎熬自己。不行，她還沒有做好心理準備，放棄傑瑞還不是時候。以她本人而言，傑瑞還活得好好的。

微波爐發出嗶聲。她取出咖哩雞，順手丟進垃圾桶。她突然胃口全失。

那晚深夜，丹妮絲來了電話，語氣慌張。「打開收音機，轉到都柏林調頻電臺，快！」

荷莉奔向收音機，按下開關，「我是湯姆．歐康納，您收聽的是都柏林調頻，今天節目討論的是夜店保鏢的問題。從《大城女人幫》節目我們可以看到，幾位女主角苦口婆心連勸帶搶的，就是想進夜店，我們想知道聽眾對保鏢的看法。喜歡他們嗎？還是討厭？保鏢的行為，聽眾是否認同、諒解？保鏢會不會太嚴格了？來電請打……」

荷莉拿起電話，差點忘了丹妮絲還在線上。

「怎樣？」丹妮絲嘻嘻笑。

「看我們惹的風波多大，丹妮絲。」

「我知道。」她咯咯笑著。看樣子，她是樂在其中。「今天的報紙看了沒？」

「有啊，說眞的，有點痞吧。我同意，那部紀錄片是拍得不錯，不過報紙上寫的東西實在蠢。」

「唉，小荷，我愛死了！因為我被拍了進去，所以多愛幾倍！」

「我就知道妳愛。」荷莉哈哈笑。

兩人閉嘴聆聽收音機，有位男聽眾罵保鏢罵得好激動，湯姆盡量安撫他。

「哇，聽聽我的寶貝。」丹妮絲說。「他的聲音好有磁性喲，對不對？」

「嗯……對。」荷莉支吾著說。「你們兩個還在一起，我沒猜錯吧？」

「那當然。」丹妮絲好像被問到痛處了。「怎麼不在一起？」

「呃，丹妮絲，你們交往也有一段時間了，我只是好奇。」荷莉趕緊解釋，以免傷了好友的心。「妳以前不是常說：沒辦法跟同一個男人交往一個月以上嗎？妳說妳討厭被同一個人綁死。」

「對，呃，我是說我無法跟男人交往一個月以上，我可從沒說過不願意喲。荷莉，湯姆不一樣。」丹妮絲講得上氣不接下氣。

聽見丹妮絲這樣講，荷莉覺得訝異，因為丹妮絲說過她想當一輩子的單身貴族。「好吧，那湯姆到底是哪裡不一樣？」荷莉把電話夾在耳朵與肩膀之間，找了張椅子坐下，檢查著指甲。

「喔，我們兩個就是來電嘛，可以說他是我的心靈伴侶。他好體貼，常常買小禮物給我驚喜一下，還請我吃晚餐寵愛我。他常逗我笑個不停，讓我好愛跟他混在一起。交往這麼久，其他男人都讓我覺得膩，他還不會。而且啊，他長得好看。」

荷莉憋住呵欠。丹妮絲換了新男友之後，交往了一個禮拜，經常會講上述這些話，感情退燒之後她會迅速改口。但是，換個角度來想，也許丹妮絲這次是玩真的。再怎麼說，她和湯姆已經交往了好幾個星期。

「我為妳高興。」荷莉說得真心。

她們開始聽著一個扣應進來的保鏢。

「首先啊，我想告訴各位聽眾，過去這幾個晚上，在我們店門口排隊的不曉得有多少個公主和宮女。那個爛片播出以後，大家好像以為自稱皇室成員就進得了門！我只想對這些小姐說：不可能再讓妳們得逞了，再騙也沒用！」

湯姆笑歪了，節目差點做不下去。荷莉關掉收音機。

「丹妮絲。」荷莉認真說：「全天下都秀斗了。」

隔天，荷莉勉強起了床，去公園散散步。再不開始做做運動，她勢必會變成大懶蟲一條，而且她也有必要開始認真考慮找工作。她每到一個地方，就盡量想像自己在那種環境下工作。被她百分之百排除的工作環境如下：服飾店（因爲有碰上丹妮絲那種上司的可能性，所以不予考慮）、餐廳、旅館、酒館，而她也絕對不想再坐朝九晚五的辦公室桌。東挑西撿之下，她只剩……沒得挑了。荷莉昨晚看了一部電影，現在決定效法女主角，想當一當FBI，四處去辦案，偵訊別人，最後愛上第一眼就討厭的執勤搭檔。想歸想，荷莉既不住在美國，又沒受過警校的訓練，進入FBI的機率似乎不太樂觀。搞不好哪裡有個馬戲團，她可以跑去加入……

她在公園的長椅坐下，對面是兒童遊戲場。她聽著小朋友樂得尖叫。她好想走過去玩溜滑梯，讓人推著坐盪鞦韆，而不是枯坐長椅乾瞪眼。人爲什麼非長大不可？荷莉發現，一整個週末，她都在夢想重回童年。

她希望沒有責任一身輕，她想找個人來照顧她，希望有人來對她說：什麼也別操心，凡事有人會來幫她打點。沒有成年人的問題來操煩，人生該有多輕鬆。這樣的話，她就能再重新長大一次，再度結識傑瑞，逼傑瑞早幾個月去看醫生。這樣的話，她現在就能陪傑瑞坐在公園的長椅上，看著兩人的小孩玩耍。這樣的話，這樣的話，這樣的話……

她回想到理查話中帶刺的說法：這樣也好，她永遠不必爲小孩心煩。她一想到就氣。她現在多希望能盡量爲小孩心煩。她但願自己能帶個小傑瑞來公園，看著小傑瑞在遊戲場跑來跑去，她則在一旁叫他要小心，也做做媽咪該做的事，例如吐口水在面紙上，擦擦胖嘟嘟小髒臉。

在傑瑞被診斷出腦瘤之前的幾個月，他和荷莉才開始討論養兒育女的事情。兩人討論得很興奮，經常躺在床上聊個沒完，幫小貝比取名字，假想著身爲家長的情境。荷莉想到傑瑞當爸爸，不禁微微一笑；他一定很適合當爸爸。她能想像傑瑞很有耐心，坐在廚房桌前教兒女做功課。她能想像女兒帶男生回家時，傑瑞會變成保護女兒心切的爸爸。想像，想像，想像……

可惜，荷莉不能再過著假想情境的生活，不能再死守著往昔、做著不可能實現的白日夢。日子再這樣過下去也不是辦法。

看吧，果然繼續待在這裡也不是辦法，荷莉心想。她看見大哥理查帶著艾蜜莉和提米離開遊戲場。荷莉驚訝的是，理查看起來好輕鬆，追著兒女在公園跑，父子三人好像玩得很開心，荷莉覺得這畫面很突兀。她在長椅上坐直上身，拉上夾克，撐厚了臉皮，準備跟理查聊天。

「哈囉，荷莉！」理查快活地說。他看見了大妹，穿越草坪走過去。

「哈囉！」荷莉邊說邊迎接姪兒姪女。他們跑過來熱情擁抱姑姑。這種改變的感覺不錯。「這邊離你們家很遠吧。」她對理查說。「什麼風把你吹到這裡？」

「我帶小朋友來看爺爺奶奶。對不對啊？」他說著摸摸提米的頭。

「而且，我們剛剛去吃麥當勞。」提米說得興奮，艾蜜莉也跟著歡呼。

「哇，好好吃！」荷莉邊說邊舔嘴唇。「你們好幸運喔。你們的把拔最棒，對不對？」

理查一臉欣慰。

「怎麼帶小孩去吃垃圾食品？」荷莉問大哥。

「啊。」他揮揮一手不表贊同，然後在她旁邊坐下，「凡事適度就好，對不對，艾蜜莉？」

五歲大的艾蜜莉點點頭，好像能完全體會父親的說法。她有著一對綠色的大眼珠，眼眶寬，眼神天真無邪，點頭的時候紅色的小捲髮也跟著跳上跳下。她長得像媽媽，像得讓人感覺毛毛的，荷莉看了不得不轉移視線。然後，她又覺得過意不去，只好把視線轉回來，露出微笑……然後又看不下去了。不知道爲什麼，那對眼睛和那頭紅髮讓她看了害怕。

「是啊，吃一頓麥當勞，他們又死不了。」荷莉附和大哥的說法。

提米掐住自己的喉嚨，假裝被東西噎住了，臉色漲紅，嘴裡製造出嘎嘎的窒息聲，最後倒臥草坪上，一動也不動。理查和荷莉看了呵呵笑，艾蜜莉則好像快哭出來似的。

「慘了。」理查開玩笑說：「荷莉，看樣子我們講錯了。麥當勞真的害死了提米。」

荷莉聽見他以小名稱呼兒子，一臉錯愕地望著他，卻決定別提這事。想必是他一時說溜嘴罷了。

理查站起來，抓起提米扔到肩膀上。「好吧，我們最好趕快埋了他，辦個告別式。」提米被倒掛在父親的肩頭上，嘻嘻笑著。

「喔，他還活著！」理查笑說。

「沒啦，我沒有。」提米嘻嘻笑。

眼前的情景讓荷莉看出了興趣。她已經好久沒見過這種一家大小和樂融融的景象。荷莉的朋友圈裡沒人有小孩，她平常也鮮少接觸兒童。假如理查的兒女讓她愛不釋手，她的麻煩可就大條了。何況，生命中沒有男人的時候卻想生孩子，未免也太不明智。

「好了，我們該走了。」理查笑著說。「拜拜，荷莉。」

「拜拜，荷莉。」小朋友高興地說。荷莉看著理查以右肩扛著提米，一手牽著女兒。小艾蜜莉又蹦又跳，踩著舞步跟著父親走。

荷莉看得津津有味，看著這位陌生人帶著兩個小孩走了。這個自稱是她大哥的人究竟是誰？荷莉肯定自己從來不認識他。

第二十三章

在旅行社上班的芭芭拉招呼完了顧客，見他們前腳一踏出門，她立刻跑進員工休息室點菸。她忙了一整天，連午餐時間也不得閒，都怪同事玫莉莎今早臨時請病假。芭芭拉明白得很，玫莉莎分明是沒病裝病，只是昨晚去夜店玩得瘋過頭了。芭芭拉今天只好單獨應付顧客，做著無聊的工作。更倒楣的是，今天是幾世紀以來最忙碌的一天。時序一進入十一月，夜幕提早低垂，早上遲遲不天亮，強風呼呼吹，大雨嘩嘩下，讓人情緒低到沒話說……顧客一個接一個衝進門，急著買機票訂旅館，一心想飛去陽光普照的熱帶國度度假。芭芭拉聽見風颳得窗戶喀答響，不禁打了一個哆嗦，同時提醒自己別忘了幫自己找個特別划算的度假行程。

老闆終於出門去辦事了，她連忙飛奔進休息室抽菸。不料門鈴響起，芭芭拉知道又有顧客上門，因此咒罵這人不該破壞她寶貴的休息時間。她氣得猛抽幾口，吸得差點頭暈，然後補上一點亮亮的紅色唇膏，伸手確定員工名牌仍夾在胸前，接著拿香水四處噴灑休息室，以免被老闆發現有人抽菸。她離開休息室，以為顧客已經在櫃檯前坐好了，沒想到這位顧客老到走不太動，還正慢吞吞地向櫃檯走來。芭芭拉不想一直看老人家，只好開始隨便亂敲幾下鍵盤。

「妳好。」老人對她打招呼，氣若游絲。

「哈囉，先生，我能為您服務嗎？」這話她今天已經講了一百遍。一直猛看對方是不禮貌的行為，但是她越看越驚奇，發現老人其實還很年輕。遠遠看去，這顧客駝著背，活像退休老人。他彎腰拄著拐杖走來，缺了拐杖的話，恐怕會癱倒在她前面。他的皮膚蒼白又沒光澤，彷彿連續幾年沒曬過太陽，不過他卻有一雙褐色的大眼睛，模樣像小狗狗，眨著長長的睫毛，似乎在對她微笑。她忍不住也以微笑回敬。

「我是想來訂個度假行程。」他輕聲說：「想麻煩妳幫忙挑個地方。」

挑個地方其實比登天還難，芭芭拉一聽見顧客這樣要求，通常會暗暗叫慘。她碰到的客人多半嫌東嫌西的，她經常拿遍了小冊子介紹了好幾個鐘頭，建議客人可以去哪裡，心裡其實才不鳥他們選擇什麼景點。但是，這位顧客看起來滿和善的，所以她欣然提供協助，連她自己也吃了一驚。

「沒問題，先生。請你先坐下來，我們來翻翻這些簡介手冊。」她指向前面的一張椅子，再度轉移視線，以免又直盯人家辛苦坐下的動作。

「好了。」她滿面春風說：「先生有沒有特定想去的國家？」

「呃……西班牙……蘭薩羅特島吧。」

芭芭拉樂了，這客人比想像中來得好應付。

「先生是想選擇夏天去度假嗎？」

他緩緩點頭。

兩人一同翻閱旅遊手冊，最後他相中了一個滿意的地點。芭芭拉慶幸他聽從建議，不像有些顧客不聽就是不聽，把她的專業完全當成耳邊風。

「好，有沒有特別想選哪個月去？」她看著價目表問。

「八月吧？」他問，褐色的大眼珠直視芭芭拉，看進了她的心坎，害她好想跳過櫃檯，熱情擁抱他一下。

「八月很不錯。」她認同客人的選擇。「先生想挑什麼樣的景觀？海景房或是游泳池邊的房間？海景房要另加三十歐元。」她趕緊補上一句。

他面帶微笑凝視著空氣，彷彿已經置身旅館。「請幫我訂海景房。」

「有眼光。請問先生大名和住址？」

「喔……我其實是幫別人訂的……想給我太太和她的朋友一個驚喜。」褐色的大眼顯露哀傷的神色。芭芭拉緊張地清清嗓子，「哇，先生你好體貼。」她覺得非補上這句不可。「麻煩告訴我她們的大名？」

她一一記錄下來，客人也付了帳，然後她開始從電腦列印行程給客人。

「喔，行程能不能留下來由妳保管？我想給太太一個驚喜，資料擺在家裡恐怕會穿幫。」

芭芭拉微笑了，他的老婆眞幸福。

「到明年七月我才會跟她講，能不能請妳幫我保密？」

「包在我身上，先生。反正班機要到幾個禮拜之前才能確定，所以也沒必要提早通知她。我會特別交代同事別打去你家洩密。」

「多謝妳的幫忙了，芭芭拉。」他眨著小狗狗似的眼睛微笑，難掩悲傷之情。

「榮幸之至。對了，請問先生大名是……？」

「我叫傑瑞。」他再次微笑。

「很高興能爲您服務，傑瑞，相信夫人一定會玩得很盡興。去年我有個朋友去過蘭薩羅特，她覺得那邊好好玩。」芭芭拉覺得有必要這樣講，以便安他的心。

「好了，我最好趕快回家，免得有人認爲我被綁架了。我其實連下床都被禁止。」他又微笑了，芭芭拉忍不住哽咽。

她趕緊站起來，繞到櫃檯另一邊幫他開門。他感激一笑，走過她身邊，她看著客人慢慢坐上一直等候的計程車。正當芭芭拉要關上辦公室的門，老闆正好走進來，一頭撞上門。她望向車上的傑瑞，計程車正等著駛離路邊，傑瑞笑著對她豎起拇指。

老闆瞪了她一眼，責怪她丟下櫃檯不管。他走進休息室後大喊：「芭芭拉，妳是不是又進這裡抽菸了？」

她翻翻白眼，轉身面對老闆。

「天啊，妳怎麼回事？怎麼像快要嚎啕大哭似的？」

時光前進到七月一日，芭芭拉坐在寶劍旅行社的櫃檯後面，一臉不爽。今年夏天，只要她上班，天氣是日日晴朗美麗，結果昨天和前天她休假了，雨水卻下得她七零八落。老喜歡和她作對的氣象，今天又擺了她一道。今天是今年以來最熱的一天，客人穿著熱褲和小得不能再小的上衣走進來，無不炫耀天氣有多棒。芭芭拉在椅子上碎動著，因爲制服穿得不太舒服，而且這種布料癢得要命。她感覺好像回到學生時代。電風扇又卡住了，被她捶了一下。

「喂，芭芭拉，別打了。」玫莉莎發牢騷。「越打越糟糕。」

「不可能比現在更爛了啦。」芭芭拉嘟囔著，轉身面對電腦，開始敲鍵盤。

「妳今天怎麼搞的?」玫莉莎問。

「唉，沒事。」芭芭拉咬牙說。「只不過今天是今年最熱的一天，我們卻受困在這個爛工作上，坐在這個不通風的辦公室，又沒冷氣可以吹，還要穿這種癢得半死的制服。」她加重語氣，對準老闆的辦公室喊話，希望老闆聽見。「沒別的意見了。」

玫莉莎竊笑。「這樣吧，妳去外面透透氣幾分鐘，下一個客人由我來招呼就好。」她說著向正要進來的女客點頭。

「謝了，小玫。」芭芭拉終於能逃開一陣子了，鬆了一口氣。她掏出香菸來，「好，我這就出去呼吸新鮮的空氣。」

玫莉莎低頭看她的手，然後翻翻白眼。「哈囉，有事需要我效勞嗎?」她對女客人微笑。

「對，請問芭芭拉還在這裡上班嗎?」

快走到門口的芭芭拉傻住了，思索著該衝出門，還是回頭坐辦公桌。她嘟嚷一聲，走回自己的位子，望著站在櫃檯前的女子。她看了看，認定這位女子有幾分姿色，只可惜眼神顯得疲憊又自閉，目光狂亂，在芭芭拉和玫莉莎之間不停遊走。

「對，我就是芭芭拉。」

「哇，太好了!」女子的心情看似鬆懈下來，彎腰坐在前面的高腳凳上。「我還擔心妳可能離職了。」

「正是她的心願，沒錯。」玫莉莎憋著氣說。

「需要我幫忙嗎?」

「對，天啊，希望妳能幫幫我。」女子講得有點歇斯底里，伸手進包包裡翻找東西。芭芭拉對玫莉莎揚揚眉，兩人盡量忍著別笑場。

「有了。」女子總算從包包取出一只皺皺的信封。「我今天接到丈夫寄來的這封信，想麻煩妳幫我說明一下。」

芭芭拉皺眉凝視著櫃檯上摺了角的一張紙，是從度假手冊裡撕下來的，上面寫著：「寶劍旅行社。請找：芭芭拉。」

芭芭拉再度皺眉，又仔細看了這張紙一遍。「兩年前我有個朋友去那裡度假，除此之外，我對那裡就沒有印象了。妳沒接到其他的資料嗎？」

女子用力搖頭。

「咦，怎麼不直接跟妳丈夫多要一點資料？」芭芭拉糊塗了。

「不行，他已經不在了。」她哀傷地說，淚水成湖。芭芭拉心慌了。把顧客氣哭了，要是被老闆看見，她肯定會被炒魷魚。老闆已經對她下最後通牒了。

「別急別急，妳先跟我講姓名，我輸入電腦看能不能查到什麼。」

「我叫荷莉・甘乃迪。」她的嗓音在抖。

「荷莉・甘乃迪，荷莉・甘乃迪……」玫莉莎在一旁聽見了她們的對話。「有點印象喔。有了，等一下，我本來這個禮拜要打電話給妳呢！太怪了！芭芭拉特別跟我交代過，不知道為什麼，叫我等到七月再打電話找妳——」

「喔！」芭芭拉打斷同事的話，終於明白了因果關係。「妳是傑瑞的太太？」她滿懷希望地問。

「對！」荷莉震驚得舉雙手捂臉。「他來過這裡？」

「對，他來過。」芭芭拉以微笑鼓勵她。「他是個體貼的男人。」她說著把手伸向荷莉放在櫃檯上的手。

芭芭拉好同情櫃檯另一邊的女子：她這麼年輕，現在的心情一定很難過。但是芭芭拉很樂意爲她傳遞好消息。

「玫莉莎，能麻煩妳拿面紙過來給荷莉嗎？我先跟她解釋她丈夫來這裡辦的事。」她以喜悅的眼神望向荷莉，然後放開她的手，開始打著電腦，玫莉莎拿來了一盒面紙。

「有了，荷莉。」芭芭拉柔聲說：「傑瑞預約的是蘭薩羅特假期，參加的人有妳、珊倫．邁卡錫以及丹妮絲．韓尼士，全程一個禮拜，七月三十出國，八月五日回來。」

荷莉又吃了一驚，雙手再度伸向臉，淚水撲簌簌流下。

「他認定他幫妳找到了最完美的地方。」芭芭拉繼續說，很樂意擔任這份新的角色，感覺就像電視節目主持人，帶著厚禮給來賓驚喜。「妳要去的就是這地方。」她邊說邊點一點眼前皺皺的紙。「妳們一定會玩得很開心，我保證。我有個朋友去過，她愛死那邊了。蘭薩羅特島上有數不清的餐廳和酒吧，還有……」她越講越小聲，因爲發現荷莉可能才不管蘭薩羅特好不好玩。

「他什麼時候來的？」荷莉問，還沒回過神來。

芭芭拉又在鍵盤上敲了幾下。「預約日期是十一月二十八日。」

「十一月？」荷莉驚呼。「他那時候，醫生根本不准他下床！他自己一個人來的嗎？」

「對，不過外面停了一輛計程車，一直在等他。」

「他幾點來的？」荷莉趕緊問。

「抱歉，我記不太清楚了，那麼久以前的事——」

「對，那當然，對不起。」荷莉打斷她的話。

芭芭拉完全能諒解。假如來預約的人是芭芭拉的老公——假如她碰得上一個配得上她的男人——她也會想問清大大小小的細節。芭芭拉盡可能回想，回答到荷莉問不出來爲止。

「喔，謝謝妳，芭芭拉，太感謝妳了。」荷莉展開雙臂擁抱櫃檯另一邊的她。

「別客氣了。」芭芭拉也抱住她，覺得日行一善之後心滿意足。「以後有需要，歡迎再回來找我。」她微笑說。「行程在這裡。」她遞給荷莉一包厚厚的紙袋，目送她離去。芭芭拉嘆了一口氣，心想這份爛工作也許沒那麼爛。

「到底是怎麼一回事啊？」玫莉莎急著想知道。芭芭拉開始解釋事情的原委。

「好了，兩位小姐，我要去吃午餐了。芭芭拉，別在休息室抽菸。」老闆關了辦公室的門並鎖好，然後轉身面對她們。「上帝老天爺啊，妳們有什麼好哭的？」

第二十四章

荷莉後來回到了家，看見珊倫和丹妮絲坐在院子的圍牆上曬太陽，於是對她們揮揮手，她們一見荷莉就衝過去迎接她。

「天啊，妳們兩個來得這麼快。」她盡量在語氣裡多加一些活力。她覺得全身的力氣流失殆盡，現在眞的沒心情對她們解釋一切，但她待會兒非解釋不可。

「珊倫一接到妳的電話就趕快下班，然後進市區去接我。」丹妮絲一面說明，一面端詳著荷莉的臉，想推敲狀況有多嚴重。

「唉，沒必要啦。」荷莉說得有氣無力，拿出一串鑰匙想開門。

「嘿，妳最近是不是整理了院子？」珊倫邊問邊游目張望，盡量讓氣氛輕鬆些。

「不對，是我的鄰居在整理，好像吧。」荷莉把鑰匙孔裡的鑰匙抽出來，再找正確的一把。

「好像？」丹妮絲不想讓對話停下來，等著荷莉再從鑰匙串裡選出另一把。

「對啊，不是我的鄰居，就是住在院子尾端的綠衣矮妖精。」她動了肝火，因爲一直找錯鑰匙。丹妮絲與珊倫互看一眼，想理解出下一步該怎麼走。她們互相示意先別講話，因爲荷莉顯然承受了不小的壓力。

「唉，去死啦！」荷莉大罵，把鑰匙串丟到地上。丹妮絲向後一跳，差點被那一大串鑰匙砸中腳踝。

珊倫拾起鑰匙。「喂，小荷，別急嘛。」她故作輕鬆。「這種事我經常碰上。我敢打賭，鑰匙一定老是在鑰匙圈上不停換位置，故意想氣死我們。」

荷莉疲乏一笑，感激有人能暫時接手。珊倫慢慢過濾鑰匙，同時以哄小孩的語調跟荷莉講話，講得心平氣和。家門終於打開了，荷莉衝進去解除警報。幸好她還記得警報器的密碼：傑瑞和她相識的那一年加上兩人結婚的那一年。她怎麼可能忘記這一組號碼？

「好，妳們兩位先去客廳休息，我馬上回來。」珊倫和丹妮絲進了客廳坐下，荷莉走進浴室用冷水潑臉醒醒腦。她需要擺脫這種恍惚的心境，掌握人生，照傑瑞的意思去歡迎這趟西班牙之旅。她覺得精神稍微恢復了，就回客廳和兩位朋友會合。

荷莉把擱腳椅拉過來，在她們對面的沙發坐下。

「好，我不想賣關子。今天我打開了七月的信封，裡面是這樣寫的。」她從包包裡挖出小卡片。原本信封裡附了一頁旅遊簡介，她去旅行社的時候拿給芭芭拉看過，這時她只把卡片遞給她們看。卡片上寫著：

歡歡喜喜去度個 Holly day！（譯註：holiday「假期」一字拼音近似荷莉〔Holly〕的名字加上「日」。）

PS. 我愛妳……

「只有這樣？」丹妮絲皺起鼻子，覺得不夠看。珊倫以手肘撞撞她的肋骨。「好痛！」

「荷莉，我覺得他寫得好動人。」珊倫撒謊。「寫得好體貼又……懂得一語雙關。」

荷莉忍不住嘻嘻笑了。她知道珊倫在騙人，因爲她不講眞話的時候鼻孔一定會擴張。「答錯了，笨蛋！」她說著拿軟墊打珊倫的頭。

珊倫開始大笑。「那就好，害我剛剛開始擔心了一下下。」

「珊倫，妳一直太照顧我了，有時候反而讓我想吐！」荷莉奸笑著。「信封裡面其實有另外一個東西。」她把旅遊簡介裡撕下來的皺皺一頁遞出去。

兩人拼命想看清傑瑞寫了什麼，荷莉則在一旁看得偷笑。丹妮絲最後舉起一手捂嘴巴。「我的天啊！」她驚呼著向前坐。

「什麼什麼什麼？」珊倫一面質問，一面彎腰湊過去，神態興奮。「傑瑞是不是招待妳去度假？」

「不對。」荷莉認眞地搖搖頭。

「喔。」珊倫與丹妮絲不約而同向後坐，一臉失望。

荷莉刻意讓一陣侷促不安的寧靜籠罩下來，最後才開口說明。

「姐妹們。」說著一抹微笑開始綻放臉龐，「他招待的是我們三個！」

三個姐妹淘開了一瓶葡萄酒，興奮得尖聲直叫。

好消息沉澱下來之後，丹妮絲說：「太不可思議了。傑瑞好體貼。」

荷莉點頭，爲丈夫感到光榮，因爲丈夫居然能再給三人一個驚喜。

「所以說，妳去找過這個叫做芭芭拉的人囉？」珊倫問。

「對，她的心地太好了。」荷莉微笑說。「她一直陪我坐著，跟我講傑瑞那天對她講了什麼。傑瑞是在十一月底的時候去了旅行社。」

「十一月？」珊倫沉思起來。「不就是在動了第二次手術之後？」

荷莉點頭。「芭芭拉說：他去旅行社的時候身體很虛弱。」

「我們當時卻一點概念也沒有，妳說怪不怪？」珊倫說。

三人默默地點頭。

「喂，照這樣說，我們三個要一起去蘭薩羅特了！」丹妮絲歡呼一聲，然後舉杯說：「敬傑瑞！」

「敬傑瑞！」荷莉與珊倫也跟著舉起杯子。

「湯姆和約翰不會有意見吧？」荷莉突然發現她們還有另一半，不能說走就走。

「約翰當然不會有意見！」珊倫笑說。「能擺脫我一個禮拜，他偷笑都來不及了！」

「對，我和湯姆改天可以再一起去度假一個禮拜。我倒覺得這樣比較好。」丹妮絲也附和，「因爲第一次去度假就是兩個禮拜的話，不煩死才怪！」她笑著說。

「講這樣？反正你們兩個現在等於是同居了！」珊倫以手肘碰碰她，笑著說。

丹妮絲匆匆微笑一下，沒有回應，兩人就此岔開話題。荷莉看了好討厭，因爲她們兩個一直神祕兮兮的。她想聽聽好友最近的感情生活，她們卻再也不肯分享勁爆的八卦，好像擔心講出來會害她難過似的。大家似乎都怕跟她表達心中的快樂幸福，也不想跟她提一提生活中的喜訊。反過來說，大家也拒絕抱怨生活中的憂愁。就像現在，她聽到的不是死黨眞正的生活點滴，而是有一句沒一句聊著……其實什麼也沒聊到。荷莉心中的疙瘩越長越大。總不能永遠被隔絕在別人的幸福之外吧？把她隔絕在泡泡裡，對她又有什麼益處？

「我不得不佩服的是，妳那個矮妖精眞厲害，荷莉，院子整理得很不錯嘛。」丹妮絲望向窗外，剪斷了荷莉的思緒。

荷莉臉紅了。「是啊。丹妮絲，我剛對妳發飆，不好意思。」她道歉。「我眞的應該去隔壁，好好跟人家謝謝才對。」

丹妮絲和珊倫回家之後，荷莉從樓梯底下的藏酒間拉出一瓶葡萄酒，走到隔壁，按門鈴等著。

「嗨，荷莉。」鄰居德瑞克開門說：「請進，請進。」

荷莉望向他的背後，看見一家人坐在廚房共進晚餐。她稍微從門口向後退。

「不用了，不想打擾到你們。我只是想過來送你這個。」她把葡萄酒交到德瑞克的手上，「算是表達感激之意。」

「哇，荷莉，妳也太客氣了吧。」他邊說邊閱讀標籤，然後抬頭，一臉疑惑。「不過，有什麼好感激的，可以說明一下嗎？」

「謝謝你幫我整理院子。」她紅著臉說。「我相信這一帶家家戶戶都在詛咒我，怪我破壞了整條街的美感。」她笑說。

「荷莉，大家怎麼會對妳家的院子有意見？我們全都能體諒妳。只不過，汗顏的是，幫妳整理院子的人並不是我。」

「喔。」荷莉清清喉嚨，尷尬得不得了。「我還以爲是你。」

「不是，不是……」

「你該不會知道是誰吧？」

「我不曉得。」他一臉不解。「老實講，我還以爲是妳自己。」他笑笑。「多奇怪。」

荷莉不太知道該怎麼聊下去。

「所以，這瓶酒妳還是收回去好了。」他說得彆扭，把瓶子推向荷莉。

「喔，沒關係。」她又笑著說：「你就留著吧，當做是我報答你……沒變成鴨霸鄰居。好了，我就不打攪你的晚餐了。」她轉身跑上車道，尷尬得臉皮火熱。哪門子的傻瓜，竟然不知道誰在整理自己家的院子？

她又敲了附近幾家的門，也問不出個所以然來，讓她更覺得羞愧。大家好像忙著上班過日子，特別沒時間成天監看她家的院子。回家的時候，她滿頭的霧水更加凝重了。她走進家門，電話正在響，她跑去接聽。

「哈囉？」她喘著氣說。

「妳在幹什麼？在跑馬拉松嗎？」

「不對，我是在追矮妖精。」荷莉解釋。

「喔，酷。」

最玄的是，琦菈連問也不問原因。

「再過兩個禮拜就是我的生日。」

荷莉根本忘記了。「對，我知道。」她講得理所當然。

「呃，爸媽希望找我們全家去吃晚餐慶生……」

荷莉哀嚎。

「就知道。」她移開話筒大嚷：「爸，荷莉的反應跟我一樣。」

荷莉嘻嘻笑，聽見父親在後面咒罵兼嘟囔。

琦菈繼續講電話，分貝放大到父親聽得見的程度。「想全家聚餐也無所謂，我的想法是順便邀請幾個朋友來，氣氛才不至於太悶。妳覺得呢？」

「很好。」荷莉同意。

琦菈拿開話筒大叫：「爸，荷莉贊成我的點子。」

「好是好。」荷莉聽見父親高聲說：「妳找來的朋友別指望我買單。」

「有道理。」荷莉說。「這樣吧，乾脆辦個烤肉會如何？這樣一來，老爸比較自在，又不用花太多錢。」

「嘿，這點子超好！」琦菈又移開話筒叫嚷：「爸，辦烤肉會如何？」

一陣沉默。

「他贊成。」琦菈繼續講電話。「超級主廚先生又可以爲大眾下廚了。」

荷莉想到這裡不禁嘿嘿笑。每次烤肉，老爸的興致就來了，把烤肉的事重視得不得了，杵在烤肉爐旁邊，一步也不肯離開，唯恐美美的食物烤砸了。傑瑞也很喜歡烤肉。怎麼搞的，男人都愛烤肉？也許是因爲這兩人不會洗手做羹湯，只能趁這機會大顯身手吧。要不然，這兩人肯定是不敢出櫃的縱火狂。

「既然要請朋友來，請妳去通知珊倫和約翰、丹妮絲和那個當ＤＪ的男朋友。也找那個叫做丹尼爾的，好不好？型男喲！」琦菈要求。

「琦菈，我不太認識他啦，叫笛坎倫去邀請。笛坎倫常常碰到他。」

「不要，因為我想叫妳去跟他暗示說：我愛他，而且想幫他生一窩小貝比。這種話，我懷疑笛坎倫大概講不太出口。」

荷莉哼了一聲。

「少來了！」琦菈大喊。「他是我的生日點心！」

「好吧。」荷莉只好讓步，「不過，為什麼只邀請我的朋友？妳的朋友呢？」

「荷莉，我出國太久，已經跟所有朋友失聯了。現在的朋友全在澳洲，個個是混帳，竟然連一通電話也不打給我。」琦菈氣呼呼。

荷莉知道這話特別針對哪個人罵。「為何不趁這大好機會跟老朋友聯絡聯絡？請他們一起來烤肉嘛，氣氛融洽又輕鬆。」

「才怪咧。老朋友開始問東問西了，我怎麼回答？妳找到工作了沒？呃……沒找到。妳找到男朋友了沒？呃……沒找到。妳現在住哪裡？呃……我其實還跟爸媽住在一起。這樣回答很糗咧。」

荷莉死心了。「好吧，隨便妳……我的朋友就由我負責邀請，另外……」

琦菈早已掛斷電話。

荷莉決定先解決最彆扭的一通，所以撥電話過去賀根。

「哈囉，這裡是賀根。」

「嗨，可以幫我接丹尼爾．康納利嗎？」

「好，稍等一下。」對方按下等候鍵，〈綠袖子〉的音符灌入她的耳朵。

「哈囉？」

「嗨，丹尼爾？」

「對，妳是哪位？」

「我是荷莉．甘乃迪。」她緊張得在臥房裡踱步，希望丹尼爾認得她的姓名。

「誰？」背景的噪音變大，他只好吶喊。

荷莉羞得俯衝上床。「荷莉．甘乃迪啦，笛坎倫．甘乃迪的姐姐。」

「喔，荷莉啊，妳好。請等一下，我換個比較不吵的地方。」

荷莉又被迫收聽〈綠袖子〉，邊聽邊在臥房裡到處跳舞，開始跟著唱。

「對不起，荷莉。」丹尼爾接起電話說，然後呵呵笑。「妳喜歡聽〈綠袖子〉？」

荷莉的臉赤紅起來。「呃，沒有，談不上啦。」她不知道該說什麼，接著想起了打電話的原因。

「我是想邀請你來參加烤肉會。」

「喔，太好了，我想參加。」

「下下禮拜五是琦菈的生日——記得琦菈吧？她是我妹妹。」

「呃……記得，粉紅色頭髮的那個。」

荷莉笑了。「對，問得太笨了，大家都認識琦菈。是這樣的，她叫我邀請你參加烤肉，還叫我暗示說：她想嫁給你，幫你生一窩小貝比。」

丹尼爾笑到一半說：「哇……講得一點也不含蓄。」

荷莉思忖的是，不知他對老妹有沒有興趣，老妹是不是他喜歡的那一型。

「是她二十五歲的生日。」荷莉補上這句話，原因不詳。

「喔……瞭解。」

「呃，還有，丹妮絲和你朋友湯姆也會來，笛坎倫當然也會帶著樂團的人來，所以別擔心，邀請了很多熟人。」

「妳也會去嗎？」

「那還用說！」

「那就好。我認識的人又多一個了。」他笑著說。

「太棒了，琦菈知道你要來，一定很高興。」

「勞駕公主親自邀約，不克出席有失大體。」

荷莉本以爲尊稱她公主是在打情罵俏，幸好腦筋轉得快，知道他在影射那部紀錄片的情節，所以支吾了一句話來敷衍。

丹尼爾正要掛電話，荷莉突然心生一計。「對了，還有一件事。」

「請說。」他笑笑。

「吧台的那個空缺，找到人了沒有？」

第二十五章

總算放晴了，謝天謝地，荷莉邊想邊鎖車，然後繞到父母家的後院。這星期的氣象出現大逆轉，一掃連日無歇的雨天。琦菈原本焦急若狂，擔心烤肉會就此泡湯，急得一整個禮拜脾氣暴躁。皆大歡喜的是，天氣總算恢復晴空萬里。拜失業之賜，荷莉做了一整個月的日光浴，膚色古銅亮麗，想利用今天來展示一番，所以穿了夏裝大拍賣時買的牛仔布小窄裙，搭配素淨的緊身白T恤，更能烘托出健康的膚色。

荷莉帶了一個禮物給琦菈，知道妹妹一定會喜歡。她對自己挑的禮物很滿意——一枚蝴蝶造型的臍環，每片蝶翼都鑲了一小粒粉紅色的水晶，用意是搭配琦菈最近上身的蝴蝶刺青，當然也能搭配她的粉紅頭。荷莉循著笑聲的方向走，很高興看到院子裡已經聚集了許多親朋好友。丹妮絲帶了湯姆與丹尼爾抵達，大家散坐在草地上。珊倫沒帶約翰一起來，坐著跟荷莉的母親閒聊，無疑是在討論荷莉的療傷進程。看，本姑娘不是出門了嗎？算有進步啦。荷莉發現傑克又沒來，不禁皺眉。自從傑克幫她清走傑瑞的衣服之後，就開始一反常態，變得很疏遠。即使在小時候，傑克就很能掌握荷莉的需求和情緒，不用荷莉講，傑克就明白。可是，傑瑞死後，她對傑克說她需要一點空間，意思並不是希望傑克徹底冷落她、孤立她。這麼久都不聯絡，不太符合傑克的作風。荷莉的心七上八下，她祈禱傑克沒事。

琦菈站在院子中間，逢人就扯嗓大叫，愛極了置身焦點的感覺。她穿的是粉紅色的比基尼小可愛，搭配粉紅色的頭髮，下身穿著褲腳留了鬚鬚的半截藍色牛仔褲。

荷莉捧著禮物走過去，琦菈一見禮物立刻搶去拆開。虧荷莉把禮物包裝得那麼精美。

「喔，荷莉，我好喜歡！」琦菈讚嘆著，伸出雙手摟住姐姐。

「我就知道。」荷莉慶幸自己買對了禮物，因爲假如親愛的妹子看不上眼，臉皮鐵定垮下來。

「乾脆現在就戴上吧。」琦菈說著扯下現有的臍環，換上蝴蝶臍環。

「哇咧，」荷莉打了一個哆嗦，「害我要長針眼了，感激不盡。」

空氣瀰漫著令人垂涎的烤肉香，荷莉開始流口水。她發現所有男士都聚集在烤肉爐邊，老爸得意地站在中間，她一點也不訝異。狩獵社會的男人有責任供養女人。

荷莉瞧見理查，朝他大步走過去，連寒暄的步驟也省略了，開門見山就問：「理查，你是不是在幫我整理院子？」

原本低頭看著烤肉的理查抬頭，表情疑惑。「妳說什麼？我怎麼了？」其他男人也停止交談，定睛注視。

「你是不是幫我整理了院子？」她雙手插腰再問一遍。爲何對大哥這麼兇，她也搞不清楚，大概是習慣使然吧。再怎麼說，如果院子是理查整理的，應該是幫她一個大忙才對。她只是覺得懊惱，每次回家就發現院子又被整理了一區，自己卻不知道是誰在幫忙。

「什麼時候？」理查慌張地東張西望，彷彿被人指控涉嫌凶殺案。

「別裝糊塗了。」她發飆。「過去這幾個禮拜的白天。」

「我沒有，荷莉。」他回嗆。「我們有些人還有班要上，妳別搞錯了。」

荷莉怒視著他，父親進來打圓場：「怎麼了，女兒？有人在幫妳整理院子嗎？」

「對，我查不出來是誰。」她喃喃說，揉著額頭再動動腦筋。「是你嗎，老爸？」

法蘭克猛搖頭，暗自希望女兒不要終於瘋癲了。

「是你嗎，笛坎倫？」

「呃……有可能嗎，老姐？」他語帶諷刺。

她轉向站在父親身邊的陌生人。「是你嗎？」

「呃……不是，我剛搭飛機來都柏林……呃……過完週末就走。」他好緊張，口音是英國腔。

琦菈開始笑了。「荷莉，我來幫妳問。**在幫荷莉整理院子的人舉手！**」她吶喊。

前來慶生的所有人停止動作，在五里霧中搖著頭。

「這樣問不是比較快？」琦菈咯咯笑。

荷莉以不敢置信的眼神看著妹妹，然後走向院子另一邊的丹妮絲、湯姆和丹尼爾。

「哈囉，丹尼爾。」荷莉彎身在丹尼爾的臉頰親一口。

「嗨，荷莉。好久不見。」他從身邊拿來一罐啤酒請她。

「妳還沒找到那個綠衣矮妖精啊？」丹妮絲笑著問。

「沒有。」荷莉坐下伸展雙腿，然後躺下來，以雙肘支撐上身，「可是，真的很玄耶！」她向湯姆與丹尼爾說明。

「妳有沒有想過，說不定是妳老公安排的？」湯姆不經大腦說，被丹尼爾白了一眼。

「不對。」荷莉氣得轉移視線，私事怎麼會被湯姆這個外人知道？「跟他沒關係。」她對丹妮絲擺臭臉，怪她不該對湯姆長舌。

丹妮絲只是舉起雙手，表現得莫可奈何，然後聳聳肩。

荷莉轉向丹尼爾，不去理會他們。「多謝你賞光，丹尼爾。」

「沒什麼好謝的，我樂意之至。」

看他穿冬裝看慣了，現在看他反而覺得不順眼。他穿的是海軍藍的背心，海軍藍的戰鬥短褲只稍微遮住膝蓋，腳上穿的是海軍藍的運動鞋。他喝了一口啤酒時，她看著他的二頭肌伸縮。原來他的身材這麼棒。

「你曬得很不錯嘛。」她趕緊搪塞一句。垂涎人家的二頭肌被逮到，她只好沒話找話說。

「妳還不是一樣。」他故意直盯她的腿。

荷莉笑著向下拉拉裙子。「失業嘛，沒事多曬曬。你的藉口呢？」

「我上個月去了邁阿密。」

「哇，命眞好。玩得開心嗎？」

「很盡興。」他點頭微笑。「妳有沒有去過？」

她搖頭說：「還好，我們三個女生不久就要飛去西班牙度假，我等不及了。」她興奮地搓搓雙手。

「是啊，我聽說了。得到這樣的驚喜，我敢說妳一定很高興。」他對她微笑，眼角擠出了魚尾紋。

「那還用你說。」荷莉搖搖頭，還是不敢相信有這種事。

兩人繼續聊，談的不外乎他的邁阿密假期和兩人生活中的事，只觸及表面。荷莉原本想吃漢堡，想一想卻作罷，因爲怕吃得番茄醬和美乃滋從嘴巴滴出來，在丹尼爾面前現醜。

「你去邁阿密度假，該不會帶了一個女人去吧？被琦菈知道了，她會崩潰喲。」她開玩笑說，然後暗罵自己太愛管閒事了。

「喔，沒有。」丹尼爾說得正經八百。「我們幾個月前分手了。」

「喔，很遺憾。」她說得眞心。「你們交往了多久？」

「七年。」

「那麼久哇。」

「對。」他轉移視線，荷莉看得出這話題讓他不舒服，所以趕緊話鋒一轉，「對了，丹尼爾。」她壓低嗓門，丹尼爾只好把頭湊過去。「紀錄片播出的那天，多謝你關照我。多數男人看見女生哭，閃都來不及了，你卻沒有，所以要謝謝你。」荷莉面帶感激的微笑。

「沒什麼大不了啦，荷莉。我只是不喜歡看妳傷心。」丹尼爾也以微笑回禮。

「有你這個朋友眞好。」荷莉講出心中話。

丹尼爾面露欣喜。「妳去度假之前，我們找個時間聚一聚吧？」

「也好，你對我知道那麼詳細，我可以趁機多瞭解你一點。」荷莉笑了。「我從小到大的底細差不多全被你摸清了吧？」

「好，見面多瞭解一下也好。」丹尼爾同意，兩人接著約了時間。

「喔，對了，你給琦菈生日禮物了沒？」荷莉興奮地問。

「沒有。」他笑說。「她有點……忙。」

荷莉轉頭看見妹妹忙著跟笛坎倫的朋友打情罵俏，笛坎倫看了很憤慨。荷莉嘲笑妹妹，還敢講要幫丹尼爾生一窩小貝比。

「要我叫她過來嗎？」

「去叫啊。」丹尼爾笑說。

「琦菈！」荷莉呼喚。「又有人要送妳禮物囉！」

「喔！」琦菈樂得尖叫，甩掉一個被澆了一頭冷水的年輕人。

「什麼禮物？」她癱坐在他們身邊。

荷莉以下巴指向丹尼爾。「他要送的。」

琦菈興奮地轉頭面對他。

「我是在想，妳願不願意去女伶的吧台上班？」

琦菈突然以雙手捂嘴。「哇，丹尼爾，棒斃了！」

「妳有吧台的經驗嗎？」

「有，多的是。」她揮揮手表示多此一問。

丹尼爾揚一揚眉毛。

「而且呀，我幾乎是每到一個國家，就去酒吧當服務生，不蓋你！」她說得興奮。

丹尼爾面帶微笑。「所以說，妳應付得來囉？」

「隨時都行！」她尖著嗓子叫，振臂摟住丹尼爾。

還不是想趁機吃帥哥的豆腐？荷莉心想，看著妹妹差點勒死丹尼爾。他的臉開始轉紅，還對荷莉扮出「救救我」的鬼臉。

「好了，好了，別再鬧了，琦菈。」她笑著把妹妹拖離丹尼爾。「勒死新老闆，事情就鬧大了。」

「對不起。」琦菈邊說邊後退。「太酷了！荷莉，我找到工作了！」她又尖著嗓子叫。

「有，我聽見了。」荷莉笑著說。

剎那間，院子變得好安靜，荷莉環視一周，看看究竟發生了什麼事。大家面對著日光室，看見荷莉的父母站在門口，捧了一個生日大蛋糕，唱著〈生日快樂歌〉。其他人也跟著大合唱，琦菈沉浸在注意力的中心。父母親走出日光室的時候，荷莉看見有人跟著走出來，手上捧著好大一束鮮花，遮住了臉。父母走向琦菈，把蛋糕放在她前方的桌子上，跟著走來的陌生人緩緩放下鮮花。

「馬修！」琦菈驚呼。

荷莉抓起琦菈的手，臉色翻白。

「我太傻了，對不起，琦菈。」馬修的澳洲腔響徹全院子。笛坎倫的幾個朋友大聲吃吃笑，顯然是見到這種公然示愛的舉動渾身不舒服。馬修居然像在模仿澳洲肥皂劇，但是誇張歸誇張，卻正合琦菈的胃口。「我愛妳！請跟我重修舊好！」他高聲說，大家轉頭看琦菈如何反應。

她的下唇開始顫抖，然後從草坪上跳起來，往馬修飛奔而去，跳到他的身上，雙腿夾住他的腰，雙臂纏住他的脖子。

荷莉感動得難以自已。見到妹妹和心愛的男人團圓，她不禁淚水盈眶。笛坎倫拿起攝影機，開始錄影。

丹尼爾一手摟著荷莉的肩膀，捏了一下鼓勵她哭出來。

「對不起，丹尼爾！」荷莉邊說邊擦眼睛，「我覺得你好像被甩了。」

「別擔心。」他笑著說。「反正本來就不該把公事和享樂混在一起。」他露出如釋重負的神態。

荷莉繼續看著馬修抱著琦菈團團轉。

「哎喲，去開房間啦！」笛坎倫噁心得大叫，逗得眾人大笑。

荷莉和姐妹淘約在她們最愛的酒吧「好康」。她進了酒吧，經過爵士樂隊時笑容可掬，四下尋找著丹妮絲。這家酒吧的雞尾酒種類繁多，音樂輕鬆。荷莉今晚沒有不醉不歸的打算，因爲明天就要出國度假了，她可不想破壞旅遊的計畫。她打算以容光煥發的身材迎接假期，輕輕鬆鬆擺脫傑瑞一星期。她看見丹妮絲緊挨著湯姆，坐在舒適的黑皮大沙發上，這個位子位於日光室的區域，能俯瞰利菲河。都柏林萬家燈火，五顏六色的燈光倒映在河面。丹尼爾坐在丹妮絲和湯姆的對面，猛吸著一杯草莓代克里雞尾酒，兩眼搜尋著酒吧裡面。看樣子，湯姆和丹妮絲又沐浴在兩人世界中了。

「對不起，我遲到了。」荷莉邊道歉邊走過去。「我想在出門之前把行李打包好。」

「不原諒妳。」丹尼爾以擁抱迎接她，吻她一口，湊在她耳朵邊輕聲說。

丹妮絲抬頭看了荷莉一眼，對她微笑，湯姆只是微微一揮手，兩人又繼續卿卿我我。

「他們何必找其他朋友出來呢?我實在搞不懂。兩個人就坐在那邊大眼瞪小眼，完全不把其他人看在眼裡，彼此甚至也不交談!想對他們打開話匣子，他們會讓人覺得像是打擾到了小倆口。他們大概用心電感應在聊天吧。」丹尼爾說著坐下，再喝一口代克里，被甜得做個鬼臉。「我眞的不喝啤酒不行。」

荷莉笑了。「照這樣聽來，你今晚過得好像很不錯嘛。」

「對不起。」丹尼爾道歉。「我太久沒跟人聊天，禮節全忘光了。」

荷莉奸笑著說：「本姑娘不是來救你了嗎?」她拿起酒單審視著，然後點了一杯酒精濃度最低的酒，在舒服的沙發上坐好。「我可以坐到睡著。」她說著繼續向後癱坐。

丹尼爾挑起眉毛。「睡著的話，別怪我翻臉囉。」

「別擔心啦，我不會睡著的。」她向丹尼爾保證。「對了，康納利先生，既然你摸清了我所有的底細，今天我的任務是對你做身家調查，所以等著被我偵訊吧。」

丹尼爾微笑說：「好，我準備好了。」

荷莉考慮著第一個問題。「你是哪裡人？」

「從小生長在都柏林。」他又喝一口紅色的雞尾酒，再次皺眉。「假如被小時候的朋友看見我喝這東西，還聽爵士樂，我就糗大了。」

荷莉嘻嘻笑。

「畢業之後，我就加入陸軍。」他繼續說。

荷莉睜大眼睛，一臉欽佩。「爲什麼決定從軍？」

他連想都沒想就回答：「因爲我完全沒有人生規畫，而且薪餉待遇很不錯。」

「無辜的生靈百姓，不必拯救了？」

「我只在陸軍待了幾年。」

「後來爲什麼辦退伍？」荷莉啜飲著萊姆味的雞尾酒。

「因爲我發現自己喜歡邊聽爵士樂邊喝雞尾酒，可惜軍營不准。」他說明。

「太扯了吧，丹尼爾。」荷莉笑說。

他也微笑。「抱歉，軍旅生涯眞的不適合我。我爸媽後來搬去西部的哥耳威，開了一間酒館，我聽了很嚮往。所以退伍以後我也搬去哥耳威，在他們開的酒館上班。最後我爸媽退休，酒館就歸我經營。幾年前我決定自己開一間，所以努力工作，存了一點錢，貸款了天大一筆錢，搬回來都柏林，頂下了賀根。最後就坐在這裡跟妳聊天。」

「哇，你的人生故事滿曲折動人的嘛，丹尼爾。」

「沒啥特別的，只是一段人生經歷。」他以微笑回報。

「跟前任女友交往的時間點是？」荷莉問。

「和蘿拉交往，是在我接手酒館和我搬來都柏林之間。」

「啊……原來如此。」荷莉點頭表示理解。她喝完了整杯，又拿起酒單來看。「我想要『沙灘激情』。」

「什麼時候？出國度假的時候？」丹尼爾逗她。

荷莉調皮地捶他的手臂。再等一百萬年吧。

第二十六章

「我們同在一起，共度炎炎荷莉日！」三個死黨在前往機場的車上大合唱。約翰主動答應送行，現在可是後悔莫及。這三個女人表現得好像從沒出過國似的。荷莉記不起上次樂成這樣是何時的事了。她感覺時光倒流回小學，正在參加學校辦的旅行。她的包包裝了零嘴、巧克力和雜誌，和姐妹們在後座不停唱著肉麻的歌曲。班機的起飛時間是晚上九點，所以隔天凌晨才能抵達住宿的地方。

抵達機場後，她們陸續下車，約翰幫她們從行李箱搬出行李。丹妮絲衝到馬路對面的出境大廳，好像這樣做就能提早到蘭薩羅特似的。荷莉下車之後只是站到一邊等珊倫跟老公道別。

「妳可要多多小心，好嗎？」他語帶憂慮。「出了國可別做傻事。」

「約翰，我當然會小心。」

約翰一個字也聽不進去。「因爲在國內胡鬧是一回事，到了國外可不能比照辦理喲，妳知道吧。」

「約翰。」珊倫說著摟住他的頸子，「我不過是出國輕鬆度個假嘛，你就別擔心了。」

他在她耳邊講了一句悄悄話，她點頭回應：「我知道，我知道。」

夫妻倆吻別，久久不分開，荷莉看著這兩位老友擁抱。她摸一摸包包前面的口袋，裡面裝的是傑瑞要她在八月拆封的信。再過幾天，她就能躺在海灘拆開看了。多享受。太陽、沙子、海水，而且還有傑瑞，一應俱全。

「荷莉，好好幫我照料我的好老婆，好嗎？」約翰打斷荷莉的思緒。

「我會的，約翰。我們只是出國一個禮拜而已，別緊張。」荷莉笑著抱他一下。

「我知道，不過，在電視上看到妳們勇闖夜店之後，我只是有點提心吊膽。」他微笑說。「妳自己盡情享受一下，荷莉。妳應該解放自己。」

約翰看著她們拖著行李過馬路，走進機場。

進了機場，荷莉停下來深呼吸。她喜歡機場，喜歡機場的氣息和聲響，喜歡人們拖著行李快快樂樂走動的氣氛，大家不是滿懷期待去度假，就是迫不及待想回家。她喜歡看見入境的旅客接受家人熱烈的迎接，也喜歡看著雙方激動擁抱。機場最適合看人了。每次到機場，荷莉的內心深處總有一股期待的感受，彷彿自己即將做什麼驚奇的大事。在登機門排隊，感覺好比在主題遊樂園等著搭雲霄飛車，她覺得自己就像是個興奮的小女孩。

荷莉跟著珊倫走向一條長得不得了的人龍，丹妮絲排在中間。

「叫妳們早點出發，妳們就不聽。」丹妮絲嘀咕著。

「再早出發，最後還不是照樣要在登機門等。」荷莉講道理。

「對是對，不過至少登機門那邊有酒吧。」丹妮絲解釋：「而且整個爛機場只有那邊准我們這些抽菸怪物吞雲吐霧。」她嘟囔說。

「有道理。」荷莉說。

「在我們出發之前，我想先聲明一件事——我可不想去喝個爛醉，晚上也不想玩得太兇。我只想在游泳池旁邊或海灘上看書休息，跟妳們上館子吃幾餐，晚上早早上床睡覺。」珊倫說得正經。

丹妮絲訝然看著荷莉。「小荷，現在改邀請別人，會不會太遲了？妳覺得要不要換人？珊倫的行李沒打開，而且約翰可能還沒走太遠。」

荷莉笑說：「不必了，我倒是認同珊倫的說法。我也只想去放鬆心情，不想做太累人的事。」

丹妮絲像小孩似的噘嘴。

「唉，別擔心了，阿丹。」珊倫輕輕說：「我相信那邊同年齡的小朋友多的是，不愁沒人陪妳玩。」

丹妮絲對她豎中指。「海關問我有沒有東西要申報的話，我就叫他們沒收這兩個愛掃興的朋友。」

珊倫和荷莉竊笑。

排隊排了三十分鐘，她們總算辦妥了登機手續，丹妮絲進了一間商店，像瘋婆似的買了一輩子抽不完的香菸。

「那女的怎麼一直看我？」丹妮絲咬牙說，同時斜眼瞄著吧台盡頭的一個女人。

「說不定是妳先盯著人家看。」珊倫說著看看手錶。「再等十五分鐘就登機了。」

「不對，眞的啦，姐妹。」丹妮絲回頭面對兩人，「不是我疑神疑鬼，她絕對是在看我們。」

「這樣吧，妳乾脆去問她想不想到外面決鬥。」荷莉開玩笑說，珊倫聽了竊笑。

「完了，她走過來了。」丹妮絲背對著來人說。

荷莉抬頭看見一個骨瘦如柴、染了金髮、隆過胸的波霸走過來。「丹妮絲，妳最好趕快戴上鐵拳頭迎戰，這女的看起來兇巴巴的。」荷莉尋她開心，珊倫聽了差點被飲料嗆到。

「嗨，大家好！」女郎嗲聲問好。

「哈囉。」珊倫憋著笑。

「不好意思，我不是有意一直盯著妳們看啦，我只想過來近看一下，確定是不是眞的是妳們！」

「我確實是我。」珊倫說：「如假包換。」

「喔，我就知道嘛！」女郎尖叫起來，興奮得跳上跳下，胸部卻停留在原地，並不令人驚訝。「我的朋友一直說我看錯了，我卻知道一定是妳們！我朋友就在那邊。」她轉身指向吧台的盡頭，有四個也像辣妹合唱團的女人對她揮揮手。「我是欣蒂……」

珊倫喝白開水又差點嗆到。

「……沒人比我更崇拜妳們了。」她興奮地哆叫。「我超愛妳們演的那部戲，看了又看，百看不膩呢！妳演的是荷莉公主，對不對？」她以加工過的指甲比向荷莉的臉。

荷莉張嘴想說話，欣蒂卻不給機會。

「妳演的是她的侍女！」她指向丹妮絲。「還有，妳。」她指向珊倫，音量比剛才更大，「妳是那個澳洲紅歌星的朋友！」

欣蒂說著拉出一張椅子，在她們的桌子坐下，她們三人則妳看我，我看妳，表情憂愁。

「跟妳說：我自己也是演員……」

丹妮絲吊一吊眼球。

「……我超想上妳們那種節目。妳們什麼時候拍續集？」

荷莉張嘴想解釋，她們三人其實不是演員，丹妮絲卻搶先一步。

「對，我們正在談下一個節目。」她撒謊。

「太棒了！」欣蒂拍手。「什麼樣的節目？」

「這個嘛，現階段不方便講，只能說我們要去好萊塢開拍。」

欣蒂像快心臟病發作了。「我的天啊！妳們的經紀人是誰？」

「法蘭基。」珊倫插嘴說：「所以說，法蘭基和我們要一起去好萊塢。」（譯註：「法蘭基去好萊塢」〔Frankie Goes to Hollywood〕是一九八〇年代的英國舞曲天團。）

荷莉忍不住撲嗤笑場。

「喔，別理她，欣蒂，她只是興奮過頭了。」丹妮絲解釋。

「哇，興奮是應該的嘛！」欣蒂低頭看見丹妮絲放在桌上的登機證，差點心臟衰竭。「哇，妳們也要去蘭薩羅特啊！」

丹妮絲趕緊把登機證收進包包，以爲這樣就能扭轉事實。

「我跟我朋友也要去蘭薩羅特，她們就坐在那邊。」她再一次轉身，再一次對她們揮手，她們也再一次揮手回敬。「我們住的旅館叫做棕櫚岸皇宮。妳們住哪裡？」

荷莉的心往下沉。「我記不太清楚了。妳們有印象嗎？」她睜大眼睛，望向珊倫和丹妮絲。

兩人用力搖搖頭。

「算了，不記得也沒關係。」欣蒂高興地聳聳肩。「反正到了蘭薩羅特還有機會碰到妳們！我該去準備登機了，沒搭上飛機就慘囉！」她尖叫得好響亮，臨桌的人紛紛轉頭來看。臨走前，她分別擁抱了三人，然後一搖一擺地回去找朋友。

「看樣子，鐵拳頭不拿出來不行了。」荷莉苦情地說。

「哎喲，沒關係啦。」一向樂觀的珊倫打起精神說。「別理她就好。」

她們全站起來，走向登機門。上了飛機，來到指定的座位時，荷莉的心再度向下沉，趕緊搶占靠窗的位子，珊倫在她身邊坐下。丹妮絲發現走道對面坐的是誰，臉色之難看可想而知。

「哇，超讚！妳正好坐在我旁邊！」欣蒂對著丹妮絲尖叫。

丹妮絲狠狠瞪了珊倫和荷莉一眼，一屁股在欣蒂旁邊坐下。

「看吧？早跟妳說過了，妳不愁找不到小玩伴。」珊倫低聲對丹妮絲說。

珊倫和荷莉開始笑得前仰後合。

第二十七章

四個小時之後，班機滑行過海面，降落在蘭薩羅特機場，乘客無不歡呼鼓掌。全機最有如釋重負感的人莫過於丹妮絲。

「唉，我的頭痛死了。」丹妮絲抱怨。她們正往行李提領區移動。「那個臭女人囉唆個不停。」她按摩著太陽穴，合上眼皮，慶幸總算能清靜一下。

珊倫與荷莉瞧見欣蒂和一群女伴正要走過來，急忙遁入人群，留下丹妮絲閉著眼睛，隻身站在原地。

珊倫和荷莉在雜亂無章的人群中推擠而過，好可以占到看行李的好位置。大家全挨著輸送帶站，個個彎腰向前，擋住了別人的視線。她們兩人就這樣罰站了將近半個小時，輸送帶才開始運轉。又過了半個小時，她們還在原地等行李，大部分旅客已經出去坐上觀光巴士了。

「妳們這兩個賤人。」丹妮絲生著氣，拖著行李走過來。「還在等行李啊？」

「沒那回事。站這裡欣賞沒人領的行李兜圈子一直轉，我只覺得有一種莫名的安心感。妳自己先上車去吧，我想繼續在這裡享受這種感覺。」珊倫說。

「希望妳們的行李被弄丟了。」丹妮絲發飆說：「最好是妳們的行李爆開了，特大號的內褲和奶罩撒得整條輸送帶都是，被大家看光光。」

荷莉喜孜孜看著丹妮絲。「罵夠了，心情舒服多了吧？」

「等我抽了菸再說。」話雖這麼說，她仍設法擠出笑容。

「喔，我的行李來了！」珊倫高興地說，揪住行李，甩出輸送帶，正好打到荷莉的小腿。

「好痛！」

「對不起，老娘非搶救衣服不行。」

「敢弄丟我的衣服，看我告得他們臭頭。」荷莉氣得說。這個時候，旅客已經走光了，全場只剩下她們三人。「每次等行李，我都是最後一個才等到，天理何在？」她問朋友。

「這叫做莫非定律。」珊倫說明。「看，來了。」她抓起行李甩出輸送帶，再一次K中了荷莉已經在喊疼的小腿。

「好痛！好痛！好痛！」荷莉邊哀叫邊揉揉小腿，「妳就不能甩另一邊嘛？」

「對不起。」珊倫面露歉意，「我只甩一邊。」（譯註：「甩兩邊」〔swing both ways〕表示雙性戀。）

三人通過入境門，準備和領隊會合。

轉過一個彎，她們聽見有人尖著嗓子叫：「別鬧了，蓋瑞！放開我啦！」她們循著聲音的來向，看見一個年輕女子穿著領隊的制服，正被一個也穿領隊制服的年輕男子襲擊。她們三個走過去，她趕緊拉拉衣服。

「三位是甘乃迪、邁卡錫、和韓尼士嗎？」她以濃濃的倫敦腔問。

她們點頭。

「嗨，我叫維多莉亞，是妳們這個禮拜的領隊。」她在臉上張貼微笑。「請跟我來，我帶妳們上車。」

她三八地對蓋瑞眨眨眼，然後帶著三人走出去。

時間是深夜兩點，她們走到外面時迎面撲來的卻是暖暖的微風。荷莉對兩位朋友一笑，假期正式展開了。

她們上了觀光巴士，大家同聲歡呼，荷莉暗暗咒罵他們，希望這一團不是那種噁心巴拉的「相逢自是有緣」的旅行團。

「嗚呼！」欣蒂站起來對她們歡呼，招手要她們過來。「我幫妳們保留了座位，在最後面！」

丹妮絲站在荷莉的背後，大聲嘆了一口氣，三人拖著腳步走到最後面。荷莉的運氣夠好，坐到了靠窗的位子，能不去理大家。如果運氣再好，欣蒂會識相一點，明白荷莉不希望被人打擾。荷莉釋放出的一大暗示是，自從欣蒂搖臀擺尾過來她們那一桌，荷莉就懶得理她。

巴士開了四十五分鐘，終於抵達棕櫚岸皇宮，興奮之情重返荷莉的內心深處。旅館的車道很長，車道中間種植一排高聳的棕櫚樹。大門口的外面有個大噴水池，點著藍燈。巴士在門口一停，大家又歡呼起來，荷莉聽得很煩。她們三人分到的是單戶住家型的房間，格局恰到好處，臥房一間，裡面有兩張床鋪、一間浴室，也有一個陽臺。這裡有個小廚房，客廳裡有一張沙發床。荷莉走上陽臺，瞭望海景，雖然太暗了，什麼也看不到，她卻能聽見海水輕拍沙灘的聲響。她閉眼傾聽。

「香菸、香菸，不抽不可。」丹妮絲也來到陽臺，撕開一包香菸，深深抽了一大口。「啊！舒服多了，再也沒有殺人的慾望。」

荷莉笑了，她期待跟好友共度美好時光。

「小荷，可以讓我睡沙發床嗎？這樣我就可以開陽臺的門抽菸……」

「條件是務必要開陽臺的門，丹妮絲。」珊倫從房間裡大喊。「一早醒來讓我聞到菸臭味，我可要翻臉喲。」

「謝了。」丹妮絲樂得說。

上午九點，荷莉被珊倫起床的聲音吵醒。珊倫低聲說她要下樓，想去游泳池邊占幾張躺椅。十五分鐘之後，珊倫回房間。「躺椅全被德國人占走了。」她氣呼呼的。「想找我的話，我就在海灘上。」荷莉喃喃應了一句，倒頭繼續昏睡。

十點的時候，丹妮絲跳上她的床，兩人決定起床去海邊找珊倫。沙子好燙，如果不一直走動，腳丫會被燙傷。在愛爾蘭的時候，儘管荷莉以曬得一身古銅色自豪，但來到這裡，大家一看就知道這兩個才剛下飛機。她們是全海灘最白的白人。她們發現珊倫坐在陽傘下面看書。

「風景好美喲，同不同意？」丹妮絲微笑著，四下看看。

「天堂。」珊倫同意。

荷莉的視線四處遊走，希望傑瑞也來到同一個天堂。不對，不見他的人影。她四周的人全部兩兩成對：有互相塗防曬油的雙人組，有牽小手漫步沙灘的雙人組，有對打沙灘網球的雙人組。就在她的躺椅正對面，有一對摟摟抱抱的，正在做日光浴。荷莉還來不及憂鬱，丹妮絲已經脫掉了洋裝，在燙人的沙灘上跳來跳去，全身只穿一條清涼的豹紋丁字褲，招引目光。

「幫我塗一塗防曬油吧？」

珊倫放下手上的書，從讀書用眼鏡的上緣看她。「要我幫忙可以，不過胸部和屁股妳得自己塗。」

「可惡。」丹妮絲搞笑。「那就算了，我去找別人。」她在珊倫的躺椅尾端坐下，讓珊倫塗防曬油。

「妳知道嗎，珊倫？」

「知道什麼？」

「妳那條紗龍不脫掉的話，皮膚會曬不均勻。」

珊倫低頭看看自己，把紗龍圍的小裙子往下拉一拉。「曬個頭啦，再曬也曬不黑。丹妮絲，妳難道不曉得，古銅色不流行了，當道的是藍色。」

荷莉和丹妮絲笑了。這麼多年來，珊倫雖然很想曬黑一點，每次日光浴之後卻只會曬傷脫皮。她只好從此死了心，甘願接受一輩子曬不黑的命運。

「更何況，我最近癡肥起來了，露餡只怕嚇跑別人。」

荷莉看著珊倫，不喜歡她自稱癡肥。沒錯，珊倫的體重是增加了一些，卻和「胖」字沾不上邊。

「不如派妳去游泳池，把德國人嚇跑？」丹妮絲說笑。

「對啦，姐妹們，明天眞的有必要起個大早，去游泳池占位子，不然海灘坐一下子就覺得無聊。」荷莉提議。

「別擔心，我們必能戰勝德國人。」珊倫模仿德國口音說。

三個人就在海灘輕鬆過了一天，偶爾下去泡泡海水消暑，午餐就在海灘的酒吧解決。慵懶的一天無事可做，正如原先的計畫。荷莉逐漸覺得全身的壓力和疲勞從肌肉流失，享受了幾個小時自由自在的感覺。

這天晚上，她們成功躲過了芭比兵團的攻擊，在旅館附近的餐廳共進晚餐。這一條街車水馬龍，開了很多餐廳。

「才十點就要回旅館了，不嫌太早？」丹妮絲以嚮往的眼神望著周遭眾多的夜店。

客人從酒吧蔓延到街頭，每間的音樂聲爭鳴，震動了空氣，混合成一種別具風格的交響樂，荷莉幾乎能感覺地面也跟著脈動。三個人忙著觀光，吸收著周圍的聲響與氣息，不再長舌。四面八方傳來響亮的歌聲、歡笑、以及清脆的碰杯聲。霓虹燈閃爍，滋滋作響，各間酒吧爭相搶客人。在街上，各家店主發散傳單、免費飲料與點心，拼命說服路人進門光顧。

曬成古銅色的年輕人成群結隊，不是圍著戶外的餐桌坐，就是自信滿滿地散步街頭，空氣瀰漫著濃郁的椰香防曬油。荷莉看出了顧客的年齡層，不禁覺得自己好老。

「妳想進去的話，我們可以陪妳喝一杯。」她的語氣猶豫不定，看著街頭腳步輕盈的美眉。

丹妮絲停下腳步，評估著酒吧。

「嘿，大美女。」一個魅力十足的男人停下來，對著丹妮絲展露皓齒。他講話帶有英國口音。「要不要我陪妳一起進去？」

丹妮絲注視了這位年輕人片刻，沉思起來。珊倫和荷莉相視竊笑，心知丹妮絲今天不必早早就上床了，而且她們瞭解丹妮絲的個性，知道她可能整晚都別想睡覺了。

最後，丹妮絲從沉思中驚醒，回過神來。「不行，謝謝你，我已經有男朋友，而且我很愛他！」她光榮宣佈。「走吧，姐妹們！」她對珊倫和荷莉說，然後走向旅館。

珊倫和荷莉愣在原地，震驚得嘴巴合不攏，簡直無法相信。後來不跑步還追不上丹妮絲。

「妳們兩個呆在那邊，看什麼東東？」丹妮絲微笑問。

「妳，」珊倫仍然驚魂未定，「妳到底是誰？我那個專吃男人的朋友被妳怎麼了？」

「別鬧了。」丹妮絲舉起雙手，咧嘴笑著說：「單身好像沒有別人講得那麼好玩。」

荷莉的視線向下移，邊走邊踢著一粒石頭，三人散步走回旅館。單身確實沒那麼好玩。

「丹妮絲，妳有夠厲害。」珊倫高興地說，一手摟住丹妮絲的腰，稍微抱緊一下。

一陣沉默籠罩下來，荷莉聽見音樂逐漸靜下來，最後只剩遠方的貝斯吉他節奏聲。

「那條街讓我感覺好老。」珊倫突然說。

「我也是！」丹妮絲瞪大眼睛。「現在的人，怎麼年紀輕輕就開始泡夜店？」

珊倫忍不住笑了。「丹妮絲，逛夜店的人沒有越來越年輕，而是我們越來越老吧，拜託。」

丹妮絲思考了片刻。「我們又不算老，至少沒老到收起舞鞋、改拿拐杖的地步。我們想整晚不回家也行，只不過我們……累了。我們今天玩了好久……唉，天啊，不老怎麼講得出這種話？」丹妮絲自顧自的說。珊倫忙著觀察荷莉，沒時間回應。荷莉低著頭，繼續沿路踢著小石子。

「荷莉，妳沒事吧？怎麼好一陣子都不吭聲？」

「喔，我只是在想事情。」荷莉輕聲說，頭也不抬。

「想什麼事情？」珊倫柔聲問。

荷莉猛然抬頭。「傑瑞，」她看著兩位知己，「我好想傑瑞。」

「我們去海邊吧。」丹妮絲提議。三人脫掉鞋子，讓腳丫陷入逐漸冷卻的沙子。

黑色的天空無雲，一百萬顆小星星對著她們眨眼，彷彿天空掛起了一大片黑網，有人朝天撒了一把亮片。滿月低垂在天邊，月光照亮了海天交際的地方，也在海面照出一長條的光帶，三個女人就在光帶末端的海邊坐下。音樂般的海水輕拍眼前的岸邊，安撫著她們，鬆弛了她們的心情。空氣溫煦，一陣輕風拂過荷莉時卻挑起她的髮梢，搔癢了她的皮膚。她閉上雙眼，深呼吸，讓新鮮空氣灌滿整片肺葉。

「這就是他招待妳來度假的用意，妳知道吧。」珊倫看荷莉放輕鬆，有感而發。

荷莉的眼皮仍舊不開，只以微笑回應。

「荷莉，妳再怎麼提起他也不嫌多。」丹妮絲隨手在沙地上畫圖。

荷莉慢慢撐開眼瞼，講話時音量很低，音色卻溫暖而絲柔。「我知道。」

低頭在沙地畫圓圈的丹妮絲抬頭問：「那妳爲什麼不提他？」

荷莉幾秒鐘講不出話，只是注視著漆黑的海面。「我不知道該怎麼提他。」她又打住。「我不知道提到他的時候，be動詞該用現在式還是過去式。我不知道在別人面前提到他的時候，應該表現得傷心還是快樂。我擔心提到他的時候如果講得高高興興，可能會被某些人批評，認爲我應該哭瞎了眼睛才對。如果我提到傑瑞的時候表現得傷心，別人聽了會渾身不自在。」她望向波光粼粼的烏黑海面，再度開口時，嗓音變得更輕柔。「講到他的時候，我不能像以前那樣調侃他，因爲感覺不對。我不能提到他要我保密的事情，因爲我不想洩露他的祕密，因爲祕密屬於他。我就是不太曉得該如何提起他，並不表示腦袋不記得他了。」說著點一點太陽穴。

三人繼續盤腿坐在柔軟的沙灘上。

「我和約翰經常聊到傑瑞。」珊倫閃爍著淚光，望著荷莉。「我們聊到他逗得我們笑的時候，而他以前經常搞笑。我們甚至聊到他跟我們吵架的時候。也聊聊我們喜歡他的優點，聊聊他真的讓我們討厭的地方。」

荷莉揚起眉毛。

珊倫繼續說：「因爲對我們來說，傑瑞就是這樣的人，不是只有優點沒有缺點。我們記得他的全部，這樣去懷念他，絕對沒有什麼不好。」

三人久久不語。

丹妮絲率先開口。「但願我的湯姆認識傑瑞就好了。」她的聲帶微微顫抖。

荷莉訝然注視她。

「傑瑞也是我的朋友。」丹妮絲說，感覺淚腺受到了刺激。「而湯姆根本不認識傑瑞這個人，所以我一有機會就講傑瑞的事，好讓他知道不久前有個大好人活在世上，而這個大好人是我的朋友，我認爲所有人都應該認識他。」她的嘴唇不聽使喚，她只好緊緊咬住。「讓我難以相信的是，我現在深愛的人雖然對我瞭若指掌，卻不認識我十年來的好朋友。」

一顆淚珠滾下荷莉的臉頰，她伸手去抱抱好友。「這樣的話，丹妮絲，我們只好繼續跟湯姆嘮叨傑瑞的事了，好不好？」

隔天早上，她們懶得去跟領隊會合，因爲她們無意去觀光，也不想參加傻裡傻氣的體育競賽，只是起個大早，加入搶占躺椅的舞蹈行列，穿梭在躺椅之間，一見空位就扔毛巾預約。不幸的是，她們起床的時間仍然不夠早。（「那些可惡的德國人晚上不睡覺嗎？」珊倫大罵。）最後，珊倫走到沒人躺的躺椅邊，偷偷拿掉幾條毛巾，她們總算找到了三張比鄰的躺椅。

躺著躺著，荷莉正要睡著了，卻聽見一陣刺耳的尖叫聲，一群人衝過她的身邊，主角是她們在機場看見的領隊蓋瑞。爲了不明的原因，他認爲來個變裝秀很逗趣，所以打扮成人妖，繞著游泳池被維多莉亞追著跑。池邊的人無不歡呼助興，她們三人則只翻白眼。最後，維多莉亞抓到了蓋瑞，兩人就互相抓著對方，同時掉進了游泳池。

眾人鼓掌叫好。

幾分鐘之後，荷莉靜靜游著泳，有個女人頭戴麥克風宣佈，水中有氧舞蹈課在五分鐘之後展開。維多莉亞和蓋瑞在芭比兵團的協助下周遊躺椅，見人就連推帶拉，強迫大家參加。

有人想拉珊倫下池，荷莉卻聽見珊倫大罵：「唉，你去死啦！」荷莉不久就被一群像河馬的人趕出游泳池，因爲河馬爭相跳進池裡，迫切需要上水中有氧運動課。荷莉三人被迫旁聽了半小時的有氧舞蹈，教練對著麥克風大聲指揮動作，把她們三人煩得半死。最後終於沒氧了，領隊又宣佈水球賽即將開打，荷莉三人一聽馬上跳起來，前進海灘，圖個耳根清靜。

「荷莉，妳有跟傑瑞的爸媽聯絡嗎？」珊倫問。這時三人躺在氣墊筏上，在海面上漂流。

「有啊，他們每隔幾個禮拜會寄來明信片，跟我報告他們人在哪裡、最近的情況怎樣。」

「所以說，他們還在搭那艘遊輪？」

「對。」

「妳想不想他們？」

「老實講，他們的兒子走了，我也沒幫他們生孫子，所以我認爲他們覺得兩家差不多一刀兩斷了。」

「亂講話，荷莉。妳嫁給了他們的兒子，於情於理都是他們的媳婦，怎麼能說斷就斷？」

「唉，我也不曉得。」她嘆氣說。「我只是覺得他們覺得兩家的感情不夠強。」

「他們的思想該不會有點落伍吧？」

「對，超落伍。當初我跟傑瑞同居，就被他們嫌說『生活在罪惡裡』，等不及叫我們趕快結婚。結了婚之後呢，他們更嫌我了！我不願從夫姓，他們一直無法諒解。」

「是啊，我記得那件事。」珊倫笑說。「婚禮的那天，傑瑞的媽媽跟我們唸叨了好久，說什麼從夫姓是遵守婦道，對丈夫表示尊重。想想看，她的臉皮夠厚了！」

荷莉笑了。

「也好吧，他們不在妳身邊更省事。」珊倫以這話安她的心。

「哈囉，姐妹們。」丹妮絲也坐了氣墊筏漂浮過來會合。

「喂，妳剛去哪裡了？」荷莉問。

「剛認識了一個邁阿密來的男人，聊了一下。他眞的很不錯。」

「邁阿密？不就是丹尼爾去度假的地方？」荷莉說著以手指撩過清澈的碧藍海水。

「嗯。」珊倫沉思著說：「丹尼爾很不錯，對不對？」

「是啊，他是個很不錯的男人。」荷莉附和。「很有的聊。」

「湯姆跟我講過，丹尼爾最近歷經不少風波。」丹妮絲翻身趴著。

珊倫一聽見八卦，耳朵立刻豎起來。「什麼風波？」

「唉，他跟一個女的訂婚，本來準備結婚了，這個女的卻跟別人上床，所以他才搬來都柏林，頂下賀根，遠離傷心地。」

「我知道。好慘，對不對？」荷莉難過地說。

「他之前住哪裡？」珊倫問。

「哥耳威。他在那邊經營了一間酒館。」荷莉解釋。

「咦。」珊倫訝異地說：「他怎麼沒有哥耳威人的口音？」

「他在都柏林長大，後來從軍，幾年後辦退伍，搬去哥耳威，因爲爸媽在那邊開了一間酒館。然後他認識了蘿拉，愛情長跑了七年，訂了婚準備走進禮堂，蘿拉卻劈腿，所以丹尼爾跟她絕交，搬來都柏林，頂下賀根。」荷莉講得像連珠炮，講完後喘喘氣。

「妳對他很熟嘛。」丹妮絲揶揄她。

「如果那天去酒館，妳跟湯姆多注意我們一點點，也許我就不會對他瞭解得這麼透徹。」荷莉翻翻白眼，然後轉向珊倫。「跟妳講眞的，珊倫，他們找我和丹尼爾去酒館，結果卻懶得理我們。」她假裝備受屈辱。

丹妮絲大聲嘆氣。「天啊，我眞的好想湯姆。」

「妳有跟那個邁阿密人講過嗎？」珊倫笑說。

「沒有，我只跟他純聊天而已。」丹妮絲爲自己辯解。「講老實話，這裡的其他人都引不起我的興趣。感覺眞的好怪，就像我根本看不見其他男人，甚至注意不到他們。而我們身邊圍了好幾百個半裸的男人，我覺得自己很了不起。」

「丹妮絲，這好像叫做愛情喔。」珊倫微笑。

「管它叫什麼，我以前從來沒有過這種感覺。」

「感覺很棒吧。」荷莉這話比較接近自言自語。

三人默默躺了半晌，想自己的事想得出神，讓微微的波浪紓解心情。

「完蛋了！」丹妮絲突然大叫，嚇得另外兩人大吃一驚。「看，我們漂得這麼遠了！」

荷莉馬上坐起來，環視四方。她們已經漂離岸邊一大段距離，海灘上的人小得像小螞蟻一樣。

「糟糕了！」珊倫恐慌起來，而珊倫一恐慌，荷莉就知道她們的麻煩來了。

「快，開始划水！」丹妮絲大叫，三人開始使盡全身力氣，趴著拍水。全心划了幾分鐘，她們累得喘不過氣，只好放棄。而且她們赫然發現，現在比開始划水的時候離岸邊更遠。

再划也沒有用，因爲潮水來得太快，而且海浪也太強勁了。

第二十八章

「救命啊！」丹妮絲用上所有的肺活量尖叫，兩手亂揮。

「岸上的人好像聽不見。」荷莉說著淚水盈眶。

「唉，我們怎麼笨到這種地步？」珊倫大罵，然後繼續指責在海上用氣墊筏有多危險。

「唉，別罵了，珊倫。」丹妮絲發飆。「既然都漂流到這裡了，不如一起叫救命，說不定岸上的人聽得見。」

三人清一清嗓子，盡量在不壓垮氣墊筏的前提之下坐直身體。

「預備，一、二、三……**救命啊！**」三人齊聲吶喊，同時瘋狂揮手。

最後她們停止喊叫，靜靜盯著海灘上的小點，看看有沒有產生反應。狀況和剛才完全一樣。

「這裡該不會有鯊魚吧。」丹妮絲嗚咽著。

「唉，拜託妳，丹妮絲。」珊倫惡狠狠地罵她，「我們現在最不想被提醒的事就是鯊魚。」

荷莉吞了吞口水，兩眼直盯著水面底下。原本清澈湛藍的海水現在已經變黑了。荷莉跳下氣墊筏去測水深，兩腳卻踩不到海底，慌得開始心跳加速。情況不妙。

珊倫和荷莉下水游泳，一面拉著氣墊筏，丹妮絲則繼續喊救命，聲聲淒厲。

「天啊，丹妮絲。」珊倫喘氣說：「會回應的動物只有海豚。」

「喂，妳們兩個別游了，因爲妳們游了好幾分鐘，卻還一直在我的旁邊。」

荷莉停止游泳抬頭看，丹妮絲回頭瞪著她。

「喔。」荷莉強忍住淚水。「珊倫，我們最好別游了，省省體力。」

珊倫停止動作，三人坐在氣墊筏上抱成一團，放聲大哭。荷莉越想越慌張，因爲她們實在束手無策了。她們喊過救命，聲音卻被風往反方向吹走；她們也游泳過了，無奈潮流太強，游斷了手腳也沒用。氣溫慢慢轉涼，海水看起來既黑又醜陋。蠢啊，怎麼給自己捅出這個婁子？儘管恐懼與憂慮交相攻心，荷莉仍有辦法感覺徹底羞辱，連她自己也吃驚。

她哭笑不得，於是哭與笑混合在一起，聲音從她的嘴巴流瀉而出，使得珊倫和丹妮絲停止哭泣，一同望向她，活像她長了十顆腦袋似的。

「倒楣歸倒楣，至少有件事値得欣慰。」荷莉半哭半笑說。

「什麼事？」珊倫邊擦眼睛邊問。

「我們三個不是常說要去非洲嗎？」她像個瘋女傻笑著，「照這種情況看，我們搞不好就快到非洲了。」

三人瞭望海面，尋找即將靠岸的地點。

「而且這種交通工具也比較省錢。」珊倫加入開玩笑的行列。

丹妮絲瞪著她們，把她們當成瘋子。兩人一看見她全身只穿一條豹紋丁字褲，冷得嘴唇發紫，漂流在汪洋大海之中，忍不住哈哈大笑。

「有什麼好笑？」丹妮絲睜圓了眼睛。

「我認爲我們的麻煩是深之又深了。」珊倫嘻嘻笑。

「對，」荷莉贊同，「深到水淹過了頭。」

三人躺著又哭又笑了幾分鐘，直到快艇接近的聲音傳來，丹妮絲連忙坐起來，又開始瘋狂揮手。荷莉與珊倫見到丹妮絲對著救生員招手，胸部跳上跳下的，兩人笑得更加厲害。

「就跟我們三個平常出去逛夜店一樣。」珊倫哈哈笑著，看著只穿丁字褲的丹妮絲被肌肉男救生員拖上快艇。

「她們八成是被嚇傻了。」一位救生員對搭檔說。兩人合力把剩下的兩個歇斯底里的女人拖上快艇。

「快，搶救氣墊筏！」荷莉趁狂笑不止的空檔脫口而出。

「氣墊筏落水了！」珊倫也尖叫。

救生員互看對方，神態憂慮，同時用溫暖的毛毯裹住三人，然後快馬加鞭回岸邊。

海灘越來越接近的時候，她們看見岸上似乎聚集了一大群人。三個姐妹淘面面相覷，又笑得前仰後合，比剛才還嚴重。她們被攙扶下船之際，現場爆出如雷的掌聲；丹妮絲轉身向大家屈膝致敬。

「現在鼓掌有啥用？剛才求他們救命，他們哪裡去了？」珊倫嘟囔。

「叛徒。」荷莉認同。

「她們在那邊！」三人聽見熟悉的尖嗓聲，看見欣蒂和她率領的芭比兵團推開人群走來。「我的天啊！」她尖叫。「我剛拿望遠鏡在玩，看見妳們在求救，趕快去通知了救生員。妳們沒事吧？」她神色驚恐，注視著三人。

「還好啦。」珊倫說得相當正經。「我們還算幸運。可憐的氣墊筏卻沒機會死裡逃生。」話一講完，珊倫和荷莉又笑得花枝亂顫，然後他們就被帶走去看醫生。

那天晚上，三人回想起來才明瞭事態的嚴重性，心情急轉直下。晚餐期間，三個人幾乎是不發一語，腦子裡盡是撿回一條命的事——能被快艇救走，運氣多好；如此粗心大意，多麼欠揣。丹妮絲在椅子上坐不住，荷莉注意到丹妮絲幾乎一口也吃不下。

「妳哪裡不舒服？」珊倫吸進一條義大利麵，把麵醬噴得滿臉都是。

「沒事。」丹妮絲輕聲說，再幫自己倒一杯水。

三人又陷入沉默。

「對不起，我去上個洗手間。」丹妮絲站起來，踩著彆扭的步伐去女廁。

珊倫和荷莉皺眉互看。

「妳覺得她哪根筋不對勁了？」荷莉問。

珊倫聳聳肩。「晚餐不吃，狂灌了十公升的開水，當然廁所跑不停。」她誇大其詞。

「我們今天笑鬧得有點瘋，她該不會在生我們的氣吧？」

珊倫又聳肩，繼續和荷莉默默用餐。荷莉漂流海上的時候舉止反常，現在回想起來，她越想越擔心。一開始，荷莉認為自己會死在海上，不免心慌了一陣。後來她想通了，死了正好可以跟傑瑞團圓，就嚮往得滿心陶陶然，是死是活都不要緊。那種想法未免太自私了。她需要改變人生觀。

丹妮絲坐下的時候五官皺成一團。

「丹妮絲，妳身體不舒服，是嗎？」荷莉問。

「我不想講，怕被妳們笑。」她滿口孩子氣。

「唉，講嘛，我們是妳的好朋友，不會笑妳啦。」荷莉盡量憋著不笑。

「不講就不講。」她再添一些水。

「唉，講嘛，丹妮絲，放心，妳有什麼心事儘管說出來，我們保證不笑。」珊倫講得好嚴肅，荷莉連微笑都覺得慚愧。

丹妮絲細看了兩人的臉，考慮著是否要相信。

「好吧。」她大聲嘆了一口氣，喃喃低聲講了一句話。

「什麼？」荷莉湊近去問。

「妹子，我們沒聽見，妳講太小聲了。」珊倫說著也把椅子拉過去。

丹妮絲張望了餐廳一下，確定沒有人旁聽，然後把頭移向餐桌的中央。「我說啊，今天在海上趴了那麼久，我的屁股被曬傷了。」

「喔。」珊倫陡然向後坐。

荷莉錯開視線，避免和珊倫對看，然後開始數著籃子裡的圓麵包，盡量別去想丹妮絲剛說的話。

三人啞然無語了好久。

「看吧，我就說會被妳們笑。」丹妮絲氣呼呼。

「嘿，我們又沒笑。」珊倫的聲帶在顫抖。

又是一陣沉默。

荷莉再也憋不住了。「只要多塗一點防曬油就好，以免脫皮。」兩人爆笑起來。

丹妮絲只是點點頭，等著她們止笑，一等就是好久。事實上，她上了沙發床、準備睡覺的時候，還在繼續等。

入睡之前，她聽見的最後一句話是荷莉的自作聰明之語：「丹妮絲，記得要趴著睡喲。」

等荷莉終於笑累了，珊倫問：「嘿，荷莉，妳會不會很期待明天？」

「什麼意思？」荷莉打著呵欠問。

「那封信啊！」珊倫訝異荷莉居然沒有一點就通。「妳該不會忘記了吧？」

荷莉伸手到枕頭下面摸索傑瑞的信。再過一個小時，她就能拆開傑瑞的第六封信，她當然沒有忘記。

隔天早上，珊倫對著馬桶嘔吐，把荷莉吵醒了。荷莉也進了浴室，輕輕幫她搓搓背，幫她攬住頭髮。

珊倫終於不吐了，她憂心忡忡地問：「妳沒事吧？」

「還好，都怪我整晚做了一堆惡夢，有時候在坐船，有時候坐在氣墊筏上，越夢越暈船。」

「我也做了同樣的夢。昨天好驚險。」

珊倫點頭。「我再也不坐氣墊筏了。」她虛弱一笑。

丹妮絲來到浴室門口，已經穿好了比基尼。她跟珊倫借來一條紗龍，圍住臀部。荷莉不咬緊舌頭的話，免不了又會尋她開心，既然丹妮絲都已經疼痛不已了。

三人來到游泳池畔，丹妮絲與珊倫去跟芭比兵團聊天。畢竟找救兵的人是芭比兵團，現在好歹也要報答一下人情。荷莉難以相信昨晚居然在午夜之前睡著了。她原本打算靜靜起床，不要吵醒兩個好友，偷偷去陽臺拆信。期待又期待，最後怎麼會睡著？她實在搞不懂，不過她沒辦法陪芭比兵團聊天了。荷莉在自己被迫作陪之前向珊倫打暗號，珊倫對她眨眨眼，要她放心走，因爲珊倫明白她想離開的原因。荷莉也在腰間圍了一條紗龍，拿起海灘隨身包離開，裡面放著那封最重要的信。

池邊的大人小孩興奮地叫鬧，手提音響哇哇播放最新的排行榜勁曲，她盡量躲得遠遠的。她找到一個安靜的角落，把海灘巾鋪在灼燙的沙子上，採取舒適的坐姿。浪濤掀起又落下，海鷗在晴朗的藍天中彼此呼喚，俯衝到清涼透徹的海面，叼起早餐。時候雖然早，太陽已經毒辣。

荷莉從隨身包取出傑瑞的信，動作謹慎，彷彿這封信是全天下最纖細的東西。信封寫著「八月」，她摸著端正的筆跡。她嗅著四周的氣息，聆聽周遭的聲響，輕輕撕開封口，閱讀傑瑞的第六封信。

嗨，荷莉：

希望妳度假愉快。對了，妳穿那件比基尼看起來好正！希望我幫妳選對了地方。記得嗎？當初討論度蜜月地點的時候，我們差點決定來蘭薩羅特。我很高興妳終於來了……

據說如果走到這片海灘的盡頭，站在旅館對面的那片岩石附近，望向左邊的一角，就能看見一座燈塔。有人告訴我，海豚喜歡聚集在那邊……知道的人不多喔。我知道妳喜歡海豚……記得幫我跟海豚問好……

PS. 我愛妳，荷莉……

荷莉抖著手，把卡片放回信封，好好擺回隨身包的口袋裡。她願以性命護衛這封信，等到回都柏林再改放在床邊櫃最上層的抽屜，和其他信封擺在一起。她站起來，趕緊捲起海灘巾，覺得傑瑞在凝視她。她覺得傑瑞就在身邊。沙灘的盡頭有個懸崖，她快跑過去，穿上球鞋，開始攀岩，以便能看見轉角另一邊的景象。

有了。

正如傑瑞的指點，燈塔座落於懸崖頂端，居高臨下，外表漆成鮮白色，儼然是探向天堂的火把。荷莉小心爬過岩石群，繞過小海灣。現在四下無人了，完全沒有閒雜人等。接著，她聽見聲音：在海岸附近，一群海豚吱吱嬉戲著，遠離沙灘旅客的視線。荷莉懶懶坐在沙灘上，看著牠們玩耍，聆聽牠們的對話。

傑瑞坐在她身旁。

他甚至有可能握著荷莉的手。

該回都柏林的時候，荷莉的心情還算好，既輕鬆又無憂，膚色也曬得健健康康，正符合醫生的叮囑。飛機降落在都柏林機場時，外頭下著傾盆大雨，她的心情再好也忍不住嘀咕幾句。這一次，乘客並沒有鼓掌歡呼。機場沒變，感覺卻和上星期出境時猶如天壤之別。荷莉又是最後一個領到行李的人。下飛機一個鐘頭之後，她們鬱悶地走出機場，約翰坐在車子裡等著接機。

送荷莉回家的時候，「看樣子，綠衣矮妖精沒趁妳出國期間整理院子。」丹妮絲看著前院說。

荷莉跟朋友擁抱吻別，自己走進空曠寂聊的家。屋子裡有一種霉味，令她掩鼻，她趕緊去開廚房通往後院的門，好讓新鮮的空氣流通。

鑰匙進了鎖孔，她凝視後院，整個人呆住了。

整個後院已經完全改觀。

草地割得整齊，雜草也被拔光了，庭園家具不但擦得乾淨，而且塗上了亮光漆。院子的圍牆有一層剛塗好的油漆，亮晶晶的。有人剛種了花。大橡樹的樹蔭多了一張木質的長椅。荷莉愣住了。到底是誰做的好事？

第二十九章

從蘭薩羅特返國之後，荷莉變得深居簡出。荷莉、丹妮絲和珊倫巴不得幾天別見面。她們事先並沒有約好，不過一整個禮拜全天候生活在一起之後，荷莉相信大家的共識是暫時避不見面比較有益身心。

琦菈的行蹤很難掌握，白天在丹尼爾的酒館努力上班，一有空就和馬修膩在一起。暑假只剩幾個星期，傑克爲了把握寶貴的自由，帶著愛比回科克的父母家。至於笛坎倫……算了吧，有誰曉得笛坎倫人在何方。

回國之後，荷莉不盡然覺得人生無趣，卻也不覺得有什麼値得雀躍。她總覺得生活很……空虛，而且漫無目標。上個月，她知道即將去度假，滿心期待，現在卻覺得連早上起床的眞正原因也找不到。此外，由於她暫時不能跟好友聯絡，實在找不到人可以跟她談談心。找父母親的話，再聊也不可能聊太久。跟上星期燠熱的蘭薩羅特相形之下，都柏林的天氣陰雨綿綿，令人討厭，換言之她也沒辦法做日光浴，無法維持一身健康的膚色，更沒辦法欣賞新落成的後院。

有些日子，她甚至下不了床，只顧著看電視，等著……等著拆開傑瑞下個月的信，想知道傑瑞給她的下一個功課是什麼。去度假的時候，她的心境變得樂觀，現在卻只爲了傑瑞的信而活，被好友得知的話，她們一定不贊同。然而，傑瑞在世的時候，荷莉爲了他而活，如今他走了，荷莉只好爲信而活。一切都以他爲重心。她深信今生的目的是碰上傑瑞，兩人相知相惜，白頭偕老。如今呢？她的人生目的何在？總該有個目標吧？不然，會不會是上蒼搞錯了？

她的確覺得有件正事要辦，就是把矮妖精揪出來。她又去逐家逐戶查訪鄰居，仍然推理不出神祕園丁的身分。最後，她勸自己接受一種臆測：有個園丁弄錯了，整理了不該整理的院子。所以她每天過濾郵寄來的帳單，假如被她接到，她打死不認帳。可是，她卻沒等到帳單，至少沒接到園丁的帳單。至於別的帳單卻像雪片飄來，她的存款正快速失血中。她已經債台高築了，積欠了不少電費、電話費、保險費。進了她家門的東西全是該死的帳單，她不知該如何付清。但是她不在乎；她已經對這些人生雜事麻木不仁，只顧著做不可能成眞的美夢。

有一天，荷莉發現苦等不到矮妖精的原因。唯有她不在家的時候，院子才有人過來整理。因此她起了個大清早，開車出去，停在轉彎的地方，然後步行回家，躲在床上，等著神祕園丁現身。

過了三天，雨終於停了，太陽也開始露臉。荷莉正要打消解謎的希望，這時聽見外面來了一輛廂型車，靠邊停下來，有人正往她的院子前進。她慌了，趕緊跳下床，不知道該怎麼對付，虧她已經規畫了那麼久。她從窗臺偷窺，看見來人是個小男孩，大約十二歲上下，正踏上她家的車道，牽來了一臺割草機。傑瑞的睡袍對她而言太大，她照樣套上，直奔下樓，顧不了個人形象。

她打開前門，把男孩嚇了一跳。他伸出一指，正要按電鈴，見到她卻怔住了，手停在半空中，嘴巴開著。

「啊哈！」荷莉樂得大喊。「小妖精終於給我逮到了吧！」

男童的嘴巴像金魚似的一開一合，不確定該講什麼。幾秒鐘之後，他皺縮整張臉，好像快哭了。他大叫：「爸！」

荷莉左右看著馬路，看男孩的爸爸來了沒。她決定趁大人過來之前盡可能逼問出線索。

「一直在整理我家後院的人就是你啊，對不對？」她把雙手交叉胸前。

他用力甩頭，嚥著口水。

「想賴也賴不掉。」她輕聲說。「被我抓到了。」她以下巴指向割草機。

男孩轉頭看著割草機，再喊爸爸。父親摔上車門，往荷莉家的方向走過來。

「什麼事，兒子？」他一手摟住男孩的肩膀，看著荷莉，想討個說法。

荷莉可不願中計。「我正在問你兒子想跟我耍什麼把戲。」

「什麼把戲？」男人面露怒氣。

「沒經過我允許就幫我整理院子，還指望我付錢。這種詐騙集團的手法，我早就聽說過了。」她雙手插腰，擺出一副欺負不得的模樣。

男人一臉困惑。「對不起，我聽不懂妳的意思，小姐。我們從沒整理過妳家院子。」他凝視著亂七八糟的前院，心想這女人一定腦筋有問題。

「不是這個院子，你們造景的是我家後院。」她揚揚眉微笑，自認抓對了人。

男人也對她一笑。「造景？小姐，沒搞錯吧？我們只負責割割草而已。看見沒？這是割草機，我們沒帶其他工具。割草機只能除除草而已。」

荷莉放下雙手，慢慢把手插進睡袍的口袋。也許父子檔講的是真話。「你們確定沒進過我家後院？」她瞇著眼問。

「小姐，今天之前我連這條街的草坪都沒割過，更別說妳家院子了。我可以跟妳保證，妳將來要找我割草，給再多錢我也不來。」

荷莉的臉垮下來。「可是，我還以為——」

「管妳怎麼以為。」他插嘴說。「以後想亂罵我兒子之前，自己先搞懂事實。」

荷莉看著男孩，看到他淚水盈眶，尷尬得伸手捂嘴。「天啊，真不好意思，請先別走。」

她衝進房子裡，找出皮包，把最後一張五元鈔票塞進胖嘟嘟的小手裡。男孩的臉色轉晴了。

「好了，我們走吧。」父親說，手握男孩的肩膀，讓他原地向後轉，帶著他走上車道。

父子往隔壁走去時，男孩抱怨說：「爸，我以後不想再做這種工作了。」

「唉，別擔心，兒子，不是所有人都像她一樣瘋瘋癲癲。」

荷莉關上門，端詳著鏡中的倒影。他說得對，她的確成了瘋婆子，只缺一屋子的貓。

電話鈴響。

「哈囉？」荷莉說。

「嗨，妳好嗎？」丹妮絲快活地問。

「充滿了人生的喜悅。」荷莉說。

「我也是！」丹妮絲嘻嘻笑著回應。

「真的？有什麼好高興的？」

「沒什麼啦，只是人生美好。」

那當然，人生美好。棒透了、美極了的人生。何必多此一問？

「怎樣？什麼事？」

「我是想找妳明天一起吃個飯。今天才通知，眞不好意思，所以如果妳太忙的話……妳就取消所有的計畫！」

「等一下，讓我查一查明天的行程。」荷莉諷刺地說。

「沒問題。」丹妮絲認眞說，靜靜等了一會兒。

荷莉翻翻白眼。「哇，看，怎麼這麼巧？我明天晚上正好有空。」

「讚！」丹妮絲很高興。「我另外約了一些人，明天晚上八點在老張餐廳見面囉。」

「哪些人？」

「珊倫和約翰要去，湯姆有幾個朋友也會去。我們已經好久沒見面了，一定很好玩！」

「好吧，那就明天見。」荷莉掛掉電話，一肚子火。丹妮絲難道忘光了嗎？荷莉是仍在服喪的寡婦，人生毫無「好玩」可言。

她衝下樓，打開衣櫃。這下可好了，明晚能穿什麼又舊又噁心的衣服？她又拿什麼錢去吃大餐？她連加油的錢都拿不出來，所以有車也沒辦法開上路。她從衣櫃揪出所有衣物，甩到房間另一邊，縱聲尖叫到恢復理智爲止。搞不好，明天她會去買一堆貓回家。

第三十章

晚上八時三十分，荷莉才抵達餐廳，因爲她花了幾個鐘頭選穿衣服，又一一換掉，最後選了傑瑞要她去唱卡拉ＯＫ時穿的那套，圖的只是接近他的感覺。過去幾星期以來，她不太能應付情緒的低潮，心情起起伏伏，憂鬱的時候越來越難自拔。

她走向丹妮絲訂的那一桌，心情沉到了谷底。

佳偶大會師！

她半路停下來，趕緊站到一邊，躲進一面牆壁的後面。她不確定自己能撐過這種佳偶聚餐的場面，自覺無法和個人的情緒對抗。她四下張望，尋找最簡易的逃生路線；當然不能從剛進來的地方出去，一定會被大家發現。她相中了廚房門邊的消防逃生門。由於廚房裡的蒸氣太濃，廚師把消防門打開散熱。她一走進清涼又新鮮的空氣，立即感覺重獲自由。她穿越停車場，研擬著搪塞丹妮絲和珊倫的藉口。

「嗨，荷莉。」

她傻住了，然後慢慢轉身，認爲自己偷溜被逮到了。她看見丹尼爾靠在車子邊抽菸。

「你好，丹尼爾。」她走過去。「不知道你會抽菸。」

「只在壓力太大的時候抽一抽。」

「哪來的壓力？」兩人以擁抱打招呼。

「整桌的男女對對幸福，我正煩惱著要不要加入。」他朝餐廳裡面點頭。

荷莉微笑了。「你也有同感？」

他笑說：「如果妳不希望我講，我就不會告訴他們。」

「所以說，你準備進去？」

「總要面對現實嘛。」他說得鬱卒，用鞋子踩熄菸蒂。

荷莉考慮著他講的話。「我想，你講的也有道理。」

「妳不想去就別去，我可不想害妳悽慘一整晚。」

「只不過，如果能找到另一個獨行俠跟我作伴，那也不錯。像我們這種人已經成了保育類動物了。」

丹尼爾笑著伸出手臂讓她勾。「準備進門了嗎？」

荷莉攬著他的手臂，兩人慢慢走進餐廳。知道不是只有她一人覺得孤單，感覺很欣慰。

「對了，一吃完主餐，我馬上要閃人。」他微笑說。

「奸詐。」她捶了他的手臂一拳。「也好，反正我也想早一點走，不然趕不上最後一班公車回家。」

她已經好幾天沒錢加油了。

「這樣我們就有充分的藉口了。我就說：我們不得不提早走，因爲我要開車送妳回家，而妳趕著在……幾點回家？」

「十一點半？」十二點整，她準備打開九月的信封。

「太好了。」他微笑，兩人進入餐廳，互相因爲有對方陪伴而稍微壯膽。

「他們來了！」丹妮絲見兩人過來，高聲說。

荷莉在丹尼爾旁邊坐下，把他當成現成的藉口。「抱歉，遲到了。」她賠不是。

「荷莉，這一對是凱瑟琳和米克、彼得和蘇、瓊安和康諾、蒂娜和布萊恩、妳認識的約翰和珊倫、傑福瑞和珊曼莎，壓軸的是黛絲和賽門。」

荷莉微笑向大家點頭致意。

「嗨，我們是丹尼爾和荷莉。」丹尼爾快口說，荷莉在他旁邊嘻嘻笑。

「我們剛才不得不先點菜，別介意。」丹妮絲說明，「不過我們點了各式各樣的東西一起吃，可以嗎？」

荷莉與丹尼爾點頭。

荷莉忘記了旁邊的女人名叫什麼。這女人轉身大聲問：「荷莉啊，妳做的是什麼？」

丹尼爾對荷莉揚揚眉。

「對不起，妳問的是什麼時候？」荷莉裝傻。她最討厭愛管閒事的人，也討厭繞著職業打轉的話題，尤其是被認識不到一分鐘的人問到在哪裡高就。她覺得丹尼爾笑得直不起身了。

「妳在哪裡高就？」女人再問一遍。

荷莉本打算以消遣自己一頓的方式稍微調侃對方，卻又及時打住，因爲全桌的話題一個接一個停下來，眾人的注意力集中在她身上。她窘迫起來，東看西看，然後緊張地清清喉嚨。「呃……我……我目前在待業狀態中。」她的聲帶在發抖。

女人的嘴唇開始抖動，擠下了夾在牙縫的一小片麵包，模樣粗魯。

「妳呢？在哪裡高就？」丹尼爾大聲反問她，劃破寂靜。

「喔，傑福瑞自己開公司。」她講得與有榮焉，面向丈夫。

「喔，好，可是，妳自己從事哪一行？」丹尼爾再問一次。

回答讓對方不盡滿意，她似乎急得臉紅。「這個嘛，我每天整天都忙著做各種事情。老公，你趕快跟他們介紹自己的公司嘛。」她再度轉向丈夫，以轉移眾人的注意。

她的丈夫將上身傾向前。「只是個小生意啦。」他咬了一口圓麵包，細細咀嚼，大家等著他嚥下去，把話講完。

「規模小，卻做得很成功。」妻子幫他補充說明。

傑福瑞終於把麵包吞下去。「我們生產汽車擋風玻璃，賣給大賣場。」

「哇，這種生意眞有意思。」丹尼爾講得不帶感情。

「那你咧，德馬特？你在哪裡高就？」女人改問丹尼爾。

「對不起，我的名字其實是丹尼爾。我開了一間小酒館。」

「喔。」她點頭之後移開視線。「最近天氣眞爛啊，對不對？」她對著桌面講話。

大家又開始聊起來，丹尼爾轉向荷莉。「出國度假愉快吧？」

「哇，玩得好開心。」她微笑說。「我們一切隨性，以放鬆心情爲宗旨，沒作怪也沒亂來。」

「正合妳意。」他微笑。「聽說妳們到鬼門關前走了一遭？」

荷莉翻了白眼。「一定是丹妮絲大嘴巴。」

他點頭呵呵笑。

「算了，我相信她講的是誇大版。」

「那可不一定，她只說妳們被鯊魚包圍，救生隊最後只能派直升機從空中撈人。」

「太會唬爛了！」

「還好啦。」他笑笑。「妳們三個當時一定聊得渾然忘我，所以沒留意被海流帶走了！」

荷莉的臉稍稍紅了起來，因爲她回憶當時的話題正是丹尼爾。

「好了，各位。」丹妮絲請大家注意聽。「我和湯姆請大家來的目的，各位也許正在納悶。」

「別再賣關子了。」丹尼爾喃喃說，荷莉嘻嘻笑。

「對，我們其實想宣佈一件事。」她的視線掃過每個人，面帶微笑。

荷莉的眼睛瞪大了。

「我和湯姆要結婚了！」她尖聲說。荷莉震驚得雙手掩嘴。她居然沒料到。

「哇，丹妮絲！」她驚呼，然後繞過桌角去擁抱他們。「天大的好消息！恭喜恭喜！」

她望著丹尼爾的臉，整張唰然轉白。

開了一瓶香檳，名叫珍麥瑪和吉姆或是珊曼莎和山姆的一對提議乾杯慶祝。大家舉起杯子，正要乾杯，丹妮絲出手制止，

「等一等！等一等！珊倫，妳怎麼不喝香檳？」

珊倫手上的一杯柳橙汁吸引了眾人的目光。

「我幫妳倒。」湯姆說著幫她斟了一杯。

「不要，不要！我不用了，多謝。」她說。

「爲什麼不喝？」丹妮絲氣呼呼，因爲好友竟然不肯一起慶祝。

約翰和珊倫相視一笑。「今天是丹妮絲和湯姆宣佈大喜的日子，我本來不想講的……」

大家催她快講。

「嗯……我懷孕了！約翰和我要當爸媽了！」

約翰的眼睛變得水汪汪，荷莉則愣在椅子上無法動彈。她同樣沒有料到這件事。她含淚過去恭賀珊倫和約翰，然後坐下深呼吸。消息太驚人了。

「我們舉杯慶祝湯姆和丹妮絲訂婚，也慶祝珊倫和約翰即將當爸媽！」珍麥瑪和吉姆或山姆和珊曼莎高聲說。

大家互相碰杯，之後荷莉默默進餐，滋味不太嘗得到。

「要不要提前到十一點？」丹尼爾悄悄問，她點頭同意。

晚餐過後，荷莉與丹尼爾藉故先走，大家也不強留。

「我該留多少錢？」荷莉問丹妮絲。

「唉，別管了。」她揮手不理荷莉。

「不行，別傻了，怎麼好意思讓妳請客？多少錢，老實講。」

坐荷莉身邊的女人拿起菜單，開始把所有餐飲的項目加起來。總共點了好多菜，但是荷莉只吃她自己那一盤，而且連開胃菜也捨不得碰，以免透支。

「照我算，每個人大概五十，包含了所有的葡萄酒和香檳。」

荷莉嚥下一口水，凝視著手裡的三十歐元。

丹尼爾抓起她的手，拉她站起來。「好了，荷莉，我們走吧。」

她張嘴想推說錢沒帶夠，手一打開，卻發現掌心憑空多了一張二十歐元鈔票。

她對丹尼爾感激一笑，兩人步出餐廳。

坐上車子之後，他們兩人都沉默著，回想著今晚的種種。她想爲摯友高興，眞的，無奈她硬是無法甩開被孤立的感受。別人的人生都是進行式，唯獨她在原地逗留。

丹尼爾把車開到她家外面。「要不要進來喝茶或咖啡？」她確定丹尼爾會回絕，卻訝然發現他解開安全帶，接受好意。她眞的欣賞丹尼爾，因爲他非常體貼又幽默，但是她現在只想獨處。

「剛才眞勁爆，對吧？」他說著在沙發上往後坐，喝一口咖啡。

荷莉只是搖搖頭表示難以置信。「丹尼爾，那兩位小姐我等於是認識了一輩子，我卻完全沒有看出徵兆。」

「我也認識了湯姆好幾年，他卻守口如瓶。這樣講，妳的心情總該舒服一點了吧？」

「只不過，我們度假的時候，珊倫也不肯喝酒。」丹尼爾講的話，她一個字也聽不進去，「而且有幾天早上她吐了，不過她推說是暈船……」她越講越小聲，腦筋越動越快，徵兆一個個蹦出來。

「暈船？」丹尼爾糊塗了。

「歷經了海上漂流事件。」

「喔，瞭解。」

這一次，兩人都笑不出來。

「好好笑。」他說著再往後坐一點。

荷莉心想，慘了，他是不打算走了。

「我朋友老是說，我和蘿拉一定會最早結婚。」他繼續說。「我沒料到的是，蘿拉竟然會比我早一步走進禮堂。」

「她要結婚了？」荷莉輕聲問。

他點頭之後轉開視線。「而且，新郎以前是我的朋友。」他惆悵地笑笑。

「顯然朋友也交不成了。」

「對。」他搖搖頭說：「那還用說。」

「很遺憾。」她眞心說。

「唉，上天很公平，每個人都會分到一些霉運。妳應該比誰都清楚。」

「哈，公平。」她跟著說。

「我知道，其實一點也不公平，不過妳別急，我們的好運遲早會到。」

「你眞的這麼認爲？」

「希望如此。」

兩人又默默坐了一會兒，荷莉看著時鐘。已經十二點過五分了，她眞的非趕走丹尼爾不可，否則沒辦法拆信。

丹尼爾看穿了她的心意。「天上掉下來的信怎麼說？」

荷莉向前坐，把咖啡杯放在桌上。「呃，我今天晚上其實正要再拆一封，所以……」她望著他。

「喔，瞭解。」他霎時領悟，趕緊坐直上身，放下咖啡杯。「我該走了，不好再打擾。」

荷莉咬咬唇，這麼急著送客讓她過意不去，而他終於識時務要走，也讓她卸下心頭的重擔。

「丹尼爾，萬分感激你送我回家。」她說著送客到門口。

「別客氣了。」他從欄杆抓起外套，走出前門，兩人匆匆一抱。

「再見。」她覺得自己做人太失敗，然後目送他冒雨上車。她揮手道別，一關上門，愧疚感立即煙消雲散。

「好了，傑瑞。」她邊說邊走向廚房，拿起桌上的信封，「你這個月爲我準備了什麼？」

第三十一章

荷莉以雙手緊握著小信封，抬頭瞧了一眼簡餐桌旁的壁鐘。十二點十五分了。通常珊倫和丹妮絲這時已經打電話過來，急著問她信上寫了什麼。然而，到目前為止，她們兩人都還沒來電。看樣子，最近訂婚和懷孕的消息打敗了傑瑞的信。荷莉罵自己這麼小心眼。她想馬上回餐廳，跟好友慶祝喜訊，恢復荷莉以往的作風。而面對她們的時候，她卻連笑臉都擺不出來。

她嫉妒她們，嫉妒她們的好運。她氣她們拋下她不管。即使有朋友相伴，她仍覺得孤單；即使置身一千人的室內，她照樣感覺孤獨。但是，在幽靜的自己家裡晃蕩的時候，才最讓她覺得孤零零。

她記不起上次眞正快樂是什麼時候的事了。當時是誰或什麼事讓她笑得肚子痛、下巴痠，她也回想不起來。她懷念臨睡前無事一身輕的感覺；她懷念品嘗美食的滋味，而不是像現在硬塞東西只求別餓死。每次一想到傑瑞，她的心情就七上八下，她很討厭這種感覺。她懷念欣賞最愛的電視節目，而不是茫然看電視以消磨時光。她討厭覺得沒有理由醒來；眞的醒來的時候，她也討厭醒來的那種感覺。她討厭沒有興奮的事物讓她期待的感覺。她想念被愛的感覺，想念一進屋子就察覺傑瑞在看她的那種感覺；她懷念他的撫觸、他的擁抱、他的建議；想念他的情話。

她討厭天天數日子，只等著展閱傑瑞的下一封信，因爲傑瑞只留下這些信。而拆了這一封，她只剩下三封。她也討厭去想的是，信全拆完了，再也沒有傑瑞，她的生活會變成怎樣。回憶無法磨滅，沒錯，卻也摸不著、嗅不到、握不住。回憶絕對和實境有所出入，而且回憶會隨歲月而褪色。

珊倫和丹妮絲，去她們的。她們儘管去過幸福美滿的日子，接下來這幾個月荷莉只有傑瑞就滿足了。

她抹掉臉上的一顆淚珠，慢慢拆開第七個信封。

朝月球發射，就算沒達到目標，至少能置身星斗之間。跟我保證，妳這次會去找一個妳喜歡的工作！

PS. 我愛妳……

荷莉讀了再讀，極力揣測這封信帶給她什麼感覺。好幾個月了，她一直逃避著重返職場這件事，自認心傷還沒有痊癒，自認現在還太早。然而，現在她知道自己別無選擇。時候到了。如果傑瑞說時候到了，她就非做不可。

荷莉的臉綻放微笑。「我保證，傑瑞。」語氣洋溢著喜悅。雖然這個月不是蘭薩羅特假期，至少能再推她一把，稍微把她推回人生的正軌。閱讀完畢之後，她一如以往端詳著傑瑞的筆跡，久久不放。等到她逐字分析完畢，心滿意足了，她才衝向廚房的抽屜，取出紙筆，開始腦力激盪出自己可能從事的行業。

可能從事的工作

一、FBI——我不是美國公民。不想搬去美國住。也沒有警務工作的經驗。

二、律師——討厭上學。討厭唸書。不想讀一百萬年的大學。
三、醫生——噁心。
四、護士——制服令人不敢恭維。
五、服務生——東西會被我吃光光。
六、專業看人師——點子不錯，可惜沒人會笨到付我薪水。
七、美容師——盡量少咬指甲，盡量少用蜜蠟除毛。不想看到別人身體的某些部位。
八、美髮師——不喜歡碰到里歐那樣的老闆。
九、零售店助理——不想碰到丹妮絲那樣的老闆。
十、祕書——**永遠不想再做了**。
十一、記者——措字聯偏。哈哈，應該去當搞笑演員才對。
十二、搞笑演員——參考上述笑話。不好笑。
十三、演員——演技再精湛也無法超越影評叫好的《大城女人幫》。
十四、模特兒——太矮、太胖、太老。
十五、歌手——參考第十二的搞笑演員。
十六、廣告界當紅的女強人，主宰自己的人生——嗯……明天一定要研究研究……

凌晨三點，荷莉終於不支，倒在床上，夢見自己成為當紅的廣告界女強人，站在能俯瞰克拉芙街的摩天大樓裡，在頂樓介紹業務給坐了一大會議桌的人聽。太扯了？傑瑞不是叫她朝月球發射嘛……

她夢見自己事業有成，隔天早早就起床，洗了一個戰鬥澡，把自己打扮得美美的，然後步行到附近的圖書館，想借用裡面的電腦上網找工作。

走向圖書館員的櫃檯時，她的高跟鞋把木質的地板踩得喀答喀答響，吵得幾個原本埋首看書的人抬頭凝視她。這一廳很大，她繼續喀答喀答走，發現人人都在對她行注目禮，害她臉紅了起來。她立刻放慢步伐，開始踮腳尖，以免再引人注目。她覺得自己好像卡通人物，過度誇張了踮腳尖的動作。一想到自己一定糗態百出，她的臉又紅了起來，比剛才更火熱。有兩三個穿校服的小孩想必是蹺課，在荷莉經過他們那桌時同聲竊笑起來。

「噓！」圖書館員對小朋友擺出臭臉。

荷莉決定繼續走，加快腳步，鞋跟碰地的聲音響徹全館，也越響越急促，她只好狂奔到櫃檯去，希望提早結束這場羞辱。

圖書館員抬頭微笑，裝得像發現有人突然走向櫃檯似的，假裝沒聽見荷莉走過來的聲勢。

「嗨。」荷莉低聲說：「請教一下，怎麼樣才能上網？」

「妳說什麼？」圖書館員以正常的音量說，也把頭湊近荷莉，希望聽見她講的話。

「喔。」荷莉清一清嗓子，心想，咦，圖書館不是只准輕聲交談嗎？「請教一下，怎樣才能上網？」

「電腦在那邊，儘管用。」她面帶笑容指向另一邊的一排電腦。「上網每二十分鐘收五歐元。」

荷莉把僅剩的十歐元遞過去。今天早上她去提款，只提出了十歐元。她站在自動提款機前，從一百歐元開始輸入，每輸入一個款項，電腦就發出嗶聲表示「存款不足」。她只好一路向下修正到十歐元，害得別人在她背後大排長龍。她無法相信自己只剩這麼多錢，卻也更有理由加緊去找工作。

「不對，不對。」圖書館員說著把錢退還給她。「上網完畢再繳費。」

荷莉望向圖書館另一邊的電腦。想走過去的話，非得又要踩得響徹雲霄不可。她深呼吸一下，拔腿衝刺，路過了一列又一列的桌子。看見大家的模樣時，荷莉差點笑出來：坐在書桌前的人幾乎像骨牌，她每經過一個，一顆頭就從書本裡冒出來看她。最後她衝到了電腦區，卻發現每臺電腦都有人在用。她覺得好像玩輸了大風吹。豈有此理。她氣得對觀眾舉起雙手，彷彿在說：「看什麼看？」大家趕緊再度埋首書中。

荷莉站在電腦區和閱覽區的中間，以手指當鼓槌來敲包包，四下張望，看見理查正在使用其中一部電腦，眼球差一點掉了出來。她踮腳尖走過去，在大哥的肩膀拍一拍，把他嚇了一大跳。他坐在椅子上轉身過來。

「你好。」她低聲說。

「喔，哈囉，荷莉。妳來這裡做什麼？」他的神態窘迫，彷彿調皮搗蛋被人抓到了。

「我只是等著用電腦。」她說明。「我終於要開始找工作了。」她接著驕傲地說。光是這樣講，她就覺得自己少了一分植物人的味道。

「喔，好。」他轉身面對電腦，關掉螢幕。「妳就用這臺吧。」

「喔，不用了，沒必要爲了我提早結束！」她趕緊說。

「沒關係，反正我只是爲了工作出來找資料。」他說完站起來，空出位子讓大妹坐下。

「大老遠跑來這裡找資料？」她語帶驚訝。「你們公司就在都柏林附近的黑岩，難道沒有電腦？」她開玩笑說。她不太確定理查的工作內容，只知道他在同一間公司上班了十年，現在問他做什麼未免太沒神經了。她只知道理查上班時穿著白袍，在實驗室走來走去，把五顏六色的物質放進試管。荷莉和傑克以前常說，理查的工作是生產一種祕密配方，以消除普天下的快樂。以前講那種話，現在讓她覺得過意不去。

「做我這一行，就是要到處跑。」他彆扭地開玩笑。

「噓！」圖書館員朝他們的方向大聲警告。荷莉的觀眾再次從書中抬頭看。唉，現在又叫我壓低聲音了？荷莉想得怒火中燒。

理查匆匆道別，走到櫃檯去繳上網費，然後靜悄悄地走出圖書館。

荷莉在電腦前坐下，鄰座的男人對她投以曖昧的微笑。她也以笑容回敬，順便偷瞄他的螢幕一眼，不料看見了色情圖片，差點嘔吐，急忙轉移視線。男人繼續盯著她，臉上掛著嚇人的微笑，荷莉不理他，開始全心投入求職的任務。

四十分鐘之後，她高高興興關掉電腦，走向櫃檯，放下十歐元。女圖書館員忙著打電腦，沒注意到鈔票已經放在櫃檯上。「總共十五歐元，謝謝。」

荷莉嚥了一下口水，低頭看著十元鈔票。「可是，妳剛不是說，五歐元可以用二十分鐘？」

「對，沒錯。」圖書館員對她微笑。

「可是，我只上網四十分鐘啊。」

「其實妳總共上網四十四分鐘，不足二十分鐘以二十分鐘計算。」館員參考電腦資料說。

荷莉嘻嘻笑。「可是，我只超過了幾分鐘，怎麼也算五歐元？」

館員只是繼續微笑。

「所以，妳想叫我多付五歐元？」荷莉語帶訝異。

「是的，照規定是這樣。」

荷莉壓低嗓門，把頭湊過去。「跟妳打個商量。說來很丟臉，我身上只帶了十歐元。能不能通融一下，先讓我走，待會兒我再回來補繳？」

館員搖搖頭。「對不起，本館無法通融，妳必須繳交全額。」

「可是，我沒帶那麼多錢啊。」荷莉抗議。

她凝視著荷莉，不帶感情。

「好。」荷莉氣呼呼地掏出手機。

「對不起，館內禁止使用。」館員指向櫃檯上「禁用手機」的圖案。

荷莉緩緩抬頭看她，同時默數到五。「如果妳不讓我打手機，我就不能找人幫忙。如果我不能打電話找人，就沒人拿錢來救我。如果沒人拿錢來救我，我就沒錢繳費。那樣的話，問題怎麼解決，妳說啊？」她拉高分貝。

館員緊張起來了，不停改變身體的重心。

「准我出去打個手機吧？」

女館員思考著這個難題。「這個嘛，繳費之前照規定不准離開，但我這次可以通融一下。」她擺出微笑，然後急忙補上一句，「只不過，妳必須站在門口的前面。」

「站在妳看得見的地方？」荷莉語帶諷刺。

女館員假裝開始忙著工作，兩手在櫃檯下緊張地翻弄文件。

荷莉站在門外，考慮該打電話給誰。她不能打給丹妮絲和珊倫。雖然這兩人可能會馬上丟下工作來救她，她卻不希望在人家幸福美滿的當兒曝露自己的敗相。她也不能打給琦菈，因爲妹妹在賀根上白天班。傑克又開始教書了，愛比也是，笛坎倫在大學唸書。至於理查，她根本不列入考慮。

她在手機的通訊錄上上下下過濾，淚水滑落臉頰。傑瑞過世之後，通訊錄上的人大部分連一通電話也懶得打來，換言之她已經找不到求救的對象。她轉身背對著館員，不想被人看見自己傷心落淚。她怎麼辦？打電話跟人討五元，實在丟臉到家了。加倍丟臉的是，她竟然找不到半個人可求救。然而她非找人不可，否則跑得不得了的館員可能會報警處理。她撥了腦海浮現的第一組號碼。

「嗨，我是傑瑞，請在嗶聲之後留言，我會盡快跟您聯絡。」

「傑瑞。」荷莉哭著說：「我需要你……」

荷莉站在圖書館門外等候，館員緊盯著她，防止她落跑。荷莉對她做做鬼臉，然後轉身背對著她。

「蠢婆娘！」她低吼。

最後，母親終於開著車過來，荷莉盡可能裝得若無其事。看見母親把車停進停車場，一臉快樂，她憶起了不少往事。她小的時候，每天放學媽媽會去學校接她。而在學校被折騰了一天之後，她一見母親那輛熟悉的車子開過來，總是大大鬆一口氣。荷莉感覺又變成了小孩。她一向討厭上學——不對，認識傑瑞之後就變了。認識傑瑞之後，她每天都好期待上學，這樣就能跟傑瑞坐在教室後排兩相好。

荷莉再度淚水盈眶，伊莉沙白衝過來摟住她。「唉，我可憐又可憐的荷莉……怎麼了，女兒？」她說著撫摸女兒的頭髮，聽著荷莉說明原委，同時狠狠瞪了館員幾眼。

「好了，女兒，妳先上車等我，讓我進去對付她，好嗎？」

荷莉聽話上了車，打開收音機，開始選臺，母親則去修理校園惡霸。

「笨母牛一條。」母親上車時嘟囔著。她望向神態落寞的女兒。「我們回家去吧，放鬆一下心情。」

荷莉以微笑表達感激之意，一顆淚珠滑落臉頰。回家，聽起來好舒服。

荷莉蜷縮在沙發上，媽媽坐在身邊。她覺得時光倒流回青少年時期。那個時候，她常和母親擠在沙發上，分享生活中的大小八卦，聊得嘻嘻笑。荷莉但願現在能跟媽媽聊得同樣歡樂。

媽媽打斷了她的思緒。「我昨天晚上打去妳家，妳是不是出去了？」

荷莉喝了母親泡的茶。哇，茶太神奇了，屢創奇蹟，能化解人生的疑難雜症。八卦的時候，來杯茶。被老闆開除了，來杯茶。丈夫說他長了腦瘤，來杯茶……

「對，我跟死黨出去吃晚餐，同桌另外的一百個人我全不認識。」荷莉揉揉眼睛，顯露疲態。

「珊倫和丹妮絲最近怎樣？」母親慈愛地問。她一向能認同荷莉交的朋友。如果是琦菈的朋友，她避之唯恐不及。

荷莉喝了一口茶。「珊倫懷孕了，丹妮絲訂婚了。」她回答，兩眼無神。

「喔。」母親尖聲說，不確定在滿臉愁容的女兒面前該如何回應。「妳覺得呢？」母親柔聲問，幫荷莉撥開臉上的一根頭髮。

荷莉低頭凝視自己的手，盡量穩定心情。她是白費苦心了，肩膀開始顫抖，她盡量以頭髮來遮臉。

「唉，荷莉。」母親難過地說，放下茶杯，向女兒靠過去。「妳有這樣的感覺是完全正常的事。」

荷莉連一個字也講不出來。

前門轟地一聲，琦菈對著全屋子宣佈：「我們回……回家了！」

「完了。」荷莉抽泣著，把頭靠在母親的胸口。

「**大家在哪裡**？」琦菈大聲嚷嚷，見門就敲。

「稍等一下，女兒。」母親高呼。聽荷莉吐露心聲的機會泡湯了，她很生氣。荷莉好久沒跟她講心事了；告別式之後，荷莉整個人封閉起來，如今心事已經蓄積太多了。母親不希望半路殺出一個樂昏頭的琦菈，又把荷莉嚇回了龜殼裡。

「**我有事情要宣佈**！」琦菈越來越接近客廳，音量也逐漸變大。馬修轟然撞開門，把琦菈整個人抱起來。「我和馬修要搬回去澳洲了！」她樂得大叫。一看見姐姐倒在媽咪的懷裡，她愣住了，趕緊輕輕跳出馬修的懷抱，拉著他離開客廳，悄悄帶上門。

「現在連琦菈也要走了，媽。」荷莉哭得更厲害了，母親也輕輕爲女兒哭泣。

那天晚上，荷莉把過去幾個月積存在心中的苦水全向母親傾吐，聊到深夜。雖然母親一直秉持母愛再三安撫她，荷莉仍然覺得和以前一樣坐困愁城。晚上她睡在客房，早上被一整家子的噪音吵醒。熟悉的噪音令荷莉微笑：有弟弟妹妹跑來跑去的聲音，慘叫著樂團練歌來不及了、上班快遲到了。爸爸囉唆著，叫他們動作快一點。媽媽輕聲懇求大家降低音量，以免吵醒了荷莉。這個世界照常運轉著，就這麼簡單，沒有一個防護罩能大到足以保護她的程度。

午餐時間，爸爸載荷莉回她家，然後在她的手心塞了一張五千歐元的支票。

「不行，爸，我不能收下。」荷莉感動不已。

「收下吧。」爸爸輕聲說，把她的手推開。「讓我們幫幫妳，女兒。」

「以後我一定還你，一毛錢也不欠。」她說著緊緊抱著爸爸。

荷莉站在門口，揮手送走父親。她看著手裡的支票，感覺肩頭的重擔瞬間消失。她想得出這張支票能做的事，但這一次「買衣服」總算不列入考慮範圍。她走進廚房，看見走廊桌子上的答錄機閃著紅燈。她走到樓梯下，按下聽取留言鍵。

總共有五則新的留言。

一則來自珊倫，打來問候她，怎麼整天沒消沒息。第二通來自丹妮絲，打來問候她，怎麼整天沒消沒息。這兩人顯然事先討論過。第三通來自珊倫，第四通來自丹妮絲，第五通沒留言就掛斷了。荷莉按下刪除鍵，跑上樓去換衣服。她還沒心情跟珊倫和丹妮絲講話；她需要先整頓自己，以便更能幫好友加油打氣。

她坐在空房間裡，開始用電腦打履歷。她是打履歷表的老手，因爲她換工作換得勤快。只不過，她好一陣子沒去面試了。如果眞的有人肯給她面試的機會，她已經賦閒在家一整年了，有誰肯僱她？

打了兩個小時，她列印出履歷，總算認爲勉強看得過去。事實上，她對於打履歷的功夫頗爲自豪：居然設法把自己妝點得既聰慧又經驗豐富。她賊賊地大笑一聲，希望能唬得未來的老闆一愣一愣，讓對方以爲她很能幹。她自己再看履歷一遍，認定連她自己都肯僱用自己。

星期一，她打扮得精明幹練，開車出門。她終於有錢餵飽油箱了。她把車停在職業介紹所外面，對著後照鏡塗唇彩。不容再浪擲光陰了。既然傑瑞叫她去找工作，她就一定要找到工作。

第三十二章

事隔幾天，荷莉來到後院，坐在整修得煥然一新的長椅上，啜飲著紅酒，聆聽風鈴隨風譜寫的音符。她欣賞著甫造景完成的清爽線條，認定不管神祕園丁是誰，肯定是專業好手。她吸入滿滿一肺的鮮花香。雖然才晚上八點，天色已經漸漸暗淡。太陽遲遲不下山的季節已經結束了，大家又開始準備進入冬眠狀態。

她回想起今天答錄機裡的一份留言，是職業介紹所打來的。這麼快就有回音，她驚喜不已。介紹所的小姐留言說，僱主對她的履歷反應熱烈，已經有兩家公司請她過去面談。

一想到面試，她的心情就七上八下。她一向對面試不太拿手，但話說回來，她對以前面試的那些工作也不算太熱衷。這一次，她的感覺就不一樣了；她熱切想重回職場，希望嘗試新的東西。第一家面試的公司是雜誌社，讀者群遍及全都柏林，而她應徵的工作是推銷雜誌裡的廣告版面。她對這一行是徹底沒經驗，但是她有學習的意願，因爲聽起來這一份工作遠比她以前的工作更多彩多姿。她以前負責的差事多半是接聽電話、抄寫留言、把檔案歸至定位。新的工作只要不必整天做上述任何一項，就算是更上一層樓。

第二家面試的公司是愛爾蘭首屈一指的廣告公司，她自知絕對沒希望錄取。但是，傑瑞不是叫她朝月球發射嗎……

荷莉也回想起她剛接到的丹妮絲的那通電話。在電話上，丹妮絲講得好起勁。上禮拜吃過宣佈喜訊的晚餐後，荷莉就沒有跟她聯絡過，丹妮絲似乎一點也不放在心上。荷莉認爲丹妮絲其實沒注意到她刻意疏遠。丹妮絲只顧著講自己準備婚禮的事情，滔滔不絕講了將近一小時，該穿什麼禮服啦，該捧什麼花啦，該在哪裡辦酒席啦，往往講到一半就忘了在講什麼，直接跳到下一個話題。荷莉只需不時嗯幾聲，讓丹妮絲知道她還有在聽就好……其實丹妮絲的話全被她當耳邊風了。她只記得丹妮絲計畫在年終那天結婚，而且照丹妮絲的說法，婚禮的大小事全由丹妮絲決定，新郎無權置喙。他們這麼快就決定了大喜之日，荷莉感到驚訝，因爲她以爲這一對訂了婚之後，勢必開始愛情長跑，一拖就是好幾年，最大的原因是丹妮絲和湯姆才交往五個月。如果是從前，荷莉會爲他們捏一把冷汗，現在的她就不煩惱了。現在她篤信「找到愛情，永世不放手」的信條。丹妮絲和湯姆如果眞心明瞭選對了對象，就不必去擔心旁人的看法了。

珊倫宣佈懷孕之後，荷莉就沒有跟她講過話，而荷莉知道她非儘早主動打過去不可，否則時機一過，想再聯絡也會碰釘子。懷胎生子是珊倫人生重大的歷程，荷莉明知應該爲死黨加油，卻怎麼也無法逼自己打電話給她。她知道自己這種做法反映出嫉妒、不甘心、又自私得不得了的心態，但她目前非自私不可，否則難以生存。她這一群朋友總以爲，率先養兒育女的必定是荷莉和傑瑞這一對，沒想到珊倫和約翰卻拔得頭籌，她一時仍然無法接受。更何況，珊倫開口閉口就說她討厭小孩，荷莉越想越氣。

氣溫開始轉涼了，荷莉端起酒杯，回到溫暖的室內，再添一些酒。明後兩天，她只能去接受面試，然後祈禱被錄取。她走進小起居室，把她和傑瑞最愛的情歌專輯放進ＣＤ音響裡，端著紅酒蜷縮在沙發上，閉起眼睛，想像兩人在小起居室裡共舞。

隔天，有輛車子駛進了她家的車道，驚醒了她。她起床穿上傑瑞的睡袍。她昨天把車子開去做年度例行保養，以爲修車廠幫她把車子開回來了，所以從窗簾縫向外瞧，但頓時被眼前的景象嚇得往後跳一步。她看見理查走下他自己的車。她希望別被理查看見，因爲她今天可沒心情陪他坐。她在臥房裡來回踱步，電鈴響了第二次，她照樣不去應門，只覺得過意不去。她知道這樣做不近人情，但是她實在無法忍受陪理查坐下，受不了話不投機半句多的氣氛。她眞的沒有什麼好聊的；生活情況變化不多，又沒有振奮人心的消息，甚至連值得告訴任何人的普通消息也找不到，更別說向理查報告了。

她聽見理查走開，如釋重負地嘆了一口氣，然後聽見他的車門關上。她進了浴室，讓溫水灑在臉上，再度迷失在個人的世界裡。二十分鐘之後，她穿著迪斯可女王的拖鞋下樓。外面傳來一陣磨擦的聲響，讓她停住了腳。她豎起耳朵，再仔細聆聽，想分辨出聲音。又來了，一陣磨擦的聲響，還有唏唏嗦嗦的聲音，好像有人在她家的後院……荷莉睜大了眼睛，認爲綠衣矮妖精就在外面。

她潛伏進客廳，妄想著後院的人聽得見她在屋內走動的聲音，所以學狗走路。她從窗臺偷窺出去，看見理查的車子還停在車道上，不禁倒抽一口氣。更驚人的是，她看見理查四肢著地，一手拿著小型的園藝工具，正在挖土種植新的花卉。她從窗前爬走，坐在地板上，震驚得不知如何是好。讓她陡然回過神來的是車子停在外面的聲音，這次停的是她自己的車。修車師傅馬上就要按電鈴，她急得不知道該不該去開門。理查偷偷幫荷莉整理院子，想必是基於某種因素不願讓她知道，她也決定成全大哥的心願……暫時別拆穿他。

她躲在沙發後面，看見修車師傅走向門口，頓時覺得這種場面太荒謬了，忍不住笑出來。門鈴響了，躲在沙發後面的她縮得更進去，因爲修車師傅走向窗口，向裡面窺視。她的心跳狂亂，感覺彷彿自己正在做違法的事。她遮住嘴巴，拼命別笑場。她感覺像回到童年。小時候，大家玩捉迷藏時荷莉的技巧最差，因爲每次當鬼的小朋友一靠近她，她總是嘻嘻笑個不停，藏匿的地點立刻曝光。接下來，整天當鬼的人都是她，忙著找躲起來的小朋友。她聽見修車師傅把鑰匙投進門上的信箱口，然後走開。她噓了一口氣。

過了幾分鐘，她從沙發後面探頭，看看警報是否已經解除。她站起來，拍一拍身上的灰塵，怨嘆自己太老了，不適合再玩無聊的遊戲。她再從窗簾縫向外窺探，看見理查正在收拾園藝工具。荷莉踢掉拖鞋，改穿上運動鞋。

換個角度想，無聊的遊戲其實也很好玩，何況她也沒其他事情好做。她一看見理查開車上路，立即衝出門外，跳進自己的車子。她準備跟蹤矮妖精。

跟蹤理查的全程中，她設法保持三個車身的車距，這一招是她從電影學來的。她看見理查靠邊停車，也趕緊放慢速度。理查停好了車子，走進報刊經銷店，出來時手裡多了一份報紙。荷莉戴上太陽眼鏡，調整一下棒球帽，拿了一份《阿拉伯領袖報》來遮臉，從報紙上緣偷窺。她瞥見自己在鏡子裡的模樣，不禁大笑，因爲她看起來像全世界最鬼祟的人。她看著理查過馬路，進了粗食館餐廳。她的心涼了幾度；她以爲能挖掘出更勁爆幾倍的內幕。

她坐在車上幾分鐘，研擬著新對策，這時停車收費員過來敲她的車窗，嚇了她一跳。

「這裡不准停車。」他說著指向停車位。荷莉對他溫柔一笑，然後倒車進入定位，不忘瞪他幾眼。《美國警花》的兩個女主角從來沒碰上停車的問題。

最後，她的童心終於平靜下來，開始睡午覺，而荷莉成熟的一面跳了出來，替她摘掉帽子和墨鏡，將之拋向乘客座，她覺得自己好驢。無聊的兒戲結束了，眞實人生就此展開。

她穿越馬路，進了餐廳四下尋找大哥，看見他背對門口坐著，駝著背邊喝茶邊看報。荷莉邁開大步走過去，神情愉悅，滿面春風。

「天啊，理查，怎麼天天休假？」她大聲揶揄，把他嚇得跳了一下。她正要再講下去，卻及時打住，因爲理查抬頭看她時，淚珠在眼眶裡打轉，肩膀開始抖動。

第三十三章

荷莉左顧右盼，希望餐廳裡的人沒注意到，然後慢慢拉開椅子坐在理查旁邊。她有講錯話嗎？她訝然注視著理查的臉，講不出話來，不知如何是好。這種情形，她敢拍胸脯保證從來沒碰過。

淚水涓流而下，理查想盡辦法制止。

「理查，出了什麼事嗎？」一頭霧水的她問，同時伸出一手，彆扭地放在大哥的手臂上拍一拍。

理查繼續流著淚，不停顫抖。

那位胖太太這一次穿的是金絲雀黃的圍兜，繞出櫃檯來，在荷莉旁邊的桌上擺了一盒面紙。

「給你。」荷莉說著遞給理查一張。他擦擦眼睛，擤擤鼻涕，製造出老男人擤鼻涕時的巨響，荷莉忙著掩飾微笑。

「我哭了，對不起。」理查覺得尷尬，不敢正眼看她。

「沒什麼啦。」她柔聲說，再拍一拍他的手臂，這一次感覺比較自然了，「哭就哭，沒什麼不好的。哭是我最近養成的習慣之一，所以少囉唆。」

他對妹妹微笑，笑得有氣無力。「荷莉，我覺得天好像快垮下來了。」他說得傷心，一滴淚水流到了下巴，正要墜落，被他及時以面紙擦掉。

「哪有？」她關心起大哥的轉變。過去幾個月來，她見到理查無數個不為人知的面貌，對他微微感到困惑。

理查深呼吸一口氣，把茶水嚥下去。荷莉抬頭看著櫃檯裡面的女人，請她再泡一壺。

「理查，我最近發現，把心事講出來會比較舒服一點。」荷莉輕聲說：「我在這一方面最有經驗了，因為我以前自認是女超人，有心事也憋著不講。」她以微笑鼓勵理查傾訴。「講來聽聽嘛。」

他面露疑慮。

「我不會笑你啦。你不希望我多嘴的話，我一個字也不會講。如果你要我保密，我發誓守口如瓶，只聽不說。」她向理查保證。

他把視線轉開來，聚焦在桌面中央的胡椒罐和鹽巴罐，然後輕聲說：「我丟了工作。」

荷莉保持沉默，等他再講下去。幾秒鐘之後，理查抬頭正視她。

「那有什麼大不了的，理查？」她微笑以對，語音輕柔。「我知道你愛那份工作，可是，工作再找就有了。看我，我以前三天兩頭被炒魷魚。這樣講給你聽，你會不會比較安慰，而且——」

「荷莉，我從四月就失業了。」他生氣地打斷她的話。「現在已經九月了，一個工作也找不到……至少在我這一行的工作沒有……」他偏開視線。

「喔……」荷莉詞窮了，沉默半晌之後才說：「可是，至少大嫂在上班，你們家還能有固定的收入。找工作別急嘛，慢慢找適合你的工作……我知道你現在心裡很急，不過——」

「玫莉上個月離開我了。」他再度打斷妹妹的話，這一次嗓音變得更虛弱。

荷莉立刻伸手摀嘴。唉，可憐的理查。她從一開始就不喜歡玫莉那個惡女，不過理查卻把她當作心上人。

「小孩呢？」她小心問。

「跟她住。」他岔了嗓子。

「唉，理查，我替你難過。」荷莉的兩手擰扭著，不知該往哪裡擺。應該抱抱他嗎？

「我也很難過。」他說得哀傷，繼續凝視胡椒罐和鹽巴罐。

「又不是你的錯，理查，所以別一直怪罪自己。」她嚴辭表示。

「怎麼不是？」他開始出現顫音。「她說我是個可悲的男人，連自己的家都顧不好……」他再次泣不成聲。

「唉，別理那個爛女人了啦。」荷莉氣得說。「你是模範父親，也是個從不花心的丈夫。」她以堅定的語氣說，發現自己字字真心。「提米和艾蜜莉都愛你，因爲你對他們很好，所以別管那個瘋婆子怎麼罵你。」她伸手過去抱大哥，讓他哭個夠。她氣得想去找玫莉算帳，一拳捶在她臉上——話說回來，荷莉老早就想扁她了，只不過現在總算找到藉口。

理查的淚潮終於緩和下來，他掙脫荷莉的懷抱，再抽出一張面紙。荷莉同情他；他一向盡力爲所應爲，爲自己開創完美的人生和完美的家庭，煞費苦心卻終究不盡人意。他似乎被這場家庭悲劇震撼得失魂落魄。

「你現在住哪裡？」她突然想到，理查被嫂子趕出來之後，這幾個星期成了無家可歸的男人。

「住這條街上的一間民宿，環境很不錯，主人很友善。」他說著再倒一杯茶。被老婆拋棄了，也來一杯茶……

「理查，你怎麼能住那種地方？」荷莉反對。「爲什麼不早跟我們講？」

「因為我本來以為事情可以解決，可惜我跟她……她已經吃了秤砣鐵了心。」

儘管很想邀請他搬進來住，卻又講不出口，因為她的生活一團糟，連自己都顧不了。她相信理查能體諒這一點。

「不然，去找爸媽也可以。」她說。「他們一定很樂意幫你。」

理查搖搖頭，「不要，琦菈現在回家了，笛坎倫也是。我可不想也賴在家裡。我已經是成年人了。」

「唉，理查，別傻了。」荷莉翻白眼。「你以前的房間還留著，想回去住的話，我保證爸媽歡迎都來不及了。」她盡量勸。「幾天前，連我自己也回去過夜。」

原本直盯桌面的他抬頭了。

「偶爾回去小時候的老家住一住，也沒啥大不了，而且有益心理健康。」她微笑說。

他顯得猶豫。「呃……我覺得不太好，荷莉。」

「如果你擔心的是琦菈，那是白擔心了，因為再過幾個禮拜，她就要跟男朋友回澳洲，所以家裡會變得……比較不亂。」

他的臉皮鬆弛了一些。

荷莉微笑說：「怎樣？要不要回去住？回去比較好啦，回去就不必把錢浪費在又臭又爛的民宿。你再怎麼誇那間的主人，我也聽不進去。」

理查聽了微笑，笑容卻迅速消失。「我沒辦法問爸媽，荷莉。我……不知道該怎麼開口。」

「那我陪你去講。」她承諾，「由我來開口。老實說，理查，爸媽會很樂意幫你的。你是他們的兒子，他們愛你都來不及了。我們也是。」她補上最後這句，同時伸手過去按住他的手。

「好吧。」他終於同意了。荷莉挽著他的手臂，兄妹倆步出餐廳，往各人的車子走去。

「喔，對了，理查，謝謝你幫我整理院子。」荷莉對他微笑，然後靠過去親他的臉頰。

「被妳發現了？」

她點頭。「你的園藝工夫一把罩嘛。只要我一找到工作，我一定照你付出的心血來酬謝你，一毛也不少。」

理查的表情放鬆不少，然後化成害羞的微笑。

兩人分別上了車，駛回從小成長的老家。

第一家面試的公司位於一棟辦公大樓裡，荷莉進了公司的洗手間照鏡子。她家有幾件舊的套裝，好久沒穿，現在暴瘦了，只好再買一套新衣。這套的外套比較長，下襬及膝，腰部有顆鈕釦可以繫緊。長褲寬鬆合度，正好蓋住靴子。外套是黑色，穿插了淡藍的線條，所以她在裡面搭配了淡藍色的上衣。她覺得自己像廣告界當紅的女強人，能主宰自己的人生，只要再加強口語應對的能力就好。她再塗上一層唇彩，以手指梳一梳鬆鬆的捲髮。今早她決定解放髮型，讓頭髮自然垂落肩膀上。她深呼吸了一次，然後走出女廁，回到等候區。

她坐回自己的位子，四下瞄著應徵者。他們個個比荷莉年輕一大截，而且好像人手一份厚厚的檔案夾，放在大腿上。她東張西望，開始心慌慌。果然，所有人都拿著一份檔案夾。她站起來，走向祕書。

「抱歉。」荷莉問祕書。

女祕書抬頭微笑。「有什麼事嗎？」

「是這樣的，我剛去洗手間的時候，這裡好像發了一份檔案夾，我沒拿到。」荷莉面對禮貌的微笑。女祕書皺起眉頭，一臉疑惑。「什麼？剛才發了什麼檔案夾？」

荷莉轉身指向大家大腿上的東西。

祕書微笑了，以手指示意請她靠近一點。

荷莉把頭髮撥到耳朵後面，湊過去聽。「什麼事？」

「對不起，小姐，他們拿的其實是自己帶來的作品集。」她壓低嗓門，以免荷莉聽了尷尬。

荷莉的臉僵住了。「喔。我是不是也該帶一份來？」

「妳有準備一份嗎？」祕書面帶和善的微笑。

荷莉搖搖頭。

「沒有的話就別擔心了，反正沒有規定要帶。他們只是帶來炫耀而已。」聽祕書這樣一說，荷莉咯咯笑了起來。

荷莉回到自己的座位，卻繼續為作品集的事煩惱。什麼作品集嘛？又沒人跟她講。為什麼每次她都是最狀況外的一個？她踏踏腳，邊等邊看看辦公室的四週。她對這地方有好感，色調溫暖舒適，光線從喬治王朝風格的大窗照進來。天花板挑高，感覺空間寬敞宜人，荷莉認為即使在這裡坐整天遐想也無所謂。她突然覺得好輕鬆，後來名字被叫到時，她的心跳也沒有加快。她滿懷自信走向面試的辦公室，祕書對她眨眼，預祝她幸運，荷莉也微笑以對。不知道為什麼，她覺得已經像是雜誌社的一份子。來到門口，她稍停一下，深呼吸一口氣。

朝月球發射，她低聲自言自語，朝月球發射。

第三十四章

荷莉輕敲門，聽到有人以粗魯的嗓音叫她進門。這聲音喊得她心悸了一下，感覺彷彿回到了中小學，被校長叫去辦公室。手心在冒冷汗，她在外套上擦一擦，然後進入辦公室。

「哈囉。」心虛的她硬裝出自信。辦公室並不大，她走向面試官的位子，對他伸出一隻手。面試官起立迎接她，滿臉笑容，握手握得熱絡。他的臉跟粗魯的嗓音一點也不搭調，謝天謝地。荷莉一見他，心情微微放鬆了：他的長相令荷莉聯想到自己的父親。從外表來看，他的年齡將近六十歲，體態是可愛的大熊型，令荷莉好想跳過辦公桌去抱一抱他。他的頭髮整齊，近乎銀色的髮質光澤晶瑩，令荷莉想像他年輕時一定是個大帥哥。

「荷莉．甘乃迪，對不對？」他說著坐下來，向下瞄了一眼她的履歷。她在對面坐下，強迫自己保持鎮定。那天打完履歷之後，她盡可能收集了所有的面試教戰手冊，逐一閱讀，如今現學現賣，從走進辦公室的儀態、正確的握手方式到端坐椅子上的坐姿，全照書中的指示來做。她想盡量表現得經驗豐富、學識一流、自信滿載。要證明這三點的話，光是力道適中的握手是不夠的。

「對。」她說著把包包放在身邊的地面，顫抖的雙手擺在大腿上。

他把眼鏡退到鼻尖，默默翻閱履歷。荷莉專注地看著他，希望從面部表情解讀出端倪。想得容易，做起來可不簡單，因爲他屬於那種閱讀時永遠皺眉的人。如果他不屬於這種人，就是見了履歷之後不太滿意。她等著面試官講話，眼睛開始瞄向其他地方，看見桌上擺了一禎銀框的相片，主角是三位美女，年紀與她相仿，全對著鏡頭展現歡樂的笑容。她一直面帶微笑看著相片，等到她提高視線時才發現面試官已經放下履歷，正在觀察她。她趕緊微笑一下，盡量表現出職業精神。

「在我們談妳的事之前，先讓我自我介紹，並說明這份工作的性質。」他說。

荷莉點著頭，盡量表現出很有興趣的模樣。

「我的姓名是克理斯．菲尼，是本雜誌的創辦人兼主編，本社上上下下的人都叫我『大掌櫃』。」他咯咯笑著，荷莉被他炯炯有神的藍眼珠迷住了。

「基本上，我們找的人要能負責本雜誌的廣告業務。妳應該知道，經營雜誌或任何媒體事業大多依賴廣告收入來維持，沒有錢的話，雜誌就辦不成，所以這份工作對本社很重要。可惜的是，擔任這份工作的員工匆匆辭職，我只好徵求一位能馬上開始上班的員工。妳覺得如何？」

荷莉點頭。「我完全沒問題。事實上，我急著上班，越快開始越好。」

克理斯點點頭，低頭再看她的履歷。「你已經脫離職場一年多了，我有沒有說錯？」他低著頭，從鏡框的上緣注視她。

「對，沒錯。」荷莉點頭說：「我可以保證，失業是出於自願，因為我丈夫不幸病倒了，我不得不暫停工作去照顧他。」

她辛苦地吞一吞口水；她知道每家公司一定都有相同的疑問。沒有公司想僱用賦閒一整年的人。

「原來如此。」他說著再抬頭看她。「那我希望他現在已經完全康復了。」他和藹地微笑。

荷莉不確定這話是不是問句，不知該怎麼答。他想問的是私生活嗎？克理斯繼續看著她，她才知道對方在等答覆。

她清一清嗓子。「呃，其實沒有，菲尼先生，可惜他在今年二月過世了……他長了腦瘤，所以我才非辭職不可。」

「天啊。」克理斯放下履歷，摘下眼鏡。「我當然能理解，非常遺憾聽見這種事。」他說得眞誠。「妳這麼年輕，一定很難接受吧……」他低頭看桌面片刻，然後再度和她四目相接。「內人也在去年罹患乳癌過世，所以我能體會妳的心情。」他坦然說。

「我也很遺憾。」荷莉哀傷地說，目光與辦公桌對面的親切男人相接。

「聽說時間越久越能釋懷。」他微笑。

「別人是這樣說，沒錯。」荷莉鬱悶地說。「多灌幾加侖的茶好像也有效。」

他開始笑了，捧腹哇哈哈大笑。「對！也有人建議我多喝茶，另外，我女兒也教我，多多呼吸新鮮空氣也能療傷。」

「啊，對，神奇的新鮮空氣，是治療心傷的靈丹。這幾位是千金嗎？」她指著相片裡的女人，微笑問。

「是的。」他光榮地說。「我能活到現在，都是這三位小醫生的功勞。」他笑著說。「可惜的是，那座花園已經完全走樣了。」

「哇，那是你家的花園？」荷莉瞪大眼睛問。「好美喲，我還以爲是植物園還是哪裡呢。」

「園藝是內人莫琳的專長。現在花園亂七八糟的，休想叫我花那麼多時間去整理。」

「唉，花園嘛，我也有一肚子苦水。」荷莉說著吊一吊眼球。「我也不太會種東種西，家裡的院子已經開始變得像叢林了。」對，已經像叢林了，她沒有講出來。

兩人繼續相視微笑，荷莉聽見了類似自己的人生境遇，感覺寬心。無論有無榮幸錄取，至少現在她證實了這世上不只有她孤苦無依，有的人也跟她一樣正在調適中。

「好了，言歸正傳。」克理斯笑說：「妳到底有沒有在媒體工作過的經驗？」

荷莉不喜歡他說「到底」，因爲這表示他看遍了履歷，卻找不到媒體工作的資歷。

「有，我其實有。」她把心情調整回辦正事的模式，拼了命也要留下好印象。「我以前在一家房地產仲介上過班，一有待售的房地產就跟媒體接洽刊登，所以我那時屬於買廣告的一方，跟貴公司的工作正好相對應，因此知道如何和想賣廣告的公司談生意。」

克理斯點頭聆聽。「可是，妳沒有實際在雜誌社或報社之類的公司上過班吧？」

荷莉慢慢點頭，絞盡腦汁回答。「可是，我在某一家公司上班期間，每個禮拜負責印製一份社訊……」

她絮絮叨叨講下去，撿到一丁點碰得到邊的經歷就提出來扯，心裡卻明白扯得相當狼狽。

她道盡了以前每一份工作，盡量提跟廣告或媒體扯得上關係的事情。克理斯太有禮貌了，不願打斷她的長篇大論。最後她講不下去了，因爲一直聽自己的聲音也會聽煩。她雙手擺在大腿上，緊張得纏扭手指。她自知資歷不夠格高攀這份工作，但是她也明白，假如公司給她一個機會，她一定能勝任。

克理斯摘下眼鏡。「我知道了。好，荷莉，我看得出妳在許多領域的公司行號待過，經歷也多彩多姿，不過我注意到，妳好像經常換工作，待最久的一次只有九個月……」

「因爲我一直在找適合自己的工作。」荷莉說著，信心徹底被擊垮了。

「既然如此，我怎麼知道妳上班幾個月之後不會跳槽？」他面帶微笑，但荷莉知道他這話問得正經。

「因爲這份工作最適合我。」她鄭重回答。荷莉深呼吸一下，感覺機會正從手中溜走，然而她不肯就此輕言舉白旗。「菲尼先生。」她說著向前移坐椅子的前端，「我工作起來就非常勤奮，一旦喜歡上一份工作，一定百分之百全力以赴。我的能力很強，即使碰上一竅不通的東西，我也極爲願意去學習，期望交出對你我和本社最棒的成績單。如果你能信任我，我發誓不會讓你失望。」她突然把持住自己，以免差點跪下去乞求對方賞她這份工作。

她發現自己的口氣太卑賤了，不禁臉紅。

「那就好，以妳這話來結尾很合適。」克理斯對她微笑說。「非常感謝妳前來應徵，有機會再聯絡。」

荷莉跟她握握手，輕聲感謝他，然後從地上拿起包包，轉身走向門口，覺得克理斯的眼神固定在她的背後。就在她走出辦公室之前，她回頭面對他。「菲尼先生，我會請祕書幫你泡一壺熱騰騰的好茶，多喝有益身心。」

她微笑著關門，聽見裡面傳出哇哈哈大笑的聲音。荷莉經過的時候，親切的祕書揚揚眉毛看著她，應徵者則緊抓著作品集，心想這女人到底向面試官講了什麼，怎麼逗得他笑得那麼大聲？荷莉走向新鮮空氣，聽見菲尼先生持續大笑，自己也忍不住微笑。

荷莉決定去琦菈工作的地方探班，順便吃點東西。她轉了個彎，走進賀根，在裡面找個座位。店裡滿是身穿西裝、套裝的客人，一看就知道是趁午休時間出來的上班族，有些人甚至在趕回公司前偷喝幾杯酒解解癮。荷莉在角落找到一張小桌子坐下。

「對不起。」她高聲叫嚷，而且很不禮貌地彈指。「請趕快過來我這桌服務。」

竟敢對服務生大呼小叫？鄰桌的客人紛紛轉頭瞪她。荷莉繼續舉手彈指。

「喂！」她喊。

琦菈臭著臉轉身，瞧見姐姐在奸笑，臭臉自動轉爲笑臉。「拜託，我差一點點就敲爛妳的頭了。」她笑著走過來。

「希望妳不是遇到每一個客人都講這種話。」荷莉逗她。

「不是每一個啦。」琦菈認眞回答。「妳今天想來這裡吃午餐？」

荷莉點頭。「媽媽說妳現在改上午餐班。咦，妳以前不是在樓上的夜店上班嗎？」

琦菈翻翻白眼。「那個男人現在逼我整個白天上班，把我當成奴隸似的。」琦菈哀嘆。

「我好像聽見有人提到我的名字？」丹尼爾笑著朝她的背後走來。

琦菈發現被丹尼爾聽見，臉皮僵住了。「沒有，沒有……我講的是馬修。」她口吃了。「他逼得我整晚不能睡覺，把我當成他的性奴隸……」她講不下去了，走向吧台去拿紙和筆。

「抱歉了，我不該問的。」丹尼爾看著琦菈，一頭霧水。「介意我坐下嗎？」他問荷莉。

「介意。」荷莉尋他開心，卻幫他拉出椅子。「對了，這裡有什麼好吃的東東？」她邊看菜單邊問，琦菈正好拿著筆回來。

琦菈以嘴形默說：「都不好吃。」背對著丹尼爾，逗得荷莉嘻嘻笑。

「我最喜歡的是烤三明治特餐。」丹尼爾推薦，琦菈則對著荷莉猛搖頭。

「幹嘛一直甩頭？」琦菈又被丹尼爾逮個正著。

「喔，是因爲……因爲荷莉對洋蔥過敏啦。」琦菈又口吃了。荷莉第一次聽說自己對洋蔥過敏。

荷莉點著頭說：「對……我吃了洋蔥會……呃……頭……呃……頭會腫起來。」她鼓起雙腮。「洋蔥啊，實在太可怕了，嚴重會致命喲。哪天我一不小心，吃了會死翹翹。」

琦菈對姐姐翻白眼，因爲姐姐又把事情誇大得不像樣。

「好吧，那也沒關係，別加洋蔥就行了。」丹尼爾建議，荷莉也贊成。

琦菈把指頭伸進嘴巴，邊走邊假裝嘔吐。

「妳今天打扮得很能幹的樣子。」丹尼爾端詳著她的服裝。

「對，我就希望給人這種印象，因爲我剛去應徵工作。」荷莉說著皺了一下眉頭，想起了面試的過程。

「喔對。」丹尼爾微笑。「順不順利？」

荷莉搖搖頭。「算了吧，我得去買一件看起來更正式的套裝了。短時間之內，我不可能接到他們的電話。」

「別擔心。」丹尼爾微笑說。「工作機會多的是。如果妳還有興趣，樓上的工作還等著妳去接。」

「你不是找琦菈去接了嗎？她現在怎麼改在樓下端盤子？」荷莉面露疑惑。

丹尼爾翻白眼說：「荷莉，妹妹是妳的，妳最清楚；我們這裡發生過一點點狀況。」

「喔，不會吧！」荷莉笑了。「她這次搞了什麼飛機？」

「吧台有個男的不知道對她講了什麼，她聽了不爽，幫對方倒了一杯酒之後直接往人家頭上倒。」

「不會吧！」荷莉驚呼。「她居然沒被你開除！」

「我怎麼敢開除甘乃迪家族的人？」他微笑說。「更何況，炒了她魷魚，叫我以後怎麼面對妳？」

「有道理。」荷莉說。「你跟我雖然朋友一場，還是得『敬重本家人』。」琦菈端著餐盤走過來，聽見這句江湖味太重的話對姐姐皺眉。「哇塞，沒看過有人把《教父》模仿得那麼爛。用餐愉快。」她語帶諷刺，說著把餐盤摔到桌上，掉頭就走。

「喂！」丹尼爾檢查了三明治，皺起眉頭，把荷莉的餐盤拿起來。

「你在做什麼？」她質問。

「裡面有夾洋蔥。」他氣得說。「琦菈一定又端錯盤子了。」

「沒有，她沒端錯啦。」荷莉趕緊替妹妹解圍，把餐盤搶回來。「我只對紅洋蔥過敏。」她急中生智。

丹尼爾皺眉說：「怪事，平平是洋蔥，有這麼大的差別，我怎麼不知道？」

「喔，當然有差。」荷莉點著頭，盡量把話講得充滿智慧。「紅洋蔥雖然屬於同一科，卻……卻含有劇毒……」她越講越小聲。

「劇毒？」丹尼爾不相信。

「唉，至少對我來說是毒素吧。」她喃喃說，然後咬一口三明治塞住嘴巴。在丹尼爾的注視之下，她覺得自己的吃相像豬，最後只好作罷，把剩下的三明治放回餐盤。

「不喜歡嗎？」他擔心地問。

「沒有，我很喜歡，只不過我早餐吃太飽了。」她說謊，同時拍一拍空空如也的肚子。

「對了，那個矮妖精找到了沒？」他逗她說。

「那個啊，我其實找到了！」荷莉一面笑著說，一面以餐巾擦拭油膩膩的雙手。

「眞的？是誰？」

「是我大哥理查，信不信由你。」她笑說。

「少臭蓋！他怎麼不告訴妳？是想給妳一個驚喜嗎？」

「大概吧，我猜。」

「理查其實心地善良。」丹尼爾若有所思地說。

「你這樣覺得嗎？」

「對，他這人其實沒有惡意，本性不錯。」

荷莉點頭。

丹尼爾打斷了她的思緒，「妳最近有沒有跟丹妮絲或珊倫聯絡？」

「只有丹妮絲。」她心生愧疚，不敢正眼看對方，「你呢？」

「湯姆三句不離婚禮，我聽了頭都快爆炸了。他叫我當伴郎。老實說，我沒料到他們計畫要閃電結婚。」

「我也是。」荷莉附和。「你的心情怎樣？」

「唉。」丹尼爾嘆氣，「爲他高興，卻也撇不開自私心和恨意。」

「我能體會。你最近有沒有跟前女友聯絡？」

「誰？蘿拉？」他語帶訝異。「一輩子再也不想見她了。」

「她是湯姆的朋友嗎？」

「交情不如從前了，謝天謝地。」

「所以說，不會有人對發喜帖給她囉？」

丹尼爾睜圓了眼睛。「算妳厲害，我倒沒想過。天啊，但願她別來。湯姆知道如果邀請了蘿拉，我一定饒不過他。」丹尼爾說完沉默片刻，思忖著假想狀況。

「湯姆和丹妮絲找我明天去商量婚禮的規畫，我可能會去，妳想不想一起來？」他說。

荷莉翻翻白眼。「哇，多謝了。不會無聊到暴斃才怪。」

丹尼爾開始呵呵笑。「是啊，所以我才想找人一起去。如果妳想去，打通電話給我。」

荷莉點頭。

「哪，帳單給你。」琦菈扔下一張紙就走掉。丹尼爾望著她的背影搖頭。

「別煩惱了，丹尼爾。」荷莉笑說。「再忍耐一下子就好。」

「什麼意思？」他一臉迷惘。

慘了，荷莉心想，琦菈還沒跟他說搬回澳洲的事。「喔，沒事。」荷莉喃喃說，同時伸進袋子裡找錢包。

「我想知道，妳這話什麼意思？」他追問。

「喔，我是說，她差不多也快下班了吧。」她說著取出錢包，看看手錶。

「這個嘛……帳單妳別管了，我來付就好。」

「不行，怎麼好意思讓你請客？」她邊說邊翻錢包，想在眾多的收據與雜物裡翻出現金。「我這才想起，還欠你二十歐元。」她說著把錢放在桌上。

「別計較了。」他揮揮手表示不要。

「喂，你打算每次都請我客嗎？」荷莉開玩笑。「我就放在桌上，你非收下不可。」

琦菈回到這一桌，伸手要錢。

「不用了，琦菈，記在我的帳上。」丹尼爾說。

琦菈挑起眉頭，看著荷莉，對她眨眨眼，然後瞄了桌面一眼，發現二十歐元的紙鈔。「哇，謝了，老姐，我怎麼不知道妳小費給得這麼慷慨？」她把錢收進口袋，轉身去招呼另一桌的客人。

「沒關係。」丹尼爾笑說：「我會從她的薪水扣掉。」

荷莉開車回家，進入自己的地盤，感覺終於鬆了一口氣。昨晚她為了面試緊張得睡不好，今天的場面又讓她心力交瘁。她好想今晚什麼事也不做，只開一瓶葡萄酒，坐下來思考求職之路的下一步。

到了家門口，她發現珊倫的車就停在外面，心跳開始加速。荷莉已經很久沒跟她講過話，覺得很不好意思。她考慮來個一百八十度轉彎，掉頭開走，卻又阻止自己這樣做。再不快面對現實的話，她勢必會再痛失一位好友。如果珊倫還認她是朋友的話。

第三十五章

荷莉駛進車道，下車前先深呼吸一口。她明知自己應該先去珊倫家道歉卻沒去，結果事態越變越嚴重。她走向珊倫的車，訝然發現下車的人是約翰，不見珊倫的人影。荷莉的喉嚨乾了，只希望珊倫沒事。

「嗨，荷莉。」約翰冷冷地說，摔上車門。

「約翰！珊倫呢？」

「我剛從醫院過來。」他慢慢走向荷莉。

荷莉急忙以雙手捂臉，淚水滿溢。「我的天啊！她沒事吧？」

約翰被她搞糊塗了。「沒事啊，她只是去身體檢查而已，我待會兒就回去接她。」

荷莉放下雙手，自然下垂。「喔。」她覺得自己像呆瓜。

「既然妳那麼關心她，乾脆撥通電話過去嘛。」約翰的頭舉得高高的，冰冷的藍眼珠直盯著她。荷莉看得出他的下頷不斷咬緊、鬆弛。她繼續和他對看，直到被他的眼神逼得不得不轉移視線。

「對，我知道。」她喃喃說。「這樣吧，你先進來，我泡壺茶，我們慢慢聊。」換了別的場合，她一定會笑自己講這種話；她快變成那種人了。

她開始忙著用電熱壺燒開水，約翰坐在桌前。

「珊倫不知道我來找妳，希望妳別講出去。」

「喔……好。」荷莉更覺得失望了。他不是奉珊倫之命來的。珊倫甚至不想親自見她；珊倫想必是徹底對她死心了。

「她好想妳，妳知道嗎？」約翰繼續直視她，眼睛一眨也不眨。

荷莉端來了兩個茶杯，自己坐下。「我也好想她。」

「已經兩個禮拜了，荷莉。」

「才不到兩個禮拜！」荷莉反駁得有氣無力，在他無情的逼視之下渾身不自在。

「有啦，差不多兩個……不管了，不差那幾天，重點是，妳們兩個以前天天有話可聊。」約翰把茶杯接過去，放在自己面前。

「約翰，以前的情況跟現在大不相同了。」荷莉生氣地說。難道沒人理解她目前的處境嗎？現在全世界腦筋正常的人只剩她一個嗎？

「嗯，我們都知道你經歷了什麼事——」約翰只講到一半。

「我知道大家都知道我經歷了什麼事，約翰，你不講我也曉得。只是，你好像不瞭解，我的遭遇不能用完成式來形容，而是現在進行式！」

兩人沉默不語。

「妳那樣講，完全不正確。」約翰壓低了嗓門，視線固定在原地兜圈子的茶杯上。

「哪點不正確？我不能像你們一樣假裝事情沒發生過，不能照常過日子。」

「妳以爲我們全假裝事情沒發生過？」

「事實擺在眼前，你瞎了嗎？」荷莉話中帶刺。「珊倫懷孕了，丹妮絲要結婚了——」

「荷莉，這叫做生活。」約翰插嘴說，抬頭看著她。「妳好像忘記了怎麼生活。我不是說往事想忘就忘得掉，因爲我自己也很明白。我也很懷念傑瑞。他是我最好的朋友。我從小就住在他家隔壁。拜託，我們連托兒所都上同一間。我們也一起上小學、上初中，還進了同一個足球隊。他結婚的時候找我當伴郎，我結婚時他是伴郎！我一有心事，都會跟傑瑞講。有些事情我連提都不敢對珊倫提，卻肯向傑瑞說。有些他不願跟妳講的話，也會拿出來告訴我。只因爲我沒跟他結婚，並不代表我哀悼的程度比不上妳。而且，他死了並不表示我也必須結束生命。」

荷莉傻眼了。約翰稍微調整椅子的角度，以便正對荷莉。椅腳在地面刮出聲音，在寂靜中顯得格外刺耳。他先深呼吸一口氣再繼續說。

「很辛苦，沒錯。很可怕，沒錯。這是我一輩子碰過最慘的事，沒錯。不過，我總不能這樣就活不下去了吧。我常跟傑瑞去的酒館裡，有兩個男的坐在我們的位子有說有笑的，我總不能從此不去那間酒館吧？我們以前常去看足球賽，我總不能從此不看吧？我倒是對以往的情景記得很清楚，想起來的時候會微笑，卻不能從此不去。」

約翰繼續講話，荷莉的淚水已經快決堤。

「珊倫知道妳心裡難過，能夠諒解，不過妳必須瞭解的是，這個人生階段對她來說意義非凡，她需要最知心的朋友扶持才能度過。她需要妳的幫助，就像妳需要她的幫助一樣。」

「我有在盡力，約翰。」荷莉啜泣著說，滾熱的淚水滑下臉頰。

「我知道。」他靠過去，握住她的手。「可是，珊倫也需要妳。一味迴避的話，對雙方一點好處也沒有。」

「對了，我今天去一家公司面試。」她像小孩子似的哭著說。

約翰盡量隱藏微笑。「面試是大好消息啊，荷莉。過程順不順利？」

「糗。」她抽泣著，約翰開始笑。他先讓無語的氣氛沉澱下來，才又開口。

「她懷孕已經快五個月了，妳知道嗎？」

「什麼？她怎麼沒跟我講？」

「她不敢講。」約翰輕聲說。「她怕妳生她的氣，再也不肯跟她講話。」

「她那樣想的話，未免太蠢了。」荷莉生氣地說，狠狠地抹掉眼淚。

「是嗎？」他揚起眉毛。「那妳幹嘛兇巴巴的？」

荷莉偏移目光。「我是想打電話找她，眞的。我每天都拿起電話，可是，我就是按不下去。然後我會對自己說：明天再打吧。結果明天一到，我又忙東忙西的……唉，對不起，約翰，我眞心爲你們兩個高興。」

「謝謝你，只可惜，眞正需要聽見這話的人不是我，妳知道吧？」

「我知道，可是，我最近實在太差勁了！她這下子絕對饒不過我！」

「別傻了，荷莉。珊倫就是珊倫，再大的過節，明天她就忘光光了。」

荷莉懷著希望，挑起眉毛望著約翰。

「呃，也許不是明天吧，說不定明年再說吧……妳虧欠她太多，不過她最後還是會原諒妳……」他冰晶般的眼珠暖化了，對著她發光。

「少來了！」荷莉咯咯笑，捶了他的手臂一下。「現在可以帶我去找她了吧？」

車子開到醫院外面停下，荷莉的心情忐忑不安。她看見珊倫單獨站在外面，東張西望，等著老公來接她。她看起來好可愛，荷莉忍不住笑了。珊倫就要當媽媽了。荷莉無法相信她的胎兒將近五個月大了。換句話說，她們去度假的時候，珊倫已經懷了三個月的身孕，居然一個字也不肯說！然而，更重要的是，荷莉無法相信自己笨到沒留意好友的種種異狀。懷孕才三個月，當然肚子還沒有鼓起來，不過現在荷莉看著珊倫穿高圓領衫和牛仔褲，看得出她的腹部微凸，很適合她。荷莉下車，珊倫愣住了。

糟糕，會被珊倫破口大罵。珊倫會罵說：我討厭妳，再也不想見到妳的嘴臉，妳算什麼鳥朋友嘛……

珊倫的表情變成笑容，對著荷莉伸出雙臂。「過來啦，妳這個小呆瓜。」她柔聲說。

荷莉衝進她的懷裡。在好友的擁抱中，荷莉覺得眼淚又不聽使喚了。「唉，珊倫，我眞對不起妳，我太不會做人了，我實在非常非常非常抱歉，請原諒我。我不是有意要——」

「喂，少囉唆了，就愛發牢騷，還不趕快抱抱我。」珊倫也泣不成聲，兩人緊緊擁抱了好久。

「嗯哼。」約翰大聲清清嗓門。

「喔，你也過來啦。」荷莉微笑著拉他一起擁抱。

「我猜這是你的主意吧。」珊倫看著丈夫。

「沒，沒有啦。」他說著對荷莉眨眨眼。「我只是開車在街上碰到荷莉，問她要不要搭便車（lift）……」

「才怪。」珊倫說著挽起荷莉的手臂，兩人一同走向車子。「不過，至少妳提振（lift）了我的心情。」

她對摯友微笑。

上車之後，荷莉坐進後座。「結果呢？醫生怎麼說？」荷莉的頭鑽向前座中間，像個興高采烈的小孩。「是……？」

「喔，講給妳聽，妳一定不相信，荷莉。」珊倫在座椅上轉身，和荷莉同樣興高采烈。「醫生跟我說……而且我信得過他，因爲聽說他是權威……不管了，他告訴我說——」

「快講啦！」荷莉催她，急著想聽答案。

「他說我懷的是一個小貝比！」

荷莉翻翻白眼。「哈哈。我問的是，到底是男生還是女生？」

「現在還不知道，醫生還沒辦法確定。」

「如果醫生檢查得出來，妳願意知道嗎？」

珊倫縮縮鼻頭。「我還不知道耶，還沒考慮過這一點。」她望向約翰，兩人興奮地微笑，像是藏了祕密不肯講。

熟悉的醋勁刺傷了荷莉，她默默坐著，等著心痛退去，等著興奮之情回來。

三個人回到了荷莉的家。她和珊倫才剛和好，捨不得就此分手，因爲想聊的事情好多好多。他們在荷莉廚房的簡餐桌前坐下，塡補過去這兩星期的空缺。

「珊倫，荷莉今天去一家公司面試了。」約翰終於找到兩人話題的空檔，擠進這麼一句。

「喔，眞的？我不知道妳已經開始找工作了！」

「傑瑞給我的新任務。」荷莉微笑說。

「這個月的信叫妳找工作？我一直好想問妳，快憋死了！結果面試怎樣？」

荷莉苦笑著，以雙手托臉。「唉，慘兮兮，珊倫。我出了大洋相。」

「眞的嗎？什麼樣的工作？」

「幫那本《X》雜誌拉廣告。」

「喔，太酷了。我常在上班時間看那本雜誌說。」

「我好像沒聽過。什麼類型的雜誌？」約翰問。

「裡面差不多什麼都寫，有時裝、運動、藝文、美食、評論……其實是無所不包。」珊倫說。

「還有廣告。」荷莉開玩笑。

「是啊，假如不請荷莉．甘乃迪去上班，他們一定拉不到什麼好廣告。」珊倫親切地說。

「謝了，不過我覺得錄取的機會渺茫。」

「爲什麼？面試的過程有那麼糟嗎？妳不可能啦。」珊倫伸手拿茶壺，一臉困惑。

「唉，如果妳被面試官問到，有沒有在報章雜誌社工作的經驗，結果回答說妳幫一家狗屁公司寫過社訊，那就夠糟糕了。」

珊倫爆笑出來。「社訊？是妳在哪間臭公司用電腦列印出來的廣告傳單吧？妳該不會拿出那張爛傳單來臭蓋吧？」

約翰和珊倫笑得呼天搶地。

「哎喲，勉強算啦，是幫公司廣告嘛……」荷莉講不下去了，只覺得比剛才更尷尬。

「妳逼我們全體出動，冒著大雨，頂著寒風，幫妳去別人家門口亂貼。妳還記得吧？貼了好幾天咧！」

「對，我記得。」約翰笑著說。「有天晚上，妳丟了好幾百張過來，派我和傑瑞去幫妳張貼，妳沒忘記吧？」

「那又怎樣？」荷莉提心吊膽，擔心約翰即將講的話。

「結果啊，我們捧著傳單，直接去鮑伯的酒館，把傳單丟進後面的垃圾桶，進去酒館喝了幾杯。」他被回憶逗得咯咯笑，荷莉愣得合不攏嘴。

「你這個奸詐的小混蛋！」她哈哈笑。「你們兩個敗掉了那間公司，害我失業！」

「拜託，荷莉，我敢打賭，人家只看了那些傳單一眼，那家公司馬上就破產了。」珊倫逗她說。「反正那公司也爛得可以，妳以前天天發牢騷。」

「讓荷莉發牢騷的工作可多著呢。」約翰開玩笑，卻是一針見血。

「是啊，只不過，如果這次錄取了，我一定不會再抱怨。」她傷心地說。

「反正工作機會多的是嘛。」珊倫鼓勵她。「面試技巧再加強一點就行了。」

「講得輕鬆。」荷莉拿湯匙戳著盛沙糖的小碗。

三人沉默了半晌。

「妳出版了一份社訊。」約翰幾分鐘之後才舊調重彈，還忍不住笑她。

「你給我閉嘴啦。」荷莉縮著脖子。「嘿，你跟傑瑞還背著我幹了什麼好事？」荷莉突然質問。

「啊，眞正的朋友絕不會揭發祕密。」約翰逗她，往事卻讓他的眼神雀躍。

話雖然這樣說，祕密的大鎖卻被開啓了。經過荷莉與珊倫再三恐嚇之後，約翰終於從實招出許多逸事，荷莉因此在這一晚得知許多丈夫不讓她知道的事。自從傑瑞去世以來，這是三人首度聚在一起，以他爲主題，整晚談天說笑。荷莉終於明瞭，其實她能在不傷心的情況下回憶老公。以前有四個人：荷莉、傑瑞、珊倫和約翰。這一次只有三人蹴膝追憶永遠缺席的一位。那一夜，傑瑞就在三人的聊天中復活了。而且，四人組很快就能復出，因爲珊倫和約翰的小貝比即將誕生。

人生的巨輪停不下來。

第三十六章

那個星期天，理查帶著兒女過來拜訪荷莉。過來之前，荷莉告訴他說，只要輪到他帶小孩，都歡迎他儘管帶小孩過來，也好讓爸媽在家裡清閒安靜一天。艾蜜莉和提米在院子裡玩耍，理查則和荷莉收拾晚餐，從後門注意他們。

「他們好像眞的很快樂嘛，理查。」荷莉看著他們嬉戲。

「對，他們確實很快樂。」他微笑說。「我希望他們的日子盡可能和以往一樣。他們不太瞭解出了什麼事，我也很難跟他們說明。」

「你怎麼跟他們解釋？」

「喔，還不是『媽咪和爹地已經不相愛了，我只好搬出去，這樣大家比較快樂一點，』諸如此類的說法。」

「他們能接受嗎？」

大哥緩緩點頭。「兒子能，不過艾蜜莉擔心我們哪天突然不愛她了，她也只好搬走。」他望向荷莉，眼神落寞。

可憐的艾蜜莉，荷莉心想。她看著姪女抱著模樣恐怖的洋娃娃跳來跳去。荷莉不敢相信自己在跟理查談這種話題。他最近好像完全變了一個人似的，或者脫胎換骨的人是荷莉自己吧？因為荷莉現在對他的容忍度提高了，聽見惱人的無心之語也比較能置若罔聞，只不過理查還是常講這種傷人的話。然而，她和理查現在有了交集，彼此能瞭解寂寞的滋味與缺乏自信的感受。

「爸媽家裡的情形怎樣？」

理查舀了一叉子的馬鈴薯泥入口嚥下，然後點點頭。「還好。爸媽寬容到了極點。」

「琦菈有沒有讓你覺得很煩？」荷莉覺得自己成了媽媽，自己的小孩開學第一天放學回家之後，她急著問上學的情形，想知道兒子有沒有被小朋友欺負。最近她覺得很想保護理查。保護理查對她自己有益，能賦予自己一份力量。

「琦菈她……琦菈。」他微笑著。「很多事情，我們的想法差太多。」

「算了啦，沒什麼大不了的。」荷莉說，忙著叉起一塊豬肉。「這世界有半數以上的人想法都跟她差很多。」她終於叉到了豬肉，豬肉卻滑出餐盤，騰空飛到桌子以外，然後降落在廚房另一邊的流理台上。

「俗話不見得對，豬確實會飛。」（譯註：俗語「等豬會飛的時候」是「絕不可能」的意思。）理查說。

荷莉被他逗笑了。「喂，理查，你剛講了笑話！」

他露出得意的樣子。「有時候能吧，我猜。」他說著聳聳肩。「只不過，妳一定認爲我很少講笑話。」

荷莉叉起了紅蘿蔔，放下刀叉，細嚼慢嚥，斟酌著接下來要講的話。「我們每個人都不一樣，理查。琦菈有點離經叛道，笛坎倫愛做夢，傑克愛耍寶，我呢……我也不知道我算什麼。不過，你從小到大一直很懂得自制，正經八百，從不拐彎抹角。兄弟姐妹個性不同也不見得不好，只是不一樣而已。」

「妳非常善體人心。」理查沉默半晌之後說。

「什麼？」荷莉迷惑了。爲了掩飾尷尬的表情，她再塞了滿滿一嘴巴的食物。

「我一向覺得妳很善體人心。」他再說一遍。

「哪有？」荷莉不敢置信，塞了滿嘴說。

「假如妳不善體人心，我哪有可能坐在這裡吃晚餐，讓小孩在院子裡亂跑？不過我指的其實是我們小時候的事。」

「不會吧，理查。我和傑克小時候對你一直沒大沒小。」她柔聲說。

「荷莉，妳沒有一直都沒大沒小。」他津津有味地微笑。「而且，兄弟姐妹本來就有這種功用——在成長過程中盡量讓彼此的日子難過。這樣能爲人生奠定堅實的基礎，能強化心靈。更何況，我小時候是個愛發號施令的大哥。」

「那你怎麼會覺得我善體人心？」荷莉問，覺得自己完全忘了這話題的重點何在。

「妳好崇拜傑克。妳以前整天跟著他，他叫妳做什麼妳就照做。」他開始笑了。「我以前聽過他叫妳來罵我，妳跑來我的房間，害怕得脫口罵一聲然後跑掉。」

荷莉看著自己的餐盤，覺得尷尬。她和傑克常對理查惡作劇。

「可是，妳每次罵完都會再回來。」理查繼續說。「妳會靜悄悄走回我房間，看著坐在書桌前的我，我就知道這是妳道歉的方式。」他對大妹微笑。「妳會做這種事，表示妳善體人心。我們五個兄弟姐妹中，沒有一個有良心，連我也沒有。妳是唯一的一個，從小就是心思細膩的一個。」

他繼續吃晚餐，荷莉默默坐著，盡量吸收他說的話。她不記得小時候崇拜傑克，但現在一回想，理查確實有幾分道理。傑克是她又酷又帥的二哥，朋友眾多，荷莉常要求二哥讓她跟他們玩。她認爲自己現在仍對二哥懷有一份崇拜。傑克一通電話來，問她想不想出去玩，她必定丟下一切跟去。不經理查這麼一提醒，她從來不知道自己如此崇拜二哥。儘管如此，最近她和理查相處的時間遠超過傑克。從小傑克就是她最喜歡的哥哥；傑瑞一向和傑克相處得最融洽。例假日以外的日子，傑瑞如果想找人出去喝一杯，找的是傑克而非理查。一家人共進晚餐時，傑瑞會堅持要坐在傑克旁邊。然而，傑瑞走了，雖然傑克不時會來一通電話，卻不像以前那麼常來拜訪。難道荷莉以前把傑克捧得太高了？她這時才發現，每次傑克說要過來或要打電話給她卻爽約，她總會幫傑克找藉口。其實，自從傑瑞去世，她就一直幫傑克找藉口。兄妹倆長大以後，兩人的交集只有和傑瑞的友誼嗎？

理查最近提供荷莉不少思考的題材。她看著理查從衣領摘下餐巾，注視著他把餐巾摺成秀氣的小方塊，摺得四角平平整整。他著魔似的整理桌上的所有東西，擺的方向不正確或不整齊，他非要擺正才甘休。理查的優點不少，雖然她現在體認出來了，卻仍完全無法跟這樣的男人同住一個屋簷下。

兩人赫然聽見外面「砰」了一聲，向外看才發現小艾蜜莉倒在地上，哭成了淚人兒，被嚇呆了的提米則在袖手旁觀。理查跳下椅子，匆匆開門進院子。

「可是，爹地，她自己摔倒的，我又沒怎樣！」荷莉聽見提米在跟爸爸求饒。可憐的提米。她翻一翻白眼，看著理查拉著他的手臂，命令他站在角落反省剛才做的事。有些人的本性永遠難移，她在心裡挖苦大哥。

隔天，荷莉在家裡跳上跳下，欣喜若狂，第三度按下答錄機的聽取留言鍵。

「嗨，荷莉。」留言的人嗓音粗魯。「我是《X》雜誌社的克理斯．菲尼。我想說的是，我對妳面試的表現非常讚賞。呃……」他停頓了一下，「嗯，這事我通常不會在答錄機上講，不過妳一定很樂意知道，我決定歡迎妳加入，希望妳能早日開始上班。請妳有空撥我公司電話進一步詳談。呃……再見。」

荷莉帶著既驚又喜的心情上床，翻身再去按聽取留言鍵。她朝月球發射……現在終於登陸了！

第三十七章

荷莉抬頭凝視這棟喬治王朝風格的高樓，興奮得身體產生刺刺麻麻的感覺。今天是她上班的首日，她覺得美好的前途就在眼前。《X》雜誌社的辦公室位於市中心，在這棟大樓的二樓，樓下有一間小餐館。荷莉昨晚緊張又亢奮，睡得並不安穩。她以前換了新工作，頭一天通常會視上班爲畏途，但是這一次她卻不覺得害怕。昨天她立刻回電給克理斯（再聽了留言三遍之後才回電），然後通知家人和朋友。大家聽了欣喜不已。今天早上她出門之前，收到了爸媽送的一束美麗的鮮花，恭喜她並預祝她第一天上班事事順心。

她的心情好比第一天上小學。昨天她去買了一個公事包，在外表上爲自己的智商加分。然而，她坐下來吃早餐時固然興奮，卻也覺得傷感。令她觸景生情的是，從前職場快閃族的她每次換了新工作，第一天早晨傑瑞總會特地關照她，這次傑瑞卻不在家裡分享她的新開始。以前傑瑞會把早餐端到床上，幫她準備火腿起士三明治當午餐，外加一顆蘋果、一包脆片和一根巧克力棒。出門時，傑瑞會破例載她去上班，午休時間會打電話關懷一下，問問同事相處得好不好，下班時再過去接她回家。晚餐的時候，荷莉會描述各種不同類型的同事，也會再度嚷嚷著她有多討厭上班，傑瑞聽了會呵呵笑。說實在的，傑瑞只在她上班的第一天特別體貼。如果是平常日子，兩人會睡到快遲到才起床，比賽誰先搶到浴室，然後在半睡半醒之間遊走廚房，一面嘟囔著，一面匆匆喝自己的咖啡醒醒腦，迎接新的一天。喝完咖啡，兩人吻別後解散。隔天，整個程序會重演一遍。假使荷莉知道兩人相處的日子如此短暫，她就不會每天重複這些無聊的步驟……

今天早晨，同樣是她上班的第一天，情況卻猶如雲泥之別。她一覺醒來，房子空盪盪，床鋪也空盪盪，也不見奉送到床上的早餐。她不必搶著進浴室，廚房幽靜，沒有傑瑞早上噴嚏連連的聲音。臨睡前她任自己遐想，希望明天一醒來，傑瑞會奇蹟似的在床邊守候，因爲這是兩人的傳統，而在這個特殊的日子，缺了傑瑞的話感覺勢必很不對勁。然而，碰上了死神，傳統也得告一段落。人走了就不會再回來。

荷莉來到了公司的大樓，在門口立定，檢查自己的服裝儀容，看看拉鏈是否拉好，外套是不是被夾進了內褲，上衣的鈕釦有沒有扣好。等到她滿意了自己的儀態，才踏上木質的樓梯，走到新公司。她進入會客室，招呼過她的祕書認出她，特地從辦公桌後面走過來迎接。

「嗨，荷莉。」她說著跟荷莉握手。「歡迎光臨敝社。」她舉起雙手來介紹公司。面試的那天，荷莉一眼就覺得和這位祕書投緣。從外表看來，她和荷莉的年齡差不多，留了一頭長長的金髮，似乎總是笑臉迎人。

「對了，我叫做愛麗絲，妳一定知道我負責這裡的櫃檯。來，我帶妳去見大掌櫃。他在等妳。」

「糟糕，我遲到了嗎？」荷莉憂心忡忡，看了一下手錶。爲了怕塞車，她還提前出門。

「沒啦，妳沒遲到。」愛麗絲說著帶她走向菲尼先生的辦公室。「克理斯和其他那些人啊，個個是工作狂，妳別去理他們。他們好可憐，眞的需要在工作之外找點事情做。妳絕對不會在六點以後看見我加班。」

荷莉笑了。愛麗絲讓她聯想起從前的荷莉。

「喔對了，他們提早上班又待到很晚才走，妳可別覺得自己也需要有樣學樣。我覺得克理斯等於是以辦公室爲家，所以妳休想跟他爭第一。那個男人不正常。」她大聲說，同時扣一扣他的門，帶荷莉進去。

「誰不正常啊？」克理斯以粗魯的語氣說，然後站起來伸伸懶腰。

「你啦。」愛麗絲微笑說，然後帶上門，離開辦公室。

「看見沒？員工對我沒大沒小的。」克理斯說著伸手迎接荷莉。和面試那天一樣，他握手握得既溫馨又客氣，荷莉瞬間被職場的氣氛撫平了緊張的情緒。

「謝謝你錄取我，菲尼先生。」荷莉眞心說。

「叫我克理斯就好了，而且不必謝我。來，我帶妳參觀公司。」荷莉跟著他步上走廊，兩旁的牆壁掛滿了二十年來每一期的雜誌封面。

「本社占地並不大。這一間是小螞蟻工作的地方。」他推開門，荷莉向裡面看。這間辦公室很大，大約有十張桌子，同事全坐在電腦前面講電話。他們抬頭揮手表示禮貌。荷莉對大家微笑，謹記在心的是第一印象很重要。「這些記者很優秀。有他們，雜誌社才不會倒掉。」克理斯介紹。「那位是時裝編輯姜普，那位是負責美食的瑪麗，這幾位是布萊恩、尚恩、戈登、艾許琳和崔西。妳不必知道他們負責什麼領域，因爲他們個個是飯桶。」他說著哈哈笑，其中一個男士對他一面豎中指，一面繼續講電話。

「其他的記者全是特約，不常進辦公室。」克理斯說明，然後帶她到隔壁。「這裡是電腦宅男藏匿的地方。那位是德馬特，那位是韋恩，他們負責排版和設計，所以妳要跟他們密切合作，通知他們哪個廣告要登在哪頁。夥計們，這位是荷莉。」

「嗨，荷莉。」兩人站起來和她握手，然後繼續用電腦。

「我把他們訓練得很乖。」克理斯有感而發，然後回到走廊。「這邊是會議室，每天早上八點四十五分開會。」

他每講一件事，荷莉就跟著點頭，盡量記住所有名字。

「廁所在那邊，下幾層階梯就到。我現在就帶妳去妳的辦公室。」

他回頭往剛才的來向走去，荷莉張望著牆壁的擺飾，滿心歡喜。她以前從來沒有過這樣的體驗。

「這一間是妳的辦公室。」他說著推開門，讓荷莉先進去。

荷莉環視這個小房間，忍不住笑逐顏開。她從來沒有自己的辦公室，這間雖然不大，只夠擺辦公桌和檔案櫃，卻是屬於她自己的空間。桌上有一臺電腦，檔案夾堆積如山。桌子對面有個書架，塞滿了圖書與檔案夾，也有層層的舊雜誌。辦公桌後方有一面喬治王朝風格的大窗戶，幾乎占據了整面牆。儘管外面颳著寒風，辦公室卻有明朗、透氣的感覺。她絕對有把握在這裡好好上班。

「太棒了。」她告訴克理斯，把公事包放在桌上，四處看看。

「那就好。」克理斯說。「上一個員工做事很有條理，每一份檔案夾都標明得很清楚，妳一看就知道裡面是什麼。如果碰到了麻煩或有任何方面的疑問，直接過來找我就行，我就在隔壁。」說著敲敲兩間辦公室之間的牆壁。

「我知道妳是這一行的新手，不指望妳創造奇蹟，所以才希望妳多多發問。我們下一期預計在下個月的一號出刊。」

荷莉傻眼了：整份雜誌的廣告，要她在兩星期之內湊齊？

「別擔心。」克理斯再度微笑。「我要妳專心處理十一月那一期，現在先熟悉雜誌的編排方式。我們每一期的風格一致，所以妳一看就知道哪頁適合登什麼類型的廣告。一個人扛這份工作的話是有點吃重，但是如果妳按部就班來做，一切都會做得順順利利。標準的版面怎麼配置，可以請教德馬特和韋恩。如果想找人幫忙，可以去找愛麗絲。她負責幫忙所有人。」他講完了，四下看一看。「就這樣子，有問題嗎？」

荷莉搖搖頭，「沒有，我想你差不多解釋了所有東西。」

「好，那我就不打擾妳了。」他慢慢退出辦公室，卻在關門之前停止動作。他看著荷莉審視著辦公室，面帶滿意。「荷莉，我錄取妳是因爲妳像是個決心十足的女生。」

荷莉自信滿滿地點頭，請他放心。

「一個人工作勤不勤奮，我一看就知道，從來沒有看走眼的紀錄。」他微微一笑表示鼓勵，然後輕輕關上門出去。擁有新辦公室的荷莉立刻坐在辦公桌前，急著盡快進入狀況。這是她有生以來最棒的一份工作，而從克理斯的介紹聽來，工作量想必極重，但是她心裡很高興。忙到沒心情胡思亂想，正合她意。可惜她實在記不清楚誰叫什麼名字，所以趕緊找出紙筆，寫下她記得的名字。並打開檔案夾，開始上班。

她埋頭閱讀資料，渾然忘我，猛然警覺過來才發現午休的時間已經過了。從辦公室裡的聲響來判斷，好像沒有人離開過工作崗位一步。如果是以前上班的公司，荷莉會在午休時間之前至少半小時收工，開始思考要去哪裡吃午餐。然後她會提早十五分鐘出門，拖延十五分鐘才回公司，把遲到的原因推給「塞車」，而她其實是走路去吃午餐。以前荷莉上班的時候，大部分的時間會拿來做白日夢，或者打電話跟親朋好友哈啦哈啦，特別是打國際電話，因爲電話費不必她付。每月發薪水的時候，她會搶先去領，然後在兩星期之內花個精光。

沒錯，這份工作和她先前的工作截然不同，她期望著體驗這份工作的每一分鐘。

「琦菈啊，妳確定帶了護照嗎？」伊莉沙白問女兒。出門之後，她剛才已經問過了兩次。

「有帶啦，媽。」琦菈怨嘆。「不是跟妳講過十億遍了？就放在這裡嘛。」

「拿出來給我看。」坐在前座的母親轉頭。

「才不要！才不給妳看。我講的話，妳應該相信才對。我又不是小孩子了。」

笛坎倫哼了一聲，琦菈用手肘撞他的肋骨。「囉唆啦，你。」

「琦菈，把護照拿出來給媽媽看，讓她安心一下嘛。」荷莉語帶倦怠。

「好吧。」她氣呼呼說，把行李提到大腿上。「就放在這裡，看，媽……咦，不會吧，應該放在這裡才對……沒有，我可能放在這邊……唉，可惡！」

「老天爺啊，琦菈。」老爸發牢騷，猛踩剎車，然後掉頭打道回府。

「怎麼會？」她爲自己辯護。「爸，我明明放進了這裡，一定是被人拿走了。」她嘟囔著，把行李裡面的東西全倒出來。

「搞什麼嘛，琦菈。」荷莉呻吟。一件飛來的內褲降落在她的臉上。

「少囉唆啦。」琦菈又嘟囔。「剩最後這幾分鐘，忍耐我一下會死喔？」

全車頓時安靜下來，因爲大家瞭解這話的眞實性。琦菈這麼一去澳洲，天知道什麼時候才回家？雖然她嘰嘰呱呱的惹人討厭，大家照樣會想念她。

荷莉坐在後座的靠窗位子，旁邊是笛坎倫和琦菈，由父親負責開到機場送行。理查載馬修和傑克（不顧傑克的抗議），現在八成已經在機場等他們了。他們第一次出門時，琦菈忘了帶她的幸運鼻環，命令車子掉頭回去。這次掉頭是忘了帶護照。

第一次出門之後過了一個鐘頭，他們總算抵達機場，而機場到家的車程不過二十分鐘。

「天啊，怎麼拖這麼久？」傑克向荷莉抱怨。大家拖長了臉，走進機場。「害我自己一個跟理查聊天。」

「唉，傑克，少來了。」荷莉護著理查。「他沒那麼爛啦。」

「怎麼？跟我唱反調了？」他逗荷莉說，裝出訝異的表情。

「我哪有？是你自己唱走音了吧。」她嗆回去，然後走向理查。理查自己一個人站，看著風景。她對大哥微笑。

「女兒，這次記得跟大家多多聯絡，好不好？」伊莉沙白摟著琦菈要求。

「我當然會，媽媽。唉，拜託，別哭了，不然我也會跟著哭。」

荷莉的喉嚨彷彿長了硬塊，她強忍住淚水。這幾個月來，荷莉和琦菈相處得很好，每次荷莉一覺得人生糟透了，琦菈總能成功提振她的心情。妹妹一走，她會很想念她，但她能理解妹妹想和馬修在一起。馬修是個好男人，荷莉很高興他和妹妹能湊成一對。

「好好照顧我妹妹。」荷莉踮起腳尖擁抱高大的馬修。

「別擔心，我會照顧她的。」他微笑說。

「你會看緊她吧？」父親拍了他的屁股一下，面帶微笑問。

馬修夠聰明，知道這話的警告意味多於要求，因此給了父親一個非常動聽的回應。

「拜拜，理查。」琦菈給他一個滿懷抱。「別再去惹那個叫做玫莉的臭女人囉，她一點也配不上你。」

琦菈轉向笛坎倫。「你想來澳洲，我隨時歡迎，過來幫我拍一部電影嘛。」她認眞說，然後也給弟弟一個滿懷抱。

「傑克，幫我照顧老姐囉。」她說完對荷莉一笑。「我會想死妳的。」她難過地說，緊緊摟著荷莉。

「我也一樣。」荷莉的聲帶在顫抖。她知道妹妹走了最好，但姐妹倆這幾個月拉近了不少距離，荷莉有點希望她留下來。

「好了，我該走了，不然你們這堆愛哭鬼會害我飆淚。」她盡量說得歡樂。

「別再跳那種空中纜繩了，琦菈，太危險了。」父親面露愁容。

「高空彈跳啦，老爸！」琦菈哈哈笑著，又在爸媽的臉頰上親一親。「別擔心，我一定會去找新東西來嘗試。」她開玩笑說。

荷莉默默陪家人站著，目送琦菈與馬修手牽手通過登機門。就連笛坎倫也眼中含淚，不過他假裝淚汪汪是因爲想打噴嚏。

「笛坎倫，看看燈光就沒事了。」傑克摟住弟弟。「聽說能防止打噴嚏。」

笛坎倫抬頭望燈光，避免再看到和他最親的姐姐遠去。母親揮著手，淚珠串串滾落臉頰，父親把她摟過來。

輪到琦菈通過金屬探測門的時候，警報聲哇哇大作，她被叫去一旁掏空口袋，接著被搜身。

「每次都這樣。」傑克笑了。「海關肯放她進來，也算是奇蹟了。」

大家揮手向琦菈與馬修道別，粉紅色的頭髮終於消失在人海。

「好了。」母親擦掉臉上的淚，「我剩下的寶貝不如跟我回家，大家一同吃個午餐。」

大家看得出母親心情難過，所以點頭同意。

「這次我讓妳跟理查坐同一車。」傑克對荷莉耍嘴皮，然後跟父母和笛坎倫走，留下荷莉和理查站在一起，微微感到錯愕。

「上班第一個禮拜感覺怎樣，女兒？」一家共進午餐時，伊莉沙白問荷莉。

「喔，我好喜歡，媽。」荷莉的眼珠閃亮起來。「有趣又有挑戰性，遠遠勝過我以前做過的工作，而且所有同事都超友善的，工作氣氛很不錯。」

「是啊，工作氣氛最重要了。」父親面帶欣喜。「老闆是什麼樣的人？」

「他好可愛喔，常常讓我聯想到你，老爸。每次我看見他，就想抱他親他。」

「算是職場性騷擾吧？小心吃官司囉。」笛坎倫開玩笑，傑克也跟著竊笑。

荷莉向這對兄弟翻白眼。

「笛坎倫，你今年要拍什麼新的紀錄片？」傑克問。

「要，這次拍遊民。」他滿嘴塞滿了食物。

「笛坎倫。」母親縮縮鼻頭對他說：「別邊吃邊講話。」

「對不起。」笛坎倫說著把嘴裡的東西吐在桌上。

傑克爆笑如雷，其他人則噁心得轉移視線。

「你剛說你要拍什麼，兒子？」父親跳出來打圓場，避免吵架。

「我今年要幫學校拍個以遊民爲主題的紀錄片。」

「喔，那非常好。」父親說完又縮回自己的世界。

「你這次想拿哪個家人當主角？理查嗎？」傑克的語氣狡猾。

荷莉用力放下刀叉。

「不好笑啦，老哥。」笛坎倫認眞說，讓荷莉吃了一驚。

「天啊，最近大家的脾氣怎麼這麼衝？」傑克左看右看。「開開玩笑而已嘛。」

「傑克，你的玩笑不好笑。」母親說得嚴厲。

「他剛說什麼？」父親從沉思中驚醒過來，轉頭問母親。

伊莉沙白只是搖搖頭不想回答，識相的他就不再多問。

理查默默坐在桌尾吃飯，荷莉望向他。大哥又沒招誰惹誰，荷莉很同情他。要不是傑克今天比往常更殘忍，就是傑克從小就如此無情，只是荷莉一直傻傻地以爲傑克很會搞笑。

「對不起，理查，我只是在開玩笑。」傑克說。

「沒關係啦，傑克。」

「你找到工作了沒？」

「還沒有。」

「好可惜。」他面無表情地說，被荷莉瞪了一眼。傑克到底吃錯了什麼藥？

「唉，傑克。」荷莉嘆氣說，一刀切進雞胸，「你知道嗎，你眞的再不長大不行了。」

傑克喝完啤酒，對她怒目而視。

母親心平氣和地拿起自己的刀叉與餐盤，不吭一聲，走進客廳，打開電視，靜靜地用餐。她的「搞笑小精靈」已經讓她笑不出來了。

第三十八章

荷莉以手指敲著辦公桌，凝視著窗外。這個星期上班的時間一轉眼就過去了。她不知道自己居然這麼喜歡上班。午休時間到了，她高高興興地趕工，晚上甚至也主動加班，而且到目前為止還不想賞同事的臉一拳。但是，這才第三個星期，蜜月期過了再說吧。同事喜歡無傷大雅地笑笑罵罵，她經常聽見不同辦公室的人高聲你來我往，全是鬧著玩的。她喜愛這種氣氛。

她喜歡隸屬團隊一份子的感覺，彷彿她負責的業務對產品有重大的影響。她每天上班必定想起傑瑞，每次拉到一個廣告都會感激他，謝謝傑瑞一路扶持。當然，有時候她還會憂鬱，覺得不值得起床，但是一想到上班，她會興奮得奔走起來。

她聽見克理斯在隔壁聽收音機，不禁微笑。每到整點，克理斯必定打開收音機聽新聞，荷莉也在潛意識中吸收了許多新知。她以前從來沒有覺得如此知識豐富。

「喂！」荷莉敲敲牆壁大喊。「關掉啦！有的人還想辦公咧！」

她聽見克理斯咯咯笑，自己也會心一笑。她轉頭繼續工作；一位特約記者周遊愛爾蘭尋找最便宜的酒，寫出了一篇報導，內容非常引人入勝，文章下面有個很大的空格，有待荷莉去拉廣告填滿。她翻開通訊錄，剎那間想到了一個點子。她拿起電話。

「賀根。」

「嗨，請接丹尼爾・康納利。」

「稍等。」

可惡，又是〈綠袖子〉。她按下免持聽筒鍵，邊等邊在辦公室裡翩然起舞。克理斯走進來，看了她一眼，又關上門離開。荷莉微笑了。

「喂？」

「丹尼爾嗎？」

「是。」

「你好，我是荷莉。」

「妳好嗎，荷莉？」

「我很好，你呢？」

「好得不得了。」

「怎麼發起牢騷了？」

他哈哈笑。「妳那份絢麗的工作做得怎樣？」

「喔，我打給你就是跟工作有關。」荷莉聽起來有點愧疚。

「完了！」他笑說。「本店已經訂了新規定，不能再僱用甘乃迪家族的人了。」

荷莉嘻嘻笑。「糟糕，我好想對著顧客的頭上潑酒咧。」

他笑笑。「好了，妳想談什麼事？」

「我記得你好像說過，你覺得女伶有必要多打一點廣告，對不對？」丹尼爾其實是跟珊倫講過，但荷莉知道他一定記不清楚這麼小的細節。

「我記得講過。」

「那就好。你想不想在《X》打廣告？」

「就是妳上班的那間雜誌社？」

「不對，我只是覺得問一問滿好玩的。」她開玩笑。「本姑娘當然是在《X》上班！」

「喔，那當然，我怎麼忘了？貴雜誌社就在本店附近，轉個彎就到。妳每天經過我前門，卻從不順路進來。怎麼從沒見妳來吃午餐？」他逗著她。「難道是嫌棄本酒館？」

「同事都在自己位子上用餐。」她解釋。「怎樣，你覺得如何？」

「我覺得你們個個都很沒趣。」

「不對啦，我問的是，你想不想登廣告？」

「喔，當然想，好主意。」

「那好，我就登在十一月號裡面。你想不想按月刊登？」

「按月刊登有多傷財，妳介紹一下吧？」他哈哈笑。

荷莉算給他聽。

「嗯……」他說：「我再考慮考慮，不過十一月號我是登定了。」

「哇，太棒了！廣告一出來，你一定會變成百萬富翁。」

「不成還得了？」他笑說。「對了，下下禮拜有款新飲料上市，要在本店辦發表會，要不要我把妳的姓名登記在邀請名單上？」

「好啊，那太好了。新上市的飲料叫什麼？」

「藍岩，是新型的汽水酒，據說會很轟動。雖然很難喝，不過整晚免費供應，所以由我請客。」

「哇，有你幫他們打廣告眞好。」她笑說。「發表會是哪天？」她取出日程表登記。「好極了，我下班之後可以直接過去。」

「好，那樣的話，要記得帶比基尼去上班。」

「記得帶什麼？」

「妳的比基尼。」他笑說。「發表會的主題是沙灘。」

「可是，現在都快冬天了，腦殘了嗎？」

「喂，點子又不是我出的。他們的廣告詞是，『藍岩，冬天的熱門新酒』。」

「嗯……好聳喔。」

「而且很髒。他們要在本店的地板到處撒沙子，最後打掃的時候我們一定掃得抓狂。好了，我該回去工作了，我們今天忙翻了。」

「好吧，謝了，丹尼爾。廣告要怎麼寫，你先想一下，然後再告訴我。」

「好的。」

她站起來，心生一計，走到隔壁克理斯的辦公室。

「舞跳完了？」他咯咯笑。

「對，我剛編了一支舞，想來表演給你看。」她開玩笑。

「有什麼問題？」他說。

「沒問題，只是想到了一個點子。」

「坐下吧。」他朝前面的椅子點頭。短短三個星期之前，荷莉坐在同一張椅子上接受面試，如今卻在這裡向新老闆獻計。人生真的是瞬息萬變——不過，她早就明瞭這一點了……

「什麼點子？」

「是這樣的，你知道賀根吧？轉彎過去的那一間？」

克理斯點點頭。

「我剛打電話跟他們拉廣告，老闆說他想登一則。」

「太好了。不過，妳不必每拉到一個廣告就來跟我報告，不然妳和我整年都別做其他事了。」

荷莉吊一吊眼球。「不是啦，克理斯，是他跟我說：他們下下禮拜二要推出名叫藍岩的新酒，同時要舉辦發表會，主題是沙灘，所有員工都穿比基尼之類的東東。」

「秋天穿比基尼？」他挑起眉毛。

「據說是冬天的熱門新酒。」

他翻白眼。「好聳。」

荷莉微笑說：「我就跟他說嘛。言歸正傳，我只是覺得可能值得派人去採訪。我知道你說過，有點子要在開會的時候提出來，不過這個發表會快到了。」

「我瞭解。荷莉，妳的點子不錯，我會派人去採訪的。」

荷莉面帶微笑，從椅子上站起來。「喔對了，你家的院子整理過了沒？」

克理斯皺眉說：「已經有大概十個人過來看了，估價要六千歐元。」

「太貴了吧。」

「唉，院子大嘛，要整理的地方太多了。」

「估價最低的是多少？」

「五千五。幹嘛問？」

「因爲我哥哥只要五千。」她脫口而出。

「五千？」他的眼球差點蹦出頭。「他厲害嗎？」

「我不是跟你講過，我家院子像叢林，記得嗎？」

他點頭。

「經他一整理，已經不是叢林了，設計得好棒。美中不足的是，他獨立作業，所以時間拖得比較長。」

「只要五千的話，拖再久也無所謂。妳有他的名片嗎？」

「喔……有，你等一下，我過去拿。」她從愛麗絲桌上偷走幾張美美的紙，看起來適合當名片用。然後她用電腦打出理查的姓名和行動電話，字體華麗，接著列印出來，把紙裁成長方形的名片。

「太好了。」克理斯看著名片說。「我現在就撥電話過去。」

「不行，不行。」荷莉趕緊說：「這週末過後再打比較找得到他，因爲他今天忙壞了。」

「也好，多謝了，荷莉。」她正要走向門口，卻被克理斯叫住。「喔，對了，妳的文筆怎樣？」

「唸書的時候上過課。」

克理斯笑說：「現在還有當時的文筆嗎？」

「這個嘛，去買本同義／反義字典的話，還能撐撐場面。」

「那就好，因為我想派妳去採訪那個發表會。」

「喔？」

「我找不到別人了——那天晚上有太多場合要採訪，記者已經派不出來了——而我自己也沒辦法去，所以只好借重妳了。」他整理一下桌上的文件。「我會派一個攝影跟妳去，好好拍幾張沙灘和比基尼的相片。」

「喔……好。」荷莉的心跳加速。

「八百字如何？」

不可能，她心想。以她而言，她的肚子裡只有五十個單字。「沒問題。」她擠出自信說，接著後退出門。

可惡可惡可惡可惡，她暗罵自己。這下子糗大了，她連拼音都錯誤百出。

她拿起電話，按下重撥鍵。

「賀根。」

「請接丹尼爾·康納利。」

「稍等。」

「別讓我聽……！」

〈綠袖子〉的音符傳來。

「……歌。」她講完整句。

「哈囉？」

「丹尼爾，是我啦。」她匆匆說。

「妳奪命連環扣啊？」他逗著說。

「沒有啦，我需要你幫忙。」

「我知道，可惜我不夠格。」他笑說。

「少來了，說眞的，我跟主編提到發表會的事，他派我去採訪。」

「哇，炫。廣告就不必登了！」他笑說。

「不炫不炫，因爲他叫我寫報導。」

「那太好了，荷莉。」

「才不好，因爲我的文筆很爛。」她慌了。

「喔，眞的嗎？我唸書的時候，主科之一就是作文。」

「喂，丹尼爾，拜託你認眞一下子，行嗎？」

「好，妳要我怎麼個幫法？」

「請你跟我介紹這個飲料和發表會，大小細節都別放過，好讓我現在就開始寫，多幾天來潤飾。」

「好，先生，我馬上過去。」他拿開話筒高喊。「荷莉，抱歉，我眞的非回去上班了。」

「求求你。」她嗚咽著。

「這樣吧，妳幾點下班？」

「六點。」她暗中祈禱丹尼爾相助。

「不如妳下班以後過來，我請妳去別的地方吃個飯？」

「哇，太謝謝你了，丹尼爾。」她如釋重負，在辦公室裡跳來跳去。「你是我的貴人！」

她掛掉電話，噓了一口氣。說不定她能在不砸飯碗的情形下寫出像樣的報導。她反芻著剛才的對話，忽然怔住了。

她不等於是答應了跟丹尼爾約會？

第三十九章

下班前最後一個小時，荷莉難以專心，不時看鐘，祈禱分針盡量慢走，這次時鐘卻不聽使喚，反而加速前進。她急著拆開傑瑞的信的時候，時鐘爲何偏偏走得慢條斯理的？她整天擔心跟丹尼爾吃晚餐一事。

六點鐘一到，她聽見愛麗絲關掉電腦，喀喀走下木質樓梯，投奔自由。荷莉會心一笑，回想起自己以前也有急著想下班的心情。但是，她不能拿從前的事來比較，因爲當時回家見得到帥哥老公。如果傑瑞還在，她會跟愛麗絲賽跑衝出公司門。

她聽著其他幾位同事收拾東西，默默祈禱克理斯在她桌上再丟一堆工作，害她只好加班，只好向丹尼爾說抱歉。她和丹尼爾已經同進同出幾百萬次了，這次何必擔心？在死黨圈裡，丹尼爾和她號稱「兩個單身的朋友」，每次晚上朋友要聚餐或是出去玩，邀其中一個必定不忘邀請另一個作陪，彷彿擔心他們跟同桌的夫妻檔聊不起來似的。大家好像覺得，既然邀請了丹尼爾，就非邀請荷莉不可。此外，兩人雖然整晚只跟對方聊天，身旁卻還有其他朋友，不至於陷入兩人世界的尷尬。儘管如此，荷莉現在覺得內心有點焦躁。丹尼爾講電話的那種口氣，在她心裡增添了一份無名的憂慮。兩人講電話的同時，她隱隱覺得跟丹尼爾約見並不太適當。一口答應了，現在卻覺得又羞又愧，不願跟他出去，因此她盡量勸自己相信，跟他吃晚餐是爲了談公事。其實，她越想越認爲確實是爲了談生意。她以前覺得吃晚餐談生意很痞，現在卻成了那種人，不禁笑笑。她跟珊倫和丹妮絲出去吃晚餐，通常只談一種公事——男人和生活瑣事——這才是女生的公事。

她關掉電腦，收拾公事包，以慢動作來執行每個步驟，好像牛步化就能擋掉丹尼爾的餐約。她打自己的頭一下……是去談生意啦。

「喂，別打自己嘛。」愛麗絲探進荷莉的門。

荷莉被嚇了一跳。「天啊，愛麗絲，我剛沒看見妳開門。」

「妳沒事吧？」

「還好。」她講得不具說服力，「我只是得做一件不太想做的事情。可是，我倒有點想做，卻因此讓我更不想去做，因爲雖然做這件事對我有好處，表面上卻很不對勁。妳懂嗎？」

愛麗絲瞪圓了眼睛。「我還以爲我這人最會鑽牛角尖哩。」

「唉，別管我了。」荷莉打起精神。「我只是快想瘋了。」

「大部分的人都難免。」

「妳怎麼又回公司了？」荷莉問。她剛才明明聽見愛麗絲步出公司門。「自由沒向妳招手嗎？」

「還用妳說。」愛麗絲翻白眼，「是我忘記今天六點要開會。」

「喔。」荷莉被澆了一頭冷水。沒有人通知她要開會，這種情況並非不尋常，因爲她不需要每次開會都出席。但是，愛麗絲去開會卻沒通知荷莉出席，這就怪了。

「是想討論什麼好玩的事嗎？」荷莉打探消息，盡量裝做沒興趣，忙著整理桌上的東西。

「今天開的是星座會。」

「星座？」

「對，我們每個月開一次。」

「喔，我應該去嗎？或者是不歡迎我參加？」她強壓著不滿，語氣卻將她的感覺表露無遺，讓她覺得尷尬不已。

愛麗絲呵呵笑。「妳當然歡迎參加囉，荷莉。我正要邀請妳，不然幹嘛站在妳門口？」

荷莉放下公事包，覺得嘔氣嘔得太驢，然後跟隨愛麗絲進會議室。大家都已經就座。

「各位，今天是荷莉第一次參加星座會，請大家鼓掌表示歡迎。」愛麗絲宣佈。

荷莉坐下，全場鼓掌歡迎新人加入。

克理斯對著荷莉翻翻白眼。「荷莉，我先跟妳聲明，這種無聊事跟我一點關係也沒有。我也要先跟妳道歉一聲，害妳被拖下水了。」

「唉，廢話少說了，克理斯。」崔西對老闆揮一揮手，然後在桌頭坐下，手拿著筆和筆記簿。「好，這個月要從誰先開始？」

「先讓荷莉上場。」愛麗絲慷慨地說。

荷莉左看右看，滿頭霧水。「你們要玩什麼，我一點概念也沒有。」

「妳是什麼星座？」崔西問。

「金牛座。」

眾人又喔又哇的，克理斯以雙手撐著下巴，盡量表現得一點也不開心。

「哇，太好了。」崔西快活地說。「我們從來沒碰過金牛座。好，妳已婚或是單身，或者已經有對象了？」

荷莉害臊起來，因爲布萊恩在對她放電，克理斯則以笑容鼓勵她坦白。全桌的人只有克理斯知道傑瑞的事。荷莉忽然想到，自從傑瑞過世，這是她首度被人逼問這個問題。「呃……沒有，我其實沒有對象，不過……」

「那好。」崔西邊說邊開始寫字。「這個月金牛座應該注意膚色健康的高大帥哥，然後……」她聳聳肩抬頭看，「惠賜高見吧。」

「因爲這個人能左右她的未來。」愛麗絲貢獻點子。

布萊恩又對荷莉放電，顯然是在臭美，以爲自己正好膚色健康又高大。如果他自認是帥哥，他的視力顯然是零。荷莉咳嗽了一下，他轉移視線。

「好，職場前景的東西很好寫。」崔西繼續說。「就說金牛座會接到一項新任務，會忙得盡興。幸運日是……」她思考一陣，「禮拜二，幸運顏色是……藍色。」她參考荷莉上衣的顏色才決定。「好了，接下來換誰？」

「等一下，你們討論的是我下個月的運勢？」荷莉插嘴說，一臉錯愕。

全桌的人爆笑。

「美夢被我們摧毀了嗎？」戈登逗她說。

「徹底摧毀了。」她說。「我好喜歡讀星座運勢的。拜託，該不會每家雜誌都這樣瞎編吧？」她懇求。

克理斯搖搖頭，「不是，荷莉，並不是所有雜誌都這樣亂來。有些雜誌會聘個有才華的人自己去瞎編，不必麻煩全社的人來幫忙。」他瞪著崔西。

「哈哈，克理斯。」她自我解嘲。

「什麼，崔西，妳不是星星公主啊？」荷莉難過地問。

崔西搖搖頭。「不是，不過我跟有問必答的專欄作家一樣厲害，而且會編寫填字遊戲，一人能抵好幾個用。」她回瞪克理斯，只見克理斯以嘴形對她說「哇塞」。

「唉，星座的美夢全被你們戳破了。」荷莉笑說，然後向後坐，感覺洩氣。

「好了，克理斯，輪到你了。雙子座本月會忙得不可開交，寸步不離辦公室，成天只吃垃圾食物。雙子座必須找出人生的平衡點。」

克理斯翻白眼。「崔西，每個月都寫這樣，不煩啊？」

「你不改變生活型態，我也改不了雙子座的運勢吧？」

大家逐一討論所有的星座，崔西終於拗不過布萊恩的要求，把獅子座寫成整個月受異性青睞，而且可望贏得彩券。嗯……布萊恩該不會是獅子座吧？荷莉看看手錶，發現和丹尼爾約好談生意的時間已經過了好久。

「啊，對不起，各位，我有事要先走了。」她說著起身。

「陽光大帥哥正在等妳。」愛麗絲嘻嘻笑。「妳不要的話，介紹給我嘛。」

荷莉走出會議室，看見丹尼爾走在馬路上，正要過來，她的心臟狂跳。進入秋季之後，天氣轉涼了，丹尼爾又穿上了黑色皮夾克，搭配的是藍色牛仔褲，深褐色的頭髮零亂，下巴長出了鬍碴，臉上是剛睡醒的表情。荷莉的心又翻滾了一下，趕緊轉移目光。

「哇，我就說吧！」崔西興奮地說。她跟著荷莉走出門，然後高高興興地繼續往前走開。

「眞的很對不起，丹尼爾。」荷莉道歉著。「公司開會，我一時走不開，又沒辦法打電話。」

「沒關係啦，我知道開會很重要。」他對荷莉微笑，頓時讓她愧疚萬分。他是丹尼爾，是好朋友，而不是她應該閃躲的人。她到底是那根筋不對勁了？

「怎樣？妳想去哪裡吃飯？」他問。

「就這間如何？」荷莉望向雜誌社樓下的小餐館。她希望盡量挑選最輕鬆、最不親密的餐廳。

丹尼爾縮縮鼻子。「妳不介意的話，我餓了整天，想吃個大餐。」

他們肩並肩走著，荷莉每見一間餐廳就指給他看，他卻不停搖頭否決。最後他看上了一間荷莉無法拒絕的義大利餐廳。並不是因爲荷莉想進去，而是因爲他否決了一路上所有的餐廳。

這間餐廳的內部幽靜，只有幾桌坐了一對對男女，在燭光中含情脈脈相望。丹尼爾站起來脫掉夾克，荷莉趁他轉頭時趕緊吹熄桌上的蠟燭。他穿著深藍色的襯衫，能烘托出他眼珠的顏色，使眼珠在昏暗的餐廳裡顯得明亮有神。

「看了覺得噁心，對吧？」丹尼爾順著荷莉的眼神，望向餐廳的另一邊，看見隔著桌面十指交扣的一對。

「其實不會，我只覺得難過。」

丹尼爾沒聽見，因爲他忙著看菜單。「妳想吃什麼？」

「我想點個凱撒沙拉。」

丹尼爾翻白眼，「妳們女人啊，最愛沙拉了。妳不餓嗎？」

「不太餓。」她搖搖頭，肚子卻大聲咕嚕起來，她的臉紅了。

「妳的肚子好像不太同意。」他笑說。「妳好像從來不吃飯吧，荷莉．甘乃迪。」

你在場的時候我才吃不下，她心想。「只是胃口不太大而已，眞的。」

「講這樣？我見過的兔子食量都比妳大。」他笑說。

荷莉盡量控制著話題，別讓話題脫離安全領域，所以兩人只聊發表會的事。她今晚沒心情討論個人的感覺和想法；她甚至不確定這時做何感想。丹尼爾很周到，幫她帶來一份新聞稿，讓她能盡早參考寫作。丹尼爾也提供一份藍岩的公關電話，方便她以電話採訪，引述一些說法。他是幫忙幫到底了，還建議荷莉從哪個角度切入，也建議她找誰進一步訪問。一頓飯吃下來，荷莉對寫作不再那麼恐慌。然而，讓她更加恐慌的是另一件事。她相信丹尼爾只不過想跟她交交朋友，自己幹嘛如坐針氈呢？此外，她只吃了幾片萵苣，肚子也還餓著。

丹尼爾去買單的時候，她到餐廳外頭透透氣。丹尼爾是個出手闊綽的人，這一點無庸置疑，她慶幸自己交到這樣的朋友。讓她不太舒服的只是，她不習慣和傑瑞以外的任何人進出氣氛親密的餐廳。

她瞧見一對夫妻迎面走來，一時僵住了，急得想蒙住臉，因為她眞的不想見這兩人。她彎腰假裝綁鞋帶，卻發現今天穿的靴子只有拉鏈，只好尷尬地隨便拉拉褲腳。

「荷莉，是妳嗎？」她聽見熟悉的聲音，看著站在面前的兩雙鞋子，然後緩緩抬頭面對這兩人。

「嗨，是你們啊！」她一面盡量裝得驚喜，一面在緊張之中站穩雙腳。

「妳最近好嗎？」女人摟摟她。「怎麼站在外面吹冷風呢？」

荷莉祈禱丹尼爾在裡面多待一下子。「喔，是……我只剛進去吃一點東西。」她指向餐廳，笑容抖了又抖。

「喔，我們正想進這一間呢。」男人微笑說。「可惜妳剛吃飽了，不然可以一起吃。」

「對，對，多可惜……」

「沒關係啦。」女人說著拍拍她的背，「妳能走動走動，能自己出來逛逛也好。」

「呃，其實我……」荷莉再向餐廳門瞄了一眼，祈禱門別開。「對，這樣也好……」她講不下去了。

「原來在這裡啊！」丹尼爾說著走出餐廳。「我還以為被妳甩了咧。」他微微摟了荷莉的肩膀一下。

荷莉對他無力一笑，然後轉頭面對這一對夫妻。

「喔，對不起，我剛沒看見兩位。」丹尼爾轉頭對他們微笑。

他們瞪著他，目光冰冷無情。

「呃……丹尼爾，這兩位是茱蒂絲和哈洛德，傑瑞的父母親。」

第四十章

荷莉猛按車子的喇叭，咒罵前面的駕駛。她暴跳如雷。她氣自己昨晚居然在那種場面被公婆撞見。她氣自己不巧被撞見，而那種場面又沒什麼見不得人。然而，她更氣自己的是，明明整晚喜歡和丹尼爾共進晚餐的感覺，兩人又沒瓜沒葛，她卻覺得兩人的關係沒那麼單純。而她不應該開心才對，因爲感覺不太對勁，只不過當時感覺很融洽……

她舉起一手來按摩太陽穴。她又在鑽牛角尖了，鑽得頭好痛，而且回家的路上到處塞車，塞得她快抓狂。可憐的丹尼爾，她回想起來很難過。傑瑞的父母親對他很沒禮貌，匆匆結束對話，掉頭就衝進餐廳，拒絕再面對荷莉。唉，爲何偏偏挑荷莉快樂的時候撞見她呢？平常的日子，他們可以登門去看看荷莉有多悽慘，整天過著寡婦服喪的標準生活。結果他們沒見到，現在大概認定媳婦沒有老公反而更幸福。算了，管他們去死，她氣得心想，再次猛按喇叭。號誌燈變綠了，爲何每個駕駛都非得要等五分鐘才發動車？

每到一個路口，她都得停下來等綠燈。現在的她一心只想回家發一頓脾氣。在等號誌的時候，她拿起手機，撥電話給珊倫，因爲她知道珊倫能瞭解這種心情。

「哈囉？」

「嗨，約翰，我是荷莉。珊倫在家嗎？」

「對不起，荷莉，她正在睡覺。要緊的話，我可以去叫她，不過她實在是累壞了——」

「不必了，沒關係。」她打斷約翰的話。「我明天再打。」

「重要嗎？」他語帶憂慮。

「不重要。」她輕聲說：「一點也不重要。」說完切掉通話，立刻再撥丹妮絲的號碼。

「哈囉？」丹妮絲嘻嘻笑。

「嗨。」荷莉說。

「妳沒事吧？」丹妮絲又嘻嘻笑著。「湯姆，不要啦！」她低聲說。荷莉聽出自己這通電話打得不是時候。

「對，我還好，只是想聊聊天而已，不過我聽得出妳正在忙。」她強擠出微笑。

「好吧，那我明天再打給妳，小荷。」丹妮絲說。

「好，再——」荷莉還沒講完，丹妮絲就急著掛斷。

她等著號誌轉綠，陷入沉思，最後被後面的喇叭聲嚇了一跳。

她決定回爸媽家跟琦菈訴苦，琦菈一定能讓她破涕爲笑的。正當她把車停在爸媽的房子外面，才想到琦菈已經不住這裡了，頓時熱淚盈眶。她又落單了。

她還是按電鈴，應門的人是笛坎倫。

「妳怎麼搞的？」

「沒事。」她爲自己感到難過。「媽媽在哪裡？」

「在廚房，跟爸爸在開導理查。妳暫時別去找他們。」

「喔……好……」她不知所措了。「你在忙什麼？」

「只是看看今天拍的東西。」

「是那部遊民的紀錄片嗎？」

「對，要不要一起看？」

「好。」她面帶感激的微笑，在沙發坐下。看了幾分鐘，荷莉又掉淚了，不過這次淚水不是爲自己而流。笛坎倫在都柏林街頭訪問了一個悲慘無比的遊民，過程感人肺腑。她這才理解到，這世上比她悽慘幾倍的人比比皆是，她只不過是跟丹尼爾走出餐廳突然被公婆撞見，相形之下更顯得不足掛齒。

「笛坎倫，拍得好感人喔。」看完後她擦乾眼睛。

「謝謝。」他靜靜說，退出錄影機裡的帶子，放進包包。

「你不滿意？」

他聳聳肩。「訪問到那樣的人，一天下來，拍得再好也高興不起來，因爲他講的內容要夠慘，不然拍不成精彩的紀錄片。也就是說，他越悽慘，我就越有福氣。」

荷莉聽得興味盎然。「不對，笛坎倫，我不贊同你的看法。我認爲你拍的紀錄片對他未來會產生影響，因爲觀眾看了會想幫助遊民。」

笛坎倫只是聳聳肩，「也許吧。不管了，我想去睡覺，今天累斃了。」他拿起包包，離開前親吻大姐的額頭一下，讓荷莉眞心感動。寶貝弟弟終於長大了。

荷莉看了一下壁爐架上的時鐘，發現時間已近午夜十二點。她伸手從包包取出傑瑞十月的信封。這封拆開之後，她只剩下兩封信，而她畏懼無信可拆的那一天。她再一次以手指摸摸信封上的字，然後才拆封。荷莉取出信封裡的卡片，發現裡面還有另一張，兩張卡片中間夾了一朵乾燥花，花朵飄落在她的大腿上。是一朵脆弱的小向日葵，是她的最愛。同樣掉在她大腿上的還有一小包東西。她很好奇，看了又看，發現裡面包的是葵花籽。她以顫抖的手指撫摸著輕巧的花瓣，不希望把花瓣碰斷。傑瑞寫的是：

向日葵一朵，獻給我的向日葵，照亮妳最痛恨的陰沉十月天。多種幾粒，企盼溫煦艷麗的夏季降臨。

PS. 我愛妳……

再 PS. 勞駕妳把這張卡片轉交給約翰。

荷莉拾起掉在腿上的另一張卡片，在笑與淚之間閱讀裡面的字。

約翰：

祝你三十二歲生日快樂。

好友，你越來越老了，不過我希望你今後還有過不完的生日。保重了，好好享受人生，幫我照顧我老婆和珊倫。現在換你當家了！友誼無限。

好友傑瑞敬上

看吧，我沒有食言……

荷莉讀了再讀，不放過傑瑞的每一個字。她坐在沙發上，彷彿坐了好幾個鐘頭，想著約翰接到好友的來信該有多高興。她也想到自己過去幾個月變了好多。工作方面，她絕對是有長足的進步，而她很自豪的是自己能堅守崗位。每天關掉電腦離開辦公室，她心中會洋溢著滿足感，她很喜歡那種感覺。傑瑞督促她要勇敢，鼓勵她找一份較富人生意義的工作，而不是有薪水可領的工作就好。如果傑瑞還在，她就沒有必要更上一層樓了。沒有他的人生固然空虛，卻也爲她自己騰出不少空間。只不過，如果能換回傑瑞，她願意放棄現在的一切。

可惜由不得她作主。她需要開始思考自己，思考個人的未來，因爲再也沒有人能跟她分擔未來的責任了。

她擦擦眼淚，從沙發上站起來，腳步多了一份輕盈。她輕輕敲著廚房的門。

「進來。」母親伊莉沙白大喊。

荷莉走進去，看見父母親和理查握著茶杯同坐一桌。

「喔，哈囉，女兒。」母親高興地說，起身擁抱她，親她一下。「怎麼沒聽見妳進家門？」

「我已經坐了差不多一個鐘頭了，剛才在看笛坎倫拍的紀錄片。」荷莉滿臉笑容，好想輪流抱抱家人。

「拍得很棒吧？」父親法蘭克也站起來迎接大女兒。

荷莉點頭坐下。「你找到工作了沒？」她問理查。

他難過地搖搖頭，像是要哭了似的。

「我找到了。」荷莉說。

他望著妹妹，表情憤慨，痛恨她怎麼能講這種話。「那又怎樣？我早就知道了。」

「不對啦，理查。」她微笑說：「我是說，我找到一個工作給你。」

「妳什麼？」

「別裝聾喲。」她奸笑。「我老闆禮拜一會打電話給你。」

他的臉皮垮了下來。「唉，荷莉，妳的好意我心領了，可惜我對廣告業沒興趣。我的興趣是在科學。」

「以及園藝。」

「對，我喜歡園藝。」他一臉困惑。

「所以我老闆才想打電話找你，請你幫他整理院子。我跟他說，你只收他五千，希望你滿意這個價碼。」她微笑，理查的下巴合不攏了。

他啞然無語，荷莉只好繼續講。

「你的名片在這裡。」說完遞給大哥一大疊她自製的名片。

理查與父母親拿起名片，默默讀著上面的字。

理查突然爆笑，從椅子上跳了起來，牽著荷莉一起在廚房跳舞，父母親也邊看邊歡呼助興。

「喔，對了。」理查說著平靜下來，再看名片一眼，「妳把園丁這個單字拼錯了。」他慢條斯理說：「不是gardner，而是gardener，中間缺了一個e，懂嗎？」

荷莉停下舞步，嘆了一口挫折的氣。

第四十一章

「好，這是最後一件了，我保證，姐妹們！」丹妮絲高喊著，胸罩跟著從更衣室的門上面飛出來。

珊倫和荷莉呻吟著，再度癱倒在椅子上。

「妳一個鐘頭之前也這樣講。」珊倫抱怨著，踢掉自己的鞋子，揉揉發腫的腳踝。

「對，不過這一次是眞的，我對這件禮服眞的有好感。」丹妮絲滿腔興奮說。

「這句話，妳一個鐘頭前也講過了。」荷莉嘟囔著，向後仰頭靠在椅背上，閉目養神。

「妳可別睡著喲。」珊倫警告荷莉，立刻把她嚇得撐開眼睛。

她們被丹妮絲拖著走遍了全市的婚紗店，走得筋疲力竭，心情浮躁，再也無法忍受。她們先前還算爲丹妮絲高興，但隨著丹妮絲試過一件又一件禮服，她們已經擠不出一滴快樂了。如果丹妮絲再發出那種惹人厭的尖叫聲，荷莉就要……

「喲，我好愛這件！」丹妮絲尖叫。

「好了，我們這麼辦吧。」珊倫悄悄對荷莉說。「如果她這次走出來，就算穿得像擺在腳踏車打氣筒上面的蛋白酥皮點心，我們也稱讚她好美。」

荷莉嘻嘻笑。「喂，珊倫，我們怎麼可以？」

「喲，等妳們看見就知道！」丹妮絲又尖叫了。

「呃，我同意……」荷莉以悲哀的眼神望向珊倫。

「穿好了，妳們準備好了沒？」

「好了。」珊倫意興闌珊地嘟囔。

「全新登場！」丹妮絲走出更衣室，荷莉的眼睛瞪大了。

「這穿在妳身上眞好看。」店員驚呼。她一直在旁邊侍候。

「唉，別講了！」丹妮絲叱喝。「妳一點忙也沒幫我！我每試一件，妳全說好看。」

荷莉凝視著珊倫，拿不定主意，盡量別被珊倫的表情逗笑；珊倫臭著臉，好像空氣瀰漫著臭味。

珊倫翻翻白眼，低聲說：「丹妮絲難道沒聽過，店員賣衣服可以抽成？」

「妳們兩個講啥悄悄話？」丹妮絲問。

「喔，只是在稱讚妳好漂亮。」

荷莉對珊倫皺眉。

「是嗎？妳們喜歡？」丹妮絲又尖叫了，荷莉蹙眉不語。

「喜歡。」珊倫又講得意興闌珊。

「確定嗎？」

「確定。」

「湯姆看見我穿這樣，從教堂走道的另一邊走過來，他會覺得幸福嗎？」丹妮絲甚至走起婚禮的行進步伐，方便姐妹淘想像。

「會。」珊倫成了應聲蟲。

「可是，妳確定嗎？」

「確定。」

「妳覺得花這麼多錢値得嗎？」

「値得。」

「眞的嗎？」

「眞的。」

「皮膚多曬一點，穿這件比較好看吧？」

「對。」

「喔，穿這樣的話，屁股會不會看起來好大一團？」

「會。」

荷莉訝然看著珊倫，發現珊倫根本連問題都懶得聽了。

「可是，妳確定嗎？」丹妮絲繼續問，顯然連答案也聽不進去。

「對。」

「所以，我該買這一件囉？」

荷莉以爲店員會樂得雀躍，歡呼著「買呀！」可惜她勉強壓抑住喜悅之情。

「不要！」荷莉趕在珊倫應聲之前搶答。

「不要？」丹妮絲問。

「不要。」荷莉證實。

「妳不喜歡這件？」

「不喜歡。」

「是不是嫌這件讓我顯得胖？」

「不是。」

「妳覺得湯姆會不會喜歡？」

「不會。」

「可是，妳覺得這價格公道嗎？」

「不覺得。」

「唉。」她轉向珊倫。「妳同不同意荷莉的意見？」

「同意。」

店員翻翻白眼，改去招呼別的顧客，希望運氣變好。

「那好，我信任妳們兩個。」丹妮絲難過地說，再對鏡子裡的自己看最後一眼。「老實講，我自己也不是那麼喜歡。」

珊倫翻白眼，再把鞋子穿上。「丹妮絲，妳剛說這是最後一件，別耍賴了，我們趕快去吃飯，不然餓死了我可是一屍兩命喲。」

「不行，我剛剛的意思是，這件是我在這一家試穿的最後一件。還有好幾間婚紗店沒逛過。」

「才不要！」荷莉抗議。「丹妮絲，我快餓死了，何況看了這麼多婚紗禮服，我漸漸覺得每一件都差不了多少，不休息一下子不行。」

「喂，妳怎麼不為我的婚禮著想，荷莉？」

「對是對，不過……」荷莉盡量找藉口，「珊倫懷了小寶寶。」

「喔好吧，那我們先去吃飯。」丹妮絲難掩失望，走回更衣室。

珊倫以手肘撞荷莉的肋骨。「講那樣？我只是懷孕，又沒有病。」

「我只想得出這個藉口嘛。」荷莉累得說。

三人拖著腳步走進貝利小館，搶到了她們習慣坐的靠窗位子，可以俯視克拉芙街頭。

「唉，我最討厭禮拜六逛街了。」荷莉哀怨說，看著樓下的街頭人來人往，又擠又撞。

「非假日逛街的日子已不復存在，如今的妳不是悠閒貴婦了。」珊倫逗她說，然後拿起總匯三明治往嘴裡塞。

「我瞭解，我逛得好累，不過我覺得這種累是自己走出來的，而不像以前是靠熬夜看無聊節目產生的那種累。」荷莉說得快活。

「妳碰見傑瑞爸媽的那件事，講出來聽聽吧？」珊倫塞了滿嘴的東西說。

荷莉翻翻白眼。「他們對丹尼爾好沒有禮貌。」

「對不起，妳打來的時候我睡著了。假如妳講給約翰聽，他一定會叫醒我。」珊倫道歉。

「別傻了啦，又不是什麼大事，只不過當時心情好差而已。」

「就是嘛，他們又沒權利規定妳能跟誰交往。」珊倫大罵。

「珊倫，我又沒跟他在交往。」荷莉想糾正視聽。「要我開始跟人交往，等二十年再說吧。我跟他只不過吃晚餐談公事而已。」

「哇，吃晚餐談公事！」珊倫和丹妮絲嘻嘻笑。

「本來就是嘛，不過能有人陪伴也不錯。」荷莉承認。「我可不是在怪罪妳們兩個。」她趕緊說，以免她倆有機會爲自己辯護。「我的意思只是，其他人都在忙的時候，能找到人聊聊天也不錯。尤其是男人，妳們能體會嗎？而且，他這個人很好相處，讓我覺得很自在。就這麼簡單。」

「對，我能體會。」珊倫點頭。「妳出去走走，多認識一些人也好。」

「怎樣？妳有沒有打聽到他的背景？」丹妮絲靠向前去，想探聽八卦，兩眼亮晶晶。「那個丹尼爾啊，他是條黑馬。」

「我一點也不覺得他神祕。」荷莉說。「他跟我說，他跟一個女的訂婚過，名叫蘿拉。他說他待過陸軍，幾年之後就辦退伍了……」

「哇，軍人好man，我喜歡。」丹妮絲流起了口水。

「妳也愛電臺主持人。」珊倫補充說明。

「對，當然也愛電臺主持人。」丹妮絲笑著回應。

「我把我對軍隊的想法講給他聽了。」荷莉微笑。

「不會吧！」珊倫笑說。

「什麼意思？」丹妮絲問。

「那他怎麼講？」珊倫不理丹妮絲。

「他只是哈哈一笑。」

「什麼跟什麼嘛！」丹妮絲又問。

「荷莉的軍隊論。」珊倫解釋。

「什麼樣的軍隊論？」丹妮絲惱火了。

「爲和平而戰的說法，簡直像是爲處女而幹。」

三女同聲爆笑。

「對呀，不一樣的是，後者可以連爽幾個鐘頭。」丹妮絲耍嘴皮。

「咦，那妳怎麼還沒變回處女？」珊倫問。

「還沒啦，不過我們可是一抓到機會就苦練喲。」丹妮絲回答，大家又嘻嘻笑成一團。「也好，荷莉，我很高興妳跟他處得來，因爲我們婚禮那天，妳可要陪人家跳舞。」

「怎麼說？」

「是婚禮的傳統啊，男儐相本來就要和伴娘共舞嘛。」她講得眼珠發亮。

荷莉驚呼：「妳要找我當伴娘？」

丹妮絲興奮地點頭。「別擔心，我先跟珊倫商量過了，她說她讓賢。」

「哇，我樂意之至！」荷莉快樂地說。「可是，珊倫，妳確定無所謂嗎？」

「沒關係啦，能當充氣女儐相，我就很高興了。」

「妳才不會像充氣娃娃啦！」荷莉大笑。

「怎麼不會？到時候我懷胎八月，還需要跟丹妮絲借大帳篷來當禮服穿！」

「希望妳可別在我婚禮上開始陣痛。」丹妮絲面露驚恐。

「別擔心，丹妮絲，我可不會在那天跟妳搶鏡頭。」珊倫微笑。「預產期是一月底，在妳的婚禮之後好幾個禮拜。」

丹妮絲的臉色緩和不少。

「喔，差點忘了，我帶了胎兒的相片給大家看！」珊倫好興奮，從包包裡翻出一小張超音波掃描照。

「在哪裡？」丹妮絲皺眉問。

「這邊。」珊倫指著一處。

「嘩！好大隻的一個男娃。」丹妮絲驚叫，同時把相片拿近看個仔細。

珊倫翻白眼。「丹妮絲啊，那是胎兒的腿啦，笨蛋。現在還看不出性別。」

「喔。」丹妮絲臉紅了，「還是要恭喜妳了，珊倫。看起來，妳要生的是小外星人。」

「丹妮絲，少鬧了啦。」荷莉笑說。「我覺得這相片好美。」

「那就好。」珊倫笑瞇瞇，望向丹妮絲，而丹妮絲對她點頭。「因爲我想問妳一件事。」

「什麼事？」荷莉面露憂慮。

「是這樣的，我和約翰想請妳當小貝比的教母，希望妳能答應。」

繼剛才當伴娘的驚喜之後，荷莉再度驚呼，淚水湧進了眼眶。

「喂，找妳當伴娘，妳怎麼沒哭？」丹妮絲氣呼呼說。

「珊倫，我好榮幸！」荷莉說著給朋友一個滿懷抱。「謝謝妳這麼看重我！」

「謝謝妳答應！約翰知道了一定會很高興！」

「喂，妳們兩個可別飆淚喲。」丹妮絲抱怨，但珊倫和荷莉不理她，繼續擁抱。

「嘿！」丹妮絲大喊，震得兩人鬆手跳了一下。

「什麼事?」

丹妮絲指向窗外。「那邊有一家婚紗店,眞不敢相信剛才沒看見!趕快喝,我們去那邊續攤。」她說得興奮,積極的視線從一件禮服跳到另一件。

珊倫嘆氣,假裝昏倒。「我不能去了啦,丹妮絲,我懷孕了……」

第四十二章

「嘿，荷莉，我剛剛動了一下腦筋啊。」愛麗絲對荷莉說。下班時間剛過，兩人在離開之前進了洗手間補妝。

「哎喲，痛不痛？」荷莉逗她說。

「哈哈。」她冷冷地說。「講眞的啦，我剛剛想到這個月號裡的星座運勢，說不定冥冥之中被崔西猜對了喲。」

荷莉翻翻白眼。「怎麼說？」

愛麗絲放下唇膏，在鏡子前轉頭面對荷莉。「她不是說：妳會跟一個膚色健康的高大帥哥交往——」

「我沒有在跟他交往，我們是普通朋友。」荷莉已經解釋過一百萬次。

「隨便妳怎麼講啦。後來呢，她又——」

「我們是普通朋友。」荷莉再說一遍。

「好啦，好啦。」愛麗絲還是不相信她。「後來呢，又說——」

荷莉攢下化妝包。「愛麗絲，我沒有在跟丹尼爾交往。」

「好，好。」她舉起雙手自衛，「我瞭解！妳沒有在跟他交往，請妳別插嘴，聽我講完！」她等著荷莉的心情平復。「好，她後來不是說：妳的幸運日是禮拜二，正好是今天……」

「哇，愛麗絲，好像被妳講中了耶。」荷莉一面諷刺她，一面拿著唇線筆來畫。

「給我聽好！」愛麗絲不耐煩了，荷莉正好閉嘴。「她也說啊，藍色是妳的幸運色，所以今天，是禮拜二，你又被一個膚色健康又高大的帥哥邀請，參加藍岩的發表會。」愛麗絲劃下句點，看樣子很滿意自己的分析。

「那又怎樣？」荷莉並沒有欽佩的表示。

「所以是個好兆頭。」

「所謂的兆頭，還不是因爲我那天正好穿藍色的衣服，被崔西說成我的幸運顏色。而我正好穿那件，還不是因爲我所有衣服都穿髒了。至於禮拜二，她只是隨便挑一天而已。愛麗絲，毫無意義。」

愛麗絲嘆氣。「嗚乎哀哉，信心淡薄之人。」

「假如妳的歪理能信，那就表示布萊恩也會中樂透，會煞到每個女人。」荷莉笑著說。

愛麗絲咬咬嘴唇，一臉怕挨罵的模樣。

「怎麼了？」

「呃，布萊恩今天玩刮刮樂，中了四歐元。」

「萬歲。」荷莉歡呼。「可惜，另外一個問題是，至少要有人覺得他很帥。」

愛麗絲默然不語。

「又怎麼了？」荷莉質問。

「沒事。」愛麗絲聳聳肩，面帶微笑。

「不會吧！」

「不會怎樣？」愛麗絲喜上眉梢。

「妳該不會喜歡他吧？不可能吧！」

愛麗絲聳聳肩。「他其實人不錯啦。」

「完了！」荷莉雙手摀臉。「妳爲了證明崔西神準，居然作賤自己。」

「我才不是想證明什麼給妳看。」愛麗絲笑說。

「怎麼會？我才不相信妳看上了布萊恩！」

「誰看上誰？」崔西走進洗手間。

愛麗絲對荷莉猛搖頭，乞求她別大嘴巴。

「喔，沒啦。」荷莉喃喃說，驚訝地凝視著愛麗絲。布萊恩是低級男人當中最低級的一個，愛麗絲看上他哪點？

「對了，妳們聽說了沒？布萊恩今天玩刮刮樂中獎了。」崔西從隔間裡說。

「我們剛剛才講到這件事。」愛麗絲笑著說。

「搞不好，我眞的有預言的能力喲，荷莉。」崔西冷笑著說，按下馬桶沖水鈕。

愛麗絲對著鏡子裡的荷莉眨眨眼，荷莉則忙著走出洗手間。「愛麗絲，快啦，再不過去，那個攝影會發飆喲。」

「那個攝影已經來了。」愛麗絲解釋，一面塗上睫毛膏。

「他在哪裡？」

「女的才對。」

「好吧，那女攝影在哪裡？」

「就是在下！」愛麗絲從包包取出照相機。

「攝影就是妳？」荷莉笑著。「至少報導一登出來，我們兩個可以同步失業。」

在賀根，荷莉與愛麗絲穿越人群，上樓至女伶，來到門口時荷莉驚呼一聲。一群年輕的肌肉猛男只穿泳褲，正在敲夏威夷鼓歡迎來賓。有幾位瘦得皮包骨的女模特兒穿著清涼的比基尼，在門口爲她們戴上五顏六色的美麗花環。

「感覺好像去了夏威夷。」愛麗絲嘻嘻笑著，拿起相機拍個不停。進了女伶，她驚叫：「哇，天啊！」裡面已經脫胎換骨了，荷莉幾乎認不出這地方，中間設計了一個很大的瀑布，湛藍色的水從岩石傾瀉而下。

「哇，妳看，藍岩！」愛麗絲笑說：「很厲害嘛。」

荷莉面帶微笑；她眞的缺乏記者應有的觀察力。不經愛麗絲解釋，她還不明瞭藍水代表的就是飲料本身。丹尼爾對這個佈景的事隻字未提，因此她寫好的稿子只好再修改一下，明天才能交給克理斯。她東張西望尋找丹妮絲和湯姆，看見丹妮絲在照相機前伸出手，炫耀著亮晶晶的訂婚戒指。荷莉看見這對名人檔很高興。

女伶的工作人員也穿上比基尼和泳褲，分站入口處兩旁，端著一盤盤藍色的飲料。荷莉端走一杯，喝了一口，覺得甜膩難喝，看見有攝影師正在拍她，臉色盡量別變得太難看。正如丹尼爾說的，地板上鋪了一層沙子，佈置成沙灘宴會的環境，每桌也插了一支大竹傘。吧台椅是大定音鼓，空氣瀰漫著令人垂涎的烤肉香。荷莉看見服務生端著燒烤的食物到各桌去，口水差點流下來。她衝向最近的一桌，自己拿了一根烤肉串，咬下一大口。

「喔，原來妳肯吃東西。」

荷莉發現丹尼爾站在眼前。她細嚼慢嚥，吞下烤肉。

「嗯，哈囉。我一整天沒吃東西，所以餓昏了頭。這地方佈置得好棒嘛。」她說著環視周遭，急著轉移他的眼光，以免被他看見吃相。

「對，還好佈置出氣氛來了。」他面露欣喜。丹尼爾比工作人員穿得多一些些：他穿褪色的藍色牛仔褲和藍色夏威夷衫，衣服上有大朵的粉紅花和黃花。他還是沒刮鬍子，荷莉心想，跟他接吻的話，一定會被尖尖的鬍碴刺得很痛苦吧。她當然不想跟丹尼爾接吻，她想的是別的女人……想這個做什麼呢？

「嘿，荷莉！讓我幫妳跟大帥哥拍一張合照。」愛麗絲拿著照相機衝過去喊叫。

荷莉呆若木雞。

丹尼爾笑了。「妳應該常常帶朋友來才對。」

「她不是我的朋友。」荷莉咬牙切齒說，在丹尼爾身邊擺姿勢。

「等一下。」丹尼爾伸手遮住照相機的鏡頭，從桌子拉來餐巾，幫荷莉擦掉臉上的油漬和烤肉醬。被他這麼一碰，荷莉的皮膚發麻，一陣暖流竄遍全身，她勸自己相信是因爲不停臉紅的緣故。

「擦掉了。」他面帶笑容對她說，然後一手摟著她，面對照相機。

拍完了，愛麗絲蹦跳而去，繼續獵取四周的鏡頭。荷莉轉向丹尼爾。「那天晚上的事很抱歉，傑瑞的爸媽對你太沒有禮貌了。不好意思，讓你心裡不舒服了。」

「唉，荷莉，妳不需要抱歉啦。其實根本沒啥好道歉的。我只爲妳覺得不太自在。妳跟誰交往是妳的自由，他們沒有權利干涉。所以說，如果妳在擔心我，其實沒有必要擔心。」他微笑著，雙手搭在她的肩膀上，彷彿還有話沒講完，這時吧台有人對他喊話，於是他衝過去化解疑難。

「可是，我又沒在跟你交往。」荷莉喃喃自語。如果她連對丹尼爾都要說明這一點，他們之間確實出了問題。那次晚餐的目的單純，她希望丹尼爾別誤會了。撞見傑瑞父母之後，丹尼爾幾乎天天打電話給她，她也發現自己很期待接他的電話。她的腦海深處又出現隱隱絮叨的聲音。荷莉走向丹妮絲，跟她一同坐在躺椅上，啜飲著藍色的汽水酒。

「對了，荷莉，我幫妳救回了那個。」她指向放在角落的氣墊筏，兩人嘻嘻笑了起來，回憶起出國度假時的鬼門關之旅。

「這種冬天的熱門新飲料，妳們覺得如何？」

丹妮絲翻翻白眼。「難喝。我只喝了幾口，頭就已經開始暈了。」

愛麗絲奔向荷莉，拖了一位只穿小短褲的魁梧肌肉猛男。他的二頭肌足足有愛麗絲的腰那麼粗。她把相機遞給荷莉。「幫我們兩個拍一張，好嗎？」

荷莉並不認爲克理斯要她拍的是這種相片，但她還是照愛麗絲的意思去做。

「放在公司電腦的螢幕保護程式裡面。」愛麗絲向丹妮絲說。

荷莉玩得很高興，和丹妮絲與湯姆有說有笑的，愛麗絲則東奔西跑，忙著拍攝每一位養眼的男模。荷莉看見湯姆，不禁心生愧疚，覺得自己幾個月前在卡拉ＯＫ競賽時不應該那麼討厭湯姆。他是個溫柔的男人，和丹妮絲算是金童玉女的一對。荷莉幾乎沒機會跟丹尼爾聊天，因爲他忙著擔任盡職經理人的角色。

她看著丹尼爾對部屬發號施令，部屬聽了立刻去辦事，顯然對丹尼爾極爲尊敬。他辦事有效率。每次荷莉看見他走過來，中途就會殺出別人，攔下他聊天。多半時候，擋他的是骨感的比基尼女郎。荷莉越看越煩，索性不看。

「我不知道怎麼寫這篇報導。」荷莉對愛麗絲抱怨，這時兩人走進戶外的冷空氣。

「別擔心，荷莉，妳辦得到的，只有八百字嘛，對不對？」

「對，只有。」她語帶嘲諷。「告訴妳好了，我幾天前就打好了草稿，因爲我跟丹尼爾要到了一大堆資料。不過，剛才實地看了一下，覺得稿子非大翻修不行。要寫出這份草稿已經折騰得我半死了。」

「妳是眞的在擔心，對不對？」

荷莉嘆氣說：「愛麗絲，我的文筆不行。我從小就沒辦法組織文字，也沒辦法一五一十描述事物。」

愛麗絲沉思著。「草稿放在辦公室嗎？」

荷莉點頭。

「這樣吧，我們現在過去，妳拿稿子給我看看，有必要的話，說不定我能幫妳修改幾個地方。」

「哇，愛麗絲，太感謝妳了！」荷莉說著抱住她，如釋重負。

隔天，荷莉站在克理斯面前，緊張不已，看著他閱讀報導。他翻到下一頁，臉色依舊難看。愛麗絲不僅僅修改了幾個地方，簡直是重新寫過一遍，荷莉讀了覺得棒透了。她認爲愛麗絲寫得既風趣又能傳達訊息，而且把現場描寫得準確無誤。愛麗絲的文筆絕佳，荷莉搞不懂爲什麼她還在坐櫃檯，而不是升任跑新聞的記者。

最後，克理斯讀完了，緩緩摘下眼鏡，抬頭看著荷莉。荷莉把雙手放在大腿上絞扭著，總覺得像剛剛考試作弊而心虛。

「荷莉，妳何必拉廣告呢？我實在不懂。」克理斯終於說。「妳的文筆太好了，我很喜歡這篇報導！寫得三八又搞笑，同時傳達了訊息。寫得很棒。」

荷莉無力一笑。「呃……謝謝。」

「妳很有才華，我不敢相信妳居然藏著不讓我知道。」

荷莉乾脆把微笑貼在臉皮上。

「偶爾讓妳寫一兩篇，妳覺得怎樣？」

荷莉的臉皮僵了。「嗯，克理斯，我對廣告方面的業務比較有興趣。」

「喔，那當然，妳寫稿子的話，我會幫妳另外加薪。不過，如果我們下次又派不出人手的時候，至少我知道雜誌社裡還有個文膽可用。寫得好，荷莉。」他對荷莉淺笑，伸出一手。

「呃……謝謝。」荷莉又說，握手時纖弱無力。「我該回去上班了。」她從椅子上站起來，僵著兩條腿走出辦公室。

「怎樣，他喜不喜歡？」愛麗絲在走廊上邊走邊大聲問。

「呃……他喜歡。他要我再多寫幾篇。」搶了愛麗絲的功勞，荷莉感覺過意不去。

「喔。」愛麗絲不想正眼看她。「妳好幸運。」她繼續走向自己的辦公桌。

第四十三章

丹妮絲用臀部把收銀機的抽屜推進去，把收據交給顧客。「謝謝。」她微笑說。一見客人轉身離開櫃檯，她的笑容瞬間消失無蹤。收銀機前的顧客大排長龍，她看了大聲嘆息。看樣子，她非得在收銀機後面站一整天了，而她的菸癮又犯，好想出去抽根菸，可惜她絕對走不開，只好心不甘情不願抓起下一位顧客想買的衣服，除去標籤，掃描之後包起來。

「對不起，妳是丹妮絲．韓尼士嗎？」她聽見一個低沉的嗓音，所以抬頭看看有磁性的聲音來自何方。她看見眼前來了一位警察，不禁皺眉。

她遲疑著，極力回想這幾天有沒有犯過法，怎麼想也想不出來，所以滿意地微笑，回答說：「對，我就是。」

「我是警察萊恩，麻煩您跟我到警察局去一趟。」

這話是直述句而非疑問句，丹妮絲震驚得合不攏嘴，剎那間這位警察不再是型男，如今散發出狠毒的訊息：「把她終身監禁在小牢房裡，換上鮮橙色的囚衣和吵死人的夾指拖鞋，洗澡沒熱水，也不准化妝。」丹妮絲乾嚥一口水，想像自己進了監獄，在放風場塗了睫毛膏，一群看她不順眼的悍婦憤而圍毆，獄卒卻袖手旁觀，而且還紛紛下賭注賭誰會贏。

她再吞一次口水。「爲什麼？」

「如果妳照我講的話去做，到了警察局，妳就能瞭解事情的全貌。」他繞過櫃檯，丹妮絲慢慢後退，看著大排長龍的顧客，眼神無助。但大家也只能乾瞪眼，靜候眼前的這幕好戲上場。

「查查看他的證件啊，小姐。」一位顧客從隊伍最後面高喊。

丹妮絲以抖音要求警察出示證件。再怎麼看也沒用，因爲她從來不曉得警察證長什麼樣子，對方拿的是假證件她也無從分辨。她接下證件，手一直抖，看了證件半天卻一個字也看不進去。大群顧客和員工紛紛圍觀，面帶嫌惡，看得她恨不得鑽進老鼠洞。大家共同的想法是：她犯了罪。

丹妮絲心橫了，拒絕束手就擒。「你不講明白，我就不跟你走。」

警察又繼續走向她。「韓尼士小姐，如果妳配合一下，我就用不著這個。」說著從長褲口袋掏出一副手銬。

「可是，我什麼壞事也沒做過啊！」她抗議，開始心慌了。

「到警察局再說吧。」他動了肝火。

丹妮絲雙手抱胸，以示強悍的決心。「我說過，你不講明白，我就不跟你走。」

「好吧。」他聳聳肩，「既然妳這麼堅持……」他的嘴巴一張一合，丹妮絲覺得手腕被冷冰冰的手銬銬上，縱聲大喊。她以前也算是戴過手銬，所以這種滋味並不令她驚訝，但是她現在驚嚇過度，講不出話來。

「祝妳好運，小姐。」同一位顧客又說，看著她被警察帶著走過隊伍。「如果妳被關進喬依山監獄，記得跟我的歐拉問好，跟她說我耶誕節會去探監。」

丹妮絲瞪大了眼睛，腦海浮現了自己在牢房裡踱步，牢友是無情殺人魔。說不定她能撿到一隻翅膀斷掉的小鳥，幫牠療傷，然後教牠怎麼飛，靠著小鳥的陪伴度過苦牢的歲月，就像那部電影演的一樣……

（譯註：這裡指的是《阿卡翠斯的鳥人》，一九六二年。）

被警察帶上克拉芙街的時候，丹妮絲的臉火紅，路人一見警察押了一個冷血罪犯，馬上走避。丹妮絲低頭注視著地面，希望別被她認識的人看見。她的心狂跳，興起了脫逃的念頭，匆匆環視四周，尋找逃逸路線，無奈警察已經帶她走到了一輛廂型車，她只好打消逃脫的念頭。廂型車漆上了代表警察的藍色，車窗貼了黑膠紙。丹妮絲被押進前座，雖然隱約察覺後面也坐了人，卻只能嚇得僵著身體坐好，不敢回頭認識未來的牢友。她把頭靠向車窗，默默對自由說再見。

「妳想載我們去哪裡？」她問開車的女警，萊恩不理丹妮絲，繼續凝視前方。

「喂！」她大喊。「走錯了！你們不是要帶我回警察局嗎？」

男警和女警仍然凝視著前方。

「喂！要載我去哪裡？」

沒有回應。

「我又沒有做壞事！」

仍然沒有回應。

「我沒犯法啦，可惡！告訴你們，我沒有罪！」

丹妮絲開始踹前面的椅子，逼警察回應。女警把錄音帶推進卡匣裡，開始播放音樂，丹妮絲氣得更加熱血沸騰。女警選的歌卻讓丹妮絲聽得目瞪口呆。

男警轉頭，滿臉奸笑。「丹妮絲，妳這女孩子最近非常調皮。」他站起來，走到丹妮絲的前面，開始隨著〈熱勁〉的音符扭腰擺臀，她看得直嚥口水。

她正想朝男警的胯下狠狠踹一腳，這時聽見後面響起爆笑如雷的聲音，轉身一看，發現了她自己的姐妹、荷莉、珊倫以及五位朋友，一個個從廂型車的地板上直起腰來。她的姐妹為她的頭蒙上薄紗，尖叫著：「母雞派對快樂！」她才搞清楚狀況。

「唉，妳們這些母狗！」丹妮絲臭罵她們，搬出了全套三字經來罵人還嫌不夠，再自創幾個來補罵。

眾女繼續捧腹大笑得前仰後合。

「沒被我踹到蛋蛋，算你走運了！」丹妮絲對扭臀的男警察大罵。

「丹妮絲，他叫肯恩。」妹妹菲歐娜笑著介紹，「他是妳今天的脫衣猛男。」

丹妮絲瞇起眼皮，繼續咒罵，「害我差點心臟病發作了，希望妳們知道！我還以為非進監獄不可了！我的天啊，一定會被客人想歪了。還有，我的員工！」丹妮絲閉上眼睛，彷彿痛苦難耐。

「我們上個禮拜就通知員工了。」珊倫嘻嘻笑。「她們全體配合演出。」

「可惡，那些小賤貨。」丹妮絲又罵。「等我回去上班，她們等著全部被開除。顧客呢，怎麼辦？」

丹妮絲心慌慌。

「別擔心了。」菲歐娜嘻嘻笑，「我們跟員工串通了，等妳一被帶走，馬上跟顧客說明這是母雞派對的戲碼。」

丹妮絲翻翻白眼，「算了吧，我對她們最清楚了，她們一定會故意不說明。如果她們沒有說明，我一定會被客人申訴。如果有人申訴，我這條魷魚是被炒定了。」

「丹妮絲！少在那邊窮著急了！妳該不會以為，我們搞這種把戲之前不會先徵求妳老闆的同意？不會有事的啦!」菲歐娜解釋。「妳老闆還覺得很好玩哩。好了,放輕鬆,好好享受這個週末。」

「週末?妳們想帶我去哪裡?我們要去什麼地方?」丹妮絲看看周遭的好友,心頭一驚。

「只能跟妳說:我們要去哥耳威。」珊倫故作神祕。

「要不是我被銬住了,看我不各賞妳們一個耳光才怪。」丹妮絲恫嚇。

在眾女的歡呼聲中,肯恩剝掉了制服,在身上淋了嬰兒油,請丹妮絲幫他抹一抹。

「穿制服的男人光溜溜一身反而好看太多了……」丹妮絲喃喃說,看著猛男伸縮肌肉給她觀賞。

「幸好她被銬住了,肯恩,不然你的麻煩就大條了!」眾女逗他說。

「果然很大條。」丹妮絲又喃喃說,看著僅存的衣物離身,瞠目結舌。「哇,姐妹們!太感謝妳們了!」她嘻嘻笑,嗓音跟剛才截然不同。

「荷莉,妳沒事吧?」珊倫端了一杯香檳給她,自己則喝柳橙汁。「上車之後,妳幾乎一句話也沒說。」

荷莉轉頭看窗外,凝視著掠過車窗的青翠原野。丘陵點綴著白色的小點,原來是綿羊,勇敢向上爬升,對美景渾然不覺。井然有序的石牆分隔出原野,車上的人看得見灰色的線條縱橫原野數哩,連接了每一片土地,切割成拼圖的圖樣。荷莉的心境也像拼圖,其中卻缺了幾塊。

「對。」她嘆氣說:「我還好。」

「喂,我眞的非打電話給湯姆不可!」丹妮絲抱怨著,一頭栽在旅館的雙人床上。她和荷莉同睡一張床,旁邊另有一張單人床,珊倫已經睡得不省人事。剛才眾女借酒裝瘋,她越看越沒意思,於是早早上床。

「她們嚴格規定過，不准妳打電話給湯姆。」荷莉打呵欠說。「這個週末嚴禁男色。」

「哎喲，拜託。」丹妮絲嗚咽著。

「不准，我要沒收妳的手機。」她搶走丹妮絲手裡的行動電話，藏進床邊的櫃子裡。

丹妮絲一副快哭了的模樣，看著荷莉躺回床上，閉起眼皮。丹妮絲開始研擬計畫，想趁荷莉睡著了再打電話給湯姆。荷莉整天不愛講話，丹妮絲越看越心煩。不管丹妮絲問她什麼，她都拿「是」或「不」來敷衍。無論想跟她聊什麼話題，一概碰釘子。顯而易見的是，荷莉一點也不開心，但真正讓丹妮絲心煩的是，荷莉根本連試也不願意試試看，連假裝也不肯。她能理解荷莉心情不好，也知道荷莉現階段有很多心事，但是今天畢竟是她的母雞派對，她忍不住覺得整個氣氛被荷莉搞砸了。

即使閉上了眼睛，房間好像還是在旋轉，荷莉無法入睡。時間已經是清晨五點，表示她已經連續喝酒喝了將近十二個鐘頭，現在頭疼欲裂。她覺得反胃，四週的牆壁轉呀轉個不停。她在床上坐起來，盡量撐開眼皮，以避免暈眩。

她轉頭面對床上的丹妮絲，想跟她講講話，一陣陣鼾聲卻終結了溝通的念頭。荷莉嘆了一口氣，環視整個房間。她渴望回家睡在自己的床鋪。黑暗中，她在床單上摸索著遙控器，然後打開電視，盡是購物節目。荷莉看著主角展示一種新型菜刀，切柳橙的時候不至於被濺得滿臉都是。她也看到一種神奇的襪子，再怎麼洗也不會消失在洗衣機裡。

丹妮絲的鼾聲很大，翻身的時候踹了荷莉的小腿背一腳，荷莉痛得揉揉腿，看著珊倫想翻身趴睡，卻怎麼趴也趴不好，最後只好側睡。荷莉很同情她。

荷莉衝向浴室，低頭看著馬桶，等著無可避免的一刻到來。她但願自己沒喝那麼多。無奈大家滿口是婚禮、老公、幸福快樂，她只能點遍全酒吧的酒來麻醉自己，以免大罵所有人閉嘴。她好怕想到接下來的兩天會怎麼過。丹妮絲的死黨比丹妮絲加倍可怕，既長舌又人來瘋，完全符合母雞派對週末的需求，可惜荷莉沒力氣陪她們狂歡。至少珊倫還能拿身孕當擋箭牌，可以假裝身體不適或是體力不支。荷莉則找不到藉口，只能怪自己變成了徹底的掃興婆，但是這個藉口她要省著用，只能在眞正需要的時候搬出來。

荷莉自己的母雞派對彷彿近在昨天，其實卻遠在七年多以前。那一天，她跟死黨飛去倫敦，狂歡了一個週末，後來卻好懷念傑瑞，結果每隔一個小時就打電話給他。當時的她好期待將來，當時的未來多亮麗。

當時的她即將嫁給夢中情人，與他白頭偕老。母雞派對的期間，她不停倒數著回家的時刻。她在回都柏林的班機上好興奮，雖然小倆口只分開幾天卻感覺恍若隔世。傑瑞去機場接機，手裡拿著一大塊標語，上面寫著「我未來的嬌妻」。她一看見傑瑞，立刻丟下行李，飛奔投入他的懷抱，摟得好緊好緊。當時的她永遠也不想鬆手。她現在憤憤不平地心想，想抱另一半隨時能抱的人多有福氣。機場重逢的那一幕宛如電影的情節，卻是眞眞切切的一幕：感覺假不了、情緒假不了、愛也假不了，因爲全是眞實生活中的情景。如今，對她而言，眞實生活已經成了惡夢一場。

沒錯，每天早上她總算能逼自己下床了；沒錯，多半時候，她能設法逼自己穿好衣服。沒錯，她找到新工作，能認識新朋友；沒錯，她終於又開始買菜來養活自己。然而，上述這些成就並沒有讓她欣喜若狂。這些事情只是日常生活，只是列在一張「正常人做的事情」的清單上，等著她每做一個就在上面打勾。這些事情做再多，也無法填補她內心的缺口。她覺得自己的身體也像一幅大拼圖，就像以優美的灰石牆將整個愛爾蘭連接起來的綠色原野一樣。從角落和四邊開始拼比較容易，所以她從這裡開始拼拼湊湊。拼完了周圍，比較難拼的中間缺了好幾個洞。而最難填補的是她心中的那一塊，因爲她現在還沒找到。

荷莉大聲清一清喉嚨，假裝猛咳一陣，希望吵醒珊倫和丹妮絲來跟她聊天。她好想訴苦，好想大哭，好想抒發滿腔的哀怨和失望。然而，她已經跟珊倫和丹妮絲訴苦無數次，能講的全講光了，她們能提供的建議也早就講完了。自從那次出國度假之後，荷莉變得比較能對死黨講心事，現在卻覺得自己反覆吐的苦水都是同樣的幾灘。有時候，她們眞的能疏導她，她會覺得積極向上又有自信，幾天之後卻又跌回絕望的山谷。

吵不醒她們，也盯厭了房間的四面牆，荷莉只好隨便穿上運動服，下樓去旅館的吧台。

查理忙著擦吧台，聽見酒吧後半部的一桌又傳來爆笑，忍不住翻翻白眼。他看看手錶，五點半了，他迫不及待想回家。母雞派對的那群散攤的時間比他預期的早，他直呼走運，正想清理現場回家時，怎知道又來了一票客人，而且一坐就不走。跟這票人比較起來，他倒希望母雞派對的女生繼續軋酒，而不願招呼這票踐客人。這些人根本不是旅館的房客，但是他怠慢不得，因爲這群人當中有旅館老闆的千金和她的朋友。

「妳還想再喝嗎？不會吧！」酒保查理笑著說。他看見母雞派對的女人之一走進酒吧，往吧台前進，想坐上高腳椅的時候還撞到牆。查理差點笑出來。

「我只是下樓來討一杯水。」她打了一個嗝。「天啊。」她哀嚎，看見自己在吧台上方鏡子裡的德性。查理不得不承認的是，她的模樣的確嚇人：有點像他老爸農場上的稻草人。她的頭髮像乾草梗，朝四面八方豎起來，睫毛膏花掉了，形成了黑眼圈，牙齒也被葡萄酒浸成了紅色。

「給妳。」查理端了一杯水，放在她面前的啤酒墊上。

「謝謝。」她把一指伸進杯子，沾水擦掉睫毛膏，也把嘴唇上的紅酒痕抹掉。

查理開始呵呵笑，她瞇眼注視他的名牌。

「有什麼好笑的，查理？」

「我還以爲妳口渴才討水喝。要擦臉的話，妳講一聲，我乾脆拿面紙給妳。」他咯咯笑。

她的臉綻放微笑，五官也柔和了不少。「我覺得冰水和檸檬對我的皮膚很好。」

「哇，這偏方我倒沒聽過。」查理繼續擦拭吧台。「妳們女生今晚玩得開心嗎？」

荷莉嘆了一口氣。「大概吧。」她已經不常用「開心」兩字來形容自己了。整個晚上，只要有人講笑話，她就盡量陪笑，也爲丹妮絲感到高興，然而她覺得自己是人在心不在。她感覺像班上的那個害羞的女生，每天光坐在那裡，從不吭聲，也沒有人主動找她講話。荷莉認不得自己變成了什麼人；每次出去玩，她總是不停看時鐘，希望時間快快流走，好讓她早一點回家上床。她多想停止這種心願，好好享受眼前的時光。

「妳還好吧？」查理停止擦吧台的動作，觀察著她。他產生了可怕的預感，覺得這女人會哇哇哭起來，不過他已經見慣了這種場面。很多人一沾酒會變得多愁善感。

「我好想念我老公。」她低聲說，肩膀微微打顫。

查理的嘴角向上彎成了微笑。

「有什麼好笑的？」她橫眉看著查理。

「妳要在這裡住多久？」他問。

「這個週末而已。」她說著把用過的面紙纏在手指上。

他笑笑。「有過一個週末沒見到他的經驗嗎？」

她皺眉說：「只有一次。」她拖了幾秒才又說：「是在我自己的母雞派對。」

「多久以前的事了？」

「七年前。」一滴淚珠溢流而下。

查理搖搖頭。「那麼久以前的事啦。不過，既然以前分開過，現在妳應該有辦法再應付一遍。」他微笑說。「七年之幸，俗話不是這樣講嗎？」

荷莉對著水杯哼了一聲。幸運個屁。

「別擔心了。」查理輕聲說：「妳不在身邊，妳老公大概也苦哈哈的。」

「天啊，但願不要。」荷莉回應。

「反過來說呢，我相信他希望妳沒有他也不至於苦哈哈。妳應該享受人生才對。」

「有道理。」荷莉說著打起精神。「他不希望我悶悶不樂。」

「那才對嘛。」查理微笑，這時瞧見老闆的千金走向吧台，不禁嚇了一跳。她擺出大小姐的臉色。

「喂，查理，」她喊叫：「你這個人怎麼叫不動？你再繼續跟吧台的客人哈啦，不顧正事，渴死了我和我朋友的話，我可得讓你好看。」

荷莉愣得下巴收不攏。那個女人未免太大膽了，竟敢對查理撒野。而且她的香水好刺鼻，荷莉聞得咳了起來。

「對不起，妳有什麼意見？」女人上下打量著荷莉。

「對，我的確有意見。」荷莉喝了一口水，口齒不清。「妳的香水好臭，嗆得我想吐。」

查理差點哈哈大笑，趕緊跪下去吧台假裝找檸檬，盡量不要聽到兩個女人互嗆的聲音，以免繼續笑下去。

「這裡出了什麼事？」一個低沉的嗓音詢問。查理一聽就知道是老闆千金的未婚夫，趕緊一躍而起。未婚夫比她更難侍候。「老婆，妳先回去坐，我幫大家把酒端過去，好不好？」

「好，至少這裡有人還懂禮貌。」她發飆，再上下打量荷莉一次，然後才氣沖沖走回自己那桌。荷莉看見她走路時臀部拼命左甩右甩，扭啊、扭啊、扭啊。她肯定是從事模特兒之類的行業，荷莉推測。所以才脾氣那麼大。

「妳好嗎？」男人站在荷莉身邊問，直盯著她的胸部。

查理憋了一句話不敢講，只忙著用注酒口倒一杯健力士啤酒，然後擺在吧台上等酒泡退下。他預感這女人一定不會被史提夫的魅力誘惑，尤其她好像愛老公愛得五體投地。查理期待的一幕是史提夫被甩到一旁。

「我很好。」荷莉回答得不太有禮貌，兩眼直視前方，刻意迴避對方的目光。

「我叫做史提夫。」他說著對荷莉伸出手來。

「我叫做荷莉。」她喃喃說，輕輕跟他握了一下，不想太無禮。

「荷莉，這名字眞可愛。」他握手握得太久了，荷莉被迫抬頭看。他的藍眼珠又大又閃亮。

「呃……謝謝。」她聽了他的恭維話覺得尷尬，臉紅了起來。

查理暗中嘆息。連她也淪陷了，查理今晚唯一的心願眼看即將落空。

「我可以請妳喝一杯嗎，荷莉？」史提夫圓滑地問。

「不用了，謝謝，我喝這一杯就好。」她又喝了一小口水。

「好吧，那我把這幾杯端去我那桌，馬上回來請可愛的荷莉喝一杯。」臨走前對荷莉色瞇瞇一笑。

史提夫一轉身，查理立刻吊白眼。

「那個白癡到底是誰？」荷莉一臉困惑地問。查理笑了，很欣慰這女人並沒有被攻陷。她是個有理智的女人，即使她只跟丈夫分開一天就想念得哭出來。

查理壓低嗓門：「那個人就是蘿拉的未婚夫。蘿拉是剛剛來這裡罵人的金髮婆娘。她爸爸是這棟旅館的老闆，所以我再想叫她去死也沒辦法講。丟了飯碗多不划算。」

「我倒認爲，丟了飯碗絕對划算。」荷莉邊說邊凝視著美麗的蘿拉，心裡盡是卑鄙的想法。「我該走了，晚安，查理。」

「想回去睡覺了？」

她點點頭。「已經六點多了，該回去睡覺。」她點一點手錶。「希望你很快就能回家。」她微笑說。

「九成九會拖很久。」他看著荷莉離開酒吧。史提夫尾隨過去，查理也往門口移動，以確定她沒事。

蘿拉注意到未婚夫突然離桌，也趕緊起身，與查理同一時間來到門口，一起望向荷莉與史提夫踏上的走廊。

蘿拉驚呼一聲，一手急忙遮住嘴巴。

「喂！」查理生氣地高聲制止，因爲他目睹史提夫藉酒索吻，而荷莉情急之下將他推開。

荷莉氣得擦嘴，對史提夫索吻的舉動感到噁心。她後退著離開。「史提夫，你大概會錯意了吧，還不回去酒吧陪你的未婚妻。」

史提夫的腳步有點蹣跚，慢慢轉身面對蘿拉和查理。查理一肚子火，正往他們衝過去。

「史提夫！」蘿拉尖叫。「你怎麼可以？」她淚流滿面衝出旅館，連聲制止的史提夫則緊跟過去。

「噁噁噁噁！」荷莉生氣地說。「我對他沒興趣！」

「沒關係，我相信妳。」查理說著一手放在她的肩膀上安慰她。「我在門口看見事發的經過。」

「那就好，非常感激你過來解圍！」荷莉抱怨。

「抱歉，我來晚了一步。不過我不得不承認，蘿拉見到那一幕讓我很高興。」他笑著說。

荷莉面帶微笑，看著走廊上的史提夫與蘿拉互罵。

「哇塞。」她說。

荷莉回到房間，摸黑上床，一路上撞遍了房間所有東西。「哎喲！」她慘叫。她的腳趾踢到了床柱。

「噓！」珊倫昏沉沉說。

荷莉不斷拍丹妮絲的肩膀，直到她醒來爲止。

「什麼事？什麼事？」丹妮絲昏沉沉地嘟囔。

「給妳。」荷莉把一支手機推到丹妮絲的面前，「打給妳未來的老公，跟他說妳愛他，別讓其他女生發現。」

隔天，荷莉與珊倫去哥耳威近郊的海邊散步，走了很久。雖然時序已進入十月，空氣仍帶有暖意，所以荷莉也不須穿外套。她站著聆聽海水輕輕拍岸。其他女生決定以酒取代午餐，荷莉的胃不舒服，今天還不太能喝酒。

「妳還好吧，荷莉？」珊倫一手摟住好友的肩膀。

荷莉嘆了氣。「珊倫，每次有人問我這問題，我都回答：『我很好，謝謝你。』可是，老實講，我一點也不好。別人問：『妳好嗎？』的時候，真的想知道對方的感覺嗎？或者只是盡量表現得有禮貌？」荷莉微笑著。「下一次我家對面的太太再問我：『妳好嗎？』我準備跟她說：呃，我其實一點也不好，謝謝妳。我覺得有點憂鬱寂寞，對全世界都不爽。我嫉妒妳和妳美滿的小家庭，卻不特別嫉妒妳老公，因為他不得不跟妳住在一起。然後我會告訴她，我找到了新工作，認識了不少人，盡量重新站起來，不過現在茫然不知接下來要怎麼辦。然後我會告訴她，大家都說時間能治療一切傷痛，卻又說分離能加深愛意，我聽了很生氣，越聽越糊塗，因為後面這句話表示他去世越久，我就越想要他回來。我會告訴她說：什麼傷痛也沒被治好，每天早上我躺在空盪的床鋪醒來，都感覺好像沒治好的傷口還被塗上了鹽巴。」荷莉深呼吸一次。「然後我會告訴她，我有多懷念老公，生命缺乏了他變得多沒意義。沒有他，我對任何事物都提不起興致。我也會解釋，我覺得自己好像只在等著生命快快走到盡頭，好去跟他會合。她大概只會回說：『喔，那很好。』因為她每次都講這句，然後吻別老公，坐上車，載小孩去上學，然後上班，下班回家煮晚飯，然後跟丈夫一起上床。而在她做這些事情的同時，我還在決定該穿什麼顏色的上衣去上班。妳有什麼感想？」荷莉終於講完，面對珊倫。

「喔喔！」珊倫跳了一下，猛然抽離摟著荷莉肩膀的手臂。

「喔喔？」荷莉皺眉了。「我講了那麼多，妳只哼兩聲就算數？」

珊倫一手摸著隆起的肚皮，笑著說：「不是啦，小傻瓜，是胎兒在踢！」

荷莉的嘴合不攏了。

「來摸摸看！」珊倫嘻嘻笑。

荷莉把手放在珊倫的肚皮上，感覺到微微的動靜。兩人的眼眶含淚。

「喔，珊倫，假如我日常生活的每一分鐘都充滿這種美滿的小事情，我就再也不會發牢騷了。」

「可是，荷莉，沒有人的生命都總是充滿美滿的小事情。如果時時刻刻美滿，滋味反而變得平淡。如果從來沒體驗到低潮，幸福快樂來的時候，又怎麼知道？」

「喔喔！」兩人齊聲驚叫，因爲胎兒踹了第三次。

「我認爲這個小男生以後會跟他爹地一樣，喜歡踢足球！」珊倫笑了。

「男生？」荷莉驚呼。「妳會生男的？」

珊倫快樂地點頭，眼睛閃爍淚光。「荷莉，我們幫他取的名字是傑瑞。來，傑瑞，這位是你的教母荷莉。」

第四十四章

「嗨，愛麗絲。」荷莉在愛麗絲的辦公桌前徘徊不去。荷莉已經站了幾分鐘，愛麗絲卻一句話也不肯說。

「嗨。」愛麗絲說得匆促，拒絕抬頭看她。

荷莉深吸一口氣。「愛麗絲，妳是在生我的氣嗎？」

「沒。」她又匆匆丟下一個字。「克理斯又想找妳進他辦公室了。他要妳再寫一篇報導。」

「再寫一篇？」荷莉驚呼。

「妳沒聽錯。」

「愛麗絲，妳為什麼不寫？」荷莉柔聲說。「妳的文筆那麼棒，我相信如果克理斯知道妳寫作一把罩，一定會——」

「他知道。」她打斷荷莉的話。

「什麼？」荷莉糊塗了。「他知道妳寫得出好文章？」

「五年前我來應徵記者的工作，那時候只有祕書的職位有空缺。克理斯說：我可以先進來卡位，缺了記者的時候就能遞補。」愛麗絲的語氣憤怒，荷莉不習慣看平常活潑的她變得這麼……用「心情不佳」來形容甚至也不貼切，只能說她很憤怒。

荷莉嘆了一口氣，走進克理斯的辦公室。她隱隱約約懷疑這一篇報導可能找不到人幫她捉刀了。

荷莉拿到十一月份的雜誌，就一面微笑一面翻閱。這份是她的處女作，明天十一月一日會在零售店銷售，她迫不及待。她的處女作要上市，她同一天也能打開傑瑞的下一封信。明天多美好。

雖然她只負責廣告的部分，但見到雜誌編寫設計得如此專業，仍然很榮幸自己能成爲雜誌社團隊的一員。她回想起面試當天，自己搬出幾年前設計的那張爛傳單，不禁嘻嘻笑了起來。那張傳單跟這本雜誌可差得太遠了，克理斯不笑掉大牙才怪。現在她覺得眞正證明了自己的能耐。如果把工作比喻爲一匹馬，她不但學會了控制繮繩，還督促馬兒載她走向成功的康莊大道。

「看見妳這麼快樂眞好。」愛麗絲快口說，一臉刻薄地走進荷莉的辦公室，朝她桌上扔了兩張小紙條。「妳不在的時候來了兩通電話，一通是珊倫，另一通是丹妮絲。請告訴妳的朋友，以後要打電話，請利用午休時間再打。」

「好的，謝謝。」荷莉瞄了一下留言。愛麗絲寫得很草，很可能是故意的，荷莉完全無法辨識。

「嘿，愛麗絲！」荷莉對著她背後喊。

「什麼事？」她冷冷回應。

「發表會的那篇報導，妳看過了沒？相片和其他東西看起來都好棒！我覺得眞光榮。」荷莉的笑容燦爛。

「沒，還沒看！」愛麗絲回話，面露憤慨的神色，走出去之後摔上門。

荷莉追了出去，一手拿著雜誌。「那妳看一看嘛，愛麗絲！印得很美喲！丹尼爾看了一定很高興！」

「耶，爲妳和丹尼爾歡呼。」愛麗絲坐回自己的位子，隨手拿了東西忙著。

荷莉眼球往上挑了挑。「喂，別再孩子氣了，給我翻開雜誌來看！」

「不要！」愛麗絲氣呼呼。

「好吧，算妳沒眼福，看不見自己跟那個養眼的型男……」荷莉轉身緩步離開。

「給我看！」愛麗絲搶走雜誌，翻了起來，翻到藍岩發表會的那一頁時愣住了。文章的最上面印著「愛麗絲，遊仙境」，相片是她和肌肉男模的合照，是荷莉幫她拍的。

「大聲念出來。」荷莉命令。

愛麗絲以顫音開始念。「又有新飲料上市了，派對特派員愛麗絲．谷傑爾前去一探究竟，看看號稱冬季熱門新飲料的藍岩是否名副其實……」她唸不下去了，震驚之餘以雙手捂嘴。「派對特派員？」她尖叫。

荷莉叫克理斯走出辦公室。克理斯走過來，呲牙咧嘴笑著。

「幹得好，愛麗絲，寫得眞棒，趣味性滿載。」他說著拍拍愛麗絲的肩膀。「所以我開了一個新的單元，取名叫做『愛麗絲，遊仙境』。妳對稀奇古怪的東西最有興趣了，以後每個月一有這樣的機會，我就派妳去採訪報導。」

愛麗絲對著他們驚呼，然後結結巴巴說：「可是，荷莉——」

「荷莉連拼音都有問題。」克理斯笑說。「妳呢，文筆很棒，都怪我沒慧眼，早該發掘妳的。非常抱歉，愛麗絲。」

「我的天啊！」她不理老闆，又驚呼一聲。「太感謝妳了，荷莉！」她振臂摟她，抱得好緊，荷莉差點窒息。

荷莉被纏住脖子，努力掙脫開來喘氣。「愛麗絲，這篇報導是史上最難保守的祕密！」

「我想也是！妳怎麼瞞了這麼久？」愛麗絲看著荷莉，一臉訝異，然後轉向克理斯。「五年了，克理斯。」她語帶責備。

克理斯縮起脖子點點頭。

「我等了五年，終於等到了。」她繼續說。

「我知道，我知道。」克理斯像個挨罵的學童，彆扭地搔搔眉毛。「妳進我的辦公室吧，我們商量一下。」

「可以啊。」愛麗絲的語氣嚴厲，卻無法隱藏眼睛裡的快樂之光。克理斯走向辦公室，愛麗絲轉頭對荷莉眨眨眼，然後趕緊蹦跳跟過去。

荷莉走回自己的辦公室。該去忙十二月號了。

「哎喲！」她差點被門外的一堆手提包絆倒。「什麼東西？」

克理斯吊一吊眼球。他走出自己的辦公室，幫愛麗絲泡茶，角色互換一下。「喔，是姜普的手提包。」

「姜普的手提包？」荷莉嘻嘻笑。

「他在寫一篇文章介紹這一季的手提包，大概是那一類阿里不達的東西吧。」克理斯假裝沒興趣。

「哇，好漂亮。」荷莉彎腰拿起其中一個。

「很漂亮，對不對？」姜普斜倚著自己辦公室的門框。

「對，我好喜歡。」荷莉說著把手提包掛在肩膀上。「適不適合我？」

克理斯又翻白眼。「手提包哪有適不適合的？不就是個手提包嘛，拜託！」

「那你只好拜讀我下個月發表的報導囉。」姜普對著老闆搖搖食指。「手提包不是隨便挑就能搭配的，不蓋你。」他轉向荷莉。「喜歡就拿去用。」

「給我的？」她驚呼。「一個定價至少好幾百塊錢耶。」

「對啊，不過我有一大堆。設計師給了我好多東西，妳看了才會相信。他還不是想用贈品來巴結我，臉皮超厚！」姜普假裝盛怒。

「不過，我覺得巴結八成有效吧。」荷莉暗示。

「十成。我開頭第一句就寫：『大家趕快去買一個，超正點喲！』」他呵呵笑。

「你另外還拿了什麼？」荷莉想從他背後偷窺他的辦公室裡面。

「耶誕節快到了，讀者有很多派對要參加，我正在寫的是什麼樣的服裝適合什麼樣的場合。今天我收到了幾件衣服。對了。」他上下端詳著荷莉，荷莉收縮小腹，「有一件給妳穿一定很棒，進來試穿看看。」

「哇，好康A。」荷莉嘻嘻笑。「不過我看一下就好，姜普。今年我不需要添派對裝，只想坐在家裡，安安靜靜放輕鬆。」

克理斯搖搖頭，從辦公室裡吶喊：「這公司眞爛，難道沒有人辦正事嗎？」

「有！」崔西高聲呼應。「還不趕快閉嘴，別吵得我們分心。」

全公司的人哄堂大笑，荷莉卻發誓自己看見老闆在微笑，然後才轟然關門以製造戲劇效果。

荷莉翻遍了姜普收集的一堆贈品後，才回去辦公，最後才回丹妮絲的電話。

「哈囉？這裡是噁心、不通風、貴得離譜的服飾店，我是火氣正大的經理，請問有何貴幹？」

「丹妮絲！」荷莉驚呼。「怎麼能這樣接電話？」

丹妮絲嘻嘻笑。「唉，沒關係啦，我有來電顯示，知道是妳打來的。」

「是嗎？」荷莉很懷疑，不認爲丹妮絲的公司電話有來電顯示的功能。「我剛才接到妳的留言。」

「喔，對了，我只是想確定妳要不要去參加舞會。湯姆今年想幫我們湊一桌。」

「什麼舞會？」

「我們每年都去的那個耶誕舞會呀，白癡。」

「喔，對，那個每年十一月中旬辦的耶誕舞會，是嗎？」荷莉笑了。「對不起，我今年不去了。」

「可是，妳連今年的舉辦日期都還不知道！」丹妮絲抗議。

「我猜跟往年一樣，在同一個月的同一天，所以我去不成了。」

「不對，不對，今年的日期是十一月三十，所以妳去得成！」丹妮絲講得興奮。

「喔，三十日嘛……」荷莉猶豫著，假裝翻著桌上的紙張，翻得很大聲。「不行，丹妮絲，我沒辦法參加，對不起，我三十號那一天很忙，有截稿壓力。」她說謊。

「可是，我們最早晚上八點才去。」丹妮絲盡量說服她。「如果太趕了，妳甚至可以拖到九點才到，只會錯過一開始的招待酒會。」

「算了啦，丹妮絲，對不起。」荷莉語氣堅定。「我實在是忙不過來。」

「是嗎，總算忙不過來了。」她低聲喃喃自語。

「妳這話什麼意思？」荷莉動怒了。

「沒事。」丹妮絲回答得粗魯。

「我聽見了，妳說我總算忙不過來了，有沒有？丹妮絲，我只不過很重視這份工作，而且不打算爲了一個無聊的舞會砸飯碗。」

「那就算了。」丹妮絲氣呼呼。「不去就不去。」

「我就是不去！」

「我無所謂！」

「好。妳無所謂，我很高興，丹妮絲。」荷莉忍不住笑了起來，因爲這種對話實在荒唐。

「我很高興妳很高興。」丹妮絲氣呼呼。

「好了啦，別孩子氣了，丹妮絲。」荷莉翻翻白眼。「我要工作，理由就這麼簡單。」

「咦，我怎麼不驚訝？妳最近只顧著上班。」丹妮絲脫口而出。「妳一直躲著不出來。每次我打電話邀妳，妳都忙著更重要幾倍的東西，比如說工作。我的母雞派對那個週末，妳的樣子像是時間難熬到了極點，第二個晚上連出門都不肯。其實，我倒懷疑妳怎麼肯跟我們去哥耳威。荷莉，假如妳對我有意見，希望妳能當面明講，別擺臭臉掃大家的興！」

荷莉震驚得向後坐，直盯電話。她無法相信丹妮絲居然講這種話。她無法相信丹妮絲又笨又自私，居然認爲荷莉是在跟她個人鬧彆扭。連自己最麻吉的死黨都無法瞭解她，難怪荷莉覺得自己快發瘋了。

「我從來沒聽過有人講這麼自私的話。」荷莉盡量控制語調，但她自知怒火延燒到了每一個字。

「我自私？」丹妮絲尖叫。「我開母雞派對的週末，躲在旅館不肯出來的人是妳耶！我的母雞派對！妳是我的伴娘耶！」

「我在房間裡陪珊倫，妳明明知道！」荷莉為自己辯護。

「屁啦！珊倫自己會照顧自己。她只是懷孕，又不是快死了，妳沒必要全天候守在她身邊！」丹妮絲發現自己講了大忌諱，趕緊閉嘴。

荷莉氣得血脈賁張，開口的時候嗓音被怒火燒得顫抖。「妳不是懷疑我為什麼不肯跟妳出去玩嗎？原因就是妳常講這種神經大條的蠢話。妳有沒有想過，我可能會觸景傷情？妳開口閉口都是婚禮事宜、多幸福多快樂、迫不及待想跟湯姆沉浸在結婚的喜悅，白頭偕老。丹妮絲，妳該不會忘記了吧？我沒妳那種福氣，因為我老公死了。不過我真的非常為妳高興，不騙妳。妳高興我就滿足了。我根本沒有要求任何特殊待遇，只求妳稍微忍耐一下、諒解一下，因為這種事我沒辦法過幾個月就忘掉！至於舞會，我沒興趣去，因為過去十年來，我跟傑瑞年年報到。丹妮絲，妳可能無法理解，不過說來也好笑，我覺得舞會會讓我有**一點點難過**。所以，別幫我訂位，我蹲在家裡就能覺得幸福美滿。」她罵完後摜下電話。

淚水直流，她趴在桌上哭。她覺得無依無靠，連最要好的朋友都無法瞭解她。也許她瀕臨瘋狂邊緣。也許她早該忘懷傑瑞了。也許親人去世之後，正常人就應該早早忘懷。早知道她就買那本寡婦需知，看看作者建議的哀悼期有多長，以免繼續惹親朋好友心煩。

她的哭聲終於緩和下來，成了斷斷續續的啜泣。她聆聽著周遭的靜謐。她發現大家一定聽見了她剛講的話，覺得好丟臉，不敢去廁所拿衛生紙。她的臉發燙，眼睛哭得浮腫。她用衣袖來擦眼淚。

「可惡！」她罵了一聲，一把掃掉桌上的文件，因為她發現臉上的妝糊掉了，名貴白襯衫的袖子滿是粉底、睫毛膏以及口紅。有人輕輕敲門，她趕緊坐直上身。

「請進。」她以抖音說。

進她辦公室的是克理斯，端來了兩杯茶。

「來杯茶吧？」他邊問邊對她挑挑眉毛，她微弱一笑，回想起面試那天她講的笑話。他把茶杯放在她面前，自己在對面坐下休息。

「諸事不順？」口氣粗魯的他盡量講得輕聲細語。

她點點頭，淚水又滾下臉龐。「對不起，克理斯。」她盡量把持住情緒。「我的工作不會受影響的。」她顫抖著聲帶說。

他揮揮手，表示無所謂。「荷莉，我才不擔心這個，妳是個很勤奮的員工。」

她微笑心領老闆的讚美。至少她做對了事。

「想不想提早下班回家？」

「不用了，謝謝。上班可以避免胡思亂想。」

他難過地搖搖頭。「荷莉，那也不是辦法。這一點。我應該最清楚才對。這兩三年來，我把自己鎖進這幾面牆裡，情況並沒有改善，至少沒有治本。」

「可是，你看起來開開心心的。」她抖顫著聲音說。

「表面和實際是兩回事，妳應該很清楚。」

她難過地點頭。

「妳知道嗎？沒必要整天強裝出勇敢的模樣。」他遞給她一張面紙。

「唉，我一點也不勇敢。」她擤擤鼻涕。

「據說一個人要先恐懼，才能勇敢得起來，聽說過嗎？」

荷莉思考著。「可是，我並沒有覺得勇敢，只覺得好害怕。」

「唉，人難免會覺得害怕嘛，又沒什麼大不了的。不過總有一天，妳會再也不害怕。看看妳自己的成就！」他舉起雙手，比劃了一下荷莉的辦公室。「看看這些。」他翻翻雜誌。「不是勇氣十足的人，怎麼做得出來？」

荷莉微笑。「我喜歡這份工作。」

「太棒了！不過妳需要學習去愛工作以外的世界。」

荷莉皺眉了。她希望老闆接下來別講類似「多睡幾個男人就能淡忘前一個」的建議。

「我的意思是，學習去愛自己。」克理斯繼續說：「學習熱愛自己的新生活，別讓整個人生以工作爲圓心，因爲人生不只有工作。」

荷莉對老闆揚揚眉。這樣講我，怎麼不先檢討你自己？

「我知道，我並不是最好的榜樣。」他承認，「可是，我有盡量在學習……」他一手放在桌上，撣著無形的碎屑，一面思考接下來的措詞。「妳剛說妳不想去參加一個舞會，我聽到了。」

荷莉瑟縮了一下。克理斯絕對是全程收聽到對話內容了。

「莫琳過世之後，我不肯去的地方有好幾百萬個。」他傷心地說。「我們以前每個禮拜天都去國立植物園散步。她走了以後，我沒辦法再踏進一步，因爲裡面的一花一木都含有無數個回憶。我們坐過的長椅、她最愛的一棵樹、她最愛的玫瑰花園──每一個東西都讓我想到她。」

「你後來有進去嗎？」荷莉喝著熱茶，感覺心中溫暖了起來。

「幾個月前去了。」他回答。「很難踏進去，不過我還是辦到了，現在每個禮拜天都去。荷莉，有些事情妳不面對不行，而且要從好的角度去想事情。我跟自己說：我們以前在這裡笑過、哭過、吵架過。回到這些老地方，讓我想起從前的美好時光，感覺更能貼近過去，可以緬懷從前有過的一段情，而不是一味逃避。」

他坐在椅子上傾斜上身，直視她的眼睛。「有些人終生尋尋覓覓，一輩子找不到心靈伴侶，永遠找不到。妳跟我找到了，只不過我們的另一半提早走掉。傷心歸傷心，不過人生本無常嘛！所以妳儘管去參加那個舞會，荷莉，珍惜妳愛的人也愛過妳的這個事實。」

荷莉聽懂了他的道理，淚水順著臉頰涓流而下。她必須記得傑瑞，必須爲兩人共享的愛情感到快樂，而她仍能感受到這份愛。她不能哭著要愛回來，不能渴望再與他共度許多年月，因爲再渴望也是枉然。她想起傑瑞曾經寫給她的一句話：「別忘了我們共有的美好回憶，但是也不要害怕繼續往前走。」傑瑞的幽靈糾纏她太久了，她必須掃除，但是她也需要延續對他的思念。

他撒手人寰之後，荷莉仍有繼續活下去的空間。

第四十五章

「對不起，丹妮絲。」荷莉向她道歉。荷莉來到丹妮絲的服飾店，丹妮絲陪她坐在休息室裡，四周散放了一箱箱的衣架、掛衣桿、包包和飾品。灰塵累積在掛衣桿上，太久沒清理，使得休息室有一股霉味。牆上裝了一個保全攝影機，對著她們直拍，錄下了對話。

荷莉注視著丹妮絲的臉，等待她的反應，但只見丹妮絲噘嘴想止住顫抖的嘴唇。丹妮絲點點頭，彷彿想讓荷莉知道她接受了。

「不行，不能這樣就算了。」荷莉在椅子上向前坐。「我不是有意在電話上發脾氣的。我最近太敏感了，沒錯，可是我沒權利拿妳出氣。」

丹妮絲看似鼓足了勇氣，終於講得出話來。「不對，荷莉，妳罵得有道理……」

荷莉搖搖頭想反駁，丹妮絲卻繼續講下去。

「我被婚禮的事高興得沖昏了頭，沒顧慮到妳的心情。」她的視線落在荷莉的臉上，發現身穿深色夾克的荷莉皮膚顯得好蒼白。因爲荷莉的日子過得很不錯，大家很容易忘記她的心靈世界還需要大掃除一番。

「可是，妳有高興的權利。」荷莉堅稱。

「妳也有不高興的權利。」丹妮絲的語氣堅定。「我有腦筋卻不去動，我擺著腦袋不用。」她雙手捧著臉頰搖頭。「妳心裡有疙瘩的話，舞會就別去了，我們能諒解的。」她伸手去握荷莉的雙手。

荷莉迷糊了。克理斯已經勸動了她去參加舞會，現在死黨卻說不去也沒關係。她頭痛了，而她一頭痛就覺得害怕。她摟摟丹妮絲，答應稍後再打電話告知是否參加舞會。

她回到辦公室，內心更加徬徨了。也許丹妮絲說得對：只不過是個無聊的舞會，不想去也無所謂。然而，這個無聊舞會是荷莉和傑瑞常結伴去的舞會，對兩人共處的時光具有重大的象徵意義。他們兩人都玩得盡興，能和朋友共享歡樂氣氛，隨著他們最愛的音樂起舞。如果她自己去了舞會，勢必會摧毀兩人同進同出的傳統，以嶄新的回憶取代從前快樂的回憶。她不想這樣做。她希望保留她與傑瑞共同創造的點點滴滴回憶。傑瑞的臉逐漸從她的記憶消失了，令她好害怕。每次夢見傑瑞，他總是變成荷莉想像出來的一張臉，連嗓音也變了。

偶爾她會打給傑瑞的手機，只爲了聽聽他的語音信箱接聽詞。爲了保留傑瑞的手機門號，她不惜按月繳費。他的氣味已經從房子裡消散了；在他自己的命令下，他的衣物也老早被清走了。他逐漸從荷莉的腦海淡出，她只好死命抓住他的一切，再小的東西也不放過。每晚臨睡前，她都刻意想著傑瑞，只求夢裡再見他一面。她甚至買了傑瑞最愛用的刮鬍爽膚水，在房子裡到處灑一灑。有時候，她出門會嗅到熟悉的氣息或聽見熟悉的歌曲，時空瞬間轉變，把她送回更快樂的那段時光。

有時她會看見傑瑞走在街上，或是看見他開車經過，她會拔腿追了好久，最後才發現不是傑瑞，只是長相相似而已。她真的無法輕言釋懷。

就在她回雜誌社之前，她進去賀根探一下頭。她漸漸跟丹尼爾熟起來。那頓晚餐荷莉吃得渾身不自在，她事後瞭解自己實在太無聊了。現在她才領悟到當時在彆扭什麼。跟丹尼爾吃晚餐之前，她只跟一個男人維持過親密的友誼，那個男人就是傑瑞，而且後來還發展成愛情。跟丹尼爾變得如此親近，令荷莉覺得奇怪又不尋常。那次之後，荷莉說服自己，跟男人交朋友未必要發展成戀愛關係。對方再帥也一樣。

寬心了之後，她覺得心中的感覺轉變成了相知相惜。從兩人邂逅的那一刻起，她就有這種感覺。兩人一連聊幾個鐘頭也不嫌累，可以討論她的感覺、她的生活、他的感覺、他的生活，而她也知道兩人有個共同的敵人：寂寞。她知道丹尼爾爲了不同的事在哀傷，但兩人能相互扶持，共同走過難過的日子，只求對方以關懷的態度聆聽，只求對方逗自己笑一笑。何況，難過的日子多的是。

「怎樣？」丹尼爾從吧台後面走出來。「灰姑娘要不要去參加舞會？」

荷莉微笑以對，縮縮鼻頭，正想說她不去了，卻又即時打住。「你去不去？」

他微笑以對，縮縮鼻頭，逗得荷莉哈哈笑。「嗯，去的話，鐵定會碰上佳偶大會師的場面，我大概受不了又碰上山姆和珊曼莎或是羅伯特和蘿貝塔那樣的配對。」他幫荷莉拉出一張高腳凳，請她坐在吧台前。她坐下。

荷莉嘻嘻笑。「不如這樣吧，我們乾脆對他們兇巴巴，完全不理不睬。」

「那又何苦去呢？」丹尼爾在她身邊坐下，把皮靴搭在她椅子下面的橫桿。「妳該不會指望我整晚陪妳聊天吧？我們已經聊到對方耳朵快掉了。搞不好，妳已經讓我覺得無聊了。」

「那最好！」荷莉假裝受侮辱。「反正我也打算別理你。」

「好險！」丹尼爾擦擦額頭，佯裝卸下心頭的重擔。「這樣的話，我非去不可。」

荷莉嚴肅起來。「我覺得我眞的也有必要去。」

丹尼爾止笑。「那樣的話，我們一起去。」

荷莉對他微笑。「我認爲，參加的話，對你也有好處，丹尼爾。」她柔聲說。

他的腳縮回去，頭也偏開來，假裝檢查著酒吧的環境。「荷莉，我很好。」他講得毫無說服力。

荷莉跳下高腳凳，把他的臉向下拉，粗魯地在他的額頭吻一下。「丹尼爾．康納利，別打腫臉充胖子了，沒必要裝得男子氣概十足，我可不吃你那一套。」

兩人相擁道別，荷莉大步走回雜誌社，決心不要改變心意。她用力踩著樓梯上樓，邁開步伐走過愛麗絲身旁。愛麗絲仍然瞇著眼睛欣賞自己的文章。「姜普！」荷莉吶喊。「我需要一套衣服，快！」

克理斯在自己的辦公室裡會心一笑，聽見走廊對面騷動起來，大家忙著幫荷莉打點行頭。他拉開辦公桌的抽屜，看著他與妻子的合照。他發誓有朝一日要再去植物園。如果荷莉辦得到，他也辦得到。

第四十六章

快遲到了，荷莉在臥房裡東奔西跑，忙著準備參加舞會。她花了兩小時化妝，現在把臉哭花了，只好重新上妝。睫毛膏已經塗了第四遍，只好祈禱淚腺已經枯竭，今晚再也哭不出眼淚。這種願望不可能實現，但是想一想總行吧？

「灰姑娘，妳的王子駕到！」珊倫對著樓梯上面高喊。

荷莉心跳加速，時間不夠用了。她需要坐下來，重新考慮是否應該出席舞會，因爲她已經忘光了非去不可的理由。如今她只想得到不去的原因。

別去的原因：她根本不想去；她會整晚哭不停；她會跟所謂的朋友坐一桌，而這些人在傑瑞過世之後跟她斷絕了來往；她感覺糟透了；她看起來糟透了，而且傑瑞也不會去。

去的理由：她滿腔洋溢著非去不可的感覺，而且最重要的是，避免她臨陣畏縮的關鍵因素是……。她放慢呼吸的動作，盡量避免淚水再奪眶而出。

「荷莉，要堅強啊，妳辦得到的。」她對著鏡子低聲說。「妳非去不可，對妳有好處，可以讓妳更堅強。」她反覆說了一遍再一遍，直到門開了一條縫，她才嚇一跳。

「對不起。」珊倫從門後探出頭來。「哇，荷莉，妳看起來好漂亮！」她興奮地說。

「我看起來糟透了。」荷莉嘟囔。

「唉，別講那種話。」珊倫生氣地說。「我腫得像飛船，我都不吭聲了。接受妳是靚妹的事實吧！」她對著鏡中的荷莉微笑。「妳放心啦。」

「珊倫，我今天晚上只想待在家裡。我必須拆開傑瑞的最後一封信。」荷莉難以相信只剩最後這封了。明天過後，再也沒有傑瑞的信來安慰她，而她依然覺得自己需要更多信來安慰。從四月接到信開始，她就興奮得恨不得日子快快過去，只等著每個月的第一天來臨，讓她能拆開下一封信，閱讀他的留言。然而，她的心願實現了，這幾個月過得太快，如今快走到了終點。她希望今晚別出門，好好品嘗兩人最後這段特別的時光。

「我明白啦。」珊倫體諒她。「可是，難道妳不能多等幾個小時嗎？」

荷莉正想說不能，這時聽見約翰在樓梯口向樓上大喊：「快一點啦，小姐們！計程車在等人了！我們還要去載湯姆和丹妮絲！」

在荷莉跟著珊倫下樓前，她打開梳妝檯的抽屜，取出傑瑞十一月的信。她在幾個星期前就拆開了這封。她現在需要傑瑞的鼓勵來度過難關。她以指尖拂過墨水，想像他寫字的模樣。傑瑞寫字時習慣做出全神貫注的表情，動筆時還會一面舔舔嘴唇，經常被荷莉揶揄。她喜歡那副神情。她想念那張臉。她抽出裡面的卡片，需要從信中汲取力量。她知道看了信一定能增強勇氣。她每一天都讀到：

灰姑娘這個月一定要去參加舞會，而且會打扮得妖嬌美麗，而且要和往年一樣high到最高點……

不過，今年不准再穿白衣服……

爲了參加舞會一事跟丹妮絲吵架後，荷莉當天就拆開了十一月的這封信。儘管克理斯與丹尼爾鼓勵她去，她仍然猶豫不決，自我折磨。其實她是過慮了，因爲傑瑞已經幫她做了決定，加強了她應該參加的信念。這是她的新任務。她深呼吸，跟著珊倫下樓。

「哇！」丹尼爾的嘴巴合不攏了。「妳好漂亮，荷莉。」

「我看起來糟糕。」荷莉又要發牢騷了，珊倫匆匆白她一眼。「還是謝謝你。」她趕緊補上一句。那天姜普幫她挑了一件式樣簡單的黑色繞頸小可愛，開叉至大腿的一半。今年不准穿白衣服了。

大家陸續上了計程車。車子每到路口的號誌燈前，荷莉就祈禱遇到紅燈，以便拖延抵達舞會場地的時間。可惜她的運氣不好，這次都柏林市街的車流偏偏順暢無比，計程車在最短的時間內到達旅館。荷莉祈禱再祈禱，無奈都柏林山區的土石流沒有淹沒街頭，火山也沒有爆發，冰河期也不來。

交誼廳門口附近擺了一張報到桌，大家朝桌子走過去。荷莉低頭看著地上，覺得彷彿全廳的女人都往這裡望過來，看看新來的女人有沒有比自己穿得漂亮。發現自己仍然艷冠全場，她們才轉過頭去，繼續聊天。報到桌的女人對荷莉一行人微笑，「哈囉，珊倫；哈囉，約翰；哈囉，丹妮絲……哇，天啊！」她的臉上塗了加深膚色的化妝品，塗得並不均勻，驚呼一聲之後臉色居然好像變白了，但荷莉無法確定。「喔，哈囉，荷莉。妳能參加眞好，難爲妳了……」她越講越小聲，急忙翻閱來賓名單，一一在各人姓名上面打勾。

「我們去吧台。」丹妮絲挽起荷莉的手臂，把她拖走。

走過交誼廳的時候，一個女人走來。荷莉已經有幾個月沒跟她聯絡了。「荷莉，我聽說傑瑞的事了，很遺憾。他是個好人。」

「謝謝妳。」荷莉面帶微笑，然後又被丹妮絲拉走，最後來到了吧台。

「嗨，荷莉。」她背後傳來熟悉的聲音。

「喔，哈囉，派崔克。」她轉身面對一個體型龐大的生意人。派崔克是這場慈善舞會的贊助廠商，又高又胖，臉色不太健康，也許因爲公司名列愛爾蘭大企業之林，工作壓力太大吧。另一個因素是他太貪杯了。他看起來像被領結勒得喘不過氣，所以伸手鬆一鬆開，表情不是很舒服。他的燕尾服上的鈕釦好像隨時會爆開似的。荷莉跟他不太熟。她每年都參加這場舞會，所以認識了一些人，而派崔克只是其中之一。

「妳看起來和往常一樣漂亮嘛。」派崔克在她的臉頰親一下。「可以請妳喝一杯嗎？」他說著舉手想招來酒保。

「喔，不用了，謝謝。」她微笑說。

「我請定了。」他邊說邊從口袋掏出肥腫的皮夾。「妳想喝什麼？」

荷莉只好順從。「既然你堅持，麻煩給我一杯白酒好了。」她微笑說。

「我順便幫妳那個爛老公也叫一杯吧。」他笑說。「他想喝什麼？」他以目光搜尋傑瑞。

「喔，他沒來，派崔克。」荷莉覺得不太自在。

「怎麼沒來？無聊鬼一個，連續兩年都不來捧場。他在忙什麼？」派崔克提高嗓門問，同時以嘴形向酒保點酒。

「呃，派崔克，他今年年初的時候過世了。」荷莉輕聲說，希望別讓對方尷尬。

「喔……」紅臉的派崔克臉色變得更紅了，緊張地清清喉嚨。他低頭瞪著吧台。「我眞的很遺憾。」

他支支吾吾，不敢正眼看荷莉，然後又拉扯領結。

「謝謝你。」荷莉默數著，看他幾秒之後會找藉口結束對話。才過三秒鐘，派崔克就喃喃說他要幫老婆端酒過去，掉頭就走。荷莉一個人被拋在吧台邊罰站，因爲丹妮絲也已經把朋友的酒端回他們那一桌了。她拿起自己的酒也跟著走。

「嗨，荷莉。」

她轉頭看看誰在叫她。

「喔，哈囉，珍妮佛。」她又碰到一個只在舞會見過面的人。珍妮佛穿著華麗過頭的禮服，名貴珠寶垂掛了一身，還戴著手套，正以拇指和食指掐著一杯香檳酒。她的金髮近乎白色，皮膚因爲曬太多太陽而變得黑如牛皮。

「妳好嗎？妳看起來好棒，這套衣服好棒！」她喝了一口香檳，上下打量著荷莉。

「我很好，謝謝妳。妳呢？」

「我很棒，謝謝。傑瑞今晚怎麼沒陪妳來？」她東看西看。

「沒有，他二月的時候去世了。」荷莉再次輕聲說。

「喔，天啊，太遺憾了。」她把香檳放到身邊的桌上，兩手摀臉，額頭皺出了憂慮的線條。「我怎麼沒聽說？妳好可憐喲，有沒有節哀順變？」她伸出手，放在荷莉的手臂上。

「我很好，謝謝妳。」荷莉再說一遍，以微笑來淡化沉重的氣氛。

「妳好可憐喔。」珍妮佛的語氣哀傷，以憐惜的眼神看她。「妳受到的打擊一定很大吧。」

「是啊，雖然很難過，我還是能應付，盡量樂觀吧。」她開朗起來。

「天啊，這種事怎麼樂觀得起來？這消息太可怕了。」她的目光持續直鑽荷莉的臉，現在好像對荷莉改變了觀感。荷莉點著頭聽她講話，卻暗暗希望這女人別淨講她已經知道的事。

「他是病了嗎？」她探問。

「對，長了腦瘤。」

「哇，實在太可怕了。他還那麼年輕。」珍妮佛喜歡強調形容詞，頻率挑高成了尖叫。

「對，的確是……不過，我們攜手走過了幸福的一段路，珍妮佛。」荷莉盡可能說得快活。

「對，的確，可是，沒有多走一段路，多可惜啊。妳一定受到很大的打擊吧。實在太可怕了，而且太不公平了。妳的心情一定很糟吧。對了，妳怎麼有心情來參加舞會？到處都是成雙成對的人。」她環視交誼廳內的對對佳偶，好像空氣中突然飄來一股臭味。

「這個嘛，人總要學習釋懷嘛。」荷莉微笑。

「當然當然，可是，妳一定很難過吧。唉，太可怕了。」她把戴著手套的雙手舉向臉，面露驚駭狀。

荷莉保持笑臉，咬著牙講話。「是啊，是很難過，不過正如我剛剛說的，人總要樂觀一點，要繼續走下去。對了，講到走，我最好該去跟朋友會合了。」她客氣地說，然後快閃。

「妳還好吧？」丹尼爾對出現在身旁的荷莉說。

「好，我還好，謝謝你。」荷莉這話今晚已經講了十遍。她望向珍妮佛，見到她跟一群女伴低頭交談，不時朝她與丹尼爾的方面望過來。

「我來也！」有個大嗓門在門口宣佈。荷莉轉頭看見詹米站在門口高舉雙手。他是有舞必到的傳奇舞棍。「我又穿上了企鵝裝，準備飆舞！」他跳了一小段舞，然後才走進人群，吸引了全場的目光。正合他意。他來到荷莉的這一群，和男士打招呼時握手，和女士打招呼時親臉頰，有時候假裝弄錯性別，變換打招呼的動作，以製造「笑料」。輪到荷莉的時候，詹米的視線在她與丹尼爾之間遊走了兩三次，和丹尼爾握手時姿態僵硬，親荷莉的臉頰時匆匆親一下，彷彿她有病似的，然後拔腿就跑。荷莉氣得嚥下喉嚨裡的硬塊。太傷人了吧。

詹米的妻子海倫在這圈人的另一邊寒暄，只對荷莉怯生生一笑，並沒有走過來。荷莉並不訝異。他們家離荷莉家只有十分鐘車程，傑瑞去世之後他們卻不聞不問，所以現在荷莉也不指望海倫多走十步路來打聲招呼。荷莉不理她，轉頭跟眞正的朋友聊天。這些朋友幾個月來陪她度過了難關。

珊倫正在講趣事，荷莉聽了笑出來，這時覺得被人輕拍了一下肩膀。笑到一半的她轉頭，看見滿臉愁容的海倫。

「嗨，海倫。」她的語氣快樂。

「妳好嗎？」海倫輕聲說，一手輕輕落在荷莉的手臂上。

「我好得不得了。」荷莉點頭。「妳也來聽一聽她講的故事，很好笑喔。」她微笑說，然後繼續聽珊倫講趣事。

海倫從荷莉的手臂抽手，幾秒之後又拍拍她。「我的意思是，傑瑞那個之後，妳還好嗎……」

荷莉無法再聽珊倫講故事了。

「妳的意思是，傑瑞死了以後？」荷莉明白，有些人在這種狀況下忸忸怩怩的，荷莉常常也一樣，但是她認爲，如果對方主動提起這話題，至少也要像個成年人，有話好好講完再走。

海倫露出被荷莉反問得皺眉的表情。「呃，對，可是我不想說……」

「沒關係啦，海倫，我已經接受事實了。」

「是嗎？」

「當然是。」荷莉蹙眉。

「我只是好久沒見到妳了，所以開始操心……」

荷莉笑了。「海倫，我住在同一個地方，妳從妳家轉個彎就能到，而且我家的電話號碼沒改，手機也一樣。假如妳有那麼關心我，找我並不難吧？」

「喔，對，可是我不想去打擾……」她講不下去。

「朋友之間沒有打擾不打擾的，海倫。」荷莉講得禮貌，卻希望對方聽得進去。

海倫微微臉紅，荷莉轉頭和珊倫聊天。

「幫我在妳旁邊占一個位子，好嗎？我又想上廁所了。」珊倫說著在原地跳了一小支舞。

「又想去了？」丹妮絲脫口而出。「妳五分鐘前才去過！」

「對，呃，肚子裡有個七個月大的胎兒嘛，壓著膀胱，所以才會頻尿。」她說明，然後挺著大肚子前去洗手間。

「還沒七個月大吧？」丹妮絲說著縮起臉皮。「嚴格來說，應該要減掉兩個月，因爲不然的話，小貝比在肚子裡待九個月，出生以後再過三個月就足歲了。而通常嬰兒要到一歲大才會走路。」

荷莉對她皺眉。「丹妮絲，幹嘛爲這種事傷腦筋呢？」

丹妮絲皺眉，轉向湯姆：「我沒講錯吧，對不對，湯姆？」

「對，老婆。」他對丹妮絲溫柔一笑。

「怕老婆。」荷莉恥笑湯姆。

鈴聲響起，請在場的人各就各位準備進餐，而與會人士也陸續湧入。荷莉坐下，把手提包放在鄰座幫珊倫占位子。海倫走過來，拉開這張椅子想坐下。

「對不起，海倫，這位子是珊倫叫我幫她占的。」荷莉客氣地解釋。

海倫揮揮手表示不要緊。「珊倫不會介意的啦。」說完一屁股坐下，壓扁了荷莉的手提包。珊倫走過來這桌，噘起下唇表示失望。荷莉向她道歉，同時瞄海倫一眼說明原因。珊倫翻翻白眼，伸出手指對著嘴巴戳一戳，假裝想吐，逗得荷莉嘻嘻笑。

「哇，妳心情眞好嘛。」詹米高聲對荷莉說，口氣非常不以爲然。

「不然，我應該一臉苦瓜嗎？」荷莉回應得尖酸。

詹米油嘴滑舌地嗆回去，逗得幾個人笑了，因爲他「好風趣」，荷莉置若罔聞。她已經不覺得詹米幽默了。有些朋友總覺得他講的每句話都好笑，荷莉與傑瑞以前也這麼認爲，現在荷莉卻覺得他沒大腦。

「妳沒事吧？」鄰座的丹尼爾悄悄問。

「我還好，謝謝你。」她喝一小口酒。

「喂，妳不必拿狗屁答案來應付我，荷莉。問話的人是我咧。」他笑了。

荷莉面帶微笑嘟嚷。「大家都對我好好，都對我表示同情，我卻覺得又回到了傑瑞的告別式，不得不僞裝得堅強又像女超人，可惜的是，有些人只希望我承受不住打擊，因爲這件事太可怕了。」她模仿珍妮佛，同時翻翻白眼。「另外有些人不曉得傑瑞去世，要我在這種場合跟他們報告實在太不合適了。」

丹尼爾耐心聽她講，等她終於講完才點點頭。「我能體會妳的感覺。蘿拉跟我吹了以後，那種感覺維持了幾個月。我每去一個地方，總是不得不跟人講分手的消息。幸好後來消息傳開了，我也不必再逢人就講，不至於再把氣氛弄得很僵。」

「對了，最近有蘿拉的消息嗎？」荷莉問。雖然她跟蘿拉素昧平生，卻喜歡和丹尼爾一起矸醮她。她喜歡聽丹尼爾講她的鮮事，然後整晚嫌她有多令人討厭，藉此消磨時間，荷莉也抓住這個大好機會，避免跟海倫應酬。

丹尼爾的眼睛一亮。「對，其實有，我聽說了她的一個八卦。」

「棒耶，我喜歡八卦。」荷莉說著面露欣喜，搓揉雙手。

「蘿拉的爸爸開了一間旅館，我有個名叫查理的朋友在旅館的吧台上班，他跟我說蘿拉的未婚夫想勾搭一個女房客，被蘿拉逮個正著，所以解除了婚約。」他笑得邪惡，眼珠閃現了光點。他很高興得知蘿拉心碎的消息。

荷莉愣住了，因爲這件事聽起來似曾相識。「呃……丹尼爾，她爸爸開的那間旅館在哪裡？」

「叫做哥耳威旅館，設施低級到不行，不過地段不錯，馬路對面就是海邊。」

「喔。」荷莉不知道該怎麼說，只是眼睛瞪得老大。

「很勁爆吧。」丹尼爾笑著說：「對不對？告訴妳，那個害他們解除婚約的女人如果讓我碰到，我一定請她喝一瓶最貴的香檳。」

荷莉病奄奄地微笑。「會嗎……？」荷莉以好奇的眼光凝視丹尼爾，想知道他究竟看上蘿拉的哪點。假如荷莉不知道他和蘿拉曾經是一對，荷莉一定打死也不認爲兩人互相看得上眼。無論丹尼爾喜歡的是哪

「型」，蘿拉怎麼看就和丹尼爾不登對。丹尼爾做人隨和又友善，蘿拉呢……蘿拉是個惡女。荷莉想不出更適合形容她的字眼了。

「呃，丹尼爾？」荷莉緊張地把頭髮撥到耳後，準備問他選擇女友的標準何在。

他對她微笑，眼神仍然洋溢著喜悅的光彩，樂的是前女友和他從前的死黨分手了。「什麼事，荷莉？」

「我是在想，嗯，聽你那樣講，蘿拉好像有點……呃……有點壞，老實說。」她咬咬嘴唇，細看對方的表情，希望他不要有受辱的感覺。他凝視著桌子中央的燭臺，面無表情地聆聽。「我是說，」她覺得自己必須字斟句酌，因爲她知道蘿拉多傷丹尼爾的心，「我其實想問的是，你看上她的哪點？你們兩個當初怎麼迸得出愛的火花？你們兩人的個性差了十萬八千里——至少聽你那樣講，你們兩個很不一樣。」她急忙改口，因爲她不想讓丹尼爾知道她見識過蘿拉。

丹尼爾沉默了片刻，荷莉擔心自己涉足了不該進入的領域。他轉移了固定在閃爍燭光上的視線，面對荷莉，嘴唇裂成傷感的微笑。「蘿拉的本性並不壞，荷莉。呃，以她愛上我最要好的朋友來說是很壞……不過就她個人而言，在我們交往的過程中，她一點也不壞。情緒化，沒錯；壞女人，不至於。」他面露微笑，轉頭好好面對荷莉。「她的情緒大起大落，其實讓我更愛她，我覺得很刺激，她讓我傾心。」說明過去這段情的時候，他講得眉飛色舞；回憶起逝去的愛時，語氣也急促起來。「我喜歡每天早上醒來猜她今天的心情會怎樣，喜歡兩人吵架的時候，喜歡吵翻天的激情，喜歡吵完後做愛的感覺。」他的眼睛亮起來。「大部分的事物，她都有辦法拿來大做文章，我大概就是這樣才覺得她既特別又有魅力。我以前常告訴自己，只要她繼續小題大做，就表示她在意我們這段感情。假如她不再如此，就表示她覺得這段感情可有可無。我喜歡她誇張的情緒。」他再說一遍，這次更加相信自己的說法。「我們的性情對比很強烈，不過她跟我是天造地設的一對。人家不是說：異極相吸嗎？……」他注視著新朋友的表情，看出了她的憂慮。「荷莉，她其實對我不壞。她雖然難搞定，卻不是那種人。」他自顧自的微笑。「她只是……」

「情緒誇張。」荷莉總算明瞭了，幫他接龍。他點點頭。荷莉憤怒地想，只不過蘿拉確實劈腿過。但是荷莉決定還是不講爲妙。

荷莉觀察著他，見到他再度迷失在另一段往事。她猜這世上再差勁的人也不愁沒人愛。愛情偉大的奧妙就在這裡：有千百種不同的形狀、尺寸、性情。

「你想念她。」荷莉輕聲說，一手放在他的手臂上。

丹尼爾猛然回過神來，注視荷莉的眼睛，深情款款。一陣冷颼颼的感覺往荷莉的脊椎向下竄，她頓時覺得手臂上的寒毛直豎。

他用力哼了一聲，扭身向後坐，「又猜錯了，荷莉·甘乃迪。」他皺起眉頭，彷佛荷莉說了有史以來最怪的一句話。「錯得徹底又離譜。」他拿起刀叉，開始享用鮭魚開胃菜。

荷莉喝了幾口冷水，把注意力轉向服務生正要放在她面前的餐盤上。

酒足飯飽之後，海倫踩著不穩的步伐走向荷莉。荷莉不想坐在海倫的旁邊，早已逃向珊倫和丹妮絲的那一邊。海倫給她一個滿懷抱，淚眼婆娑地爲沒有保持聯絡而道歉。

「沒關係啦，海倫。珊倫、丹妮絲和約翰都是很知心的朋友，所以我並不孤單。」

「唉，可是，我很過意不去。」海倫口齒不清。

「不必了。」荷莉和死黨聊得正開心，急著甩開她。

無奈海倫堅持要聊傑瑞在世時的美好時光，講得事事瑰麗絢爛。海倫提到自己和傑瑞相處的往事，荷莉卻對這方面的話題不太感興趣。最後荷莉受不了海倫的泣訴，卻發現朋友全都離桌去舞池奔放了。

「海倫，請別再講了。」荷莉打斷她的話。「我不曉得妳爲什麼非得挑現在跟我講這個，但我今晚只想開開心。妳顯然爲了沒跟我保持聯絡而覺得愧疚。講老實話，如果我沒來參加這場舞會，再過十個月或更久，妳還是不會跟我聯絡。我的世界不需要妳這種朋友，所以請別在我肩膀上哭泣，讓我好好開心一下。」

荷莉覺得自己的措辭已經很有理性了，海倫卻像被刮了一耳光。荷莉過去這一年吃的苦頭，海倫淺嘗到了一CC。丹尼爾不知從哪裡冒了出來，牽起荷莉的手，帶著她走向舞池跟其他朋友會合。兩人步入舞池時，一首歌剛好結束，接著響起的是艾瑞克．克萊普頓的〈妳今晚好美〉。舞池裡的人逐漸散場，只剩下幾對，落得荷莉非得和丹尼爾面對面。她吞了一下口水。她沒打算要跳舞。她這輩子只跟傑瑞跳過這支曲子。

丹尼爾一手輕輕放在她的腰上，溫柔地牽著她的手，兩人開始旋轉。荷莉跳得很僵。跟別的男人跳舞感覺不太對勁。一陣刺麻感順著脊椎往下鑽，她不禁打了個哆嗦。丹尼爾一定是認爲她覺得冷，因爲他把荷莉拉得更近，以免她著涼。在恍神之中，她被丹尼爾牽著跳舞，直到音樂結束她才假藉想上廁所而離開。她把自己鎖進廁所的隔間，靠在門上深呼吸。在這之前，她表現得可圈可點。即使被大家問到傑瑞的事，她仍能力保鎮定。然而，這支舞卻撼動了她的心。也許是該回家的時候了，見好就收吧。她正要開門出去，這時聽見外面有人提到她的名字。她呆住了，開始偷聽兩個女人的對話。

「荷莉．甘乃迪剛才跟那個男人跳舞，妳看見了沒？」這女人的聲音嗲里嗲氣，鐵定是珍妮佛。

「我看見了！」另一個女人語帶嫌惡。「她老公還屍骨未寒耶！」

「唉，別罵她了。」第一個女人輕鬆地說。「人家可能只是普通朋友。」

多謝妳，荷莉心想。

沒想到，第一個女人又補上一句，「可惜呀，八成不是。」兩個女人嘻嘻笑了起來。

「妳有看到他們摟來摟去的嗎？我可不會跟普通朋友貼得那麼親密。」珍妮佛說。

「可恥啊。」另一個女人說。「想想看，以前每年跟老公一起來，現在卻帶了另一個男人，還敢在他所有朋友面前招搖，太噁心了。」

兩個女人嘖嘖表示不滿，這時荷莉旁邊的隔間傳來馬桶沖水聲。荷莉站在原地，被剛才的閒話愣得不知所措，也因爲閒話又被隔壁的人聽見更覺得尷尬。

隔壁的門打開，兩個女人噤口。「妳們兩個長舌老賤貨沒事做是吧？」珊倫大罵。「我最要好的朋友做或不做什麼事情，干妳們家屁事！珍妮佛，妳自己的人生那麼美滿，幹嘛跟寶琳的老公偷偷做那種見不得人的事？」

荷莉聽見有人倒抽一口氣，也許是寶琳。荷莉捂住自己的嘴巴，以免笑出聲音。

「再管別人的閒事看看！還不快給我滾！」珊倫大罵。

荷莉聽見她們離去之後才開門走出來。原本低著頭洗手的珊倫抬頭看，滿臉錯愕。

「謝了，珊倫。」

「唉，荷莉，被妳聽見了真遺憾。」她說著給好友一抱。

「沒關係。我才不鳥她們怎麼想。」荷莉勇敢地說。「可是，我不敢相信珍妮佛竟然跟寶琳的老公有染！」

珊倫聳聳肩。「沒有啦，不過她們肯定會為這事吵架幾個月。」

兩人咯咯笑了。

「我想回家了。」荷莉說著看看手錶，惦記著傑瑞的最後一封信。她的心往下沉。

「也好。」珊倫同意。「沒醉的時候覺得這舞會無聊透頂，以前怎麼不知道？」

荷莉微笑。

「對了，荷莉，妳今晚好神勇，既來之則安之，安完了走人。趕快回家去拆傑瑞的信，記得打電話跟我報告裡面寫什麼。」她再擁抱好友一下。

「最後一封了。」荷莉難過地說。

「我知道，所以好好珍惜吧。」珊倫微笑說。「回憶能延續一輩子，記得喲。」

荷莉走回自己那一桌，跟大家道別，丹尼爾站起來跟她走。「休想丟下我一個人。」他笑說。「我們可以共乘一輛計程車。」

下計程車的時候，丹尼爾也跟著跳出來，而且尾隨她進屋子，荷莉微微惱火。時間是十一點四十五分，所以她還有十五分鐘的空檔。運氣好的話，到時候丹尼爾喝完茶，已經回家去了。她甚至叫了另一輛計程車在半小時之後來接丹尼爾，順便讓他知道不宜久留。

「啊，原來這就是大名鼎鼎的信封。」丹尼爾說著從桌上拿起信來。

荷莉瞪大了眼睛；她想保護那信封，不高興丹尼爾亂碰，以免抹掉了傑瑞的痕跡。

「十二月。」他讀出信封外的字，撫摸著每個字母。荷莉想叫他放下，卻又不想表現得太像瘋女。最後他放回桌上，荷莉呼了一口氣，繼續為熱水壺加水。

「還剩下幾個信封？」丹尼爾邊說邊脫掉大衣，走向廚房流理台旁的荷莉。

「那是最後一封了。」荷莉的嗓音沙啞，於是清清喉嚨。

「這一封之後呢，妳有什麼打算？」

「什麼意思？」她糊塗了。

「就我所知嘛，這份清單就像妳的聖經，等於是妳的十誡。上面寫什麼，妳的人生就照著走。如果一封也不剩了，妳打算怎麼走？」

荷莉抬頭望著他的臉，看看他是否在耍嘴皮子，卻只見他的藍眼珠對她閃現親切的光輝。

「日子照過嘛。」她轉身背對丹尼爾，打開熱水壺的開關。

「妳辦得到嗎？」他再靠近一步，荷莉嗅得到刮鬍爽膚水的氣味。是不折不扣的丹尼爾氣味。

「大概吧。」她被問得不太自在。

「因為妳從此只能單獨做決定了。」他柔聲說。

「我曉得。」她語帶自我辯護的意味，同時迴避丹尼爾的目光。

「妳認為自己辦得到嗎？」

荷莉疲憊地揉揉臉。「丹尼爾，你問這幹什麼？」

他用力地吞口水，在荷莉面前調整站姿，盡量站得舒服一些。「我問是因為，我現在想跟妳講一件事，而妳必須自己做決定。」他直視荷莉的眼睛，看得荷莉的心臟撲撲亂跳。「以後沒有清單，也沒有方針；妳只能照自己的心意去生活。」

荷莉稍微向後退。一股恐懼的感覺拉扯著她，她希望丹尼爾別講出她認爲他會講的話。

「呃……丹尼爾……我，認爲……現在討論這件事……呃……不太合適……」

「再合適不過了。」他認眞說。「妳已經知道我想講什麼，荷莉，我也知道妳瞭解我對妳的心意。」

荷莉瞄了一下時鐘，下巴合不攏了。

十二點整。

第四十七章

荷莉在睡覺，傑瑞摸摸她的鼻子，見到她縮縮鼻頭，不禁會心一笑。他喜歡看荷莉睡覺的模樣，覺得她好像公主，既美麗又安祥。

他再搔一搔荷莉的鼻子，微笑面對她徐徐睜開的雙眼。「早安，睡美人。」

她面露微笑。「早安，帥哥。」她湊過去，頭放在他的胸膛上。「你今天感覺怎樣？」

「好像跑倫敦馬拉松大賽也沒問題。」他開玩笑。

「這才叫做康復神速。」她微笑著抬頭吻他的嘴唇。「你早餐想吃什麼？」

「妳。」他咬了她的鼻子一下。

荷莉嘻嘻笑。「可惜今天的菜單上沒有我。來一客培根火腿煎蛋如何？」

「不要。」他皺眉，「太油了。」見到荷莉垮下臉來，他心軟了。他強打起精神。「我想來一大碗公的香草冰淇淋！」

「冰淇淋！」她笑了。「當早餐吃？」

「對。」他奸笑，「我小時候每天都想吃冰淇淋當早餐，可惜我親愛的母親不准。現在，我管不了那麼多了。」他勇敢地微笑。

「既然如此，冰淇淋即刻爲您奉上。」荷莉高興地跳下床。「可以讓我穿這件嗎？」她邊說邊穿起傑瑞的睡袍。

「小親親，愛穿什麼儘管穿。」傑瑞微笑，看著她套上大了幾號的睡袍在臥房裡表演模特兒走秀。

「嗯，有你的味道。」她嗅一嗅。「我再也不脫了。好，我馬上回來。」他聽見荷莉奔下樓，在廚房裡東翻西找。

最近他注意到，荷莉一離開他身邊總是拔腿狂奔，彷彿擔心丟下他一人太久。傑瑞明瞭箇中的含義。這對他而言是壞消息。進行放射線治療的時候，大家都祈禱殘餘的腦瘤細胞能一掃而空，治療過後卻發現失敗了，如今他只能成天躺在床上，虛弱得大部分時間無法起床。再這樣耗下去似乎也不是辦法，因爲他自己也不指望有康復的一天。一想到這裡，他的心就狂跳。他很害怕，害怕的是即將前往的地方，害怕即將降臨自己身上的事，爲荷莉擔憂。只有荷莉懂得講什麼話來撫平他的情緒、紓解他的痛苦。荷莉很堅強，堅如他的磐石，他無法想像人生缺少她的情境。但是，他現在無需爲將來擔憂，因爲先走的人是他自己。他爲她感到既生氣又難過，羨慕她，但也爲她感到恐懼。他想待在荷莉的身邊，實現他對她許諾過的每個願望，而他和病魔對抗，爭取的就是這份權利。但他也知道，他在這場戰役節節敗退。兩度手術之後，腦瘤又出現了，而且迅速增殖中。他好想伸手進頭殼，揪出破壞他人生的惡疾，無奈這也是他束手無策的事情之一。他擔心這個月之後，荷莉將落得孤苦伶仃……

病倒之後的這幾個月，兩人變得比以往更親近，他明知這樣做對荷莉不好，卻仍狠不下心疏遠她。目前他生存的目的是陪荷莉聊天到凌晨，逗得兩人嘻嘻笑，重溫青少年時期的氣氛。可惜的是，徹夜談笑只發生在兩人開心的時候。

他們也有情緒低落的時候。

他現在不願往那個方向去想。復健師不停叮囑他：「為身體創造一個正面的環境，兼顧社交、情緒、營養、性靈的各個層面。」

所以他照醫生的指示自創了一套計畫，讓自己有事可做，覺得不只是整天躺在床上。他不停思考，勾勒出一套死後仍能繼續陪伴荷莉的計畫，也能實現多年前對荷莉的承諾。至少他還能達成這一個諾言，只可惜他能達成的諾言竟然是這個。

他聽見荷莉踩著樓梯上來，不禁微笑；他的計畫有成功的希望。

「寶貝，冰箱沒冰淇淋了。」她難過地說。「你想改吃什麼？」

「不行。」他搖搖頭。「只想吃冰淇淋，拜託。」

「可是，這樣我就一定要出門去買了。」她發牢騷。

「沒關係啦，老婆，幾分鐘而已，我不會有事的。」他跟她保證。

荷莉望著他，猶疑不決。「我真的想待在家裡。」

「別傻了。」他微笑說，然後把床邊桌上的手機拿過來，放在自己的胸口。「就算有問題，我也可以打給妳。」

「好吧。」荷莉咬咬嘴唇，「那家店在這條路上，五分鐘就到。你確定不會有問題嗎？」

「肯定不會。」他微笑。

她慢慢脫下傑瑞的睡袍，穿上運動服。傑瑞看得出她仍然不太情願出門。

「荷莉，我不會有事的。」他的語氣堅定。

「好吧。」她親吻他，久久不放。然後，他聽見荷莉狂奔下樓的聲音，衝出門之後上了車，踩油門開走。

傑瑞覺得安全了，立刻掀開被單，慢慢下床。他先在彈簧床邊坐一陣子，等暈眩感消退，然後才緩緩走向衣櫃，從最上層搬出一個舊的鞋盒，裡面是他這幾年收藏的雜物，現在多了九個封好的信封。他取出第十個空信封，在正面寫下工整的「十二月」。今天是十二月的第一天，他把時空向前調整了一年，心知到時候自己已經不在人間。他想像荷莉成了卡拉OK高手，去西班牙度假之後身心舒暢，買了床頭檯燈之後再也不見瘀青纍纍，也希望荷莉能找到一份她喜愛的新工作，過得快快樂樂。

他想像一年之後的今天，荷莉可能坐在他現在躺的位置，閱讀清單裡的最後一封信。最後這封該寫什麼才好？他努力思考了很久。每寫一句話，他就停筆斟酌，淚水盈眶。他吻了信之後，把信裝進信封，藏回鞋盒裡，改天全部寄到荷莉父母位於波圖馬鬧克的地址。他知道信寄到那邊很安全，只等她有心情拆閱。他拭去眼淚，慢慢回到床上，因爲手機正在響。

「哈囉？」他壓抑自己嗓音中的情緒，聽見了全世界最甜美的聲音，不禁微笑。「我也愛妳，荷莉……」

第四十八章

「不行，丹尼爾，這樣做不對。」荷莉難過地抽手，脫離丹尼爾的掌握。

「又有什麼不對？」他懇求她。

「太急了。」她說著揉揉臉，神態疲憊。她碰到的狀況簡直是越來越複雜化。

「是別人嫌太急了，還是妳的心？」

「唉，丹尼爾，我不知道。」她在廚房裡踱步。「我被搞糊塗了。請別再問個沒完沒了！」

她的心狂跳，頭暈目眩，連身體都說這種情況不妙，爲她著急，對她指示前方有危險。情況感覺不對勁，太不對勁了。「我不能，丹尼爾，我結婚了！我愛傑瑞！」她驚慌失措。

「傑瑞？」他走向簡餐桌前，睜大了眼睛，一把抓起信封。「這就是傑瑞！我的對手就是這個！一張紙，荷莉。一份清單。妳放任這份清單主宰自己一年的生活，省得不必爲自己著想，不必爲自己的生活操心。現在，妳該爲自己著想了，就趁現在。傑瑞已經走了。」他輕聲說，再朝荷莉走過去。「傑瑞走了，我來了。我並不是說我有取代他地位的一天，不過至少給我們一個交往的機會嘛。」

她從丹尼爾手中拿走信封，壓在自己的心上，淚珠接連滾落。「傑瑞還沒走。」她啜泣著。「他還在這裡，每次我打開一封，他就在身邊。」

丹尼爾默默看著她哭。她的模樣迷惘無助，丹尼爾多想抱抱她。「只是一張紙。」他柔聲說，再向她靠近。

「傑瑞不是一張紙。」她邊哭邊說，口氣憤怒。「我愛過他，他是個有血有肉的人，他占據了我人生十五年的光陰。他是千百萬億個快樂的回憶。他才不是一張紙。」她重申。

「那我算什麼？」丹尼爾輕聲問。

荷莉祈禱他別哭出來。他哭出來的話，她大概無法承受。

「你，」她深呼吸之後再說：「是個親切的人，懂得照顧他人，是個體貼得無微不至的朋友，我很尊敬，也很感激——」

「可惜我不是傑瑞。」他插嘴。

「我不想要你變成傑瑞。」她堅稱。「我要你做你的丹尼爾。」

「妳對我有什麼感覺？」他的嗓音微微打顫。

「我剛不是說了？」她抽泣著。

「沒有，妳對我有什麼感覺？」

她凝視著地板。「我對你有一份強烈的感覺，丹尼爾，可是我需要時間……」她停頓一下，「……很長很長的時間。」

「那我會等下去。」他難過地微笑，以強健的手臂摟住她。

門鈴響起，荷莉得救了，靜靜噓了一口氣。「你的計程車來了。」她以顫音說。

「我明天再打給妳，荷莉。」他語音輕柔，在她的頭頂親了一下，然後往前門走。荷莉仍然站在廚房中間，腦中反覆回憶方才的情景。她呆呆站了一段時間，皺皺的信封仍壓在心上。

她的心神未定，最後拖著身體慢慢上樓，脫掉禮服，裹上傑瑞那件暖和的大睡袍。他的氣味已經散盡了。她像小孩一樣慢慢地爬上床，鑽進被單下面，打開檯燈，凝視了信封許久，回想著丹尼爾剛才說的話。

這份清單確實儼然成了她的聖經。她遵從裡面的規定，依照規定來生活，從來不肯違背規定，把傑瑞的一字一句奉爲聖旨。這份清單確實對她有所助益。在她只想蜷縮成一團靜靜死去的階段，這些信督促她早上起床去過新生活。傑瑞救了她，她不後悔這一年來做過的任何一件事。她不後悔去做這份新工作，也不後悔交了新朋友。少了傑瑞的意見，她自己產生的新想法與感覺也不讓她覺得遺憾。然而，這封信是最後一封了。套句丹尼爾的說法，這是她的第十誡。以後沒有了。丹尼爾說得對：她今後必須開始爲自己做決定，過著自己覺得快樂的生活，不必再三考慮，擔心傑瑞是否贊同。擔心也無妨，只要別影響到自己的決定就好。

傑瑞在世的時候，她透過傑瑞而活，如今傑瑞去世了，她仍舊透過傑瑞而活。現在她總算明瞭了。這樣做使她覺得安全，但如今她必須依賴自己，需要勇敢起來。

她把話筒拿起來擱在一邊，也關掉手機。她不希望被打擾。她需要在沒有干擾的情況下品味最後這段特殊時光。她需要向傑瑞道再見。現在只剩下她一個，她需要爲自己設想。

她慢慢撕開信封，小心別撕到裡面的卡片。她把卡片抽出來。

別害怕再墜入愛河。敞開心胸，跟著感覺走……而且要記得，朝月球發射……

PS. 我會永遠愛著妳……

「喔，傑瑞。」她啜泣著，肩膀隨著身體上下起伏而動搖。

那天晚上她輾轉難眠，偶爾睡著了，夢到的是丹尼爾與傑瑞的模糊影像，兩人的臉孔與身體混合在一起。她在早晨六點醒來，渾身是汗，決定起床去外面散散步，釐清紊亂煩雜的思緒。她在附近的小公園裡散步，心情沉重。她穿得夠暖和，耳朵與臉被冷風吹得刺痛，頭卻熱乎乎——熱度來自眼淚、頭痛、熬夜運轉的大腦。

夾道的樹木光禿禿，猶如骷髏骨架，枯葉在她腳下打轉，活像壞心眼的小精靈，存心想絆倒她。公園裡沒有人；大家又進入冬眠狀態，沒膽勇敢迎向嚴冬。荷莉也不勇敢，更不喜歡冬天早晨出來散步。在冰冷的天氣裡出門感覺好像活受罪。

她究竟是怎麼掉進這種狀況的？她正要把破碎片片的人生重組起來，人生卻立刻又在手上分崩瓦解。她以爲自己找到了朋友，能聽她講心事的好友。她不想又被捲進荒唐的三角戀愛當中。荒唐的是，第三者根本不存在，丹尼爾連是個可能的劈腿對象也稱不上。當然，她時常把丹尼爾放在心上，但是她也常想到珊倫和丹妮絲，她總不可能跟珊倫和丹妮絲談戀愛吧？她對丹尼爾的感情並非像她對傑瑞的愛那樣。就算她愛丹尼爾，她自己應該比誰都明白，不需要對方寬限她幾天來「想一想」吧？話說回來，她何必思考這件事呢？如果她不愛丹尼爾，她應該攤開來講清楚……而她卻在反覆思考。這是個很單純的是非題，不是嗎？人生多奇妙。

另外，傑瑞爲何鼓勵她去尋找新戀情？他寫這封信的時候，腦子裡想到了什麼東西？他在死前就已經不要她了嗎？放棄她，認定她會再愛上別人，對傑瑞來說是件很容易的事嗎？疑問，疑問，疑問。她永遠也得不到答案。

接下來幾小時，她又在刺骨的寒風中繼續自我拷問，然後才掉頭回家。走在路上，一陣笑聲傳來，低頭看地上的她這才抬頭。原來是鄰居，正在院子裡的樹上掛小小的耶誕燈。

「嗨，荷莉。」鄰居從樹後面走出來，手腕纏了燈泡。

「我正在裝飾潔西卡。」她的伴侶哈哈笑，再把糾結在一起的電線纏在她的腿上。「她很適合當庭園矮靈。」

荷莉面帶難過的笑容，看著他們笑成一團。「耶誕節快到了。」

「是啊。」潔西卡暫時止笑，終於講得出話。「今年咻的一聲就過去了，對吧？」

「太快了。」荷莉輕聲說。「過得太快了。」

荷莉過馬路，繼續往自己的家走去。一陣尖叫聲讓她猛然轉身，看見全身纏滿了小燈的潔西卡一時失去重心，跌在草地上，笑聲迴盪在街上。荷莉聽著笑聲，走進家裡。

「好吧，傑瑞。」荷莉關上前門時大聲說：「我剛去散步，深思了你講的話，達成的結論是你寫這封信的時候精神失常了。如果你當真，現在就顯靈給我看。如果不顯靈，我完全能理解，你當時搞錯了，現在想改變心意。」她對著空氣講得理所當然。

她在客廳裡東看西看，等著看周遭有無變化。毫無動靜。

「好吧。」她高興地說：「你搞錯了，我能諒解。那我就不管你最後那封信寫的東西囉。」她再環視客廳，向窗口走去。「好吧，傑瑞，再給你最後一個機會……」

對面鄰居的耶誕燈亮起來了，潔西卡與東尼在院子裡嘻嘻哈哈，樂得亂跳。剎那間，燈泡閃了又閃，最後熄滅了，鄰居也不再跳舞，垮下臉來。

荷莉翻翻白眼。「你的意思大概是：『我也不曉得。』吧。」

她在簡餐桌前坐下，啜飲著熱茶，溫暖結冰的身體。朋友說他愛妳，亡夫叫妳再去談戀愛，所以來杯茶。

再上班三個禮拜就是耶誕假期了，換言之，如果她非躲著丹尼爾，只需再迴避十五個工作天即可。不是辦不到吧。希望到了月底丹妮絲婚禮的時候，她已經決定了該怎麼做。但到月底之前，她必須先面對隻身過耶誕的難題，她好害怕。

第四十九章

「好，妳要我擺哪裡？」理查喘著氣，拖著耶誕樹進她的客廳，松針掉了一地，從她的車、前門、走廊，一路延伸到客廳的入口。荷莉唉聲嘆氣。要清理這些松針的話，今天勢必又要再動用吸塵器。她以厭煩的眼神看著這棵耶誕樹。耶誕樹的味道清新沒錯，最可惡的是松針掉滿地。

「荷莉！」理查再喊她一聲，把她從思緒裡拉回來。

她嘻嘻笑。「理查，你看起來像一棵會講話的樹。」她只看得見理查褐色的鞋子從樹下露出一小截。

「荷莉。」他哼一聲，差點被樹壓得站不穩腳步。

「喔，對不起。」她忽然察覺大哥快倒下去了。「擺窗戶旁邊就好。」

她咬咬嘴唇，看見他沿途把檯燈、相框、以及壁爐架上的蠟燭全打翻了，不禁縮起脖子。

「好了。」他擦擦手，向後退幾步，欣賞自己的功勞。

荷莉皺眉了。「這樹看起來有點禿咧，你不覺得嗎？」

「所以妳要裝飾一下啊，當然。」

「我知道，理查，不過我指的是這樹只有差不多五根樹枝，樹的表面禿了好幾塊。」她訴苦。

「叫妳早一點買，妳自己不聽，荷莉，偏偏拖到耶誕節前夕才買。這棵在剩下的爛樹裡面算是最好的一棵了。好樹老早在幾個禮拜前就被我賣光了。」

「對。」荷莉皺眉。

原本她今年一點也不想買耶誕樹，理由之一是她沒心情裝飾，其次是家裡又沒小孩，裝飾耶誕樹給誰看？不過她拗不過理查的堅持，而且決定有義務幫大哥捧捧場。理查的園藝造景事業蒸蒸日上，現在又增加了賣耶誕樹的生意。然而這棵樹難看之至，再多亮晶晶的小玩意也遮不了醜。現在一看，她倒希望自己當初提早跟理查買，至少也許買得到像樣的一棵，而不是殘留幾根松針的竹竿。

她不敢相信今天已經是耶誕節前夕了。這幾個星期以來，她天天加班趕工，希望在大家放耶誕假之前把元月號趕出來。雜誌總算在前一天定稿了，愛麗絲提議全社去賀根喝一杯慶祝耶誕，荷莉客氣地婉拒了。她還沒跟丹尼爾講過話；丹尼爾來了電話，她一概不回，而且避不進去賀根，像是怕被傳染到瘟疫似的。她也吩咐愛麗絲，一接到丹尼爾來電，一定要說她正在開會。而丹尼爾幾乎天天打來公司。

她不是有意怠忽人家，而是需要更多時間徹底思考。喂，人家又沒有跟妳求婚，怕什麼怕？不過荷莉確實有被求婚的感覺。

理查的聲音把她喚回了現實。

「對不起，什麼？」

「我說啊，妳要不要我幫忙裝飾？」

荷莉的心往下掉。裝飾耶誕樹是她和傑瑞的任務，不容許別人插手。每年，他們會照往例播放耶誕歌曲的ＣＤ，開一瓶葡萄酒，合力裝飾耶誕樹……

「呃，不用了，沒關係，理查，我自己應付得來。我相信你有更要緊的事情想去做。」

「其實，我蠻喜歡裝飾耶誕樹的。」他滿臉積極。「往年，我和玫莉和小朋友會一起裝飾，不過今年錯過了機會……」他講不下去。

「喔。」荷莉根本沒想到，理查的耶誕節過得和她同樣辛苦；她太自私了，只顧得了自己的心事。

「好啊，一起來也好。」她微笑了。

理查笑逐顏開，像極了小孩。

「只不過，我不太知道裝飾品收去哪裡放了。以前都是傑瑞負責收進閣樓……」她喃喃說。

「沒問題。」他以微笑鼓勵。「我家以前也由我負責，我一定找得出來。」他蹦上通往閣樓的梯子。

荷莉打開一瓶紅酒，按下CD唱機的播放鍵，平．克勞斯貝的〈銀色聖誕〉在背景柔柔放送。理查扛了一只黑布袋走回來，頭戴耶誕老公公的帽子。「呵呵呵！」

荷莉嘻嘻笑，遞給他一杯葡萄酒。

「不行不行，」他揮揮手，「我待會兒還要開車。」

「喝一杯總可以吧，理查。」她覺得掃興。

「不行不行。」他又說：「我從不酒後開車。」

荷莉的瞳孔翻上了青天，伸手把他的酒杯搶來一仰而盡，然後再開始喝她自己這杯。理查臨走之前，她已經灌完了整瓶，正要開另一瓶。她注意到答錄機的紅燈在閃爍。她今天爲了圖個清靜，所以打開答錄機來接聽，希望留言的不是她預期中的那個人。她按下聽取留言鍵。

「嗨，珊倫，我是丹尼爾．康納利，抱歉打擾到妳了。妳幾個月前打來女伶，幫荷莉報名參加卡拉OK比賽，我還留著妳的電話，所以……是這樣的，我其實只是希望妳幫我傳個口訊。丹妮絲忙著婚禮的事，拜託她的話她保證忘掉……」他稍微笑一笑，然後清清喉嚨。「是這樣的，我想麻煩妳轉告荷莉說：

我要南下去哥耳威跟家人過耶誕，明天就要出發了。我打她的手機，一直沒辦法跟她聯絡上。我知道她已經開始放假了，卻又沒有她家的號碼……所以想拜託妳……」

留言被切斷了，荷莉等著答錄機自動播放下一則留言。

「呃，對不起，珊倫，又是我。呃……我是丹尼爾啦。我剛被切斷了。對，就是這一件事，麻煩妳轉告荷莉說我這幾天會在哥耳威，跟她說我會帶手機去，歡迎她來電。我知道她有些事情想好好思考一下……」他停頓了。「就這樣，我該掛電話了，以免又被切斷。下禮拜婚禮的時候再跟大家見面囉。好了，謝謝……再見。」

下一則留言來自丹妮絲，告訴她說丹尼爾在找她，第四則是弟弟笛坎倫，轉告她說丹尼爾正在找她，第五則來自老同學，和荷莉已經多年沒見面了。同學說：她昨晚去酒館的時候遇見了荷莉的一個朋友，名叫丹尼爾，喔對了，丹尼爾想跟她聯絡，請她回電。第六則留言又是丹尼爾。

「嗨，荷莉，我是丹尼爾。電話號碼是妳弟弟笛坎倫給我的。我們朋友一場這麼久了，妳竟然沒給電話，我眞不敢相信。我其實隱約懷疑，一定老早就有妳家的電話卻不自知……」他靜下來，呼出一口氣。「言歸正傳，我眞的想跟妳講幾句話，荷莉。我認爲這事應該當面講，而且應該在婚禮之前見個面。求求妳，荷莉，求妳接我的電話。我不知道該用什麼方法才聯絡得到妳。」沉默一陣之後，他再次深吸一口，然後吐氣。「好了，就這樣，拜拜。」

荷莉再按聽取留言鍵，迷失在思緒中。

她坐在客廳凝視耶誕樹，聆聽耶誕歌曲。她哭了，爲她的傑瑞而哭，爲她這棵光禿禿的耶誕樹而泣。

第五十章

「耶誕快樂，女兒！」法蘭克開門迎接在門階上發抖的荷莉。

「耶誕快樂，老爸。」她面帶微笑，給父親一個滿懷抱。她走在屋子裡，吸著溫馨的氣息，嗅到了松香、葡萄酒、廚房裡的耶誕大餐。寂寞咬了她的心頭一下。耶誕節讓她想起傑瑞。傑瑞等於是耶誕節。耶誕節是他們共處的特別時光，在招待親朋好友的空檔休息放輕鬆，享受兩人世界。她好想念傑瑞，思念得腑臟深處也痛苦。

今天早上，她去了墓園，祝傑瑞耶誕快樂。告別式之後，她一直不敢去探望他的墳墓，因爲她實在太痛苦了。今天早上她心裡難受，因爲樹下沒有禮物，也無福在床上享用早餐，沒有聲響，什麼也沒有。傑瑞的遺願是火化，她只好站在刻了姓名的一堵牆前面瞻仰。而她眞的感覺自己像在跟牆壁講話。儘管如此，她向傑瑞說明了這一年的經歷，也說明今天的計畫，另外也說珊倫和約翰即將生個小壯丁，取名叫做傑瑞。她也說：小貝比的教母是她，而且她要在丹妮絲的婚禮擔任伴娘。她描述湯姆的長相和個性，因爲傑瑞無緣認識他。她描述了自己的新工作給他聽。她沒有提到丹尼爾。站在墓園自言自語的，她覺得好奇怪。她想用第六感感受傑瑞與她同在，聽得見她的聲音，但她只覺得自己在跟單調的灰牆講話。

在耶誕節這天的墓園裡，她的處境並不突兀。這裡滿是人，有人帶著老父老母前來探望已逝的配偶，有像荷莉這樣的少婦單獨漫步，也有年輕男子……她看著一位年輕的媽媽帶了兩個小孩，自己哭倒在墓碑前，小孩看得呆住了，不知如何是好。最小的一個不超過三歲。那個媽媽很快就擦乾了眼淚，保護小孩。荷莉慶幸自己有自私的福氣，只需要關心她自己。一個女人帶了兩個幼子，哪來的毅力獨撐一家呢？從此以後，這個問題不斷在荷莉的腦海縈繞。

整體而言，今天過得並不順心。

「哇，耶誕快樂，女兒！」伊莉沙白走出廚房高聲說，振臂擁抱女兒。荷莉哭了，她覺得自己像墓園的那個幼童。她也還需要自己的媽咪。伊莉沙白的臉被廚房蒸得紅通通，身上的熱氣也烘暖了荷莉的心。

「對不起。」荷莉擦擦臉，「不想哭卻哭出來了。」

「噓。」伊莉沙白撫慰她，摟得更緊了。她連一句話也不必多說；只要摟著女兒就足夠了。

上個星期，荷莉登門請教該如何解決丹尼爾的問題，神色慌張。平日不常烘焙的伊莉沙白，那時正在做耶誕蛋糕，臉上沾了麵粉，毛衣的袖子捲到了手肘，連頭髮也黏了斑斑麵粉。廚房的流理台遍佈著櫻桃以及黃色和黑色的葡萄乾。麵粉、點心、烘焙盤以及錫箔也擺得到處都是。廚房裝飾了五顏六色的晶亮飾品，佳節的氣息洋溢。

伊莉沙白一看見女兒，荷莉就知道她能察覺自己哪裡不對勁。那天母女倆坐在簡餐桌前，桌上滿是紅綠色的耶誕餐巾，上面印了耶誕老公公、馴鹿與耶誕樹。桌上也有一盒盒耶誕餅乾，是家人比賽的獎品。另外也有巧克力餅、啤酒、葡萄酒等等……荷莉的父母為家人準備得很周到。

「女兒，妳在煩惱什麼事？」荷莉的母親問，一面把一碟巧克力餅推給她。

荷莉的肚子咕嚕叫，卻吃不下任何東西。她又胃口盡失了。她深呼吸了一下，向母親解釋她與丹尼爾之間的事，也說明她面臨的決定。母親耐心傾聽。

「那妳對他有什麼感覺？」伊莉沙白端詳著女兒的臉。

荷莉無助地聳聳肩。「媽，我喜歡他，眞的，可是……」她再次聳肩，講不下去了。

「是因爲妳還沒有再談戀愛的心理準備？」母親輕聲問。

荷莉用力揉揉額頭。「唉，媽，我也不知道。我好像什麼事情都搞不清楚了。」她思考了一下。「丹尼爾是個很棒的朋友，對我總是很貼心，總有辦法逗我笑；他讓我覺得自在……」她拿起一塊餅乾，開始捻著碎屑。「可是，我不知道自己今後有沒有辦法再談戀愛了，媽。也許會吧，也許不會；也許心裡再怎麼有準備，也不會比現在好了。他不是傑瑞，不過我也不指望他是。我對他的感覺不太一樣，只覺得感覺很舒服。」她停下來思考這份感覺像什麼。「我不知道有沒有辦法再像以前那樣談戀愛了，我很難相信會再談戀愛，不過一想到將來也許談得成，心裡倒也舒坦。」她對著母親難過地微笑。

「不試試看的話，妳又怎麼知道呢？」伊莉沙白以這話來鼓勵女兒。「重要的是，荷莉，這種事是急不得的。我知道妳明白這道理，不過我只希望妳快快樂樂。妳有幸福的權利。無論妳跟誰在一起幸福，無論是丹尼爾，或是外星人，或者單獨過日子，我只希望妳日子過得快快樂樂。」

「謝謝，媽。」荷莉虛弱一笑，把頭靠在母親的肩膀上。「我只是不曉得哪種選項對我最合適。」

儘管那天母親對她開導有方，荷莉仍然在丹尼爾的難題上舉足不定，毫無進展。首先，她必須在傑瑞缺席的情況下度過耶誕節。

今天，荷莉全家人除了遠在澳洲的琦菈之外，全來到客廳裡，一個接一個對荷莉溫情擁吻。大家圍坐在樹下交換禮物，在這之間荷莉任憑淚水流個不停。她沒力氣遮遮掩掩，管不了那麼多了。但是，她流的淚攙雜了苦與樂，帶有孤單卻不愁沒人疼愛的獨特感覺。

荷莉悄悄丟下家人，好讓自己有時間思考，因爲她的思緒糾結成一團，需要分類歸檔。她不覺來到了從前的房間，凝視窗外狂風吹襲的暗夜。海面波濤洶湧，荷莉爲大海的力量哆嗦。

「原來妳躲在這裡啊。」

荷莉轉頭發現傑克站在臥房門口看她。她無力地微笑，又轉頭看海，沒興趣理二哥，因爲二哥最近對她不聞不問。她聽著浪濤聲，看著黑色的海水吞噬開始落下的雪雨。她聽見傑克大聲嘆息，感覺他的手臂摟住她的肩膀。

「對不起。」他的語氣輕柔。

荷莉揚揚眉，不爲所動，繼續凝視前方。

傑克自顧自的慢慢點頭。「荷莉，妳這樣對待我是對的。我最近的行爲像個徹底的白癡。我對不起妳。」

荷莉轉頭面對他，眼睛亮起來。「傑克，你讓我失望了。」

他緩緩閉上眼睛，彷彿一想到這事就令他心痛。「我知道，對不起。」他的口氣比剛才更加輕柔。「荷莉，我這整件事的處理手法不太高明。我覺得很難面對傑瑞的……妳知道……」

「死。」荷莉幫他塡空。

「對。」他咬咬牙關，然後放鬆，露出終於接受現實的表情。

「傑克，你知道嗎？對我來說，這事也不盡然很容易接受。」沉默籠罩在兩人之間。「但是，你幫我清掉了他的遺物，跟我一起整理留下來的東西，讓我不至於太難承受。」荷莉一臉困惑，「你陪我處理完了，爲什麼後來突然人間蒸發？」

「天啊，整理他的東西實在痛苦。」他難過地搖搖頭。「妳當時好堅強，荷莉……你現在也堅強。」他改成現在式。「進你們家整理東西，而他卻不在屋子裡，我的心都碎了……最後我終於崩潰。後來我注意到妳跟理查越走越近，所以心想，既然妳有了理查，我保持一點距離應該無所謂……」終於說明自己的感覺，聽起來荒唐，傑克說著臉紅起來。

「你這個笨蛋，傑克。」荷莉調皮地往他的肚子捶一拳。「理查一輩子也沒辦法取代你的地位。」

他微笑了。「我怎麼知道？你們兩個最近那麼麻吉。」

荷莉又變得嚴肅。「理查這一年來對我非常關心——而且，相信我，整個過程中，身邊的人不斷讓我吃驚錯愕。」她以強調的語氣接著說：「給他一個機會，傑克。」

他也凝望著大海，慢慢點頭，消化著妹妹的話。「對不起，荷莉。」

荷莉舉起雙臂摟住他，感覺到二哥懷抱的那份熟悉的安慰感。「我知道，我也是。很遺憾這種事竟然發生。不過我需要你，你應該曉得。」

「我曉得。」他把妹妹抱得更緊。「我現在不會再蒸發了。我不會再自私，會開始照顧我的妹妹。」

「喂，你妹妹沒有你，照樣過得很好，省省吧。」她以傷心的口吻說，繼續欣賞洶湧的波濤撲擊岩石，白沫親吻著月亮。

一家人坐下來吃晚餐，荷莉見到滿桌子的美食，嘴饞得流口水。

「我今天收到琦菈寄來的伊媚兒。」笛坎倫宣佈。

大家紛紛又喔又哇的。

「她寄來了這張相片。」他把列印出來的照片傳給全家看。

荷莉看見妹妹躺在沙灘上吃耶誕烤肉餐，馬修在一旁。她的頭髮是金色的，皮膚曬黑了，和馬修在一起看起來好快樂。荷莉凝視了相片一會兒，爲妹妹找到在世上的立足點而感到光榮。琦菈踏遍了全地球，尋尋又覓覓，荷莉認爲她終於找到了歸宿。荷莉希望自己最後也找得到。她把相片傳給傑克，傑克面帶微笑看著。

「聽說今天可能會飄雪花。」荷莉高聲說，同時爲自己添第二盤。她已經解開了長褲最上面的釦子，因爲今天畢竟是耶誕節嘛；欣逢耶誕節，人人理應奉獻與……呃……大吃特吃。

「不會下雪。」理查邊說邊啃骨頭。「太冷了，下不了。」

荷莉皺眉。「理查，太冷了怎麼不會下雪？」

他舔舔手指，然後用塞進上衣的餐巾來擦手。荷莉看見他穿的是黑色羊毛衣，正面印了好大一棵耶誕樹，她差點笑出來。「溫度要稍微高一點才會下雪。」他解釋。

「理查，南極的氣溫低到零下幾百萬度，那邊還不是照樣下雪？」荷莉說。

「這是氣象原理。」他講得理所當然。

「隨便你。」荷莉翻翻白眼。

幾秒鐘後，傑克說：「他講的其實對。」大家停止咀嚼的動作，同時望過去，因爲他們不常聽見傑克附和理查的說法。傑克接著解釋雪的成因，理查也在一旁附帶說明其中的科學原理。兄弟倆相視微笑，似乎滿足於「萬事通先生」的寶座。愛比對著荷莉挑起眉毛，兩人大眼瞪小眼，一臉震驚。

「老爸，你湯汁舀那麼多，要不要來一點蔬菜？」笛坎倫認眞地問，遞給父親一碗公的青花菜。

大家看著父親的盤子大笑，裡面又全是湯汁。

「哈哈。」法蘭克自我解嘲，接下了兒子遞過來的大碗公。「我們距離海邊太近，反正也不會有。」他說。

「有什麼？湯汁嗎？」荷莉逗他，大家又哈哈笑了。

「雪啦，呆瓜。」他說著捏捏荷莉的鼻子。荷莉小時候常被爸爸這樣捏。

「敢不敢跟我打賭一百萬？今天會下雪。」笛坎倫的口氣認眞，目光掃射著哥哥和姐姐。

「那你最好開始存錢了，笛坎倫，因爲你兩個天才哥哥說不會下雪，就一定不會下！」荷莉說笑。

「那你們最好吐錢出來吧，老哥。」笛坎倫搓搓手，露出貪財樣，同時朝著窗戶點頭。

「哇，天啊！」荷莉驚呼，興奮得跳下椅子。「下雪了！」

「理論白講了。」傑克對理查說，兩人齊聲哈哈笑，同時欣賞著白色雪花閃閃飄落。

全家扔下餐桌，趕緊穿上外套，像興奮的小孩一樣衝到屋外。荷莉向整條街的院子望去，發現家家戶戶的人全站在外面，仰頭凝視天空。

伊莉沙白摟住女兒，抱得緊緊的。「看樣子，丹妮絲的白色婚禮還沒舉行，就先收到白色耶誕當禮物了。」她微笑說。

荷莉一想到丹妮絲的婚禮就心跳加速。再過幾天，她非面對丹尼爾不可了。

母親彷彿看穿了她的心思，悄悄問荷莉，不讓旁人聽見：「妳準備怎麼答覆丹尼爾，想出答案了沒？」

荷莉抬頭看著從星斗遍佈的黑色天空閃閃飄落的雪花。這一刻感覺眞奇幻；她當下做出了最後的決定。

「有，想出來了。」她微笑說，然後深吸一口氣。

「那就好。」媽媽吻吻她的臉頰。「要記得，上帝引導妳迎向挑戰，陪伴妳度過難關。」

荷莉聽了滿面微笑。「祂最好別落跑，因爲接下來幾天，我太需要祂了。」

「珊倫，別提那個，太重了！」約翰對妻子大吼，珊倫氣得丟下包包。

「約翰，我又不是殘障人士，我只是孕婦！」她用力嗆聲。

「我知道，不過醫生叮嚀過，不能讓妳提太重的東西！」他說得堅定，走到車子另一邊，從珊倫身旁提起包包。

「去他的醫生。他自己又沒懷孕過。」珊倫大罵，看著約翰氣呼呼走掉。

荷莉使勁摔下車子的行李箱出氣。她已經受夠了約翰和珊倫的脾氣；從都柏林南下維克羅的路上，夫妻倆鬥嘴鬥個不停，她已經聽得耳朵長繭。現在的她只想進旅館的房間休息。她也變得相當害怕珊倫。過去兩個鐘頭以來，珊倫的嗓門已經提高了三個八度音階，看起來就像隨時會爆炸似的。其實，從她的大肚子看來，荷莉唯恐她眞的會爆開來。到時候，荷莉可不願意待在現場目睹慘狀。

荷莉抓起自己的行李，抬頭瞄了一下這間飯店。與其說是旅館，外形倒比較像城堡。湯姆和丹妮絲的眼光夠精，挑這麼精緻的地方舉辦跨年婚禮最適合不過了。飯店本身爬滿了墨綠色的常春藤，正面的庭園設計了一座大噴泉。飯店的周遭是綿延數英畝的花園，草木蓊鬱。丹妮絲終究沒有盼到白色耶誕婚禮，因爲雪才落地不到幾分鐘，全部融化殆盡了。儘管如此，荷莉仍慶幸能在落雪繽紛之際和家人共度耶誕，下雪也提振了她的情緒一下。現在，她一心只想早一點找到自己的房間，寵愛自己一下。耶誕節期間她暴飲暴食，體重直線上升，伴娘禮服穿不穿得進去已成問題了。她不願意把心中的這份恐懼說出來給丹妮絲聽，唯恐丹妮絲聽了心臟病發作。稍微修改一下吧，應該不太難改才是……她後悔把身材走樣的心事說給珊倫聽，因爲珊倫聽了慘叫連連，直說她連昨天試穿的衣服都穿不下了，更甭說幾個月前試過的禮服。

她拖著行李，走在圓石路面上，有人踢到她的行李，害她突然差點向前撲飛而去。

「對不起。」她聽見有個人用唸經似的語調說，生氣地回頭看看是誰害她差點摔斷脖子。她看見一個高䠷的金髮女郎，正往飯店走去，走起路來臀部扭啊扭的。荷莉的眉頭皺起來了，這種走路姿勢好眼熟呀。她知道好像在哪裡見過卻……有了！

蘿拉。

慘了，她心想，慌張起來。湯姆和丹妮絲果然邀請了蘿拉！荷莉必須盡早找到丹尼爾，好讓他有心理準備。他發現前女友也應邀參加婚禮，一定會憤慨萬分。然後，如果時機夠恰當，荷莉想跟他談完那件事——如果他還願意聽荷莉答覆的話。再怎麼說，荷莉已經有將近一個月沒跟他聯絡了。她把手指緊緊交叉成十字架，藏在背後，然後衝向櫃檯。

她見到的是大混亂。

大廳裡擠滿了憤怒的客人與行李。在嘈雜聲中，丹妮絲的嗓門大過所有人，荷莉一聽就能認出來。

「聽好，是你自己搞錯了，跟我沒關係！給我去處理！我早在幾個月前就幫婚禮的來賓訂了五十個房間！你聽見了沒？我的婚禮啊！我才不想把十個客人丟到同一條街上的什麼鬼民宿去住。你看著辦吧！」

錯愕得眼球暴凸的櫃檯人員嚥下口水，點頭如搗蒜，拼命解釋狀況。

丹妮絲當著他的面舉起手來。「藉口再多也沒用，我不想聽！幫我的客人變出十個房間就是了！」

荷莉瞧見湯姆一頭霧水的模樣，她推開人海擠過去找他。

「湯姆！」

「嗨，荷莉。」他的心思像是飛到別的地方去了。

「丹尼爾的房間幾號？」她趕緊問。

「丹尼爾？」他面露疑惑。

「對，丹尼爾！最棒的男人……我是說：你的伴郎。」她糾正自己的說法。（譯註：英文中，伴郎〔best man〕字面上的解釋即是最棒的男人。）

「我不曉得啦，荷莉。」他轉身揪住了一個飯店員工。

荷莉跳過去擋住湯姆，不讓他跟員工講話。「湯姆，我眞的非知道不可！」她慌了。

「荷莉，我眞的不曉得，去問丹妮絲嘛。」他喃喃說，然後奔進走廊，去追剛才那個工作人員。

荷莉望向丹妮絲，嚥了嚥口水。丹妮絲像中邪似的，荷莉才不肯在她發飆的時候去問她，只好乖乖排隊問櫃檯。前面排了好多客人，她幾度偷偷往前面插隊，等了二十分鐘才輪到她。

「嗨，能不能麻煩你把丹尼爾．康納利的房間號碼告訴我？」她趕緊問。

櫃檯人員搖搖頭。「對不起，我們無法提供房客的號碼。」

荷莉轉轉眼珠子，「我是他的朋友，也不能知道？」她說明，送上甜美的一笑。

他面帶禮貌的笑容，再次搖搖頭。「對不起，本飯店禁止——」

「給我聽好！」她扯開嗓子，連身邊的丹妮絲也被嚇得停止叫罵。「事關重大，你非告訴我不可！」

櫃檯還是慢慢搖頭，顯然怕得講不出話來，最後才說：「對不起，實在——」

「啊啊啊啊！」荷莉氣餒得吼叫，又打斷他的話。

「荷莉。」丹妮絲輕聲說，一手搭在荷莉的手臂上，「怎麼了？」

「我想知道丹尼爾住的房間。」她大喊，丹妮絲露出受驚的神態。

「他住三四二號房。」她結結巴巴說。

「謝謝妳！」荷莉氣得大叫，不曉得自己爲何還尖著嗓門講話。她往電梯的方向狂奔過去。

上了樓，荷莉衝進走廊，拖著行李，沿路看著房間號碼。走到了丹尼爾的房間，她急如星火地敲門，聽見腳步聲接近，這才想到自己該說的話還沒打好草稿。門打開的時候，她深呼吸一下。

她的呼吸暫停了。

是蘿拉。

「親愛的，是誰啊？」她聽見丹尼爾在呼喚，看見他走出浴室。

「妳！」蘿拉嘶聲尖叫。

第五十一章

荷莉站在丹尼爾的房間門外，視線從蘿拉轉向丹尼爾，再轉回蘿拉。從這一對衣不蔽體的模樣來判斷，丹尼爾早已知道蘿拉會參加婚禮。荷莉也推測，他沒有通知新人說蘿拉也要來，否則他們不會不事先跟荷莉通風報信。然而，即使丹妮絲和湯姆知道蘿拉要來，也不會覺得有必要通知荷莉。丹尼爾對她表態一事，她一直沒有跟朋友透露。現在，荷莉凝視著房間裡面，突然明瞭這表示自己完全沒有站在門口的理由。

丹尼爾用小毛巾緊緊遮身，愣在原地，滿臉震驚。蘿拉則是怒髮衝冠。荷莉的下巴往下掉。一時之間，三人無言以對。荷莉幾乎聽得見三人腦筋在運轉的聲音。最後終於有人開口了，荷莉卻不希望開口的是這個人。

「妳來這裡幹什麼？」蘿拉咬牙說。

荷莉的嘴巴一開一合，活像金魚。丹尼爾迷惘得皺起了額頭，視線在兩個女人之間徘徊。「妳們兩個……」他講到一半就停住，彷彿怕講出來了太荒謬，思考之後卻決定先問再說：「妳們兩個認識？」

荷莉吞嚥口水。

「哈！」蘿拉的臉上堆滿輕蔑。「她才不算我的朋友！這個小騷包親了我的未婚夫，被我當場逮到！」蘿拉罵道，然後住口，因爲她發現自己講錯話了。

「你的未婚夫？」

「對不起……前未婚夫。」蘿拉看著地板喃喃說。

小小的微笑在荷莉的臉上泛開來。她慶幸蘿拉自投羅網。「是啊，史提夫，對不對？如果我沒記錯，他是丹尼爾的好朋友。」

丹尼爾看著兩人，臉紅起來了。蘿拉回頭瞪他，又氣又懷疑這女人怎麼認識她的男朋友……她的現任男友。

「丹尼爾是我的好朋友。」荷莉說明，雙手抱在胸前。

「所以，妳又想來跟我搶男人了？」蘿拉的語調忿恨不平。

「拜託，妳哪有資格罵別人？」荷莉嗆回去，自己不禁臉紅。

「妳親了史提夫？」丹尼爾問荷莉，逐漸理解了大致的狀況。他生氣了。

「沒有，我沒親史提夫。」荷莉翻翻白眼。

「有還不敢承認！」蘿拉罵得孩子氣。

「拜託，妳廢話少說了。」她注視著蘿拉。「反正已經不干妳的事了，對吧？照情形看，妳已經跟丹尼爾復合了，所以東加西減，妳也沒有太大的損失嘛！」荷莉說完面對丹尼爾。「丹尼爾，我沒有。」她繼續說：「我沒有親史提夫。幫丹妮絲慶祝母雞派對的那個週末，我們去了哥耳威，史提夫喝醉了，想跟我索吻。」她心平氣和解釋。

「唉，騙人不打草稿。」蘿拉的口氣帶恨意。「明明被我看見了。」

「查理也有看見。」荷莉繼續面對丹尼爾。「不相信我的話，你自己去問查理。不過，如果你不相信,我其實也不在乎。」她說。「言歸正傳,我是想來跟你談談那件事,可惜你顯然忙不過來了。」她向下瞄了一眼丹尼爾腰上纏的那條小得可憐的毛巾。「好了,兩位,待會兒婚禮進行的時候再見囉。」語畢,她原地向後轉,大步踏上走廊,回頭瞥了丹尼爾一眼,發現他還從門口看著她走,等她轉彎的時候才收回視線。她不知不覺走到了死角,呆住了。電梯在另一邊。她繼續走到走廊盡頭,以免再走過他門口的時候臉沒地方掛。來到了走廊盡頭,她等了一會兒,聽見關門的聲音,才踮著腳尖往回走,轉彎後偷偷經過丹尼爾的房門,然後直奔電梯。

她按了下樓鍵,如釋重負地呼了一口氣,閉上疲乏的雙眼。她甚至不生丹尼爾的氣;其實說來也好笑,她反倒慶幸丹尼爾的行爲省得他們兩人攤牌。本來她預備甩掉丹尼爾,不料現在卻被他甩了。反過來說,丹尼爾如果那麼快就忘掉荷莉,還跟蘿拉閃電復合,表示他不見得多愛荷莉。那就算了吧,至少她沒傷到丹尼爾的心……不過她眞心認爲,他跟蘿拉復合實在是失策……

「杵在那邊,到底進不進來?」

荷莉猛然睜開眼皮;她沒聽見電梯門打開的聲音。「里歐!」她微笑進電梯抱住他。「不知道你也要來!」

「我今天奉命幫女王蜂做頭髮。」他哈哈笑,指的是丹妮絲。

「她有那麼難搞定嗎?」荷莉蹙眉頭問。

「唉,她在婚禮前被湯姆看見了,所以才心慌慌。她覺得觸了霉頭。」

「只有在她自認觸霉頭的時候,厄運才會掉在她的頭上。」荷莉微笑說。

「我好幾世紀沒見到妳了。」里歐瞄了荷莉的頭髮一眼,動作做得非常明顯。

「我知道啦。」荷莉怨嘆，伸手遮住髮根。「這個月忙到沒時間做頭髮。」

里歐挑挑眉，露出好奇的神態。「我一輩子也沒想到妳會說自己上班忙到沒時間。妳變了。」

荷莉若有所思。「對。對，我想也是。」

「那就一起來吧。」里歐在他的樓層下電梯，「婚禮再過幾個鐘頭才舉行。我先幫妳把頭髮紮起來，遮一遮妳那些恐怖的髮根。」

「眞的要幫我嗎？」荷莉語帶愧疚。

「眞的。」里歐揮揮手表示不介意。「妳頂了那顆臭頭，如果破壞了丹妮絲結婚照的美感，我們可擔當不起喲。」

荷莉聽了微笑，拖著行李跟著他下電梯。這才像話嘛。平日刻薄的里歐，今天總算太善良了片刻。

在飯店的交誼廳，坐在主桌的丹妮絲看著荷莉，一臉興奮。有人拿著湯匙敲敲酒杯，表示致詞的時間到了。荷莉雙手放在大腿上扭擰著，反覆默背著自己的演講稿，其他人的致詞一個字也沒聽進去。早知道就抄下來照唸，因爲她現在太緊張了，開頭怎麼講也想不起來。丹尼爾講完了坐下，大家鼓掌，她的心跳加速。接下來輪到她致詞，這次休想使出尿遁的絕招了。珊倫握住她顫抖的手，安她的心。荷莉抖著臉皮對她微笑，心一點也不安。丹妮絲的父親宣佈荷莉即將致詞，全廳的人轉頭看她。她只見滿場的人臉。她慢慢起立，看了丹尼爾一眼，尋求鼓勵。丹尼爾對她眨眨眼睛。她以微笑回應，心跳跟著慢下來。她的朋友全數在場。她看見他和約翰以及傑瑞的朋友同坐一桌。約翰對她豎起大拇指，荷莉頓時想出新的演講稿，剛才準備的那一份作廢了。她清一清嗓門。

「我如果越講越激動的話，請各位原諒，不過我今天實在太爲丹妮絲高興了。她是我最要好的朋友……」她停頓一下，低頭瞄了坐在旁邊的珊倫一眼，「……呃，之一。」

哄堂大笑。

「我今天爲她覺得好高興，因爲她找到了愛情，也找到一個像湯姆這麼好的男人。」

荷莉看見丹妮絲淚水盈眶，不禁微笑。丹妮絲是從來不哭的女人。

「能找到你愛又愛你的人，感覺美好又美好。但是，找得到眞正的心靈伴侶，感覺才更加美妙。心靈伴侶比別人更能瞭解你，比別人更愛你，而且世事的變化再大，也能一生一世陪伴在身旁。有人說：這世上沒有永恆不變的事物，不過我堅決相信，對有些人而言，即使心愛的人走了，愛仍是不會被帶走的。我愛過這樣的一個人，所以略知其中的奧祕，而我知道丹妮絲的湯姆是她的心靈伴侶。丹妮絲，我很樂意告訴妳，這樣的感情永遠不死。」荷莉的喉嚨哽著一個硬塊，她暫停片刻以平復情緒，然後才繼續說：「丹妮絲今天請我致詞，我覺得既光榮又惶恐。」

眾人大笑。

「不過，我很高興她邀請我來分享他們今天的喜悅，我這杯酒敬他們，祝新郎新娘將來像這樣，天天美滿幸福。」

大家齊聲歡呼，紛紛伸手舉杯。

「稍安勿躁！」荷莉提高音量鎮壓全場，同時高舉一手。騷動聲逐漸平靜下來，她再度聚眾人的眼光於一身。

「今天有些來賓知道，有個很了不起的男人列出了幾條規定。」荷莉看見約翰那桌與珊倫和丹妮絲那桌歡呼起來，於是對他們微笑。「其中一條是，千萬別穿名貴的白禮服。」

約翰那桌爆笑成一團，丹妮絲也笑得歇斯底里，荷莉見了嘻嘻笑，回想起這條新規定列入清單的那一夜的慘狀。

「所以，本人在此代表傑瑞。」荷莉嘻嘻笑，「原諒妳違反規定，只因為妳成了驚世大美女。請各位跟我向湯姆和丹妮絲舉杯致敬，也敬她那件貴到沒力的白禮服。多貴多沒力？我最清楚了，因為我被她拖著逛遍了全愛爾蘭的婚紗店！」

全場來賓舉杯，跟著荷莉說：「敬湯姆和丹妮絲，以及她那件貴到沒力的白禮服！」

荷莉坐下後，珊倫含淚擁抱她。「講得太完美了，荷莉。」

約翰那桌舉杯向她歡呼，荷莉看了笑容滿面。就這樣，婚宴正式展開。

看著湯姆與丹妮絲首度以夫妻身分共舞，荷莉的眼淚又來了，因為她記得那份感受，既興奮又滿懷希望，也帶有純粹的幸福感與驕傲，感覺不知未來何在卻躍躍欲試。想到這裡，她好快樂；她不會因此哭出來，她會擁抱這份感受。她珍惜與傑瑞共度的每一分每一秒，如今，啓程的時刻到了。她不應眷戀，應該動身奔向人生的下一站，把美好的回憶帶在身上，也帶了有助她型塑未來的人生經驗。這條路會走得辛苦，沒錯；她已經體會到，這世上沒有一蹴可幾的事。再辛苦也不會比幾個月之前還苦。而且再過幾個月，辛苦的感覺還會減輕許多。

她獲贈了一份厚禮：生命。有時候，殘酷的蒼天太快奪走生命，不過凡人最要緊的是把握生命，盡其在我，生命或長或短並不是重點。

「可以邀妳跳支舞嗎？」一隻手伸到她面前。抬頭一看，她見到丹尼爾低頭微笑。

「當然。」她快活地回答，接下他的手。

「能接受我讚美妳今晚姿色動人嗎？」

「當然能。」荷莉微笑。她很滿意自己的外表。丹妮絲幫她挑了一件紫丁香色的漂亮禮服，裡面搭配露肩小可愛，能遮住被耶誕美食撐大的肚子，而且裙子一邊開了高叉。里歐剛才神來一筆，幫她把頭髮夾起來，讓一些捲髮落在肩膀上。她覺得自己好漂亮。她覺得自己是荷莉公主，想到這裡不禁暗自嘻嘻笑。

「妳剛剛的致詞好感人。」丹尼爾微笑說。「我上個月講了一些很自私的話，是我不好。妳明明說妳還沒準備好，我卻聽而不聞。」他道歉。

「沒關係了，丹尼爾；我恐怕還要很久很久以後才會準備妥當。不過，謝謝你這麼快就遺忘我了。」她對他揚起眉毛，並朝蘿拉的方向點點頭。蘿拉鬱悶地自己坐一桌。

丹尼爾咬咬嘴唇。「我知道，妳一定覺得我們進展得太快，不過妳一直不肯回我電話，連粗神經的我也知道妳在暗示還不準備談戀愛。後來我回哥耳威過耶誕節，跟蘿拉碰了面，舊情馬上就復燃起來。妳說得對，我一直沒辦法忘懷她。相信我，如果我不是徹底覺悟到妳沒有愛上我，我絕不會帶她來參加婚禮。」

荷莉對丹尼爾微笑。「丹尼爾，我遲遲沒有回電，是我不好。我只顧著想自己的事。不過，我還是覺得你太傻。」她搖搖頭，看見蘿拉怒目以對。

丹尼爾嘆氣說：「我知道接下來幾天，我跟她有很多事要討論，不過，正如妳說的，對某些人來說，愛情是不會被帶走的。」

荷莉的眼球翻得不能再白了。「唉，別亂抄襲我剛講的話了。」她笑說。「算了，只要你開心，我怎麼管得著？只不過，我實在難以想像你以後會開心到什麼地步。」她誇張地嘆了一口氣，逗笑了丹尼爾。

「我很開心，荷莉。我猜我的生命中就是少不了誇張的情緒。」他向蘿拉瞄一眼，眼神柔和了許多。「我需要的對象要對我熱情，而無論是好是壞，蘿拉終究是個熱情的人。妳呢？妳快樂嗎？」他端詳著荷莉的臉。

荷莉思考了一下。「今天晚上我很快樂。至於明天怎樣，明天再說吧。只不過，我的情況有在改善……」

荷莉跟珊倫、約翰、丹妮絲與湯姆湊在一起，等著倒數。

「五……四……三……二……一！**新年快樂！**」大家歡呼著，七彩的氣球從天花板落下，在所有人的頭上蹦蹦跳跳。

荷莉和好友相擁，眼中有淚。

「新年快樂。」珊倫緊緊抱她，在臉頰親一下。

荷莉一手放在珊倫的大肚子上，另一手緊握著丹妮絲的手。「祝我們大家新的一年快快樂樂！」

終章

荷莉翻著報紙，尋找哪家刊登了丹妮絲與湯姆的結婚照。愛爾蘭首屈一指的電臺主持人和《大城女人幫》的女星共結連理，這種大事可不是天天都有的。至少丹妮絲喜歡這樣想。

「喂！」脾氣不好的書報店老闆喝斥，「這裡不是圖書館，不買就別翻。」

荷莉嘆了一口氣，又開始每家報紙各拿一份。報紙太重，她必須分兩趟才捧得完，老闆根本沒想要幫她。反正她也不屑讓老闆幫忙。櫃檯前面再度拉出了一長條隊伍，荷莉暗暗微笑，動作放得慢吞吞的。要怪就怪老闆自己：肯讓她翻報紙的話，她就不必害他等著結帳了。她捧著最後一批報紙，來到隊伍的最前面，開始選購巧克力棒和一包包甜食，放在報紙上。

「喔，對了，可不可以幫我加個塑膠袋？」她的睫毛刷呀刷，微笑得好甜美。

老頭從鏡框的上緣瞪著她，把她當成愛調皮搗蛋的小女生。「馬克！」他氣得吶喊。

滿臉青春痘的少年從購物架之間走出來，一手拿著標價機。

「小子，去開另一臺收銀機。」他下令。馬克聽了拖著腳步，走向收銀臺。

荷莉背後的隊伍立刻撤掉一半，投奔另一邊。

「謝謝你。」結帳後的荷莉微笑著，往門口走去，正要伸手去開門，有人卻從外面推門進來，又打翻了她買的東西。

「太抱歉了。」進門的男人彎腰幫她撿東西。

「喔，沒關係。」荷莉客氣地回應，不想回頭看老頭子的表情。老闆一定在幸災樂禍，巴不得笑穿她的背後。

「啊，是妳啊！巧克力狂！」男人說著，荷莉抬頭大吃一驚。

是那個友善的顧客，眼睛綠得出奇的那個男人，以前也幫她撿過掉了滿地的東西。「又見面了。」

「荷莉，我沒記錯吧？」他面帶微笑，忙著遞給她特大號的巧克力棒。

「對。你叫羅柏，對不對？」她微笑以對。

「妳的記性真好。」他笑說。

「你還不是一樣。」她把所有東西裝回袋子，想得出神了，然後站起來。

「相信我很快還會再撞見妳。」羅柏微笑著，然後走過去排隊。

荷莉凝視著他的背後，精神仍然恍惚。過了一陣子，她才走過去。「羅柏，你不是想喝咖啡嗎？今天一起去如何？如果你沒空也沒關係……」她咬咬唇。

他露出微笑，向下瞄了一眼她的戒指，神情緊張。

「唉，別管那東西了。」她伸出手，「最近它只代表一生的快樂回憶。」

他點頭表示理解。「那樣的話，我樂意陪妳喝杯咖啡。」

兩人過了馬路，往粗食館餐廳走去。「對了，上次我掉頭就走，真不好意思。」他正視荷莉的眼睛道歉。

「沒關係，我通常喝完第一杯之後就從廁所窗戶逃之夭夭。」荷莉逗他。

他笑了。

荷莉坐在桌子前，等他把飲料端過來，在心裡暗暗微笑。這男人好像不錯嘛。她向後坐，放鬆心情，凝視窗外。元月的這一天好冷，風吹得群樹亂舞。她想想自己學習到的道理，想想以往的自己和現在的自己。她接受了心愛的男人的建議，盡了最大的能力來自療心傷。現在她找到了熱愛的工作，心中滋生出自信，有把握能達成她想要的目標。

她偶爾會犯錯，星期一早晨有時會哭，夜晚獨處時偶爾也會哭。她經常覺得人生乏味，早上難以起床去上班。諸事不順的一天對她來說猶如家常便飯。她時常照著鏡子，納悶自己怎麼不多上上健身房。她有時候質疑自己活在地球上的理由。她有時候會錯得離譜。

反過來說，她擁有一百萬個快樂的回憶，也明白體驗眞愛的感覺，更準備體驗更多人生、體驗更多愛、開創新的回憶。無論要等十個月或等十年，荷莉會遵守傑瑞最後一封信的指示。無論未來的境遇如何，荷莉知道自己一定會敞開心胸，跟著感覺走。

至於目前，她只想活下去。

藍小說106

PS，我愛妳

作　者─西西莉雅・艾亨
譯　者─陳佳琳、宋瑛堂
副總編輯─葉美瑤
編　輯─邱淑鈴
美術設計─蔡南昇
責任企劃─黃千芳
校　對─葉美瑤、邱淑鈴、趙曼如
董事長
總經理─趙政岷
總編輯─余宜芳
出版者─時報文化出版企業股份有限公司
10803台北市和平西路三段二四〇號三樓
發行專線─（〇二）二三〇六─六八四二
讀者服務專線─〇八〇〇─二三一─七〇五・（〇二）二三〇四─七一〇三
讀者服務傳真─（〇二）二三〇四─六八五八
郵撥─一九三四四七二四時報文化出版公司
信箱─台北郵政七九～九九信箱
時報悅讀網─http://www.readingtimes.com.tw
電子郵件信箱─liter@readingtimes.com.tw
法律顧問─理律法律事務所　陳長文律師、李念祖律師
印　刷─盈昌印刷有限公司
初版一刷─二〇〇八年一月二十一日
初版三十一刷─二〇一五年九月八日
定　價─新台幣三二〇元
⊙行政院新聞局局版北市業字第八〇號

ISBN 978-957-13-4793-6
Printed in Taiwan

國家圖書館出版品預行編目資料

PS, 我愛妳 / 西西莉雅 · 艾亨著；陳佳琳, 宋瑛堂譯. -- 初版. -- 臺北市：時報文化, 2008.01

面；　公分 . --（藍小說 ；106）

譯自：PS, I love you

ISBN 978-957-13-4793-6（平裝）

873.57　　97000496

編號：AI0106	書名：**PS, 我愛妳**
姓名：	性別：________ 1.男　2.女
出生日期：　年　月　日	e-mail：

________ **學歷**：1.小學　2.國中　3.高中　4.大專　5.研究所（含以上）

________ **職業**：1.學生　2.公務（含軍警）　3.家管　4.服務　5.金融　6.製造　7.資訊　8.大眾傳播　9.自由業　10.農漁牧　11.退休　12.其他

地址：________ 縣（市）________ 鄉鎮區 ________ 村________ 里

________ 鄰 ________ 路（街）________ 段________ 巷________ 弄________ 號________ 樓

郵遞區號 ________

（下列資料請以數字填在每題前之空格處）

________ **您從哪裡得知本書／**

1.書店　2.報紙廣告　3.報紙專欄　4.雜誌廣告　5.親友介紹

6.DM廣告傳單　7.其他________

________ **您希望我們爲您出版哪一類的作品／**

1.長篇小說　2.中、短篇小說　3.詩　4.戲劇　5.其他 ________

您對本書的意見／

________ 內　容／1.滿意　2.尚可　3.應改進

________ 編　輯／1.滿意　2.尚可　3.應改進

________ 封面設計／1.滿意　2.尚可　3.應改進

________ 校　對／1.滿意　2.尚可　3.應改進

________ 翻　譯／1.滿意　2.尚可　3.應改進

________ 定　價／1.偏低　2.適中　3.偏高

您的建議／

____

____

____

請沿虛線摺下裝訂，謝謝！

廣　告　回　信
台北郵局登記證
台北廣字第2218號

時報出版
CHINA TIMES PUBLISHING COMPANY
尊重智慧與創意的文化事業

地址：10803台北市和平西路三段240號3樓
讀者服務專線：0800-231-705．(02)2304-7103
讀者服務傳眞：(02)2304-6858
郵撥：19344724 時報文化出版公司

請寄回這張服務卡（免貼郵票），您可以——
●隨時收到最新消息。
●參加專為您設計的各項回饋優惠活動。

無限馳騁藍色想像空間——無國界的小說新地帶。

藍小說

撞擊感性筆觸：捕捉流行語調—淺藍的、海藍的、灰藍的……

寄回本卡，掌握藍小說系列的最新訊息

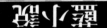

入會訂購證

我決定加入時報悅讀俱樂部				以下是我選擇的卡別，選書書目於下列選書單中
勾選	入會卡別	定價	入會費	贈品
	悅讀樂活卡(C005-002)	$1,000	$300	任選5本時報出版好書(定價600元以下本版書籍)
	悅讀輕鬆卡(C005-004)	$2,000	$300	任選10本時報出版好書(定價600元以下本版書籍)
	悅讀VIP卡(C005-007)	$6,000	$300	任選30本時報出版好書(定價600元以下本版書籍)

特別說明：

1、 外版書不列入選書範圍。2、單筆訂單須選書兩本額度以上。3、一次會員資格內，相同書籍限選兩冊。

☐ 我是俱樂部會員，以下是我的選書單

書碼	書名	額度	數量

◎ 我的資料

姓名：________________ E-mail ：________________(必填)

身分證字號：________________(必填) 生日：西元______年____月____日 (必填)

寄書地址：☐☐☐________________________________

____

連絡電話：(O)________________ (H)________________

手機：________________ 統一編號：________________

付款方式：

☐劃撥付款 劃撥帳號19344724 戶名：時報文化出版公司

(請親至郵局劃撥，無須傳真或寄回，劃撥單註明卡別、身分證字號、生日、e-mail、書名、數量)

☐信用卡付款 信用卡別 ☐VISA ☐MASTER ☐JCB ☐聯合信用卡

信用卡卡號：________________有效期限西元 __________年________月

持卡人簽名：________________________（須與信用卡簽名同字樣）

◎ 歡迎網路下單 Readingtimes Club 時報悅讀俱樂部 http://www.readingtimes.com.tw/club/

24小時傳真專線：02-2304-6858 為確保您的權益，傳真後請來電確認

時報客服專線：02-2304-7103 週一至週五(AM9：00~12：00，PM1：30~5：00)

時報出版 台北市和平西路三段240號2樓